Susanne Goga

Der Teufel von Tempelhof

Februar 1929. Die Blanke Hölle ist ein Gewässer am Rande von Tempelhof, um das sich unheimliche Legenden ranken. Es hat hier schon viele Todesfälle gegeben. Jetzt wird der Arzt Ferdinand Clasen ermordet dort aufgefunden – er bewohnte in der Nähe ein Haus, das im Volksmund »Spukvilla« genannt wird. Doch Oberkommissar Leo Wechsler hält nichts von Geistererzählungen und konzentriert sich lieber auf die Realität. Der Arzt scheint seltsame Heilmethoden angewandt zu haben. Und es gibt eine Spur, die zum Kloster Vom Guten Hirten im benachbarten Marienfelde führt, das ein Erziehungsheim für Mädchen unterhält. Gerade ist die junge Erika von dort verschwunden. Hat sie etwas mit dem Mordfall zu tun?

Susanne Goga lebt als Autorin und Übersetzerin in Mönchengladbach. Sie ist Mitglied des deutschen PEN-Zentrums. Außer ihrer Krimireihe um Leo Wechsler hat sie mehrere historische Romane veröffentlicht und wurde mit verschiedenen Literaturpreisen ausgezeichnet, u. a. dem Goldenen HOMER für ›Mord in Babelsberg‹ und dem Silbernen HOMER für ›Nachts am Askanischen Platz‹.
Bei dtv ist ihre gesamte Leo-Wechsler-Serie erschienen.

Susanne Goga

Der Teufel von Tempelhof

Kriminalroman

dtv

Von Susanne Goga
sind bei dtv außerdem erschienen:
Leo Berlin
Tod in Blau
Die Tote von Charlottenburg
Mord in Babelsberg
Es geschah in Schöneberg
Nachts am Askanischen Platz
Der Ballhausmörder
Schatten in der Friedrichstadt

MIX
Papier aus verantwortungsvollen Quellen
FSC® C019821

Originalausgabe 2024

Vermittelt durch die Literarische Agentur
Thomas Schlück GmbH, Hannover
Umschlaggestaltung: wildesblut –
Atelier für Gestaltung Stephanie Weischer
Umschlagmotive: RooM the Agency Mobile / Alamy Stock Foto; imageBROKER.com GmbH & Co. KG / Alamy Stock Foto; Joko / Alamy Stock Foto; shutterstock.com / Lana Kray, Kevin White Photographer, Jeanne McRight, DarkBird
Satz: Fotosatz Amann, Memmingen
Gesetzt aus der Sabon LT Pro 10/13
Druck und Bindung: Druckerei C.H.Beck, Nördlingen
Printed in Germany · ISBN 978-3-423-22047-7

Für Axel, Felix und Lena –
ihr seid die Besten

Prolog

Ferdinand Clasen war ein Mann mit Prinzipien. Als Arzt hielt er viel von körperlicher Ertüchtigung, die er nicht nur seinen Patienten empfahl, sondern der er sich auch selbst unterzog. Jeden Abend und bei jedem Wetter unternahm er Punkt sieben einen Spaziergang, vielmehr einen strammen Marsch, bei dem er unbeirrt seine Runden drehte. Kam ihm jemand entgegen, lüpfte er den Hut und grüßte, ohne jedoch stehen zu bleiben. Für Plaudereien auf offener Straße hatte er nichts übrig, er zog es vor, seinen Patienten nur in der Praxis zu begegnen.

Er ließ sich von der feuchtkalten Februarluft nicht abschrecken, schlang einen Kaschmirschal um den Hals, setzte seinen Hut auf, zog den Kamelhaarmantel über und verließ das Haus.

Clasen war ein Gewohnheitsmensch und wich selten von seiner bevorzugten Strecke ab. Auch an diesem Abend schritt er auf vertrauten Wegen durch die wenig belebte Gegend. Es war Freitag, und wer seinen Spaß haben wollte, trieb sich nicht in den Wohnstraßen von Tempelhof herum, sondern in einem jener Amüsierbetriebe, die Clasen prinzipiell nicht aufsuchte.

Er liebte das Theater und die Oper, die Vergnügungen des einfachen Volkes waren ihm schon immer zuwider gewesen. Wildes Herumgehopse zu atonaler Musik auf kreischenden

Instrumenten, wie es heutzutage modern war, entsprach nicht seinem Geschmack.

Clasen schritt kräftig aus, um die Kälte zu vertreiben, und bog in die Albionstraße ein. Er musste immer schmunzeln, wenn er das Straßenschild sah, weil dem ach so unfehlbaren preußischen Staat hier ein peinlicher Fehler unterlaufen war. Es hieß, man habe die Straße ursprünglich nach Alboin, König der Langobarden, benennen wollen, dabei aber zwei Vokale verwechselt. Vor allem während des Krieges hatte man verzweifelt versucht, den Namen zu ändern, da Albion eine alte Bezeichnung für Großbritannien war, die so gar nicht in die von Patriotismus durchdrungene Reichshauptstadt passte. Vergeblich, die Straße hieß bis heute so.

Als Clasen sich dem verwilderten Platz Q näherte – Namen waren wirklich nicht die Stärke der preußischen Verwaltung –, herrschte rundum Stille. Hier standen keine Häuser, in die Gegend verirrte sich abends kaum jemand. Es hieß, die Ostseite des Platzes solle demnächst mit städtischen Wohnungen bebaut werden, aber bisher war davon nichts zu sehen.

Tagsüber spielten hier bisweilen Kinder, suchten Frösche oder warfen Steine in den »Pfuhl«, einen Teich, der wie ein dunkel glänzendes Loch inmitten der Wiese lag. Doch um diese Zeit war kein Kind mehr auf der Straße. Nicht im Winter, nicht bei Dunkelheit, nicht an diesem Ort, um den sich alte Legenden rankten, die den einfachen Leuten Angst einjagten. Nicht umsonst hieß der Pfuhl im Volksmund »Blanke Hölle«.

Clasen beschäftigte sich mit germanischer Mythologie und hatte einige Bücher darüber zusammengetragen, wäre aber nie so weit gegangen zu glauben, dass dieses Gewässer Menschenopfer forderte, wie alteingesessene Tempelhofer munkelten. Allerdings wünschte er sich bisweilen, die Gegend um den Pfuhl trüge einen weniger prosaischen Namen als Platz Q. Welcher Bürokrat dachte sich so etwas aus? Das besaß keine Romantik, atmete nicht den Zauber der Geschichte. »Germanenplatz« fände er da schon passender.

Er blieb stehen, die Hände in den Manteltaschen vergraben, und atmete tief. Dann fühlte er seinen Puls, der langsam und regelmäßig ging. Er war nicht mehr der Jüngste, aber streng darauf bedacht, sich seine körperliche Frische zu bewahren. Darum trank er nur in Maßen Alkohol, schlief ausreichend und bewegte sich. Irgendwo bellte ein Hund, anderenfalls hätte er glauben können, er sei allein auf der Welt.

Er ging zufrieden weiter, war in Gedanken schon bei dem Gläschen alten Kognaks, das er sich an kalten Abenden als Stärkung gönnte. Kurz bevor er seine Villa am Friedensplatz erreichte, hörte er ein Geräusch hinter sich. Er blieb stehen und drehte sich um, konnte aber niemanden sehen. Er horchte kurz und ging kopfschüttelnd weiter. Sollte ihn der Pfuhl mit seinen Legenden tatsächlich nervös gemacht haben? Höchste Zeit für einen guten Tropfen.

Lächelnd steckte Clasen den Schlüssel ins Türschloss und schaute noch einmal auf den runden Friedensplatz mit seinen Beeten und Bäumen, der im Sommer einen hübschen Anblick bot. Nun aber lag er dunkel und verlassen da. Nur eine Katze huschte im Laternenlicht durchs Gebüsch.

1

Samstag, 23. Februar 1929

»Ilse, das Geld kannst du dir sparen«, hatte Leo Wechsler zu seiner Schwester gesagt. »Macht euch lieber ein nettes Wochenende an der Ostsee. Also im Frühjahr, wenn das Wetter besser ist.«

Inzwischen bereute er seine Worte. Obwohl Ilse die meisten Möbel weggegeben hatte, war immer noch genug zu schleppen übrig. Und da nun der Handkarren statt eines teuren Umzugsunternehmens zum Einsatz kam, musste er kräftig mit anpacken. Sein Schwager Richard hatte geholfen, gab aber am Abend ein Konzert mit der Staatskapelle und war vorhin mitsamt seinem Cello in Richtung Unter den Linden verschwunden.

»Brauchst du die Kommode wirklich noch?«, fragte er Ilse, die neben der Wohnungstür stand. Sie nickte entschlossen.

»Die ist von unseren Eltern, Leo. Eines der wenigen Stücke aus der alten Wohnung, die wir behalten haben.«

Seufzend gab er Georg ein Zeichen. Sein Sohn war ebenfalls als Möbelpacker rekrutiert worden. Sie schleppten das gute Stück die drei Etagen hinunter und hievten es auf den Karren, der vor der Haustür stand. Der Weg von Alt-Moabit, wo Ilse bis jetzt gewohnt hatte, über die Kirchstraße und die Brücke zum Holsteiner Ufer war nicht weit, aber Leo hatte unterschätzt, wie schwer der Karren beladen sein würde. Und nun fiel ihm siedend heiß ein, dass Richard im zweiten Stock wohnte, was weitere Treppen bedeutete.

»Na, tut's dir schon leid?«, fragte Clara, die mit einer Kiste hinter ihm aus dem Haus kam. »Ich hab dir ja gesagt, es ist mehr, als du glaubst.«

Er schnitt eine Grimasse. »Das ist Teil unseres Hochzeitsgeschenks. Da kann ich schlecht einen Rückzieher machen.«

Sie hob die Kiste auf den Karren, lehnte sich dagegen und lachte.

»Was ist denn jetzt schon wieder?« Leo wurde allmählich ungehalten.

»Ich zitiere meinen Ehemann: ›Ilse und Richard, ich schenke euch zwei Dinge zur Hochzeit – den Umzug und dass ich nicht auf der Blockflöte spiele.‹«

Jetzt musste auch Leo lachen. Natürlich war das nicht alles gewesen, sie hatten auch ein »ordentliches« Hochzeitsgeschenk in Form eines silbernen Sektkühlers für Ilse und Richard gehabt, aber seine Ankündigung war mit großem Beifall aufgenommen worden. Die Hochzeit war leicht und fröhlich gewesen, alle hatten viel gegessen und getrunken und getanzt, es wurden Reden gehalten, Kollegen von Richard hatten ihre Instrumente dabei und gaben ein hübsches Ständchen. Leo hatte befürchtet, die Jahreszeit könnte ein wenig auf die Stimmung drücken – doch alle schienen umso bemühter, sich so gut wie möglich zu amüsieren und die Tatsache auszugleichen, dass im Februar statt im Mai gefeiert wurde.

Er warf einen Blick auf Ilse, die mit einem Butterbrot aus der Haustür kam und es ihm reichte. »Du siehst aus, als könntest du nach der Kommode eine Stärkung gebrauchen.«

Er nahm das Brot dankbar entgegen und biss hinein. »Nun, Frau Dohm, jetzt beginnt ein neues Leben.«

Seine Schwester stieß ihm gutmütig gegen den Arm. »Du hörst dich an wie eine alte Tante am letzten Schultag.«

Leo wurde ernst. »Ehrlich, Ilse – ich freue mich für euch.«

Sie lächelte ihn an. »Deine Rede war sehr schön.«

»Ich hab auch seit Weihnachten dran gesessen«, sagte Leo grinsend, schob sich das restliche Brot in den Mund und gab Georg ein Zeichen. Dann zog er die Pulloverärmel herunter, setzte seine alte Schirmmütze auf und packte einen der Schubkarrengriffe.

Als der Karren losrollte, sagte Ilse: »Der Herr Oberkommissar als Möbelpacker, dass ich das noch erleben darf.«

Leo drehte sich um und rief über die Schulter: »Nimm lieber dein Rad und fahr los, damit du vor uns da bist und die Türen aufmachen kannst!«

In der Kirchstraße hupte ein Auto, weil sie den Verkehr aufhielten, doch Leo ließ sich nicht beirren. Der Karren rumpelte über das Kopfsteinpflaster, einmal musste er hastig nach einer Kiste greifen, die herunterzurutschen drohte. Aber das störte ihn nicht, weil er es für Ilse tat.

»Wäre es dir peinlich, wenn dich jemand erkennt?«, fragte Georg unvermittelt, und Leo sah ihn überrascht an.

»Warum sollte es?«

»Na ja, du bist doch Beamter, ein Oberkommissar, die machen so was doch sonst nicht.«

Leo seufzte. »Weißt du, Georg, es hat mich nie gekümmert, ob irgendwer irgendwas macht, weil es sich so gehört oder man es von ihm erwartet. Ich mache, was ich für richtig halte. Und es erscheint mir richtig, Ilse und Richard Geld zu sparen, von dem sie sich was Schönes gönnen können. Umzugsunternehmen sind reichlich teuer.«

»Hm. Verstehe.« Ganz überzeugt wirkte Georg nicht.

»Oder wäre es *dir* peinlich, wenn uns jemand sieht?«

Sein Sohn zuckte mit den Schultern. »Eigentlich nicht. Aber ein paar Jungs reden immer so groß daher, von wegen Dienstboten und dass ihre Mütter nicht im Haushalt arbeiten müssen.«

Das wurde ja immer besser. »Lass uns mal eine Pause machen.«

Sie hatten die Moabiter Brücke mit ihren Bronzebären erreicht und konnten das große rote Wohnhaus am anderen Ufer der Spree schon sehen. Sie hätten es auch ohne Rast geschafft, aber für manche Gespräche blieb man besser stehen.

Leo lehnte sich gegen die Brüstung und schaute Georg an. »Es ist mitunter schwer, nichts auf das zu geben, was andere sagen. Das geht mir auch so, das kannst du mir glauben. Aber letzten Endes musst du mit dir selbst zufrieden sein.«

Georg schaute auf seine Füße. »Ja, Vati, ich weiß. Nur fühle ich mich manchmal ein bisschen dazwischen.«

Leo wusste genau, was er meinte. Georg war ein Beamtensohn, der das Gymnasium besuchte, aber in einer Arbeitergegend wohnte. Einer der besten Freunde seines Vaters war überzeugter Kommunist. Seine Stiefmutter führte ein eigenes Geschäft und hielt Vorträge bei der SPD. »Das kenne ich. Als ich bei der Kripo angefangen habe, gab es dort viele Aristokraten, ›Adelsklub‹ nannten sie es. Und mittendrin der Sohn eines Gemüsehändlers. Da habe ich mich manchmal ziemlich außen vor gefühlt.«

Georg grinste. »Kannst du darum so gut Karren schieben?«

Die leichte Stimmung war zurückgekehrt.

»Klar, und als Enkel eines Gemüsehändlers musst du das auch können, das ist Tradition bei uns. Na los, das sind die letzten Meter.«

Erika hasste die Arbeit im Plättsaal. Die Bügeleisen, die in Kohleöfen erhitzt wurden, waren schwer und heiß, und sie hatte sich mehr als einmal daran verbrannt. Sie und die anderen Mädchen in der Erziehungsanstalt arbeiteten hart beim Waschen, Plätten und Nähen. Da sie in Handarbeiten ganz und gar unbegabt war, wurde sie hier beschäftigt, wo sie, wie die Nonnen meinten, nicht viel kaputtmachen konnte. Dennoch lebte sie in der ständigen Angst, einen zarten Kragen oder die Manschetten eines eleganten Oberhemdes anzusengen.

Sie wischte sich mit dem Ärmel den Schweiß von der Stirn. Wie so oft schaute sie zum Fenster und stellte sich vor, einfach davonzulaufen, weg aus dem Kloster mit seinen engen Mauern, zurück zu Mutti, in die vertraute Welt, in der sie aufgewachsen war und die inzwischen so fern schien.

»Nicht träumen, Erika!«

Sie zuckte zusammen, als Gertrud, eines der älteren Mädchen, neben sie trat. Sie trug ein Abzeichen an ihrer Schürze, mit dem sie unerträglich angab, als hätte sie die Aufsicht über den ganzen Plättsaal. Sie führte sich auf, als wäre sie eine der Ordensschwestern, und ließ die anderen gern ihre Macht spüren.

»Schau mal, wie voll dein Korb noch ist. Wenn du nicht schneller arbeitest, muss ich dich melden.«

Erika bedachte sie im Geist mit den schlimmsten Schimpfwörtern, die ihr einfielen, schwieg aber, um einer Strafe zu entgehen. Außerdem war unnützes Reden bei der Arbeit streng verboten.

Als sie eine Ewigkeit später fertig war, warf Gertrud einen missbilligenden Blick auf den Korb, in dem die säuberlich gefaltete Wäsche lag.

»Den bringst du jetzt noch zur Pforte, der wird gleich abgeholt. Eine wichtige Kundin.«

Erika wollte protestieren. Eigentlich war Gertrud selbst dafür verantwortlich, doch sie sparte sich gern Arbeit und überließ sie den Jüngeren, die sich nicht wehren konnten. Erika wusste, dass Widerspruch ihr nicht gut bekommen würde. Sie ergriff den schweren Korb und machte sich auf den Weg durch die Wäscherei und den Küchentrakt zum Schwesternhaus.

Dann hörte sie plötzlich ihren Namen und blieb abrupt im Korridor stehen. Sie stellte lautlos den Korb ab und horchte mit klopfendem Herzen auf das, was hinter der angelehnten Tür gesprochen wurde. Eigentlich lauschte sie nicht, auch das wurde streng bestraft, aber wenn die Schwestern von ihr redeten, musste sie erfahren, worum es ging.

»Erika ist nun mal ein Mädchen, das es nicht einfach gehabt hat«, sagte Schwester Bonifatia, die immer in allen das Gute sehen wollte und die Netteste von allen war.

»Nein«, widersprach Schwester Augustina barsch, »sie ist ein Mädchen, dessen Mutter bereits gesündigt hat und das sich nicht einmal bemüht, Gott zu gefallen.«

»Ich fürchte, sie kann ihre schlechten Anlagen nicht überwinden. Sie brechen sich immer wieder Bahn, sosehr wir uns um sie bemühen«, fügte Schwester Bernharda hinzu. Es sollte mitleidig klingen, tat es aber nicht.

Erika wollte schon weitergehen. Sie kannte das alles. Bis auf die Sache mit Gott war es genau das, was die Frau von der Fürsorge gesagt hatte, als sie plötzlich vor der Tür gestanden und sie von ihrer Mutti weggeholt hatte.

Dabei hatte Erika nur eine Apfelsine geklaut, als Geschenk für Mutti, als es ihr nicht gut ging. Sie hatte Frau Weigel, der das Geschäft gehörte und die sie erwischt hatte, angefleht, es keinem zu sagen, aber die hatte natürlich die Fürsorge gerufen. Wer sonst sollte es gewesen sein?

Im Heim hatte es Schläge gegeben und wenig Essen. Erika hatte jede Nacht nach ihrer Mutti geweint, dann gab es noch mehr Schläge, und die anderen Kinder boxten sie, damit sie endlich leise war. Irgendwann hatte man ihr erzählt, die Mutti wäre umgezogen und wollte nichts mehr von ihr wissen. Erika wusste, dass das nicht stimmte, und hatte diese Gewissheit tief in ihrem Inneren bewahrt wie einen Schatz.

Sie hatte sich gefreut, als es auf einmal hieß, das Heim wäre überfüllt, sie käme woandershin, zu Ordensschwestern, am Rand der Stadt, doch bald hatte sie begriffen, dass man sie auch hier anders machen wollte, als sie war.

Zuerst hatten sie es mit Beten in der Klosterkirche versucht und auch noch für sie mit gebetet. Sie hatte nicht verstanden, was das helfen sollte. Aber die Schwestern wussten ganz genau, wie ein braves junges Mädchen zu sein hatte. Und sie passte nicht in dieses Bild.

Als Nächstes schickte man sie zur Beichte. Erika wusste gar nicht, was das war. Sie hatten ihr den komischen Holzkasten mit den Vorhängen gezeigt und gesagt, darin warte der Pfarrer, dem solle sie ihre Sünden beichten. Irgendwas von unkeuschen Gedanken und dass sie ihre Sünden bereuen und sie danach vergessen könne, weil sie dann bei Gott seien. Also hatte Erika ihm von der Apfelsine erzählt. Doch damit war er nicht zufrieden gewesen und hatte immer weiter gebohrt.

Dann hatte er gesagt, sie solle in sich gehen, drei Vaterunser beten und in der nächsten Woche wiederkommen. Es hatte nichts genützt.

Erika wollte gerade den Korb aufheben und weitergehen, als Schwester Augustina, die Oberin, sagte: »Darum erwäge ich, den Arzt zu verständigen.«

Erika schrak zusammen. Sie hatte Angst vor Ärzten, immer schon. Sie war selten bei einem gewesen, weil sie ein gesundes Kind gewesen war, aber einmal war es ihr richtig schlecht gegangen nach einer Spritze. Und sie hatte schreckliche Dinge von schlimmen Medikamenten und Operationen gehört.

Sie schluckte mühsam, ihr Hals war auf einmal ganz eng.

»Sie ist unbelehrbar«, fuhr die Oberin fort. »Sät Unfrieden und Unzucht. Gebete allein werden kein anständiges Mädchen aus ihr machen. Wir müssen schwerere Geschütze auffahren und dürfen auch vor strenger Züchtigung nicht zurückschrecken.«

»Sollten wir es nicht erst im Guten versuchen?«, fragte Schwester Bonifatia so leise, dass Erika sie kaum verstand.

»Das haben wir lange genug getan«, erwiderte Schwester Augustina ungeduldig. »Sie soll doch nicht enden wie ihre Mutter.«

Erika hob den Korb auf und lief davon, so schnell die schwere Last es zuließ.

Sie wollte schon lange weg, hatte immer mit dem Gedanken an Flucht gespielt und sich nie getraut, aber jetzt war es so weit. Sie konnte nicht länger hierbleiben.

Als sie vor dem schönen Haus mit der rot-weißen Fassade ankamen, wartete Ilse mit dem Fahrrad auf sie und hatte ein seltsames Lächeln im Gesicht. »Georg, du kannst gehen, du wolltest doch zum Fußball«, sagte sie, und Leo wollte schon protestieren, doch dann trat Robert Walther aus dem Hausflur.

Er war auch auf der Hochzeit gewesen. Ilse hatte es so entschieden, und Leo war froh, dass seine Schwester die Sache in die Hand genommen hatte. Seit dem Fall Graf im letzten November hatten er und Robert versucht, ihre Freundschaft zu kitten. Es war nicht einfach, aber sie hatten sich ab und an auf ein Bier getroffen. Ein guter Anfang. Und das gemeinsame Feiern hatte auch geholfen. Er hatte allerdings nicht damit gerechnet, dass Robert bei Ilses Umzug auftauchen würde.

»Ich habe gehört, ihr könnt zwei kräftige Arme gebrauchen«, sagte dieser statt einer Begrüßung.

Leo klopfte ihm auf die Schulter. »Danke, da hast du recht. Richard braucht seine gerade fürs Cello.«

Zu dritt kamen sie schnell voran und hatten die zwei weiteren Fuhren, die nötig waren, in kurzer Zeit erledigt. Richard Dohms Wohnung war geräumig und eher sparsam eingerichtet, sodass es nicht weiter schwierig war, Ilses Lieblingsstücke unterzubringen.

Als sie fertig waren, setzten sich die beiden Männer auf die Stufen vor der Haustür und tranken Fassbrause. Robert war im Dienst, daher kam Bier nicht infrage. Ilse war nach Moabit zurückgeradelt, um mit Clara die letzten Sachen zu packen.

Nun hätten sie in Ruhe ein paar Worte reden können, saßen aber schweigend da. Es fiel Leo noch immer nicht ganz leicht, unbeschwert mit Robert zu reden.

»Ich bin dir noch eine Antwort schuldig«, sagte Robert schließlich.

Leo sah ihn überrascht an. »Ich habe doch gar nichts gefragt.«

»Ist schon länger her. Erinnerst du dich an den Artikel in der Nachtausgabe, beim Fall Graf letztes Jahr?«

Leo wurde hellhörig. »Natürlich. Ich war der Meinung, dass die Information aus eurem Polizeiamt kam. Und bin es bis heute.«

Robert biss sich auf die Lippe und nickte. »Du hast recht.

Jedenfalls bin ich mir ziemlich sicher. Neulich habe ich gehört, wie jemand mit der Presse telefonierte, in einer anderen Sache. Und ich vermute, derselbe hat es auch der Nachtausgabe gesteckt.«

»Und wer war das?«

»Richter. Mein Vorgesetzter.« Er zögerte. »Er trifft sich mit Leuten, die … rechts stehen. Ich – ich war ein paarmal dabei. Hab mir angehört, was sie zu sagen haben. Manches hat mir gefallen, anderes nicht. Ich war wütend damals, auf dich, auf Gennat, auf Jenny, vor allem auf mich selbst.« Er zuckte mit den Schultern. »Aber ich fühle mich nicht mehr wohl da. Die reden immer wilder daher. Und dass er Sachen an die Presse gibt, unter der Hand, das … Jedenfalls wollte ich, dass du das weißt.«

Leo nickte. »Danke. Ich habe dir auch etwas zu sagen. Gennat hat mich gefragt, was ich davon halte, wenn du in die Inspektion A zurückkommst. Ich habe mich dafür ausgesprochen. Es wäre schön, dich wieder dabeizuhaben.«

Statt einer Antwort drückte Robert seinen Arm.

2

Obschon der Februarabend ungemütlich feuchtkalt war, zog es Ludwig Bönisch nach draußen. Er versäumte es nie, bei Vollmond zur Blanken Hölle zu gehen. Andere mochten es sonderbar oder abergläubisch finden, aber Heimatforschung war nun mal sein Steckenpferd. Und nichts reizte ihn mehr als der von Wiesen und Büschen umgebene Pfuhl, in dem sich nach einer alten Sage das Tor zur Unterwelt verbarg.

Bönisch hatte eine lange Unterhose angezogen, dazu seinen wärmsten Pullover, Mantel und Strickschal und eine Mütze mit Ohrenschützern. So stapfte er nun durch die verlassenen Straßen in Richtung Blanke Hölle. Wer nicht nach draußen musste, blieb am warmen Herd, aber er hoffte auf einen wolkenlosen Moment, denn er hatte es so gern, wenn das Mondlicht auf die nassglitzernden Wiesen und die dunkle Fläche des Gewässers fiel.

Dessen eigentlicher Name »Blanke Helle« wurde auf die germanische Totengöttin Hel zurückgeführt, und seit Bönisch als Junge die Sage von Hel und ihren Stieren gehört hatte, war sie ihm nicht mehr aus dem Kopf gegangen.

Demnach hatte in vorzeitlichen Tagen ein Priester in einer Hütte gelebt, die am Rande des Wassers stand. Jedes Jahr schickte ihm die Göttin zwei Stiere, die das Ufer pflügten. Noch am selben Tag ging dort die Saat auf, und der Priester konnte das Getreide ernten. Zum Dank opferte er der Göttin einige Garben auf einem Stein.

Das Unheil hatte begonnen, als ein christlicher Mönch sich an den Pfuhl verirrte. Der Priester nahm ihn in seiner Hütte auf und bat den Mönch, seine Aufgabe fortzuführen, wenn er starb. Der Mönch war von der Bitte wenig angetan, da er mit dem heidnischen Heiligtum nichts zu tun haben wollte. Folglich kümmerte er sich nicht um die Opferstätte, nachdem der Priester gestorben war.

Wenn Bönisch an Vollmondabenden ganz still dastand, meinte er bisweilen, die Hufe der Stiere auf der Erde donnern zu hören. Seine Frau Auguste hatte ihn argwöhnisch angesehen, als er das einmal erwähnte, und kopfschüttelnd »Ludwig, du bist verrückt« gesagt. Egal, er mochte die Geschichte.

Sein Atem bildete eine Wolke, und er verkroch sich tiefer im Mantel, der schon feucht vom Regen war. Vor ihm tauchten die ersten Büsche des Platzes auf, verschwommene Umrisse im Licht der wenigen Straßenlaternen. Da hier niemand wohnte, hielt die Stadt es für vertretbar, die Gegend nur unzureichend zu beleuchten.

Bönisch war am Rande der grünen Wildnis angekommen. Das Gras, von Reif überzogen, knirschte unter seinen Stiefeln, als würden die Halme einzeln brechen. Er vergrub die Hände noch tiefer in den Taschen, sie waren trotz der Wollhandschuhe eiskalt. Er schaute zum Himmel, wo sich eine Wolke vor den Mond geschoben hatte. Nur ein Augenblick, sie wäre gleich vorbeigezogen, und dann –

Das fahle Licht ergoss sich über die Landschaft, schimmerte auf dem unbewegten Wasser, ließ den Frost auf Gras und Büschen wie Juwelen glitzern. Bönisch stand da und genoss ehrfürchtig den Anblick, der ihm allein gehörte. Einen Moment lang stellte er sich vor, er wäre jener Priester und wartete, dass die Stiere in einem wilden Wirbel aus dem Wasser emporstiegen.

Das Ende der Geschichte war eher unerfreulich.

Der Mönch hungerte, weil die Stiere nicht mehr gekommen waren, um das Feld zu pflügen. Also flehte er Gott um ein gnädiges Ende an, worauf sich das Wasser teilte und die Tiere zurückkehrten. Dann rannten sie stampfend im Kreis um den Pfuhl, und wo sie gerannt waren, senkte sich der Boden immer tiefer und wurde überflutet. Zuletzt verschlang das Wasser Stiere und Mönch, Hütte und Opferstein.

Es gab noch ein allerletztes Kapitel – den Aberglauben, der Pfuhl fordere jedes Jahr ein Menschenopfer. Bönisch wusste, dass mehr als ein Mensch hier ertrunken war, so harmlos die Blanke Hölle auch aussehen mochte. Natürlich war es nur eine Geschichte, und doch spürte er an solchen mondhellen Abenden, dass vielleicht ein Fünkchen Wahrheit darin lag.

Er wollte gerade kehrtmachen und nach Hause gehen, um sich gründlich aufzuwärmen, als er in Ufernähe einen dunklen Fleck bemerkte. Er stand unschlüssig da, hin- und hergerissen zwischen Neugier und dem dringenden Wunsch, seine Hände und Füße aufzutauen.

Schließlich gab er sich einen Ruck und eilte, so schnell er konnte, über die reifbedeckte Wiese zum Pfuhl.

Der Mond verdunkelte sich erneut, und er wäre beinahe über einen Stein gestolpert, konnte sich aber gerade noch fangen. Er tastete sich weiter. Dann war die Wolke vorübergezogen, und um ihn herum wurde es heller.

Hell genug, um die Gestalt zu sehen, die zusammengesunken am Ufer lag, eine Hand zum Wasser ausgestreckt.

Erika hockte eingezwängt hinter einem hohen Kistenstapel, die Knie fast unter dem Kinn. Es roch trocken und staubig, nach Öl und Holz und anderen Dingen, die sie nicht kannte.

Sie hatte sich freiwillig gemeldet, um den Müll nach draußen zu tragen. Es war eine unbeliebte Arbeit, und sie hatte ausgenutzt, dass die Schwestern wegen des Geruchs ungern dabei Aufsicht führten. Unter ihrem Kleid hatte sie ein Bündel mit ihren wenigen Habseligkeiten verborgen und gehofft, dass die Schwestern es nicht bemerkten. Sie hatte die Eimer ausgeleert und abgestellt, sich rasch umgesehen und war zum Gartenschuppen gelaufen.

Darin hing eine alte Hose des Gärtners an einem Haken. Die hatte sie angezogen, mit einer Kordel enger geschnürt, die verhasste Anstaltskleidung – graues Kleid, weißes Häubchen, weiße Schürze – in eine Ecke geworfen und den alten Pullover übergestreift, den sie im ersten Heim bekommen hatte.

Dann war sie zu der hohen Mauer gerannt, die das Klostergelände umgab. Sie wusste, wo ein Holzstapel lag, und kletterte dank ihrer festen Schuhe und der Hose mühelos hinauf. Noch ein letzter Blick zu den erleuchteten Fenstern, dann sprang sie auf der anderen Seite hinunter und lief davon, vorbei am Klosterteich, hinein ins Gewirr der Straßen. Sie kannte sich nicht aus, wollte einfach nur weg von hier.

Und nun saß sie hier in diesem Lagerhaus und konnte endlich nachdenken. Aber sie fürchtete sich davor, ihren Gedanken zu begegnen. Sie wusste nicht, was sie jetzt anfangen, wohin sie gehen sollte. Zur Mutti? Aber wenn sie wirklich umgezogen war, würde Erika sie womöglich nicht finden. Und falls sie noch in der Wriezener Straße wohnte, würde man sie dort zuallererst suchen. Sicher würden die Schwestern die Polizei rufen, und die wusste natürlich, wo Mutti wohnte. Sie wollte sich gar nicht ausmalen, was passierte, wenn man sie erwischte und zurückbrachte. Sie konnte es nicht ertragen, eingesperrt zu sein. Das war das Allerschlimmste am Kloster.

Eine Stelle in einem feinen Geschäft würde ihr gefallen. So etwas hatte sie mal in einer Zeitung gesehen, große Fenster, viel Licht und schöne Dinge, die man kaufen konnte. Und die Verkäuferinnen trugen schicke Kleider. Aber das war nur ein Traum.

Als Erstes musste sie Mutti finden, sich nach fünf Jahren endlich wieder an sie drücken und ihre raue Hand auf dem Kopf spüren. Dann könnte sie in Ruhe überlegen, wie es weitergehen sollte.

Erika legte sich auf den Boden, rollte sich zusammen und schloss die Augen. Ihr fiel wieder die seltsame Sache ein, die sie unterwegs beobachtet hatte, an dem kleinen Teich, der im Mondlicht geglitzert hatte. Erika wusste nicht, was genau da geschehen war, aber sie hatte eine unbestimmbare Furcht gespürt. Doch nun überfiel sie eine ungeheure Müdigkeit, als die Anstrengungen des Tages sie einholten, und sie schlief trotz der unbequemen Haltung ein.

Schon fast halb neun. Auguste Bönisch wurde allmählich unruhig. Meist blieb sie geduldig, wenn Ludwig seinem Steckenpferd nachging, und hatte auch nichts dagegen, dass er abends durch Tempelhof streifte und sich den Mond anschaute. Doch es war wirklich spät, und er sollte noch Kohlen aus dem Keller holen, das hatte er versprochen. Sie sah nicht ein, sich mit dem Eimer abzuschleppen, wenn sie einen Mann mit starken Armen im Haus hatte.

Sie wischte noch einmal den tadellos sauberen Küchentisch ab, rückte die Stühle noch ein bisschen gerader, warf einen Blick auf den leeren Kohleneimer. Das Einzige, was vor dem Schlafengehen zu tun blieb.

Was trieb er bei dem ungemütlichen Wetter da draußen? Sie war froh, dass sie nicht mehr vor die Tür musste, doch er lief um den komischen Tümpel herum und schwelgte wieder in seinen Sagen von Stieren und Göttinnen. Sicher, ein Mann brauchte ein Hobby, und Auguste war froh, dass ihr Ludwig nicht trank oder auf Pferde wettete. Er brauchte nur Stift und Papier und gute Schuhsohlen, weil er oft zu Fuß unterwegs war.

Sie durfte sich also nicht beschweren –

Es klingelte. Hatte Ludwig den Schlüssel vergessen?

Auguste machte auf und sah sich einem etwa zwölfjährigen Jungen mit Schirmmütze und dickem Schal gegenüber. Seine Ohren waren von der Kälte ganz rot, und er war ziemlich außer Atem. »Sind Sie Frau Bönisch?«

»Ja. Was willst du hier?«

»Ick soll Ihnen sagen, Ihr Mann ist auf dem Polizeirevier in der Berliner Straße.«

Sie tastete nach dem Türrahmen. »Ist ihm was passiert?«, stieß sie hervor.

»Nee, dem nicht. Dem andern.«

»Was redest du da?«

Der Junge holte tief Luft und kniff konzentriert die Augen zusammen. »Er hat wen jefunden, an der Blanken Hölle. ’nen Toten.«

Auguste wurde ganz blümerant. »Einen Toten? Hast du dir das ausgedacht?«

»Nee«, sagte der Junge empört. »Dit is wahr. Er hat ihn jefunden und ist zur Polizei und muss jetzt aussagen. Und damit Se sich keene Sorjen machen, hat er mir losjeschickt. Dit is die reine Wahrheit, ehrlich.«

Auguste überlegte rasch. Dann zog sie Hut und Mantel über, wickelte sich einen Schal um den Hals und sagte zu dem Jungen: »Du bringst mich jetzt auf dieses Revier, zu meinem Mann. Und danach bekommst du einen Groschen.«

»Im Sommer können wir wieder Gartenfeste bei mir feiern«, sagte Pauline Caspary, als hätte sie die Gedanken des Mannes gelesen, der mit einem Champagnerglas neben sie getreten war.

»Du bist spät dran heute«, sagte Ernst Haldensleben. »Aber schön, dass du gekommen bist. Und ich hoffe, dass wir im Sommer dann im Schein der Glühwürmchen spazieren gehen.«

Pauline lächelte und warf lässig die zu einem Pagenkopf geschnittenen Haare nach hinten. Sie hielt eine Zigarettenspitze in den schlanken, manikürten Fingern und sah ihn provozierend an. »Spazieren gehen? Wie langweilig.«

Er trank von seinem Champagner, ohne sie über das Glas hinweg aus den Augen zu lassen, sein Blick wanderte tastend an ihrem Körper hinunter. Pauline war nicht die Frau, die dabei rot wurde; eine Reaktion zeigte sie dennoch. Ihre Zungenspitze schob sich zwischen die Lippen, blassrot und glänzend, ein Versprechen, das bei nächster Gelegenheit eingelöst würde. Er berührte wie beiläufig ihre Hand und sah sie mit hochgezogener Augenbraue an.

»Du solltest dir morgen unbedingt meine Neuerwerbung anschauen, einen Sascha Wiederhold. Du kennst ja seinen Stil, ein hinreißend bunter Wirbel aus Farben und Formen, der einen förmlich einsaugt. Aber das machen wir nicht heute Abend, sondern lieber ganz in Ruhe. Und danach können wir essen gehen.«

»Oder wir essen im Bett. Ich habe den ganzen Tag Zeit, Emil ist verreist.«

Ernst und Pauline liebten einander nicht, was beide wussten und keinen von ihnen störte. Er hätte schlecht beschreiben können, was genau ihn an ihr fesselte. Der Sex allein war es nicht, den hatte er mit vielen Frauen gehabt, und Pauline war apart, aber bei weitem nicht die Hübscheste. Vielleicht war es die absolute Sorglosigkeit, mit der sie ihren Mann betrog, sich keinerlei Gedanken machte, nicht einmal besondere Vorkehrungen traf. Sie schien sich überhaupt nicht zu fürchten. Sie aß und trank ebenso unbekümmert, wie sie mit ihm ins Bett ging, und schien dabei nie satt zu werden. Womöglich war es dieser nie zu stillende Hunger, der ihn zu ihr hinzog.

Sie wandte sich zum Saal. »Du darfst deine Pflichten als Gastgeber nicht vernachlässigen.« Dann tippte sie ihm mit dem Zeigefinger an die Wange. »Morgen um zwei hier bei dir? Ich werde mir deinen Sascha Wiederhold nicht entgehen lassen.« Mit diesen Worten war sie im Gedränge der Gäste verschwunden.

»Eine hinreißende Frau«, sagte eine Stimme neben ihm, und Ernst Haldensleben schaute überrascht zur Seite.

»Herr Marold, guten Abend. Es freut mich, dass Sie kommen konnten.«

Marold bekleidete einen hohen Posten im Hugenberg-Konzern. Vergangenes Jahr hatte es ziemliches Gerede gegeben, als sich eine Frau, die mit Marold bekannt gewesen war, umgebracht hatte. Doch er war unbeschadet aus dem Skandal hervorgegangen. Ernst Haldensleben bewunderte Menschen, die sich durchs Leben bewegten wie durch einen Fluss, der sich für sie teilte, statt ein Hindernis für sie zu sein.

»Wirklich hinreißend«, wiederholte Marold und hob sein Glas.

Ludwig Bönisch hatte die Hände auf die Knie gestützt. »Hören Sie, wie sollte ich denn ahnen, dass da einer liegt? Ich hab nichts damit zu tun!«

Der Mann, der sich als Kriminalpolizeirat Nitschke vorgestellt hatte, sah ihn durchdringend an. »Herr Bönisch, Sie müssen zugeben, dass ein Spaziergang bei diesem Wetter ungewöhnlich ist.«

»Na, der andere war doch auch unterwegs«, entfuhr es ihm.

Der Polizist runzelte die Stirn. »War er Ihnen bekannt?«

»Ich weiß nicht ... also, ich hab mir sein Gesicht nicht angesehen. Aber die Haare und wie er gekleidet war – er erinnerte mich an einen Herrn, mit dem ich mal geredet habe. Über die Geschichten, die es zur Blanken Hölle gibt. Er kannte sich aus. Aber ich weiß nicht, wie er heißt, und ob er das wirklich war.«

»Wie haben Sie den Toten vorgefunden?«

»Er lag da an der Blanken Hölle, auf der Wiese. Als wäre er da spazieren gegangen. Im Übrigen war ich selbst gar nicht spazieren. Ich habe mir nur den Pfuhl angesehen. Bei Mondlicht.«

Der Kriminalbeamte sah ihn an, als zweifelte er an seinem Verstand. »Bei Mondlicht? Den Pfuhl?«

Worauf Bönisch eine Kurzfassung der Sage lieferte. »Ist so eine Angewohnheit von mir. Bei Vollmond hingehen, meine ich. Gewöhnlich bin ich allein, jedenfalls um diese Jahreszeit. Im Sommer sind schon mal Liebespaare unterwegs, denen gehe ich aus dem Weg. Will ja nicht stören. Aber wenn es kalt oder nass ist, geht niemand außer mir da hin.«

Nitschke schien nicht überzeugt. »Sie wollen mir also weismachen, dass sich bei diesem unwirtlichen Wetter gleich zwei Männer an diesem verlassenen Ort aufhalten und nichts miteinander zu tun haben? Dass Sie den Toten schon früher gesehen und sogar mit ihm gesprochen haben, aber nichts über ihn wissen?«

»So ist es«, beteuerte Bönisch, dem ganz flau im Magen wurde. Wie war er bloß in diese missliche Lage geraten?

»Nach einer flüchtigen Beschau des Leichnams gehen wir davon aus, dass der Mann gewaltsam zu Tode gekommen ist. Sie müssen sich auf weitere Befragungen einstellen«, verkündete Nitschke gewichtig.

Entsetzt schaute Bönisch den Polizisten an. »Gewaltsam? Ich hab das Blut gesehen, aber ich dachte, der ist mit dem Kopf irgendwo draufgefallen. Dass er vielleicht betrunken war.«

»Dazu kann ich mich nicht äußern«, sagte Nitschke und griff nach dem Hörer.

»Aber Herr Polizeirat, wenn ich was Schlimmes gemacht hätte, würde ich doch nicht die Polizei rufen, sondern weglaufen. Ich hätte einfach heimgehen können, aber ich hab mich bei Ihnen gemeldet und –«

»Hier Polizeiamt 13. Verbinden Sie mich mit der Inspektion A.«

3

Am Abend hatten Leo und Clara es sich im Wohnzimmer bequem gemacht, froh, dass sie nach dem anstrengenden Umzug die Beine ausstrecken konnten.

»Ich hatte ein etwas schlechtes Gewissen, Ilse mit den Kisten allein zu lassen«, sagte Clara.

»Ich nicht«, erwiderte Leo unbekümmert. »Sie weiß am besten, wo alles hingehört. Und wenn Richard heimkommt, wollen die beiden sowieso allein sein.« Er grinste. »Dann kann er sie endlich feierlich über die Schwelle tragen, jetzt, wo sie auch offiziell bei ihm wohnt.«

Clara lachte. »Was hat Robert denn erzählt?«

Er sagte es ihr, und sie sah ihn forschend an. »Möchtest du wieder mit ihm zusammenarbeiten?«

Leo zuckte mit den Schultern. »Ich will es zumindest versuchen. Die Geschichte im letzten Jahr war ein Bruch, da gibt es einiges zu reparieren. Und er muss sich damit abfinden, dass Neufeld jetzt fest bei uns arbeitet. Aber ja, ich könnte ihn gut gebrauchen. Und ich habe seine Freundschaft vermisst.«

Clara hatte gespürt, dass Leo immer wieder an seinen Freund und Kollegen gedacht hatte. Robert kannte ihren Mann länger als sie selbst. Er hatte ihm beigestanden, als Leos erste Frau gestorben war, ihm bei Auseinandersetzungen mit Kollegen und Vorgesetzten den Rücken gestärkt.

Robert hatte eine Lücke hinterlassen, als man ihn nach Tiergarten strafversetzt hatte. Vielleicht wäre es möglich, sie wieder zu schließen.

»Ich weiß. Ich hoffe, ihr kommt wieder miteinander aus, in der Inspektion A und überhaupt.« Sie wollte gerade in die Küche gehen und ein Bier holen, als das Telefon klingelte. »Ich geh schon.«

Kurz darauf steckte Clara den Kopf durch die Tür. »Das war Jakob. Ihr habt einen neuen Fall. Die anderen Kommissionen sind im Einsatz, ihr müsst los.«

Seufzend stemmte Leo sich aus dem Sessel hoch.

Sonnenschein wartete im Glashof des Präsidiums und hielt Leo den Autoschlüssel hin. »Platz Q in Tempelhof. Ein Toter in einer Grünanlage«, sagte er und stieg auf der Beifahrerseite ein.

»Was ist das für ein seltsamer Name?«, fragte Leo verwundert, als er den Wagen in Richtung Kreuzberg steuerte, wo sie den Kollegen Oskar Neufeld abholen würden, der Bereitschaft hatte. Leo hatte allerdings einen gründlichen Blick auf den Stadtplan werfen müssen, so genau kannte er sich im Berliner Straßengewirr dann doch nicht aus.

Sonnenschein zuckte mit den Schultern. »Wahrscheinlich liegt es daran, dass der Platz noch unbebaut ist.«

»Was wissen wir sonst noch?«

Der Kollege blätterte im Notizbuch. »Der Tote wurde von einem Spaziergänger heute Abend um Viertel vor acht auf dem Platz gefunden. Dabei handelt es sich um eine Grünfläche mit einem kleinen Gewässer in der Mitte. Die Gegend um den Platz ist als Baufläche ausgewiesen, bisher aber unbebaut und recht einsam. Bei dem Toten handelt es sich um einen älteren Mann, schätzungsweise Mitte sechzig bis siebzig Jahre alt. Schwere Kopfverletzung, die vermutlich zum Tode führte.«

»Den Spaziergänger haben sie hoffentlich auf dem Revier behalten«, sagte Leo. Sie hatten schon unerfreuliche Überraschungen mit Polizeiämtern erlebt, in denen man sich nicht an die Regeln hielt, die in der Inspektion selbstverständlich waren. Sie überquerten den Landwehrkanal, der zu ihrer Linken ins eisig-schwarze Wasser des Urban-Hafens mündete. Leo vergaß oft, dass es in Berlin viel Schifffahrt gab, und war manchmal ganz überrascht, wenn er auf Ladekräne und Hafenbecken stieß. Sie passierten die dunklen Bäume der Friedhöfe vor dem Halleschen Tor, die wie eine schwarze Wand neben ihnen aufragten. »Heute habe ich übrigens mit Robert gesprochen. Er vermutet, sein Chef im Polizeiamt 2 könnte die undichte Stelle sein, du weißt schon, damals beim Fall Graf.«

Sonnenschein sah ihn überrascht an. »Sein Chef?«

»Der Mann heißt Richter, unterhält Verbindungen mit rechts. Er scheint tatsächlich der Einzige zu sein, der dafür infrage kommt.« Er seufzte. »Gennat ist bereit, sich für Roberts Rückkehr einzusetzen, und ich habe zugestimmt. Wir könnten ihn brauchen. Und außerdem ...«

»Ich weiß«, sagte Sonnenschein ruhig. »Aber wird das nicht schwierig mit Neufeld?«

Leo winkte ab. »An den wird er sich gewöhnen müssen. Es ist Zeit, die alten Geschichten zu vergessen. Neid und Eifersucht haben keinen Platz bei uns, wir müssen Verbrechen aufklären.« Natürlich wusste er nur zu gut, dass menschliche Eigenheiten in ihre Arbeit hineinspielten, sosehr sie sich um Sachlichkeit bemühen mochten. Er bog nach links in die Fürbringerstraße ein und spähte zu den Hausnummern, die im trüben Laternenlicht kaum zu erkennen waren.

Schließlich hielt er an und stellte den Motor ab. »Ich geh schon«, sagte er, bevor Sonnenschein aussteigen konnte.

Leo trat durchs Tor in den Durchgang und ging hinauf in den zweiten Stock. *O. Neufeld* stand auf dem blank polierten Schild, und er drückte die Klingel.

Stille, dann Schritte. Als die Tür aufging, hörte Leo Musik im Hintergrund. Jazz.

»Oh, Herr Oberkommissar«, sagte Oskar Neufeld, dem die sonst so akkurat frisierten Haare wirr ins Gesicht hingen. Er sah ausgesprochen verlegen aus und räusperte sich.

»Verzeihung, ich hätte wohl besser anrufen sollen, aber wir haben einen Fall in Tempelhof. Ihre Wohnung liegt auf dem Weg, daher –«

Leo verstummte, als jemand hinter Neufeld aus der Wohnzimmertür trat und sofort wieder zurückwich. Der flüchtige Blick verriet ihm, dass es ein hochgewachsener dunkelhäutiger Mann war, dessen weißes Hemd bis unter die Brust aufgeknöpft war.

Neufeld wurde rot. »Ja, sicher, ich komme sofort. Einen Moment, bitte.« Er verschwand im Wohnzimmer, Leo hörte leise Stimmen.

Der Mann kam ihm bekannt vor, und er musste nicht lange überlegen, bis es ihm einfiel. Der Musiker, mit dem Moritz Graf befreundet gewesen war – Watson hatte er geheißen, nein, Watkins. Was allerdings nicht erklärte, weshalb sich dieser Mann in leicht derangiertem Zustand im Wohnzimmer seines Kollegen aufhielt.

»Ich warte unten im Wagen, Neufeld«, sagte er durch die angelehnte Wohnzimmertür und machte, dass er die Treppe hinunterkam. Unten im Flur blieb er einen Moment stehen, um seine Gedanken zu ordnen. Wenn dort oben vorging, was er vermutete, vermuten *musste*, würde er es mit keinem

Wort erwähnen, auch nicht Jakob gegenüber. Vielleicht hatten die beiden Männer ja nur gemeinsam Musik gehört. Aber falls Neufeld ein homosexuelles Verhältnis unterhielt, durfte niemand davon erfahren.

Berlin war eine Stadt, in der Menschen mit abweichenden sexuellen Bedürfnissen ziemlich frei leben konnten, solange sie sich einigermaßen diskret verhielten. Es gab zahllose Lokale und andere Treffpunkte, die allgemein bekannt waren, auch bei der Polizei. Solange man sich nicht zu öffentlich darstellte oder provozierte, wurde man weitgehend in Ruhe gelassen, Paragraph 175 hin oder her. Bei einem Polizisten, zudem einem Kriminalbeamten, sah das allerdings anders aus.

Leo atmete tief durch, bevor er auf die Straße trat und zum Wagen hinüberging.

Als er ins Auto stieg, sah er auf die Uhr. Mittlerweile war es kurz nach zehn. Hoffentlich hatten die Kollegen vernünftige Scheinwerfer mitgebracht, sonst bekämen sie Probleme bei der Spurensicherung in der Grünanlage. »Unbebaute Gegend« klang nicht gerade, als könnte man sich auf die Straßenbeleuchtung verlassen.

Dann wurde die hintere Wagentür geöffnet, und Neufeld stieg ein. Leo ließ den Motor an, wendete und fuhr los. »Würdest du den Kollegen auf den neuesten Stand bringen, Jakob?« Er hoffte, dass seine Stimme neutral klang. Jedenfalls musste er sich erst einmal in Ruhe überlegen, wie er vorgehen und ob er Neufeld auf den Zwischenfall ansprechen sollte.

Sonnenschein fasste alles kurz zusammen.

»Weiß man schon, wer der Tote ist?«

»Nein, die Informationen, die man mir durchgegeben hat, waren recht dürftig. Die Kollegen vom Erkennungsdienst sind schon vor Ort, mitsamt ordentlicher Beleuchtung, wie ich hoffe«, sagte Sonnenschein, als hätte er Leos Gedanken gelesen.

Sie fuhren über die breite Belle-Alliance-Straße in Richtung Tempelhof. Links lag der Flughafen mit seinen hölzernen Hallen und den weithin sichtbaren Scheinwerfer- und Funktürmen. Leo hatte gelesen, dass in diesem Frühjahr der nächste Bauabschnitt begonnen werden sollte – mitsamt einem Hotel und Flughafenrestaurant mit Besucherterrasse. Vielleicht könnten sie mal einen Ausflug dorthin machen, Georg wäre sicher begeistert.

Wann immer er in Tempelhof zu tun gehabt hatte, war ihm der Stadtteil seltsam zusammengewürfelt erschienen – das weitläufige Flughafengelände, Wohngebiete, aber auch das sogenannte Nansenheim, eine Barackensiedlung, in der russische Flüchtlinge lebten und in der er letztes Jahr ermittelt hatte.

Nach einigen Minuten bog Leo von der Berliner Straße nach rechts in die baumbestandene Kaiserin-Augusta-Straße ab, deren stattliche Wohnhäuser um diese späte Stunde dunkel waren.

Scheinwerferlicht wies ihnen den Weg zum Platz Q, der weit und verlassen wirkte. Jenseits der künstlich erhellten Fläche war es dunkel, fern zeichneten sich die Bäume der benachbarten Friedhöfe wie Schattenrisse ab. Leo stieg aus und sah sich um. Keine Häuser in direkter Nähe, also vermutlich kaum Zeugen.

Ein älterer Mann mit dichtem Schnurrbart kam auf ihn zu und stellte sich als Kriminalpolizeirat Nitschke vor. Mit diesem Dienstgrad war er streng genommen Leos Vorgesetzter, doch es galt die unausgesprochene Regel, dass die Beamten vom Alexanderplatz das Sagen hatten, wenn sie an einen Tatort gerufen wurden.

Leo stellte sich und die Kollegen vor.

»'n Abend, die Herren«, sagte Nitschke. »Unerfreuliche Geschichte. Der Kopf ist reichlich zerschmettert. Ihre Kollegen sind schon dabei, die Spuren zu sichern. Der Arzt ist auch da. Der Zeuge, der den Toten gefunden hat, wartet bei uns im Polizeiamt. Sie können ihn gleich befragen, wenn Sie hier fertig sind.«

Sie begaben sich zu der Fundstelle, die sich in der Nähe eines kleinen Teichs befand. In dieser verlassenen Gegend gab es keine Schaulustigen, wofür Leo dankbar war. Immerhin mussten sie nichts absperren oder sich mit Mühe die Presse vom Hals halten.

Raureif knisterte unter ihren Füßen, als sie durchs Gras gingen, und Dr. Lehnbach, der neben dem Toten gekniet hatte, erhob sich und nickte zur Begrüßung. »Eins kann ich Ihnen schon sagen: Die Todesursache ist kein Geheimnis. Er starb an einem oder mehreren Schlägen gegen den Kopf, stumpfer Gegenstand, starke Kraftausübung, was übrigens keinen Schluss auf die Person des Täters zulässt. Ich schätze den Toten auf Mitte sechzig bis Anfang siebzig. Er ist etwa drei, vier Stunden tot.«

Leo sah ihn überrascht an. So schnell war Lehnbach gewöhnlich nicht mit seinen Äußerungen. Der Arzt schien seine Verwunderung zu bemerken. »Ich kenne Ihre Fragestellung mittlerweile in- und auswendig, Herr Wechsler. Darum sage ich es gleich: Mit der richtigen Waffe und dem nötigen Überraschungsmoment kann fast jede erwachsene Person eine andere erschlagen. Wie Sie sehen, ist die Blutung aufgrund einer oder mehrerer Platzwunden beträchtlich, aber das eigentlich Entscheidende ist die eingedrückte Schädeldecke. Die hat zum Tod geführt, nicht der Blutverlust.«

Leo beugte sich vor und betrachtete das Gesicht des Mannes. Gepflegter Schnurr- und Kinnbart, dicht und eisengrau. Geplatzte Äderchen an der Nase, aber eher altersbedingt, sie sahen nicht nach einer typischen Trinkernase aus. Die Blutlache unter seinem Kopf hatte den Raureif rosa gefärbt, und die Delle im Schädel war deutlich zu erkennen. Sie befand sich auf der rechten Kopfseite. Also hatte der Täter – oder die Täterin – entweder hinter dem Mann gestanden und war rechtshändig gewesen, oder man hatte ihn von vorn angegriffen, dann müsste es sich eher um eine linkshändige Person handeln.

Sein Blick wanderte zu den Händen, die in Lederhandschuhen steckten. Mantel mit Pelzkragen. Teure Schuhe, vermutlich maßgefertigt. Konnte es sich um einen Raubmord handeln?

»Haben Sie Papiere bei ihm gefunden? Oder Geld?«, erkundigte er sich bei Nitschke.

»Er hat nur einen Hausschlüssel, ein paar Geldscheine und eine nicht gerauchte Zigarre bei sich. Als hätte er gemerkt, dass die bei feuchtkaltem Wetter nicht schmecken, was ich aus eigener Erfahrung bestätigen kann. Außerdem eine Taschenuhr, ohne Monogramm, und auch sonst nichts, was eine Identifizierung zuließe.«

Dr. Lehnbach schloss die vorläufige Untersuchung ab und griff nach seiner Tasche. »Verglichen mit den Fällen, die Sie mir sonst gern präsentieren, erscheint mir dieser eher trivial. Zumindest was die Vorgehensweise betrifft. Über das Motiv kann ich natürlich nichts sagen, das ist Ihr Fachgebiet.«

Er verabschiedete sich und kündigte den Obduktionsbericht für den folgenden Nachmittag an. »Es ist zwar Samstag. Aber meine Frau hat ihren Bridge-Nachmittag, da suche ich lieber das Weite.«

Leo schaute zu den Kollegen, die im Scheinwerferlicht

mögliche Spuren sicherten. Fußabdrücke würde man im Gras kaum erkennen, aber es bestand die Möglichkeit, dass die Waffe in der Nähe weggeworfen worden war. Ein Polizeifotograf hatte die Leiche aufgenommen und wartete nun, ob Spuren zu fotografieren waren.

»Schon was gefunden?«, rief Leo.

Der Mann vom Erkennungsdienst zuckte mit den Schultern. »Ein paar Streichhölzer, die schon länger hier zu liegen scheinen. Ein Apfelrest. Ein benutztes Präservativ.«

Leo seufzte. Nicht gerade vielversprechend, aber sie konnten auch nicht ausschließen, dass etwas davon mit der Tat zusammenhing. »Packen Sie alles ein. Man weiß ja nie.«

Im Polizeiamt 13 in der Berliner Straße herrschte Aufruhr, als Leo hereinkam. Eine grauhaarige Frau, die eine abgenutzte Handtasche an sich drückte, stand an der Empfangstheke und redete auf den diensthabenden Schupo ein. »Aber mein Mann hat seit Stunden nichts gegessen. Sie können ihn doch nicht einfach festhalten, der wollte doch nur spazieren gehen, zum Pfuhl.«

Der Schupo sah sie gottergeben an. »Ich weiß, Frau Bönisch, aber Vorschrift ist Vorschrift, das habe ich Ihnen schon mehrmals gesagt. Ihr Mann hat das Opfer eines Gewaltverbrechens gefunden. Der Fall wurde an die Inspektion A übergeben, und somit muss Ihr Mann als Zeuge von einem Kriminalbeamten –«

»Guten Abend«, unterbrach Leo und stellte sich vor. »Sie sind Frau Bönisch?«

»Ja, Auguste Bönisch«, stieß die Frau hervor. »Mein Mann hat doch nichts –«

Er legte ihr beruhigend die Hand auf den Arm. »Ich rede jetzt mit Ihrem Mann und schicke ihn dann nach Hause.«

Sie schaute von ihm zur Tür, schüttelte entschieden den Kopf und setzte sich auf die Holzbank an der Wand. »Ich warte auf meinen Ludwig.«

Das ist echte Treue, dachte Leo. Oder aber den Mann erwartete ein Donnerwetter, weil er in diese unerfreuliche Geschichte hineingestolpert war.

»Wo ist der Zeuge?«

Der Schupo deutete auf den Gang, der links neben seiner Theke abzweigte. »Der dritte Raum, Herr Oberkommissar.«

»Dann erzählen Sie mal«, sagte Leo zu dem Mann, der wie ein Häufchen Unglück auf seinem Stuhl saß. Ludwig Bönisch war um die sechzig, mit rundlichem Bauch. Seine graublonden Haare schienen mit dem blassen Gesicht zu verschwimmen. Der Oberkiefer ragte über den Unterkiefer und verlieh ihm eine gewisse Ähnlichkeit mit einem Nagetier.

Er schaute Leo unsicher an. »Ich hab den wirklich nur gefunden, Herr Kommissar, ich hab nichts damit zu tun.«

»Sie sind ein wichtiger Zeuge, Herr Bönisch, und darum möchte ich die ganze Geschichte von Ihnen hören.«

Bönisch begann mit seinem Bericht. Im ersten Moment fand Leo es reichlich weit hergeholt, dass der Mann sich bei diesem unfreundlichen Wetter einen Tümpel im Mondlicht ansehen wollte, bemerkte dann aber, wie sich Bönischs Wangen röteten, als er sich für seine Erzählung zu erwärmen begann. Und als er dann auf die Geschichte des sogenannten Pfuhls kam, versetzte er Leo tatsächlich in Erstaunen.

»Ich wusste gar nicht, dass es in Berlin solche Legenden gibt«, warf er überrascht ein. »Ich dachte, so etwas kennt man nur in entlegenen Wäldern oder Gebirgen.«

»Nein, nein, Sagen gibt es auch in der Großstadt. Wobei wir hier draußen noch gar nicht so lange zu Berlin gehören. Früher waren das lauter einzelne Dörfer – Marienfelde,

Mariendorf, Lankwitz, da gab es Bauernhöfe und Felder wie draußen auf dem Land. Und aus solchen alten Zeiten stammen auch die Geschichten.«

»Und Sie haben niemanden am Platz Q gesehen oder gehört?«

»Nein, da war alles verlassen. Hätte mich auch gewundert, da ist tagsüber schon nicht viel los, geschweige denn im Winter um diese Uhrzeit.«

»Also war es ungewöhnlich, dass jemand außer Ihnen sich dort aufhielt?«

»Ja, das würde ich meinen. Aber wie ich schon gesagt habe, es kann sein, dass ich den Toten schon mal gesehen und mit ihm gesprochen habe. Der interessierte sich für die Legenden, genau wie ich. Falls es derselbe ist.«

»Wie oft gehen Sie abends dorthin?«

»Nur bei Vollmond«, antwortete Bönisch, als wäre dies die logischste Antwort der Welt.

»Also könnte sich der Tote dann und wann dort aufgehalten haben, ohne dass Sie ihn bemerkt haben, weil Sie den Pfuhl nur in größeren Abständen aufsuchen?«

»So ist es. Ich bin ja nur etwa alle vier Wochen dort.«

Leo war sich selbst nicht ganz sicher, worauf seine Fragen abzielten, aber etwas störte ihn an der Tatsache, dass ein offenbar gut situierter Mann an diesem abgelegenen Ort getötet worden war. War er seinem Mörder zufällig begegnet? Oder hatte man ihn bis dorthin verfolgt, damit es keine Zeugen gab? Besaß der Tatort eine Bedeutung, die über rein praktische Erwägungen hinausging? Konnte es sich um einen Ritualmord handeln? Hatte Bönisch wirklich nichts mit dem Fall zu tun?

»Und Sie haben das Gesicht des Toten ganz sicher nicht gesehen?«

Ein erschrockener Blick. »Nein, Herr Kommissar! Das Blut im Mondlicht hat mir Angst gemacht, da bin ich sofort losgelaufen, zum Polizeiamt.«

Das deckte sich mit dem, was Bönisch den Beamten gesagt hatte, als er aufgelöst und atemlos eingetroffen war. »Wir werden Ihnen Fotografien vorlegen. Dann können Sie uns bestätigen, ob es sich um den Mann handelt, mit dem Sie schon einmal gesprochen haben. Sie dürfen jetzt nach Hause gehen. Ihre Frau wartet draußen auf Sie.«

4

Sonntag, 24. Februar 1929

Erika fuhr aus dem Schlaf hoch und schrie auf, weil ihr Körper eiskalt war und schmerzte. Sie hatte die ganze Nacht hinter den Kisten gehockt und schaffte es kaum, die Beine auszustrecken. Dann bemerkte sie die schmutzigen Arbeitsstiefel vor sich und ließ den Blick an der ausgebeulten Hose hochwandern, weiter über den Bierbauch, über dem sich Kittel und Pullover spannten, bis hin zu dem geröteten Gesicht und den Händen, die der Mann empört in die Hüften gestemmt hatte.

»Da hol mir doch eener! Dit is keen Hotel, Frollein. Oder willste mausen? Hier findste nüscht, wat Jeld bringt.«

Sie rappelte sich mühsam auf und klopfte die Hose ab, die sie dem Gärtner des Klosters geklaut hatte. »Ich – ich hab nur hier geschlafen, ehrlich.«

Er musterte sie argwöhnisch, aber nicht ohne Mitgefühl. »Siehst janz verfroren aus, Frolleinchen. Von zu Hause wegjeloofen, wa?«

Sie nickte, die Erklärung war so gut wie jede andere.

»Hat Vatta dir versohlt?«

Sie schaute auf ihre Füße. »Nein, aber – ich musste weg. Von da, wo ich herkomme.«

Der Mann griff nach der Tasche, die er neben sich auf den

Boden gestellt hatte, und holte ein eingewickeltes Päckchen hervor. Er schlug es auseinander und hielt es ihr hin. Ein Butterbrot mit Wurst, dick belegt. Erikas Magen zog sich zusammen, sie wollte schon danach greifen, als er das Brot abrupt zurückzog. Er legte es auf die Tasche, sodass sie es sehen konnte. Sein Lächeln wirkte plötzlich nicht mehr freundlich.

Er kam näher, grinste, seine Lippen glänzten feucht. Ihr Herz schlug schneller. Die Schwestern hatten sie vor den schrecklichen Dingen gewarnt, die Männer jungen Mädchen antun wollten. Oder den Mädchen, die im Kloster uneheliche Kinder bekamen, schon angetan hatten. Sie dürfe sich auf keinen Fall mit Jungen oder Männern einlassen, bevor sie alt genug zum Heiraten sei. Und dann müsse es ein anständiger Mann sein, der sich beherrschte und bis zur Hochzeitsnacht wartete. Womit, das hatte Erika in den Schlafsälen erfahren und sich gefragt, ob sie das überhaupt wollte, in der Hochzeitsnacht oder wann auch immer.

Sie saß in der Falle. Kisten hinter ihr und zu beiden Seiten. Vor ihr der Mann. Aber sie würde sich nicht von ihm anfassen lassen, nicht für ein Butterbrot. Für gar nichts.

Sie tastete hinter sich nach dem Stoffbeutel, in den sie ihre spärlichen Habseligkeiten gepackt hatte: warme Socken, Unterwäsche, die wenigen Erinnerungen an ihre Eltern. Sie hob ihn auf und drückte ihn an sich.

Der Mann machte einen Schritt auf sie zu.

Erika spannte alle Muskeln an, sprang vor und rammte ihm den rechten Ellbogen in die Brust. Die Angst verlieh ihr solche Kraft, dass er stöhnend zurücktaumelte und sich an die schmerzende Stelle griff. Sie rannte davon und wand sich zwischen Kistenstapeln, Säcken und Getreidebergen hindurch, wobei sie sich nach dem Licht richtete, das von irgendwoher in den gewaltigen Raum fiel. Dann stand sie plötzlich im Freien. Alles sah fremd aus, weil sie im Dunkeln hergekommen war.

Sie drehte sich um, von dem Mann war nichts zu sehen. Hastig schaute sie sich um, überlegte, wohin sie laufen sollte.

Vor ihr befand sich das Hafenbecken, viereckig, von Ladekränen überragt, die jetzt am Sonntag still standen. Dahinter verlief der Kanal, dessen Namen sie nicht kannte, und jenseits davon ragte ein riesiger dunkelroter Bau mit einem Uhrturm empor. Eine Kirche? Eine Fabrik?

Sie ging los in Richtung der Brücke, die zu dem großen roten Haus führte. Wenn sie sich bewegte, Menschen begegnete und viele Dinge sah, kam ihr vielleicht eine Idee.

Still stehen half nicht.

Als Leo um acht Uhr ins Vorzimmer trat, klingelte in seinem Büro das Telefon. Er ging hin und nahm den Anruf entgegen.

»Nitschke, Polizeiamt 13. Ich habe hier Frau Meta Lörcher sitzen, die ihren Arbeitgeber als vermisst gemeldet hat. Es handelt sich um Dr. Ferdinand Clasen, wohnhaft Albrechtstraße 110, das ist am Friedensplatz in Tempelhof. Er macht jeden Abend um sieben einen Spaziergang. Als sie heute Morgen um sechs Uhr das Haus betrat – das ist ihr üblicher Arbeitsbeginn –, war Dr. Clasen nicht dort. Sein Bett war unbenutzt, sein Wintermantel hing nicht an der Garderobe. Er trinkt nach dem Spaziergang gern einen Kognak, ein benutztes Glas war ebenfalls nicht zu finden.«

Das hörte sich in der Tat nach ihrem Opfer an. Leo bat Nitschke, die Dame in die Hannoversche Straße zu bringen. Die Sektion war vermutlich noch im Gang, aber die könnten sie unterbrechen, die Identifizierung ging vor.

Er hängte ein und ließ sich mit dem Leichenschauhaus verbinden. »Dr. Lehnbach? – Wechsler hier. – Nein, ich dränge nicht wegen der Ergebnisse, es geht um die Identifizierung, wir bringen gleich eine Zeugin vorbei. – Ja, dann lassen Sie den Brustkorb eben offen und decken alles ab, was die Frau nicht sehen soll.« Manchmal dachte der Rechtsmediziner erstaunlich um die Ecke.

Gerade wollte er gehen, als es an der Verbindungstür klopfte. Auf sein »Ja« steckte Neufeld den Kopf herein. Er wirkte verlegen.

»Herr Oberkommissar, könnte ich Sie kurz sprechen?«

Leo seufzte innerlich. Er hatte geahnt, dass die Begegnung in Neufelds Wohnung zur Sprache kommen würde, sich aber keine passenden Worte zurechtgelegt. Er wusste selbst nicht recht, wie er damit umgehen sollte.

»Ist es dienstlich?«, fragte er vorsichtshalber. »Ich muss ins Leichenschauhaus.«

Neufeld räusperte sich. »Das nicht, es geht um gestern Abend –«

Leo machte eine Geste, um ihn zum Schweigen zu bringen. »Ein anderes Mal, bitte. Der Fall hat Vorrang.«

Er bemerkte, wie sich kaum merklich etwas in Neufelds Gesicht veränderte. War es Enttäuschung, die sich darin abzeichnete? Oder, schlimmer noch, Angst? Falls dem so war, konnte er nicht einfach gehen und den Kollegen mit seiner Sorge zurücklassen.

Vom Polizeiamt 13 bis zum Leichenschauhaus waren es acht, neun Kilometer; so schnell wäre der Streifenwagen mit der Haushälterin ohnehin nicht vor Ort. Er lehnte sich gegen den Schreibtisch und sah den Kollegen auffordernd an.

»Bitte, Neufeld. Falls es nicht zu lange dauert.«

»Nein, nein.« Er schien sich zu sammeln. »Ich möchte Ihnen nur sagen, dass ich meine Arbeit weiterhin gewissenhaft und loyal ausüben werde. Mir liegt sehr viel an der Tätigkeit in der Inspektion A, und ich würde es zutiefst bedauern, wenn sie aus irgendeinem Grund beendet würde.« Es klang steif, förmlich, wie auswendig gelernt, dachte Leo. Und das hatte Neufeld aus Angst wohl auch getan. Kein Wunder, ein homosexueller Kriminalbeamter lebte gefährlich, war noch mehr als manch anderer Erpressungsversuchen ausgesetzt. Daran konnte Leo nichts ändern, so war die Welt, und der Paragraf 175 gehörte dazu. Aber eine Sorge konnte er Neufeld immerhin nehmen.

»Ich schätze Sie als Kollegen, Neufeld. Wenn es nach mir geht, wird unsere Zusammenarbeit nicht aus dem Grund beendet, an den Sie gerade denken. Von mir wird niemand etwas erfahren.« Er hob warnend die Hand. »Die gleiche Diskretion erwarte ich allerdings auch von Ihnen. Haben wir uns verstanden?«

Neufeld ließ erleichtert die Schultern sinken und nickte nachdrücklich. »Ich danke Ihnen, Herr Oberkommissar.«

»Noch etwas – Sie und Sonnenschein halten sich bereit. Sollte der Tote tatsächlich gleich von seiner Haushälterin identifiziert werden, fahren wir umgehend zu seinem Haus und beginnen mit der Beweisaufnahme.«

»Jawohl.«

Leo hielt vor dem gelben Ziegelbau des Leichenschauhauses. Er vertraute darauf, dass Lehnbach den Toten in einen halbwegs präsentablen Zustand gebracht hatte, bevor sie ihn Frau Lörcher zeigten, und wartete vor dem Eingang, bis der Streifenwagen vorfuhr. Ein Schutzpolizist stieg aus und öffnete die hintere rechte Tür für eine rundliche ältere Frau, die einen braunen Wintermantel und einen braunen Hut trug. Er begleitete sie bis zum Eingang des Mittelbaus, wo Leo stand.

»Herr Oberkommissar? Dies ist Frau Meta Lörcher, erschienen zwecks Identifizierung des Toten, der gestern Abend am Platz Q aufgefunden wurde.«

»Danke. Ich übernehme ab hier. Sie warten bitte und fahren die Dame dann wieder nach Hause.«

Leo hatte die Erfahrung gemacht, dass sich Menschen, die sich unvermittelt mit einem Kriminalfall konfrontiert sahen, wohler fühlten, wenn sie von Personen in Zivil umgeben waren. Polizeiuniformen wirkten oft einschüchternd.

Er stellte sich vor. Dann öffnete er ihr die Tür und sah erleichtert, dass zurzeit keine unbekannten Toten in den Kühlkammern im Mittelbau ausgestellt waren. Dieses Vorgehen war üblich, wenn Verstorbene nicht zu identifizieren waren und die Öffentlichkeit zur Mithilfe aufgerufen wurde. Manche Leute kamen aus Sensationslust her, gern auch Touristen aus der Provinz, um die Toten zu begaffen, doch heute waren die Schaukästen leer.

Leo führte Frau Lörcher in den Gebäudeflügel, in dem sich der Obduktionssaal befand. Dann bemerkte er, dass sie hinter ihm zurückgeblieben war, und drehte sich um.

Sie war blass und drückte die rechte Hand auf die Brust. »Hier riecht es so seltsam«, sagte sie mit schwacher Stimme.

Vielleicht hatte er sie falsch eingeschätzt. Sie wirkte robust, aber die Atmosphäre war für viele Menschen beängstigend oder zumindest unangenehm, da nahm er sich selbst nicht aus.

»Ich weiß. Wir bringen das so schnell wie möglich hinter uns, dann können Sie an die frische Luft.«

Zu seiner Erleichterung setzte Frau Lörcher sich wieder in Bewegung. Vor der Tür des Obduktionssaals blieb er stehen. »Warten Sie bitte hier, ich melde uns an.«

Auf diese Weise konnte er sich vergewissern, dass der

Raum so weit hergerichtet war, dass er einer Außenstehenden keine allzu große Angst einjagte. Leo hatte schon erlebt, dass zwei geöffnete Leichen auf benachbarten Tischen lagen, einen derartigen Anblick wollte er Frau Lörcher ersparen.

Dr. Lehnbach zog eine Augenbraue hoch, als Leo eintrat, und nickte zum Obduktionstisch hinüber. Man hatte den Leichnam mit einem sauberen weißen Tuch abgedeckt, nur das Gesicht lag frei. »Herr Oberkommissar, Sie wissen, ich verstehe mein Handwerk«, sagte der Rechtsmediziner mit leisem Vorwurf.

Leo zwinkerte ihm zu und winkte Frau Lörcher herein. »Wir gehen jetzt an den Tisch dort drüben. Sie müssen sich nur das Gesicht anschauen und mir sagen, ob Sie den Toten kennen. Falls ja, nennen Sie seinen Namen. Dann begleite ich Sie wieder nach draußen.«

Sie umklammerte ihre Handtasche, als wollte sie sich daran festhalten, und trat zögernd näher. Dr. Lehnbach setzte sich ein Stück entfernt auf einen Hocker und blätterte in seinen Unterlagen.

Frau Lörcher streckte den Kopf vor, offenbar wollte sie nicht zu nah an den Tisch herantreten. Dann keuchte sie auf und schlug sich die Hand vor den Mund. »Oh Gott, der arme Herr Doktor.«

»Sie kennen den Toten also?«

Sie drückte die Schultern durch, schien sich plötzlich ihrer Wichtigkeit bewusst zu werden. »Ja, das ist Herr Dr. Clasen, mein Arbeitgeber.«

Leo legte ihr die Hand auf den Arm und wandte sich zu Lehnbach um. »Danke, wir sind fertig.«

»Gut. Sie bekommen den Bericht im Lauf des Nachmittags.«

Leo schob die Haushälterin rasch aus dem Saal und führte sie ins Freie.

Draußen vor dem Gebäude stützte sich Frau Lörcher an der Mauer ab und atmete tief durch. »Der arme Herr Doktor«, wiederholte sie. »Hatte er einen Unfall?«

»Nein, wir gehen von einem Gewaltverbrechen aus.«

Sie sah ihn entsetzt an. »Wer würde ihm denn was antun? Er ist … Er war Arzt, er hat Menschen geholfen. Er war beliebt.«

Leo kannte diese Reaktion, die absolute Ungläubigkeit, wenn jemand einem Verbrechen zum Opfer gefallen war, der Unwille, auch nur in Betracht zu ziehen, dass dieser Mensch Feinde gehabt haben könnte. Doch er war lange genug bei der Polizei, um bei niemandem einen verborgenen Grund auszuschließen, der andere zu einer Gewalttat provozieren konnte. Offensichtlich hatte es auch bei Dr. Clasen einen solchen Grund gegeben.

»Frau Lörcher, man wird Sie jetzt in das Haus Ihres Arbeitgebers bringen und dort befragen. Außerdem werden wir das Haus auf mögliche Hinweise durchsuchen. Ich möchte, dass Sie darauf vorbereitet sind.«

Sie sah ihn mit großen Augen an, doch ihre Gesichtsfarbe hatte sich deutlich gebessert. »Heißt das, Sie stellen alles auf den Kopf?«

»So kann man es ausdrücken. Aber wir räumen danach auch wieder auf.« Er hielt kurz inne. »Ich erwarte, dass Sie mit uns zusammenarbeiten und uns Zugang zu sämtlichen Räumlichkeiten verschaffen.«

Sie nickte. »Wenn es hilft, den zu finden, der das getan hat, selbstverständlich. Und Fräulein März werde ich das natürlich auch sagen.«

»Wer ist Fräulein März?« Leo zückte sein Notizbuch.

»Seine Sprechstundenhilfe. Sie kann Ihnen bei allem weiterhelfen, was mit der Praxis zu tun hat. Ich selbst bin nur für den Haushalt zuständig.«

Leo gab dem Schupo, der wegen des kalten Wetters im Wagen wartete, ein Zeichen. »Gut, Frau Lörcher, wir treffen uns gleich in der Albrechtstraße.«

Vor dem roten Haus blieb Erika stehen und legte staunend den Kopf in den Nacken. Es war sehr hoch, ein so hohes Gebäude hatte sie noch nie gesehen. Dann fiel ihr Blick auf die große Eule, die über den Eingang zu wachen schien, als wäre das Haus eine Burg, die beschützt werden musste.

Was für ein Gebäude mochte das sein? Als sie so still dastand, spürte sie auf einmal, wie der Boden unter ihren Füßen vibrierte, das Gefühl stieg in ihren Beinen hoch und breitete sich in ihrem Körper aus. Was das wohl war? Die U-Bahn? Es hörte nicht auf, so lang war doch bestimmt kein U-Bahn-Zug, auch wenn sie noch nie mit einem gefahren war und es darum nicht ganz sicher wusste. Eine laute Fahrradklingel ließ sie zusammenzucken.

Ein Junge schoss knapp an ihr vorbei, einen Stapel Zeitungen auf dem Gepäckträger, und schrie: »Nu steh doch nicht dumm rum! Noch nie 'ne Druckerei jesehn?«

Der Schreck war ihr in die Glieder gefahren, und jetzt merkte sie auch, dass ihr der Magen wehtat vor Hunger. Wütend dachte sie an das Butterbrot, mit dem der eklige Mann sie hatte locken wollen. Das wäre jetzt genau richtig, und dennoch war sie froh, ihm entkommen zu sein.

Sie ging langsam am Ufer des Kanals entlang, rechts die rote Eulendruckerei, links gegenüber das Hafenbecken mit dem Speicher, in dem sie die Nacht verbracht hatte. Sie musste in Ruhe nachdenken, sich überlegen, was sie tun sollte. Sie war aus dem Kloster entkommen und hatte sich gegen den Mann zur Wehr gesetzt, aber jetzt begriff sie, wie schwierig ihre Lage war: Sie hatte Hunger und kein Dach über dem Kopf, kannte niemanden, hatte vor allem kein Geld.

Erika fürchtete sich davor, jemanden um Hilfe zu bitten. Dann würde man sie vielleicht wieder ins Kloster bringen oder in ein anderes Heim, und die staatlichen Heime waren noch schlimmer. Sie erinnerte sich an die erste Zeit, nachdem man sie von Mutti weggeholt hatte, bevor sie zu den Schwestern gekommen war. Auch später hatte sie von Schlägen und Einsperren gehört, von Mädchen, die weggelaufen und auf den Strich gegangen waren, die schwanger und von ihrem Freund im Stich gelassen wurden, nachdem der seinen Spaß gehabt hatte. Sie mochte wenig Erfahrung mit dem Großstadtleben haben, hatte aber genug gehört, um gewarnt und vorsichtig zu sein.

Sie blieb stehen und schaute über den schmalen Wasserstreifen, auf dem am Sonntag kaum Schiffe fuhren. Und dachte wieder an das, was sie gesehen oder zu sehen geglaubt hatte. Denn sie war nur einen Augenblick stehen geblieben, und es war dunkel gewesen, bis der Mond zwischen den Wolken durchgerutscht war. Erika hatte sofort weggeschaut, weil sie nicht wusste, was da geschah, und es auch nicht wissen wollte, und doch war es wie so oft gewesen mit Dingen, die einem Angst machten – sie hatte wieder hinsehen müssen.

Sie gab sich einen Ruck. Rumstehen und Grübeln machte den Magen nicht voll. In diesem Moment kam ein Wind auf und wehte einen Duft zu ihr herüber, so süß und verlockend, dass ihr das Wasser im Mund zusammenlief. Sie erkannte diesen tröstlichen Duft sofort, weil er kostbar und unverkennbar war: Schokolade.

Erika schaute sich um. Woher mochte er kommen? Der Kanal selbst roch eher modrig, doch darüber schwebte sanft der süße Schokoladenduft. Sie beschloss, ihm zu folgen. Vielleicht würde sie unterwegs eine Antwort auf ihre Fragen finden. Und wenn nicht, hätte sie immerhin für kurze Zeit etwas Köstliches in der Nase.

5

Das Wort »Haus« war eine Untertreibung, dachte Leo. Dr. Clasen hatte in einer veritablen Villa gewohnt, die inmitten eines weitläufigen, gepflegten Gartens stand. Leo stellte den Wagen ab, stieg aus und besah sich das Gebäude von außen. Es passte nicht recht nach Berlin, schien mit dem weit überstehenden Dach, dem reich geschnitzten Holzbalkon und dem Fachwerk im Obergeschoss gleichsam aus den Alpen hierher versetzt. Ein Haus, wie man es in der Schweiz erwartete, nicht in Tempelhof. Und es schien auch irgendwie aus der Art gefallen, denn es war das einzige Gebäude weit und breit, das in diesem Stil errichtet war. Der übrige Platz wurde von mehrstöckigen Wohnhäusern mit schmucken Fassaden gesäumt, das Dach eines Eckhauses war mit einem anmutigen Türmchen verziert.

Wie dem auch sei, der Tote musste wohlhabend gewesen sein. Dies hier war nicht Grunewald oder Zehlendorf, aber ein solches Anwesen dürfte auch in dieser Gegend seinen Preis haben.

Neben dem Tor hing ein Messingschild: *Dr. Ferdinand Clasen, Facharzt für innere Krankheiten. Sprechstunden morgens von 8–12 Uhr, nachmittags nur nach Vereinbarung.*

Ein Wagen fuhr vor, aus dem Sonnenschein, Neufeld und Hasselmann stiegen, die Leo noch vom Leichenschauhaus aus verständigt hatte. Als sie zu viert auf die Haustür zugingen, öffnete ihnen Frau Lörcher im Mantel. Sie wirkte gefasst und schien sich von der Konfrontation mit dem Toten erholt zu haben.

Leo stellte die Kollegen vor, dann traten sie in einen Flur mit schönem Fliesenboden. Rechts befand sich eine Tür mit der Aufschrift *Ordination*.

»Ich habe mir erlaubt, Fräulein März, die Sprechstundenhilfe, anzurufen. Sie ist am Sonntag natürlich nicht im Haus, kommt aber so schnell wie möglich«, erklärte die Haushälterin beflissen. Auf ihrem eigenen Terrain schien sie sich sicher zu fühlen.

Leo nickte. »Zeigen Sie uns bitte zunächst die privaten Räume von Dr. Clasen. Jakob, wir gehen nach oben. Neufeld und Hasselmann, Sie kümmern sich um das Erdgeschoss. Wenn die Sprechstundenhilfe kommt, sagen Sie Bescheid.«

Frau Lörcher führte sie die Treppe hinauf, deren Schnitzwerk einen ähnlich alpenländischen Charme wie der Balkon draußen ausstrahlte. Der Boden im Obergeschoss war mit Fischgrätparkett ausgelegt, alles im Haus wirkte gediegen und zeugte von Wohlstand.

»Dies ist das Arbeitszimmer.« Die Haushälterin öffnete die erste Tür. »Daneben finden Sie das Schlafzimmer, dahinter sind Bad und Gästezimmer. Küche, Wohn- und Speisezimmer befinden sich im Erdgeschoss.«

»Gut, dann führen Sie meine Kollegen bitte durchs Erdgeschoss und halten sich für Fragen bereit«, sagte Leo.

Als sie gegangen war, schaute Sonnenschein sich prüfend um. »Könnte es ein Raubmord gewesen sein? Der Mann war offensichtlich alles andere als arm.«

Leo schüttelte den Kopf. »Man hat eine goldene Taschenuhr bei ihm gefunden. Keine Brieftasche, aber etwas Bargeld. Und er trug einen Siegelring. Das alles spricht gegen einen

Raubmord. Fangen wir an. Du nimmst das Arbeitszimmer, ich das Schlafzimmer.«

Leo trat ein. Der Raum war kühl und roch schwach nach einem herben Rasierwasser. Alles war tadellos aufgeräumt, das Mahagoni-Bett mit der dezent gemusterten Tagesdecke akkurat gemacht wie in einer preußischen Kaserne, was an der Haushälterin oder auch an Clasens persönlichen Gepflogenheiten liegen mochte. Die Einrichtung – Bett, Kleiderschrank, Frisiertoilette – war solide und von guter Qualität, hatte aber nichts Mondänes.

Edel hingegen wirkte die silberne Garnitur, die auf der Frisiertoilette lag: Handspiegel, Kamm, Haar- und Kleiderbürste mit ziselierten Griffen. Daneben stand ein Flakon Eau de Toilette einer französischen Marke.

Leo öffnete den Kleiderschrank. Weiße Hemden, dunkelgraue und schwarze Anzüge, dezent gemusterte Westen und Krawatten, in den Schubladen Kragen, Socken und Wäsche. Einen Frack hatte Clasen auch besessen. Alles von feinster Qualität, vielleicht sogar maßgefertigt. Das galt auch für die darunter aufgereihten Schuhe.

Leo drehte sich langsam im Kreis, richtete den Blick auf die Wände. Einige kleine Landschaftsgemälde, die Fotografie eines Paares in der Kleidung des vorigen Jahrhunderts, vermutlich die Eltern des Toten.

Danach durchsuchte er den Nachttisch, in dem nichts zu finden war außer einer Lesebrille, säuberlich gefalteten Taschentüchern mit Monogramm und einem Fläschchen Lavendelöl. Auch die Schubladen der Frisiertoilette förderten nichts Aussagekräftiges zutage.

Prüfend sah er sich noch einmal um.

Der Mann hatte Wert auf gute Kleidung und ein gepflegtes Äußeres gelegt, doch nichts deutete auf ein Motiv für seinen gewaltsamen Tod hin. Vielleicht würde ihnen das Arbeitszimmer oder die Praxis nützlichere Hinweise liefern.

Er ging hinüber ins Arbeitszimmer, wo Sonnenschein mit den Bücherregalen beschäftigt war.

Leos Blick fiel auf ein Bild, das über dem schweren Eichenschreibtisch hing und einen Herrn im Gehrock zeigte, der lässig an einer Säule im Atelier des Fotografen lehnte, in der rechten Hand einen Zylinder. Die dunklen Haare waren nach hinten gekämmt, er trug einen Schnurr- und Kinnbart. Unten auf der Säule war der Name Schulze zu sehen, wohl der Fotograf, der dort unauffällig für sich warb.

Wenn er die Kleidung richtig einschätzte, musste der Mann deutlich älter als Clasen gewesen sein – ein Onkel oder Freund der Familie? Er nahm das Bild von der Wand und löste den Rahmen. Auf der Rückseite der Fotografie stand handschriftlich: *Für Ferdinand Clasen mit allen guten Wünschen für die Zukunft von* – die Unterschrift war nicht zu entziffern, es sah aus, als würde der Nachname mit F beginnen. Leo notierte sich die Widmung. Unwahrscheinlich, dass der Herr etwas mit ihrem Fall zu tun hatte, er war gewiss längst tot. Doch die herausgehobene Position des Bildes ließ vermuten, dass es Clasen viel bedeutet hatte.

Sonnenschein sagte: »Bei den meisten Büchern hier handelt es sich um medizinische Fachliteratur. Außerdem gibt es mehrere Ordner mit Korrespondenz und weitere Unterlagen. Es wird dauern, das alles zu sichten. Ich habe auch sein Adressbuch gefunden, das sollten wir natürlich durchgehen. Ach ja, und interessant ist, dass er sich offenbar mit dem Germanentum beschäftigt hat. Hier, das fiel mir wegen der Farbe im Regal auf.«

Er zeigte Leo ein Buch. Der Einband war goldgelb und trug in Schwarz den Titel *Das Deutsche Buch. Herausgeber:*

die Germanische Glaubens-Gemeinschaft. Verlag: Kraft und Schönheit. Berlin-Steglitz. In der Mitte prangte ein Bild, auf dem zwei nackte Männer einander gegenüberknieten und sich an den Händen hielten. Darüber in einem Kreis ein Hakenkreuz, davor ein Gebilde, das an einen Hammer erinnerte, alles eingefasst von Eichenlaub. Das Werk trug eine Widmung auf der Titelseite: *Für Dr. Ferdinand Clasen mit gleichgesinntem Gruß, L. Fahrenkrog.*

Leo sah Sonnenschein nachdenklich an. »Ob der Ort seines Todes eine größere Bedeutung hat, als wir dachten?«

Erika folgte dem Schokoladenduft wie eine Gestalt aus einem Märchen, die verzaubert worden war und immer weiterlaufen musste. Als sie am Kanal gestanden hatte, war es ihr vorgekommen, als wehte der Duft von rechts herüber. Und am anderen Ufer hatte sie in einiger Entfernung eine Fabrik mit einem hohen Schornstein gesehen. Kam der Geruch von daher? Wurde dort Schokolade gemacht?

Sie wollte es zu gern herausfinden, aber wie sollte sie hinkommen? Am Kanal führte kein Weg entlang. Also wanderte sie zurück zur Brücke, vorbei am Hafen und dem Lagerhaus, in dem sie die Nacht verbracht hatte, und bog dahinter rechts ab. Ordensmeisterstraße, das sagte ihr gar nichts. Doch die Richtung stimmte, vielleicht würde sie so zu der Fabrik gelangen. Sie wusste selbst nicht so genau, was sie dort wollte, Schokolade würde man ihr kaum schenken, aber sie wäre immerhin in Bewegung. Sie hatte ihren Mantel im Kloster gelassen, weil es aufgefallen wäre, wenn sie den mitgenommen hätte. Es dauerte ja nur einen Moment, den Müll rauszubringen. Der Pullover reichte nicht gegen die Februarkälte, doch solange sie ging, hatte sie wenigstens das Gefühl, ihr Körper wäre warm.

Sie kam an einer Bäckerei vorbei, die am Sonntag natürlich geschlossen war. In der Toreinfahrt daneben stand eine Mülltonne. Vielleicht – aber nein, das konnte sie nicht tun. Wie aus Protest zog sich ihr Magen schmerzhaft zusammen. Erika schaute schnell nach rechts und links, glitt in die Einfahrt und hob den Deckel von der Mülltonne. Natürlich warfen die Leute kein brauchbares Essen weg, das wäre auch zu schön gewesen. Sie erinnerte sich noch gut, wie Mutti die verschimmelten Stellen vom Brot geschnitten hatte. »Den Rest können wir noch essen.« Sie hätte nie etwas weggeworfen.

Aber der Hunger war nun mal da und ließ sich nicht vertreiben. Also schob Erika vorsichtig einen Haufen Kartoffelschalen beiseite und fand darunter tatsächlich eine Schrippe, ein bisschen zerdrückt, eine Ecke fehlte, aber in diesem Augenblick war es ihr egal. Sie wischte die Schrippe am Pullover ab und biss hinein. Sie schmeckte alt und muffig und war doch das Beste, was sie seit langem gegessen hatte.

Erikas Beine schienen gleich kräftiger zu werden, sie konnte größere Schritte machen. Ob sie auf dem richtigen Weg war, wusste sie nicht, denn der Wind hatte sich gedreht und wehte den Geruch nicht mehr herüber. Sie hatte ohnehin kein festes Ziel. Da konnte sie auch einem Schokoladenduft hinterherlaufen, den es gar nicht mehr gab.

Als sie ein ganzes Stück gegangen war und auf der linken Seite keine Häuser mehr waren, nur Bäume und Gras, war er auf einmal wieder da, stärker und köstlicher als zuvor. Und da stand sie auf der rechten Straßenseite, die große Fabrik, die sie vom Kanal aus gesehen hatte. Der Schornstein überragte die Gebäude, die eckig wie Bauklötze aussahen und viele Fenster hatten. Gar nicht wie die Fabriken, die sie kannte, düster und aus rotem Backstein. Die hier schien ziemlich neu und modern zu sein.

Erika blieb gegenüber dem Eingangstor stehen und las das Schild: *Sarotti Chocoladen und Cacao Aktiengesellschaft*. Daneben war eine Figur abgebildet, die sie von Reklameplakaten und aus Schaufenstern kannte. Ein schwarzes Männchen mit roter Pluderhose und blauem Jäckchen. Auf dem Kopf trug es einen rot-blauen Turban mit einem goldenen S darauf. Sie hatte nie eine dieser Schokoladentafeln oder gar Pralinenschachteln in der Hand gehalten.

Erika schaute hinüber, Spucke sammelte sich in ihrem Mund. Sie stellte sich vor, wie sie die Zähne in die weiche Süße drückte und ein Stück abbiss, das ihren ganzen Mund ausfüllte. Ehe sie es sich anders überlegen konnte, überquerte sie die Straße und ging auf das Tor zu.

Dort gab es ein Häuschen mit Glasscheibe, in dem ein Mann saß und Zeitung las. Sie hoffte, dass er sie nicht bemerkte, weil sie nicht wusste, was sie zu ihm sagen sollte. Dann entdeckte sie ein großes Schild neben dem Häuschen, auf dem stand:

Wir stellen ein:

- *mehrere Arbeiter für die Fabrikation*
- *einen Lohnbuchhalter*
- *einen Werbezeichner*
- *einen Botenjungen*

Erika schaute auf das Schild. Natürlich war es verrückt, aber auch ein Wunder, als hätte ihr jemand gewinkt und auf das Schild gezeigt. Sie fasste sich ein Herz und klopfte an die Scheibe. Der Mann sah auf und ließ die Zeitung sinken. »Was willst du denn hier?«

Die Antwort kam tief aus ihrem Inneren. »Ich suche Arbeit.«

Er musterte sie von Kopf bis Fuß und lachte. »Das kannst du vergessen. Guck doch aufs Schild. Die wollen Männer, keine Mädchen.«

Sie überlegte rasch. »Was ein Botenjunge kann, kann ich auch.«

Der Pförtner schien Langeweile zu haben, denn er fing an zu erzählen. »Der Junge soll mir helfen und Pakete, Post und Nachrichten in die Gebäude bringen. Wir sind drei Pförtner und haben Schichtdienst. Aber hier arbeiten dreitausend Leute, da ist man ständig unterwegs. Und wenn ich loslaufe, sitzt keiner in der Loge, weil immer nur einer von uns Schicht hat. Und dann kommen Hinz und Kunz herein. Ein Botenjunge ist billiger als ein vierter Pförtner.«

Erika hatte nichts zu verlieren, so viel war klar. Also redete sie einfach drauflos. »Ich kann das machen. Ich bin kräftig. Hab in einer Wäscherei gearbeitet und geplättet, mit ganz schweren Eisen. Davon habe ich Muskeln bekommen.« Wie zum Beweis streckte sie den Arm aus.

Er schüttelte den Kopf. »So einfach geht das nicht.«

»Kann ich es denn wenigstens versuchen? Auf Probe?«

Der Pförtner kratzte sich am Kopf. »Was sagen denn deine Eltern dazu?«

Die Antwort kam wie von selbst. »Hab keine. Bin ganz allein.«

Etwas in seinem Gesicht veränderte sich. Vielleicht war er selbst ein Waisenkind gewesen oder kannte Kinder, die keine Eltern hatten. Jedenfalls schwieg er eine Weile und sagte dann: »Na schön. Der Chef hat gesagt, ich soll mich ruhig umsehen, ob ich jemand kenne, der das machen kann. Warum also nicht du?«

Ihr Herz klopfte auf einmal sehr schnell. »Ich – ich möchte das wirklich gern probieren. Aber –« Sie war so weit gekommen, weiter, als sie je erwartet hatte, doch eine Hürde musste sie noch nehmen. »Ich habe kein Zuhause.«

Er wiegte nachdenklich den Kopf. Sie hatte Angst, dass jetzt ein Nein kommen, dass er sie wegschicken würde. Dann wäre alles umsonst gewesen. Ihr klapperten mittlerweile die Zähne vor Kälte, sie konnte es nicht länger unterdrücken. Ihre Hände und Füße waren eiskalt.

»Komm mal rein.« Der Mann stand auf und öffnete die Tür des Häuschens. »Kriegst erst mal was Heißes zu trinken. Dann sehen wir weiter.«

Die Sprechstundenhilfe Fräulein März war groß und hager. Ihre Haut spannte sich so straff über die Wangenknochen, dass sie beim Sprechen kaum eine Miene zu verziehen schien. Sie trug die grauen Haare zu einem akkuraten Pagenkopf geschnitten, der ihr Gesicht noch schmaler erscheinen ließ.

Leo stand mit Sonnenschein im großen Vorzimmer, das als Warteraum und Arbeitsplatz der Sprechstundenhilfe diente. Ein großes Fenster, durch das viel Licht fiel, ging auf den Friedensplatz hinaus. An drei Wänden standen Stühle aufgereiht, schräg gegenüber war der Schreibtisch, an dem Fräulein März ein wenig besitzergreifend lehnte, als wollte sie betonen, dass dies auch nach dem Tod des Arztes noch ihr ureigener Bereich sei.

Leo begann: »Ich bitte um Ihre Angaben zur Person. Und dann erzählen Sie uns bitte Näheres über die Praxis und Ihre Tätigkeit hier.«

Sonnenschein setzte sich auf den Schreibtischstuhl und begann mitzuschreiben.

»Ingeborg März, geboren am 21. Juni 1875 in Potsdam, von Beruf Sprechstundenhilfe. Ich arbeite seit 1915 in dieser Praxis. Damals hat Dr. Clasen sie übernommen. Ich komme morgens um kurz vor acht und gehe gewöhnlich gegen sechzehn Uhr. In besonderen Fällen bin ich natürlich auch länger geblieben.«

Das klang nüchtern, dachte Leo, beinahe auswendig gelernt. »Was können Sie mir über die Praxis als solche sagen?«

»Dr. Clasen war Internist. Viele Patienten kamen mit ernsten inneren Erkrankungen zu ihm. Er hat aber auch als Hausarzt gearbeitet. Vormittags hielt er eine reguläre Sprechstunde ab, und nachmittags empfing er ausschließlich Privatpatienten, deren Behandlung auch privat abgerechnet wurde.«

Es folgte die Routinefrage, die selten etwas ergab, aber gestellt werden musste.

»Können Sie sich vorstellen, wer Ihrem Arbeitgeber etwas hätte antun wollen? Ob jemand einen Groll gegen ihn hegte?«

Er ahnte die Antwort bereits. Es war eine Plattitüde, die er in unterschiedlichen Formulierungen nur allzu oft hörte. Wenn alle Gewaltopfer so wenige Feinde besäßen, wie ihr Umfeld die Kriminalpolizei glauben machen wollte, müssten er und seine Kollegen eigentlich arbeitslos sein.

»Er war ein hochgeschätzter Arzt, der immer für seine Patienten da war. Ich habe nie ein böses Wort über ihn gehört.« Es klang geradezu entrüstet.

»Eine andere Frage: War Ihnen bekannt, dass Dr. Clasen jeden Abend einen Spaziergang unternahm?«

»Gewiss, das war kein Geheimnis.«

»Sie würden also sagen, dass das Wissen um diese regelmäßigen Spaziergänge nicht nur einem kleinen Personenkreis vorbehalten war?«

Leo las ehrliche Verwunderung in ihrem Gesicht.

»In der Tat würde ich das sagen. Frau Lörcher wusste davon, ich ebenso, und die Nachbarn dürften es auch gewusst haben. Vermutlich hat er es sogar den Patienten gegenüber erwähnt. Ich habe mehr als einmal mitbekommen, wie er körperliche Bewegung und frische Luft als belebend und erholsam empfahl und sich selbst als Beispiel erwähnte. Dr. Clasen war von robuster Gesundheit.«

»Verstehe. Ich muss Sie der guten Ordnung halber fragen, wo Sie sich gestern Abend aufgehalten haben. Sagen wir ab achtzehn Uhr dreißig.«

Fräulein März trat hochaufgerichtet vor ihn hin. »Ich weiß, dass Sie das fragen müssen. Auch wenn es eine Zumutung ist, mich in diesen Generalverdacht mit einzuschließen. Ich war bei meiner Mutter in Lichterfelde. Bis zehn Uhr abends. Das kann sie bestätigen.«

Leo zweifelte nicht daran, dass die Mutter es bezeugen würde. Er glaubte auch nicht ernsthaft, dass die Sprechstundenhilfe etwas mit dem Verbrechen zu tun hatte, aber ihre feindselige Haltung forderte ihn heraus.

Dann bemerkte er, wie sie die Fäuste ballte und wieder löste, auf einmal unsicher wirkte. »Ich – es tut mir wirklich leid um Dr. Clasen. Wir hatten kein sehr persönliches Verhältnis, er blieb immer distanziert.« Da waren wohl zwei zurückhaltende Menschen aufeinandergetroffen. »Aber er war anständig und großzügig, und ich habe gern für ihn gearbeitet. Deshalb möchte ich wissen, wie er gestorben ist. Es ist ein schrecklicher Gedanke, dass ich bei meiner Mutter Schweinebraten gegessen habe, während er hier –« Ihr brach die Stimme.

»Er wurde erschlagen«, sagte Leo geradeheraus. »Womit, ist noch nicht bekannt. Aber wir gehen davon aus, dass es sich nicht um einen Raubmord handelt, sondern dass die Tat ein persönlicheres Motiv hatte. Was können Sie mir über sein Privatleben sagen? War er verheiratet? Hatte er Kinder?«

»Seine Frau starb nur zwei Jahre nach der Hochzeit, das muss zu Beginn des Jahrhunderts gewesen sein. Danach hat er nicht mehr geheiratet. Kinder gab es keine.«

»Also war Dr. Clasen ein eher einsamer Mensch?«

Fräulein März überlegte gründlich, bevor sie antwortete. »Das würde ich nicht sagen. Er besuchte gern die Oper oder das Theater und wurde auf Gesellschaften eingeladen. Es kamen öfter Einladungen mit der Post, die ich ihm übergeben habe. Gesprochen hat er allerdings nicht darüber. Wie ich schon sagte, war er ein zurückhaltender Mensch, was sein Privatleben betraf.«

»Das war es fürs Erste, Fräulein März. Bitte halten Sie sich in den nächsten Tagen für weitere Befragungen bereit. Wir werden das Sprechzimmer durchsuchen und ärztliche Unterlagen wie die Patientenkartei mitnehmen, dies nur zu Ihrer Information. Möglicherweise liegt das Motiv für die Tat in Dr. Clasens ärztlicher Tätigkeit. Die Schweigepflicht ist uns selbstverständlich bekannt, und wir werden die Patientenkartei vertraulich behandeln. Außer natürlich, es ergeben sich Zusammenhänge mit dem Verbrechen.«

Fräulein März nickte resigniert. »Ich verstehe. Bitte tun Sie alles, um diese furchtbare Geschichte aufzuklären.«

»Eine letzte Frage noch: Wo hat Dr. Clasen gearbeitet, bevor er die Praxis übernahm?«

Sie runzelte die Stirn, schien zu überlegen und sagte dann: »In einer Klinik, glaube ich. Das hat er einmal erwähnt, aber ich kann mich nicht erinnern, wie sie hieß. Oder ob der Name überhaupt gefallen ist.«

»Das war nicht sehr ergiebig«, meinte Sonnenschein, nachdem sie hinausgegangen war. Hasselmann streckte den Kopf zur Tür herein und sagte: »Unten im Haus haben wir auf den ersten Blick nichts Interessantes gefunden. Im Wohnzimmer gibt es keine privaten Unterlagen, es wirkt überhaupt, als würde es selten benutzt. Nicht verstaubt, aber es hat was von einem Museum.«

Als Nächstes befragten sie Frau Lörcher. Leo erkundigte sich nach Clasens Abendeinladungen.

Sie nickte eifrig. »Ja, er war häufig eingeladen, manchmal mehrmals im Monat.«

»Können Sie uns sagen, bei wem?«

»Nein, er hat nie mit mir über so etwas gesprochen. Er blieb immer sehr für sich.«

»Hat er auch Gäste hier bei sich empfangen?«

»Nein.« Sie zuckte mit den Schultern. »Er hat nicht gern Einladungen gegeben, sondern zog es vor, auswärts zu speisen oder zu feiern. Für mich bedeutete das weniger Arbeit, aber ich hätte natürlich zur Verfügung gestanden.«

Das erklärte das wenig benutzte Wohnzimmer, dachte Leo. »Hatte er enge Freunde?«

Frau Lörcher antwortete prompt, als wäre sie froh, etwas Nützliches beisteuern zu können. »Eigentlich nur einen, mit dem spielte er regelmäßig Schach. Er war ab und an mal hier, da habe ich dann ein kaltes Abendessen vorbereitet, aber sie trafen sich meist außerhalb. Ich glaube, er war ein alter Schulfreund, den es auch nach Berlin verschlagen hatte, das erwähnte Dr. Clasen einmal. Wie hieß er doch gleich? Keller, ja, das war's. Er müsste im Adressbuch stehen.«

»Gut, vielen Dank, Frau Lörcher. Wir nehmen Unterlagen aus Praxis und Arbeitszimmer zur Sichtung mit, nur damit Sie Bescheid wissen. Ach, und noch eine Frage. Jakob, zeig Frau Lörcher doch das Germanenbuch.«

Sie warf einen kurzen Blick darauf. »Ja, das lag mal auf

dem Schreibtisch, habe ich beim Staubwischen gesehen. Davon verstehe ich nichts.«

»Hatte Dr. Clasen Zeitschriften abonniert, die etwas mit Germanen oder Heiden im Titel hatten?«, hakte Leo nach. »Oder war er Mitglied eines Vereins, der sich mit solchen Dingen beschäftigte?«

Ihr Blick verriet ihm, wie weit er mit seinen Fragen danebenlag. »Er war in der Ärztekammer, das war alles, soweit ich weiß. Und er bezog medizinische Fachzeitschriften, nicht solches Zeug.« Ihr Blick verriet, wie sehr ihr die nackten Männer auf dem Einband missfielen.

Sie würden der Frage auf jeden Fall nachgehen. Frau Lörcher musste ja nicht alles über ihren Arbeitgeber gewusst haben.

Nachdem sie die Praxis durchsucht und alle Unterlagen, die ihnen für die Ermittlungen hilfreich erschienen, in Kisten gepackt hatten, standen sie draußen am Wagen.

Hasselmann räusperte sich. »Sie wissen ja noch gar nicht, was wir sonst noch von Frau Lörcher erfahren haben. Sie hat uns die unerhörte Geschichte des Hauses erzählt.« Er legte eine bedeutungsvolle Pause ein und wies mit einer dramatischen Geste auf das Gebäude. »Dies ist nämlich eine Spukvilla.«

Leo zog die Augenbrauen hoch. »Was soll das nun wieder heißen?«

Hasselmann berichtete, bei Bauarbeiten im vergangenen Jahrhundert habe man auf dem Grundstück französische Uniformen aus napoleonischer Zeit gefunden. Und auch Waffen und Knochen. So weit die Tatsachen. Es gebe aber auch eine Legende, nach der die toten napoleonischen Soldaten dort ihre Kriegskasse begraben hätten.

»Und seither geistern die des Nachts umher und suchen

ihr verlorenes Geld. Das hat man bei den Bauarbeiten nämlich nicht gefunden«, ergänzte Neufeld, den die Erzählung zu amüsieren schien.

Leo seufzte. »Als wenn die Göttin der Unterwelt und ihre Stiere noch nicht genug wären. Jetzt haben wir auch noch die Geister französischer Soldaten am Hals.«

6

MONTAG, 25. FEBRUAR 1929

Leo studierte den Obduktionsbericht, den Dr. Lehnbach gestern am späten Nachmittag geschickt hatte, während Sonnenschein dabei war, Dr. Clasens Patientenkartei zu sichten. Es reichte natürlich nicht, die Namen durchzugehen – er musste auch Krankengeschichten, Verordnungen und Überweisungen an andere Ärzte überprüfen. Neufeld und Hasselmann befragten die Nachbarn der Villa, um herauszufinden, ob jemand in den vergangenen Tagen oder am Tatabend etwas Ungewöhnliches bemerkt hatte.

> Der Tod wurde durch mehrere heftige Schläge mit einem stumpfen, glatten Gegenstand herbeigeführt. Die Kopfhaut ist an zwei Stellen aufgeplatzt, was durch die Wucht der Schläge zu erklären ist. Im Bereich des Os frontis (des Stirnbeins) kam es zu einer Impressionsfraktur, bei der Teile des Schädelknochens in die darunterliegenden Weichteile drangen und zu starken Einblutungen führten.
> Weiterhin liegt ein Schädelbasisbruch im Bereich des rechten Schläfenbeins vor. Auf dieser Seite ist ein Austritt von Gehirnflüssigkeit und Blut aus dem rechten Ohr zu verzeichnen.

Es ist zu vermuten, dass der erste Schlag gegen das stehende Opfer ausgeführt wurde, wahrscheinlich von hinten mit der rechten Hand. Ein Schlag von vorn ist grundsätzlich denkbar, hätte dann jedoch mit links geführt werden müssen und nur bei einer Linkshändigkeit des Täters ausreichende Präzision und Wucht besessen.
Das Opfer stürzte zu Boden und kam seitlich oder auf dem Rücken zu liegen, sodass der Täter mit einem zweiten Schlag gegen das Stirnbein vorgehen konnte, was zu besagter Impressionsfraktur führte.
Der Tod trat kurz nach den Schlägen ein. Das Opfer dürfte aufgrund der Schwere der Verletzungen sofort bewusstlos gewesen sein. Auch fanden sich keine Kriechspuren an der Kleidung oder sonstige Hinweise darauf, dass sich der Verletzte noch zu bewegen versuchte.

Leo trommelte nachdenklich mit den Fingern auf den Schreibtisch. Sie hatten am Fundort in der Tat keine Indizien dafür gefunden, dass Clasen noch bei Bewusstsein gewesen war und zu entkommen versucht hatte. Es war kein Raubmord, so viel stand fest. Eine zufällige Begegnung, bei der es zum Streit gekommen war, war zumindest unwahrscheinlich. Im Umkreis der Leiche hatten sie keine Gegenstände gefunden, die sich als Tatwaffe geeignet hätten. Also hatte der Täter die Waffe vermutlich bei sich getragen und nach der Tat mitgenommen. Dass ein Gegenstand, der Clasen selbst gehörte, zu den tödlichen Verletzungen geführt hatte, war praktisch auszuschließen.

All das deutete auf eine vorsätzliche Tat hin, was wiederum hieß, dass der Täter Clasens Gewohnheiten gekannt haben musste oder ihm gefolgt war.

Da kein Schnee lag, gab es keine verwertbaren Fußspuren,

die Aufschluss über Bewegungsrichtung, Schuhgröße oder Gewicht geliefert hätten. An dem Toten selbst waren keine Spuren wie Haare oder Textilfasern gefunden worden, die Rückschlüsse auf den Täter zugelassen hätten.

Wie es aussah, mussten sie zunächst das Motiv ermitteln und von dort auf den Täter schließen. Nicht der schlechteste Weg, aber mühsam. Leo hätte präzise Indizien vorgezogen.

Es klopfte, und Fräulein Meinelt steckte den Kopf durch die Tür. »Sie möchten bitte zum Herrn Kriminalrat kommen.«

Leo erhob sich verwundert und fragte sich, was sein Chef mit ihm besprechen wollte. Er dachte flüchtig an die Begegnung mit Neufeld und dessen … Freund. Unsinn, wie sollte Gennat davon erfahren haben?

Nachdem Leo sich auf Gennats Sofa gesetzt und dankend einen Kaffee angenommen hatte – für Kuchen war es noch zu früh –, sagte der Kriminalrat: »Wir hatten uns neulich über Robert Walther unterhalten.«

»So ist es.«

»Sie hatten sich für seine Rückkehr in die Inspektion A ausgesprochen.«

»Das ist richtig.« Leo spürte Vorfreude, aber auch Nervosität. Sie hatten seit dem vergangenen Juli nicht mehr zusammengearbeitet und einander selten gesehen. Wie würde es laufen, wenn Robert wieder in seiner Kommission war?

»Nun«, Gennat schob die massigen Hände zwischen die Oberschenkel und beugte sich ächzend vor, »ich habe eine Entscheidung getroffen. Walther kommt zurück, aber vorerst nicht in Ihre Kommission.« Er hob die Hand, als er Leos Gesichtsausdruck bemerkte. »Dies hat keine persönlichen Gründe. Werneburgs Kommission ist personell unterbesetzt, hoher Krankenstand. Daher wird Walther zunächst dort tätig. Wenn er sich bewährt und die krankgeschriebenen Kollegen wieder einsatzfähig sind, sehen wir weiter.«

Es war nicht ganz, was Leo erhofft hatte, aber die Entscheidung war verständlich. Und er hatte sie ohnehin nicht infrage zu stellen.

»Das würde ich begrüßen, Herr Kriminalrat.«

Bevor er aufstehen konnte, fügte Gennat hinzu: »Neuer Fall, wie? Schon eine Idee, wo's hingeht?«

Leo zuckte mit den Schultern. Er wusste, dass sein Chef Humor besaß. »Noch nicht. Aber wir haben schon mehrere Verdächtige: die Göttin der Unterwelt und die Geister napoleonischer Soldaten.«

»Ha! Das müssen Sie mir jetzt aber genauer erklären ...«

Erika schaute verlegen auf ihr Marmeladenbrot, als Frau Manthey ihr eine Tasse Kaffee mit viel Milch hinstellte. Nach der anstrengenden Flucht hatte sie auf dem straff gepolsterten Sofa der Mantheys gut geschlafen, aber am Morgen waren ihre Ängste zurückgekehrt.

»Du kannst mich ruhig ansehen, Kleine.«

Sie blickte in das breite, leicht gerötete Gesicht der älteren Frau, die mit verschränkten Armen vor ihr stand.

»Mein Hermann hätte mich auch fragen können, statt dich einfach mitzubringen. Aber nun biste da.«

»Ihr Mann war sehr freundlich zu mir. Ich wusste nicht, wohin«, sagte sie leise.

»Von zu Hause weggelaufen, was?«, fragte Frau Manthey und setzte sich schwerfällig auf den Stuhl gegenüber.

Erika schaute auf das Brot, als würde es ihr verraten, ob sie der Frau vertrauen konnte. Wenn die glaubte, dass Erika weggelaufen war, würde sie womöglich die Polizei rufen. Also beschloss sie, die Wahrheit zu sagen. Als sie stockend anfing und dann immer schneller sprach, wurde ihr klar, dass sie zum ersten Mal einem anderen Menschen anvertraute, was sie Mutti und ihr angetan hatten.

Als sie fertig war, schaute sie vorsichtig hoch und schielte durch die Haare, die ihr ins Gesicht fielen. Frau Manthey wischte sich mit einer dicken, abgearbeiteten Hand über die Augen.

»Wenn auch nur die Hälfte davon stimmt, ist es eine verdammte Schande. Meine Suse ist fast dreißig und selbst Mutter, aber wenn ich mir vorstelle, jemand hätte sie mir weggenommen! Ich hätte alles getan, um sie zurückzuholen.«

Und Mutti hatte das sicher auch versucht, daran musste sie einfach glauben.

In diesem Moment trat Hermann Manthey in die Küche und trocknete sich das frisch rasierte Gesicht ab. »So, jetzt aber schnell. Du willst doch nicht gleich am ersten Tag zu spät kommen.«

Der Friedensplatz war im Sommer sicher ein hübsches Fleckchen Grün, das jetzt im Februar mit seinen kahlen Bäumen und dem nackten Rosenrondell in der Mitte jedoch eher traurig aussah. Neben Clasens Villa säumten mehrstöckige Wohnhäuser den Platz, in denen Hasselmann und Neufeld nun von Tür zu Tür gingen. Die Befragung der Nachbarn war eine unbeliebte Aufgabe, die oft jedoch unerlässlich war und durchaus Erfolge bringen konnte.

Sie wiesen sich aus und stellten die immer gleichen Fragen: Ist Ihnen Dr. Ferdinand Clasen bekannt? Wann haben Sie ihn das letzte Mal gesehen? Wissen Sie etwas über seine Gewohnheiten? Ist Ihnen in letzter Zeit etwas Ungewöhnliches an seinem Haus oder in dieser Gegend aufgefallen?

Ein rotgesichtiger Mann wollte Hasselmann die Tür vor der Nase zuschlagen, was dieser gerade noch verhindern konnte, indem er flugs den Fuß in den Spalt schob. Daraufhin erfuhr er, dass Clasen einmal auf der Straße den Hund des Mannes beleidigt hatte, einen »elenden Kläffer, den man vorzugsweise einschläfern sollte«, hatte er ihn genannt. Das hatte der Mann dem Arzt übel genommen. Ansonsten konnte er nichts zur Ermittlung beitragen.

Auch Neufeld arbeitete sich von Tür zu Tür vor, immer gleichbleibend höflich, auch wenn manch einer erschrocken auf seine Dienstmarke blickte oder ihm misstrauisch und ablehnend begegnete. Er war im obersten Stock des letzten Hauses auf seiner Liste angekommen und klopfte an die Tür der Mansardenwohnung. Gegenüber befand sich, wie er schon herausgefunden hatte, der Zugang zum Dachboden.

Von drinnen war ein seltsames Klacken zu hören, und es dauerte eine Weile, bis die Tür geöffnet wurde. Als Neufeld sich dem Wohnungsinhaber gegenübersah, verstand er, woher das Geräusch rührte.

Der Mann hatte ein Holzbein.

Während Neufelds Gedanken noch bei der Frage waren, weshalb jemand mit dieser Behinderung im obersten Stock wohnte, zeigte er die Dienstmarke vor und nannte seinen Namen.

Der Mann, dessen schmales Gesicht grau und müde aussah, schien seine Gedanken zu lesen. »Sie fragen sich, warum ich hier oben wohne. Wollen Sie reinkommen?«

Er drehte sich um und hinkte ohne ein weiteres Wort in die Wohnung. Mit der Hand stützte er sich an der Wand ab und bewegte das Bein mit der Prothese ungeschickt, als läge die Amputation noch nicht lange zurück. Neufeld fragte sich, ob der Mann einen Unfall erlitten oder das Bein im

Krieg verloren hatte. Aber dann hätte er sich wohl inzwischen an die Prothese gewöhnt.

Im Wohnzimmer, dessen dunkle Möbel bedrückend wirkten, blieb der Mann stehen und drehte sich um. »Ich habe hier mit meiner Frau gewohnt. Wir sind gleich nach der Hochzeit eingezogen, März 1913 war das. Im Krieg habe ich das Bein verloren, Cambrai, kurz vor dem Ende. Sie hat mich Anfang '19 verlassen. Aber ich kann die Wohnung nicht aufgeben, ich kann es einfach nicht.« Er sprach fast ohne Betonung, was die Wirkung seiner Worte noch verstärkte. »Einmal in der Woche gehe ich das Nötigste einkaufen, den Rest besorgt der Nachbarsjunge für mich. Und sonst sitze ich meist hier und schaue nach draußen.« Er deutete auf ein Fenster, vor dem ein abgenutzter Sessel stand. Es war vergleichsweise niedrig und bot einen guten Blick auf die Straße. »Der Stumpf entzündet sich immer wieder, als wäre ein Gift da drin. Arbeiten kann ich nicht. Also lebe ich von einer kleinen Erbschaft und meiner Invalidenrente.«

»Ich brauche bitte Ihren Namen«, sagte Neufeld, auch wenn er den Mann ungern unterbrach.

»Natürlich, Sie sind ja von der Polizei. Hans Gruber.«

Er ließ sich im Sessel nieder. Neufeld schaute sich im Zimmer um, das seltsam unbewohnt wirkte. Alles war peinlich aufgeräumt, auf einem Tischchen stand das Hochzeitsfoto, das einen jüngeren, gesünderen Hans Gruber zeigte. An einer Wand hing die Fotografie einer jungen Frau in Vorkriegskleidung, die einen Veilchenstrauß in Händen hielt und sehnsüchtig in die Kamera blickte. Durch die Bilder und die schweren Möbel sah der Raum aus, als wäre er in der Zeit eingefroren.

Neufeld trat neben Gruber ans Fenster und stellte die Fragen, die er allen Nachbarn gestellt hatte.

Gruber hörte zu und drehte sich dann halb zu ihm um. Seine Wangen hatten sich ein wenig gerötet. »Gut, dass Sie zu mir gekommen sind. Ich sehe alles, was da draußen vor sich geht. Am Anfang habe ich gedacht, dass meine Anna wiederkommt, dass ich sie eines Tages da unten auf der Straße sehe. Aber das ist nie passiert.« Er verstummte.

»Sie haben also einen guten Blick auf die Villa dort drüben«, lenkte Neufeld ihn in die richtige Bahn.

»Aber ja. Da wohnt dieser Dr. Clasen. Ich war nie bei ihm, aber ich kenne ihn vom Sehen.«

Offenbar wusste er noch nicht, dass Clasen tot war. »Am Samstagabend wurde Dr. Clasen tot am Platz Q aufgefunden. Er ist gewaltsam ums Leben gekommen, darum haben wir die Ermittlungen eingeleitet.«

Grubers Überraschung wirkte echt. Zudem ließ sich ohne weiteres überprüfen, ob er wirklich schlecht gehen konnte und nur einmal wöchentlich das Haus verließ. Es war jedenfalls kaum vorstellbar, dass er in einem Kilometer Entfernung einen Mord begangen hatte und dann davongerannt war.

»Er ist tot?«

»Ja. Wenn Sie jetzt bitte meine Fragen beantworten würden«, sagte Neufeld geduldig.

Daraufhin zählte Gruber an den Fingern ab: »Ja, Dr. Clasen war mir bekannt, aber nur vom Sehen. Das letzte Mal habe ich ihn, lassen Sie mich überlegen, Mittwochabend gesehen. Da hat er seinen Spaziergang unternommen, so wie immer um sieben Uhr.« Der dritte Finger. »Er hatte die Angewohnheit, abends spazieren zu gehen, wie ich bereits sagte. Und viertens –« Etwas in seinem Ton ließ Neufeld aufhorchen. »Da war was, aber schon vorletzte Woche. Am Freitag, das weiß ich, weil das mein Einkaufstag war. Muss der fünfzehnte gewesen sein.«

Sollte der Mann wirklich etwas gesehen haben, das ihnen weiterhalf? »Bitte, ich höre.«

Gruber schien auf einmal zum Leben zu erwachen. Seine Apathie war verflogen, er hob die Hand und gestikulierte zum Fenster hin. »An dem Freitag war eigentlich alles ganz normal. Er ging um sieben aus dem Haus und kam nach etwa einer Stunde zurück. Aber kurz nachdem er losgegangen war, trat jemand zwischen den Bäumen unten auf dem Platz hervor. Ich glaube, es war eine Frau.« Er schaute nach oben, als kramte er in seiner Erinnerung. »Ja, es muss eine Frau gewesen sein.«

»Einen Moment, bitte«, unterbrach ihn Neufeld. »Sie haben doch sicher an der Kleidung erkannt, ob es sich um einen Mann oder eine Frau handelte.«

»Die Person trug eine Hose.« Bevor Neufeld den naheliegenden Einwand äußern konnte, fuhr er fort: »Und es gibt auch Frauen, die Hosen tragen, das sieht man ja in den Illustrierten. Die Person hatte außerdem einen Mantel mit Pelzkragen an, das habe ich im Laternenlicht gesehen. Und einen Hut. Der hätte aber auch von einem Mann sein können.«

Neufeld war verwirrt. »Aber Sie glauben, es handelte sich um eine Frau?«

»Na, die Hose sah irgendwie anders aus, die Beine waren weiter als bei einem Mann. Und sie ging auch anders, irgendwie leichtfüßiger.«

»Was geschah dann?«

»Sie ist in dieselbe Richtung gegangen wie er.«

»Sie meinen, sie ist ihm gefolgt?«

Gruber nickte. »Sah fast so aus. Und das war noch nicht alles. Als Clasen später aus Richtung Blumenthalstraße zurückkam, hat er sich einmal umgedreht, als hätte er was gemerkt. Sie ist schnell in einen Torbogen getreten. Als er weiterging, ist sie ihm gefolgt und zwischen den Bäumen auf dem Platz verschwunden. Vor seiner Haustür ist er kurz stehen geblieben und hat sich umgesehen. Dann ist er reingegangen.«

Neufeld notierte eilig, was Gruber gesagt hatte. Ihm war klar, dass die Aussage eine entscheidende Wendung bedeuten konnte.

»Meinen Sie, das hat was zu bedeuten?«, fragte Gruber.

»Das werden unsere weiteren Ermittlungen ergeben, aber es ist ein nützlicher Hinweis. Noch eins: Sie haben die Person nur dieses eine Mal bemerkt?«

»Ja. Aber danach habe ich auch tagelang im Bett gelegen, der Stumpf war wieder entzündet. Ich hatte solche Schmerzen, dass ich nicht mal hier sitzen konnte«, sagte Gruber verbittert. »Ich habe nur dagelegen und gehofft, dass – na ja, vergessen wir das. Jedenfalls habe ich die Person nur an dem Freitag gesehen. Sie kann natürlich noch mal da gewesen sein, während ich krank war.«

Neufeld bedankte sich und stand auf. An der Zimmertür sah er noch einmal zu Gruber zurück, der nun, seiner kurzen Wichtigkeit beraubt, reglos im Sessel saß und in den grauen Februartag starrte.

»Nichts«, sagte Hasselmann entnervt, als sie sich in der februarkahlen Mitte des Friedensplatzes trafen. Ein paar hungrige Spatzen hüpften umher und suchten nach Krumen. »Er hatte was gegen Hunde, das ist natürlich ein Grund, den Mann zu erschlagen.«

Neufeld lächelte verständnisvoll. Er wusste nur zu gut, wie frustrierend es war, gleich einem Vertreter von Tür zu Tür zu ziehen und nur Misserfolge zu ernten.

Er berichtete, was Hans Gruber ausgesagt hatte, und Hasselmann zog die Augenbrauen hoch.

»Sind Sie sicher, dass auf seine Aussage Verlass ist? Er wohnt im wievielten Stock? Dritter, vierter? Und es war dunkel.«

»Die Gegend ist recht gut beleuchtet«, sagte Neufeld und deutete auf die Straßenlaternen. »Er trägt keine Brille und macht auch nicht den Eindruck, als hätte er schlechte Augen. Die Beschreibung kam prompt, die hat er sich bestimmt nicht spontan ausgedacht.«

Hasselmann nickte bedächtig. »Wenn es stimmt, was er sagt, wurde Clasen beobachtet. Die Frau, falls es denn eine war, hat ihm zwischen den Bäumen aufgelauert und ist ihm auf dem Spaziergang gefolgt. Und wieder zurück bis vor die Haustür.«

»Um seine Gewohnheiten auszuspähen«, schlug Neufeld vor. Sie gingen langsam in Richtung Bahnhof Tempelhof, die Hände tief in den Manteltaschen.

Hasselmann wirkte skeptisch. »Mal angenommen, sie wäre die Täterin. Warum hat sie ihn dann nicht gleich an dem Abend erschlagen? Warum noch einmal wiederkommen? Das war doch ein unnötiges Risiko.«

Der Einwand war nicht von der Hand zu weisen, doch Neufeld gab nicht so schnell auf. »Da haben Sie recht, aber was, wenn ihnen unterwegs jemand begegnet ist? Um seinen Hund auszuführen, beispielsweise? Oder junge Leute kamen vorbei, die in eine Kneipe oder zum Tanzen wollten. Das alles wäre denkbar.«

»Hm, ja, möglich.«

Neufeld blieb unvermittelt stehen, und der Kollege schaute ihn verwundert an. »Was ist los?«

Er zog die Schultern hoch und nickte in die Richtung, aus der sie gekommen waren. »Streng genommen müssten wir sämtliche Anwohner fragen, ob sie die Person ebenfalls gesehen haben.«

Hasselmann seufzte. »Wer außer Herrn Gruber sitzt denn schon den ganzen Tag am Fenster? Die meisten Leute haben Besseres zu tun.« Er hielt inne. »Aber Sie haben recht, Wechsler wird natürlich danach fragen. Also gut, kehrt marsch!«

7

Bis zum Mittag versuchte Leo, mehr über die Germanische Glaubens-Gemeinschaft herauszufinden, ohne großen Erfolg.

»Diese Germanen sind nicht sehr ergiebig«, meinte er, als Sonnenschein irgendwann den Kopf durch die Tür steckte. »Ich habe bei den Kollegen von der Politischen Polizei nachgefragt, die führen die Germanische Glaubens-Gemeinschaft und ihren Gründer, einen gewissen Ludwig Fahrenkrog, nicht als staatsgefährdend.« Leo las einzelne Sätze aus dem Buch, das sie aus Clasens Arbeitszimmer mitgenommen hatten, vor. »›Wir bekennen uns zu den Kräften des Geistes und des Lebens, die das All durchdringen und uns.‹ Oder hier: ›Also erblicken wir in der Besinnung auf unser eigenes Wesen als den in uns sich auswirkenden besonderen Erscheinungsformen der Götter und in der Gesund- und Starkerhaltung, der Fort- und Höherentwicklung dieses Wesens zu immer reineren, edleren Formen und Zielen die vornehmste Aufgabe eines jeden Germanen innerhalb wie außerhalb der deutschen Grenzen.‹«

Sonnenschein wirkte misstrauisch. »Das klingt schon ein bisschen nach dem, was die Nazis propagieren: dass es von Geburt aus wertvollere und weniger wertvolle Menschen gibt.«

Leo schlug das Buch zu. Sie würden überprüfen müssen,

ob Clasen Mitglied dieser Germanenvereinigung gewesen und sein Interesse über die bloße Lektüre des Buches hinausgegangen war.

»Wie sieht es denn mit der Patientenkartei aus?«, fragte er.

Sonnenschein schaute in seine Notizen. »Krebs, Herzkrankheiten, Asthma, Verdauungsprobleme, Erkältungen, was man eben in einer solchen Praxis erwarten würde, aber bislang keine Spur eines Motivs. Und Privatpatientinnen hat er gern mit etwas obskuren Verjüngungskuren behandelt, er hat ihnen Stärkungsmittel verschrieben, Massagen und Hautbehandlungen. Nichts, was irgendwie gefährlich klingt. Man könnte ihm höchstens vorwerfen, dass er zu viel Geld dafür genommen hat, aber das ist wohl kaum ein Mordmotiv.«

Leo nickte. »Ich werde mich, wenn ich die Germanen erledigt habe, als Nächstes um den alten Schulfreund kümmern, vielleicht kann der uns mehr über Clasens Vorlieben und Gewohnheiten sagen. Gennat war übrigens fasziniert von der Legende mit den Stieren«, sagte er mit einem leisen Lachen. »Und als er dann noch von den herumgeisternden Soldaten hörte, hat er so gelacht, dass ich schon Angst hatte, der Schlag könnte ihn treffen.«

Sonnenschein lächelte. »Die werden wir wohl kaum als Verdächtige verhaften können.«

»Das nicht, aber die Zeitungen haben es heute schon groß aufgemacht«, sagte Leo und hielt den *Lokal-Anzeiger* in die Höhe.

MORD AM HÖLLENPFUHL!

Wer kennt ihn nicht, den sagenumwobenen Teich in Tempelhof, am einsam gelegenen Platz Q? »Blanke Hölle« nennt ihn der Volksmund, oder auch »Blanke Helle«, wo-

bei die eine wie die andere Bezeichnung von düsteren Geheimnissen kündet.
Denn wie es heißt, befindet sich dort ein Tor zur altgermanischen Unterwelt, in der die Göttin Hel herrscht. Und wer dächte bei Unterwelt nicht an die Hölle?
Nun hat der Pfuhl wieder ein Opfer gefordert. Nicht wie in alter Zeit, wo Menschen angeblich dort hineingezogen wurden und ertranken – nein, diesmal fand man einen Toten am Ufer, erschlagen, wie aus Polizeikreisen verlautete.
Es soll sich um einen angesehenen Arzt aus der Nachbarschaft handeln. Dass er in der Vollmondnacht umkam, mag Zufall sein, gibt aber Anlass zu Fragen.
Denn ein gewaltsamer Tod an diesem legendenumrankten Ort, und das just bei Vollmond, weckt Sensationslust wie auch Ängste in der Bevölkerung. Sollte man den Ort fortan meiden? Könnte der Täter erneut zuschlagen? Oder verströmt der Pfuhl tatsächlich eine Atmosphäre, die solch unheimlichen Vorfällen förderlich ist?
Wir werden unsere Leser über die polizeilichen Ermittlungen auf dem Laufenden halten, wie es die Pflicht einer verantwortungsvollen Zeitung ist.

Illustriert war der Artikel mit einem dramatischen Kupferstich, der die Göttin umgeben von einer Schlange, einem Wolf, zwei Stieren und den Flammen der Hölle zeigte.

»Solange sie uns diesmal in Ruhe arbeiten lassen, dürfen sie gern über Germanen spekulieren«, meinte Sonnenschein. Er spielte auf den Fall Graf vom letzten November an, bei dem Leo ins Visier der Hugenberg-Presse geraten war, eine Erfahrung, die er so schnell nicht wiederholen wollte.

Leo machte sich wieder an die Germanenfrage. Es war

nicht auszuschließen, dass Clasen in rechten Kreisen verkehrt hatte und diese etwas mit seinem Tod zu tun hatten. Von den Kollegen der Politischen Polizei hatte er erfahren, dass Fahrenkrog nicht in Berlin, sondern im Rheinland lebte und dort Kunst unterrichtete. Er griff zum Telefon, ließ sich mit der Germanischen Glaubens-Gemeinschaft verbinden und landete bei Fahrenkrogs Privatanschluss. Eine Hausangestellte teilte ihm mit, der Herr Professor sei nicht zu Hause, sondern in der Kunstgewerbeschule Barmen zu erreichen. Leo ließ sich die Nummer der Institution geben und hatte nach einigen Umwegen tatsächlich Ludwig Fahrenkrog am Apparat, der sehr überrascht schien, dass ihn ein Kriminalbeamter aus Berlin anrief.

Auf Leos Frage erklärte er, ein Dr. Ferdinand Clasen sei in der Tat bei einer seiner Lesungen gewesen und habe sich das Buch von ihm signieren lassen. Er habe Interesse am Neuheidentum und dem germanischen Erbe erkennen lassen, daher die persönliche Widmung. Danach seien sie einander nicht mehr begegnet, und er habe auch in keinem brieflichen Kontakt zu Clasen gestanden.

Fahrenkrog zeigte sich aufgeräumt und interessiert, als Leo ihn nach der Blanken Hölle und den damit verbundenen Legenden fragte. Ein Tor zur Unterwelt in Berlin? Ja, davon habe er gehört, ein durchaus reizvoller Gedanke, wenngleich wohl bloße Legende. Und ob dort neuheidnische Veranstaltungen stattgefunden hätten, entziehe sich seiner Kenntnis.

Sein Interesse am Germanentum sei künstlerisch, ernsthaft und aufrichtig, und er distanziere sich von allen Handlungen, die das Eingreifen der Polizei erforderten. Die Germanische Glaubens-Gemeinschaft sei ein eingetragener Verein mit beträchtlicher Mitgliederzahl, und er hoffe doch sehr, dass er durch diese Ermittlungen nicht in Verruf gerate. Ihre

Ziele seien überaus ehrenhaft und idealistisch, es gelte, den alten germanischen Glauben wiederzubeleben, der unter einer Schicht aus fremden Mythologien und Ideologien verschüttet liege und nur der Auferstehung harre.

Im Übrigen sei Dr. Clasen nie Mitglied seiner Vereinigung gewesen. Mehr könne er dem Herrn Oberkommissar leider nicht sagen.

Leo hängte seufzend ein. Er konnte sich beim besten Willen nicht vorstellen, dass ein Kunstprofessor aus dem Rheinland nach Berlin gereist sein sollte, um Dr. Clasen an einer germanischen Kultstätte zu richten.

In diesem Moment kam Sonnenschein mit einer Karteikarte in der Hand herein.

»Ich denke, diesen Germanenprofessor können wir ad acta legen«, erklärte Leo. »Der war es sicher nicht.«

Sonnenschein schwenkte die Karteikarte. »Kennst du ein Kloster in Marienfelde?«

»Wenn ich ehrlich bin, kenne ich überhaupt kein Kloster in Berlin. Wir wohnen in einer sehr weltlichen Stadt. Was ist denn damit?«

Sonnenschein legte die Karteikarte so auf den Tisch, dass Leo sie lesen konnte. »Die war unter V eingeordnet: das Kloster Vom Guten Hirten, Lankwitzer Straße 48 in Marienfelde.«

Leo überflog die Einträge. Keinerlei Angaben zu den behandelten Personen, keine Krankenberichte oder Verordnungen für Arzneimittel, nur Adresse und Telefonnummer des Klosters sowie der Name der Oberin – Schwester Augustina Krämer. »Wie ungewöhnlich. Ob Clasen der Hausarzt des Klosters war?« Er trat an den großen Stadtplan, der an der Wand hing, suchte Kloster und Villa Clasen und schätzte die Entfernung. »Das sind sechs, sieben Kilometer. Und Clasen war vor allem Internist. In Marienfelde oder Lankwitz gibt es sicher Hausärzte, die diese Aufgabe ebenso gut erfüllen und bei Bedarf schneller vor Ort sind.«

Er nahm die Karteikarte und ließ sich mit dem Kloster verbinden.

Es dauerte eine Weile, bis sich eine Frauenstimme meldete. »Kloster Vom Guten Hirten, Schwester Augustina am Apparat.«

Leo nannte seinen Namen und hatte noch nicht ausgesprochen, als ihm die Frau ins Wort fiel. »Wie gut, dass Sie anrufen!«

»Verzeihung, wie meinen Sie das?«, fragte er verwundert.

»Einer unserer Zöglinge ist seit Samstag verschwunden. Wir haben bis heute gewartet, ob das Mädchen freiwillig zurückkommt, was jedoch nicht der Fall ist. Daher muss ich sie jetzt als vermisst melden.«

»Ich mache mich gleich auf den Weg zu Ihnen.«

Er legte auf und sagte zu Sonnenschein: »Stell dir vor, im Kloster wird ein Mädchen vermisst, sie ist seit Samstag abgängig. Ich fahre jetzt hin und lasse mir von Schwester Augustina persönlich erklären, weshalb ihr Kloster in Dr. Clasens Patientenkartei auftaucht.«

»Glaubst du, das verschwundene Mädchen hat etwas mit seinem Tod zu tun?«, fragte Sonnenschein überrascht.

Leo zuckte mit den Schultern und zog den Mantel über. »Unwahrscheinlich. Aber ich bin auch ein bisschen neugierig. Du gehst bitte die Kartei weiter durch.«

Marienfelde ist ganz schön weit draußen, dachte Leo, als er die Lankwitzer Straße erreichte. Er bremste unvermittelt, als zu seiner Rechten das Kloster auftauchte. Es war größer als erwartet, aus rotem Backstein und von Wirtschaftsgebäuden und Bäumen umgeben, in der Mitte ragte der Kirchturm empor. Eine seltsame Entscheidung, die Kirche mitten ins Gebäude zu setzen. Ein Kloster erschien ihm in Berlin ohnehin wie ein Fremdkörper; bei diesem Wort dachte er an mittelalterliche Städte mit gotischen Kathedralen, nicht an die temporeiche Metropole, die als schnellste Stadt Europas galt. Aber Berlin überraschte einen eben immer wieder.

Er dachte an das vermisste Mädchen. Wenn sie am Samstag weggelaufen war, konnte sie jetzt überall sein. Im Süden, Richtung Diedersdorfer Heide, oder an den Seen und Wäldern östlich von Berlin. Sie könnte ein Auto angehalten haben oder in einen Zug gestiegen oder einfach in der Großstadt untergetaucht sein. Berlin mit seinen vier Millionen Menschen war ein besseres Versteck als jeder Wald, aber auch weit gefährlicher.

Wie gut, dass es nicht seine Aufgabe war, sie zu suchen.

Leo stellte den Wagen ab und begab sich zur Pforte, wo auf sein Klingeln eine schwarz gekleidete Ordensschwester öffnete. Er wies sich aus.

Die Schwester nickte. »Sie kommen sicher wegen Erika.« Sie ließ ihn in einen Vorraum, der kühl und nüchtern wirkte.

»Erika?«

»Eins unserer Mädchen, sie wird seit Samstag vermisst.«

Leo nutzte die Gelegenheit. »Eigentlich bin ich hier, um mich nach Dr. Ferdinand Clasen zu erkundigen.«

Die Schwester sah ihn verständnislos an. »Wer soll das sein?« Dann wurde sie rot und schaute erschrocken über die Schulter. »Wir sollen mit Außenstehenden nur das Nötigste sprechen.«

»Es ist wichtig, da können wir wohl eine Ausnahme machen«, sagte Leo freundlich. »Sie kennen Dr. Clasen also nicht?«

Kopfschütteln. »Unser Hausarzt ist Dr. Albertz aus Lankwitz, er kümmert sich um alle Erkrankungen, die wir nicht selbst behandeln können.«

Er bedankte sich für die Auskunft und bat sie, ihn zu Schwester Augustina zu bringen.

»Wenn Sie bitte hier warten möchten, Herr Oberkommissar.« Mit diesen Worten verschwand sie durch eine Tür.

Leo schaute sich um. An der Wand hing die Fotografie einer Ordensschwester, darunter eine Plakette: *Schwester Maria Euphrasia Pelletier, Ordensgründerin und Generaloberin der Schwestern vom Guten Hirten.* Es war der einzige Schmuck im Raum.

»Kommen Sie bitte.« Die Schwester bat Leo in einen kleinen Raum, in dessen Mitte ein Schreibtisch stand. Dahinter saß eine Ordensschwester, die ihm mit strenger Miene entgegensah. Ihr Alter konnte Leo schwer schätzen, weil die Tracht die Frauen irgendwie alterslos erschienen ließ.

Sie erhob sich. »Ich bin Schwester Augustina, die Oberin dieses Klosters. Wir haben miteinander telefoniert.«

Leo stellte sich vor, dann nahmen beide Platz.

»Ich sage gleich, dass meine Inspektion nicht für Vermisstenfälle zuständig ist. Dennoch möchte ich Ihnen einige Fragen in einer anderen Sache stellen.«

»Was für Fragen?« Sie zog die bleistiftdünnen Augenbrauen hoch.

Als Leo den Tod des Arztes erwähnte, schien ein Schatten über ihr Gesicht zu fallen, und er hakte sofort nach, ob sie Dr. Clasen gekannt und konsultiert habe.

Die Oberin verschränkte die Arme vor der Brust und schob die Hände in die Ärmel. »Nicht so schnell, Herr Oberkommissar.« Ihre Stimme klang abweisend. »Er war mir nicht näher bekannt. Ich habe ihn einmal zu Rate gezogen, das ist alles.«

»Wir müssen allen Hinweisen nachgehen, um dieses Verbrechen aufzuklären«, sagte Leo gelassen. »Verraten Sie mir bitte, in welcher Angelegenheit Sie ihn zu Rate gezogen haben.«

Die Oberin schaute auf ihre blassen, gepflegten Hände. »Wir haben Dr. Clasen konsultiert, als ein Mädchen besonders schlimmes Asthma hatte. Unser Hausarzt Dr. Albertz kann die geläufigen Krankheiten behandeln, aber jener Fall war so schwerwiegend, dass wir lieber noch einen Spezialisten hinzuziehen wollten.«

»Vielen Dank.« Aus einem Impuls heraus fügte er hinzu: »Und nun würde ich gern etwas über das verschwundene Mädchen erfahren. Ist sie womöglich weggelaufen? Fühlte sie sich nicht wohl hier?«

»Sie wissen nicht viel über unser Haus, nicht wahr?«

Mit dieser Frage hatte Leo nicht gerechnet. »Nein. Aber ich würde gern mehr erfahren.«

Sie stand auf. »Nun gut. Ich zeige Ihnen, dass die Mädchen hier gut behandelt und ausgebildet werden.«

Sonnenschein klappte den letzten Karteikasten zu. Er hatte wenig Brauchbares gefunden. Clasen hatte auffallend viele Asthmatiker als Patienten gehabt, doch das war bei einem Internisten nicht weiter ungewöhnlich. Ganz umsonst war seine Suche aber nicht gewesen.

Gleich darauf kamen Hasselmann und Neufeld herein, legten Hüte und Mäntel ab und setzten sich. Neufeld fasste zusammen, was er von Hans Gruber erfahren hatte.

»Eine Frau? Und das hat er aus der Entfernung erkannt?«, fragte Sonnenschein.

Neufeld zuckte mit den Schultern. »Ich weiß, ich war zuerst auch skeptisch. Aber er wirkte ziemlich glaubwürdig.«

»Haben Sie Zeugen gefunden, die das bestätigen?«

Hasselmann seufzte. »Eine Frau will an dem Abend eine Person auf dem Platz zwischen den Bäumen gesehen haben. Sie hat eine Bekannte an der Haustür verabschiedet und zufällig hinübergesehen. Sie wunderte sich, weil das Wetter so ungemütlich war. Ihre Angaben decken sich also mit denen von Gruber.« Er zögerte. »Allerdings hat sie die Person für einen Mann gehalten.«

»Sie sagte, sie hätte auch nur kurz hingesehen«, gab Neufeld zu bedenken. »Wir können Gruber noch einmal befragen, aber auf mich macht er einen überzeugenden Eindruck. Immerhin wissen wir jetzt, dass es diese Person gegeben hat, egal ob Mann oder Frau.«

Sonnenschein nickte. »Also wurde Clasen kurz vor seinem Tod offenbar beobachtet.«

Neufeld deutete auf die Karteikästen und erkundigte sich, ob Sonnenschein etwas Interessantes gefunden habe, während Hasselmann eine große Papiertüte auf den Tisch legte, eine Rosinenschnecke herauszog und hineinbiss.

»Bedienen Sie sich, meine Herren«, sagte er kauend.

Neufeld und Sonnenschein griffen zu, sie hatten alle drei das Mittagessen ausgelassen.

»Die sind gut«, sagte Sonnenschein.

»Mitbringsel aus Tempelhof«, grinste Hasselmann.

Sonnenschein leckte sich die Finger ab, wischte mit dem Taschentuch nach und warf einen Blick in sein Notizbuch. »Viel habe ich nicht gefunden. Interessant könnte aber das hier sein: Eine asthmakranke Patientin verstarb mit nur zweiunddreißig Jahren. Auf ihrer Karte gibt es einen Vermerk: Ehem. n. vorl.«

Hasselmann zog die Augenbrauen hoch. »Ehemann nicht vorlassen?«

Sonnenschein nickte, zog den Telefonapparat zu sich heran und ließ sich mit der Villa Clasen verbinden.

Er hörte die meiste Zeit zu, nickte und stellte nur ein oder zwei Nachfragen, bevor er einhängte und die Kollegen triumphierend ansah. Dann berichtete er, dass die Patientin Elfriede Jürgens im vergangenen Dezember verstorben war und Mann und zwei Kinder hinterlassen hatte. Wenige Tage nach ihrem Tod war ihr Mann in der Praxis erschienen und hatte Dr. Clasen vorgeworfen, dieser sei schuld am Tod seiner Frau. Er hatte mit Gewalt und einer Anzeige bei der Polizei gedroht.

Neufeld runzelte die Stirn. »Die Frau hatte Asthma. Wie soll er ihren Tod verschuldet haben?«

»Das konnte Frau Lörcher mir nicht sagen, womöglich weiß Fräulein März mehr über die medizinische Seite. Jedenfalls hat Dr. Clasen seine Haushälterin angewiesen, den Ehemann nicht mehr ins Haus zu lassen und notfalls die Polizei zu rufen. Frau Lörcher war am fraglichen Tag gerade einkaufen, als Jürgens dort auftauchte, und Clasen hat ihn detailliert beschrieben, damit sie vorgewarnt war, falls er sich noch einmal blicken ließ.«

Sonnenschein griff erneut zum Hörer und rief diesmal Fräulein März an. Nachdem er aufgelegt hatte, schaute er die Kollegen skeptisch an. »Sie sagt, dass Dr. Clasen es ihr gegenüber flüchtig erwähnte, aber der Vorfall sei Monate her, darum habe sie ihn nicht mit dem Mord in Verbindung gebracht. Das reicht mir nicht. Wir müssen mit diesem Jürgens sprechen.«

Leo hatte nicht mit einer Klosterführung gerechnet, beschloss aber, die fremde Welt auf sich wirken zu lassen. Wenn er dabei etwas herausfand, umso besser. Er erfuhr, dass das Kloster 1903 gegründet worden war und die ersten Häuser sich in Charlottenburg und Reinickendorf befunden hatten, dieses jedoch mit Abstand das größte war, wie die Oberin nicht ohne Stolz verkündete.

War das nicht eine Todsünde?, dachte er respektlos. »Was genau machen Sie hier? Ich meine, dies ist kein, wie nennt man das, kontemplatives Kloster, oder?«

Schwester Augustina blieb vor einer großen Bogentür stehen und betrachtete ihn ein wenig mitleidig. »Es gibt keine kontemplativen Klöster, nur kontemplative Gemeinschaften. Wir Schwestern vom Guten Hirten legen großen Wert auf Stille und Einkehr. Dennoch haben wir uns von Beginn an für benachteiligte Mädchen und Frauen eingesetzt und tun es bis heute. Wir entsagen also nicht der Welt, ganz im Gegenteil. Hier leben an die 350 Mädchen, die verwaist sind oder aus Familien stammen, die sich nicht um ihr Wohlergehen kümmern können. Sie bewohnen drei der vier Gebäudeflügel, die alle an die Kirche in der Mitte grenzen. Die Schlafräume können Sie natürlich nicht besichtigen.«

Leo erkundigte sich, ob auch sogenannte gefallene Mädchen darunter seien.

»Wenn Sie es so nennen möchten. Für uns ist kein Mensch aus der Gnade Gottes gefallen. Wir bemühen uns, jede Einzelne zu retten. Ich zeige Ihnen jetzt die Kirche, unser Sanktuarium.«

Sie öffnete die Tür und ließ Leo eintreten.

Er schaute sich staunend um. Kirchenarchitektur war nicht seine starke Seite, aber selbst er erkannte, dass dies ein besonderer Bau war. Wände und Decke waren flächendeckend bemalt, er sah viel Gold und Heiligenfiguren, die ihm nichts sagten. Durch die Fenster fiel blasses Tageslicht und malte juwelenbunte Flecken auf den Boden. Altar und Kanzel waren reich geschmückt und zu überladen für seinen Geschmack, aber er war auch nicht katholisch.

Ungewöhnlich war jedoch der Grundriss. Der Altar stand in der Mitte, von dort gingen im Halbkreis vier Kirchenschiffe mit Bankreihen strahlenförmig ab. Ihm fiel ein, dass die Oberin von vier Gebäudeflügeln gesprochen hatte. Die Schiffe waren so gebaut, dass man nicht von einem ins andere schauen konnte und der Blick sich unwillkürlich nach vorn auf den Altar richtete. Vermutlich war das beabsichtigt. Irgendetwas an der Bauweise kam Leo bekannt vor, doch wollte ihm nicht einfallen, was es war.

»Sie sind ja ganz vertieft«, sagte die Oberin mit einem Anflug von Freundlichkeit. »Fragen Sie sich, warum die Schiffe so angeordnet sind?«

Er nickte.

»Nun, der religiöse Gedanke dahinter ist, dass das allerheiligste Sakrament in der Mitte des Lebens stehen soll. Zugleich verfolgt die Bauform aber auch den Zweck, die innere Versenkung der Mädchen zu fördern, die sich ganz auf die heilige Messe konzentrieren sollen. Innerhalb der Schiffe werden sie von den Schwestern ihres Hauses beaufsichtigt und können keinen Blickkontakt zu den Zöglingen der anderen Häuser aufnehmen. So etwas führt nur zu Unruhe und mangelnder Einkehr.«

Sie verließen die Kirche und blieben auf einem freien Platz zwischen Hauptgebäude und Pförtnerhaus stehen. Die Oberin deutete auf ein großes L-förmiges Gebäude, aus dessen Schornsteinen Dampf aufstieg. »Das ist unsere Wäscherei. Sie wird weithin geschätzt, wir können gar nicht alle Aufträge annehmen. Die Mädchen finden dort eine sinnvolle Beschäftigung.« Sie sah ihn prüfend an. »Die Mädchen werden gut versorgt. Sie haben wirklich keinen Grund, von hier wegzulaufen.«

Ah, da liegt der Hund begraben, dachte Leo. Sie fürchtete also um den guten Ruf ihrer Anstalt. »Kommt das öfter vor?«

»Gewiss nicht. Sie werden anständig behandelt. Wir bereiten sie auf ein selbstständiges Leben vor. Nicht alle sind Waisen. Manche wurden auch aus Familien geholt, die sich nicht um ihr Wohlergehen gekümmert haben. Die nicht in der Lage waren, sie angemessen aufzuziehen.«

Leo wusste, wie streng die Fürsorgegesetze waren und wie willkürlich sie ausgelegt wurden. Manchmal reichte es schon, eine ledige Mutter zu sein, um sein Kind zu verlieren.

Doch er sagte nur: »Sie müssen das Mädchen auf Ihrem örtlichen Polizeirevier als vermisst melden, dazu sind Sie verpflichtet. Dort braucht man weitere Angaben zur Person und den Umständen, unter denen sie verschwunden ist.«

»Selbstverständlich.«

Leo bemerkte, wie ein etwa dreizehnjähriges Mädchen in weißem Häubchen und Schürze einen Handwagen in die Wäscherei zog und dabei neugierig zu ihnen herübersah.

»Geh an die Arbeit, Grete, hier gibt es nichts zu sehen!« Die Oberin wandte sich wieder an Leo. »Falls Sie keine weiteren Fragen haben, muss ich mich wieder meinen Aufgaben widmen.«

Er bedankte sich für ihre Hilfe und stellte seine letzte obligatorische Frage: Ob ihr ein Grund bekannt sei, aus dem jemand Dr. Clasen getötet haben könnte.

Sie sah ihn kopfschüttelnd an. »Ich kannte den Mann kaum, wir sind uns nur einmal begegnet.«

»Sollte Ihnen dennoch etwas einfallen, das zur Aufklärung seines Todes beitragen kann, melden Sie sich bitte bei mir.« Leo gab ihr seine Karte, die sie in die Tasche ihres Habits schob. Dann verschwand sie durch eine Tür, die lautlos hinter ihr zufiel.

Er wandte sich gerade zum Gehen, als er eine leise Stimme hinter sich hörte. Er drehte sich um und bemerkte Grete, das Mädchen, das den Handwagen gezogen hatte. Sie war aus der Wäscherei gekommen, ein paar Meter entfernt stehen geblieben und schaute ihn zaghaft an. »Sind Sie von der Polizei?«

»Wie kommst du darauf?«

»Na ja, weil Erika weg ist.«

»Weißt du etwas über ihr Verschwinden?«

Sie presste die Lippen zusammen, als wollte sie die Antwort dahinter einsperren, doch sie drängte heraus. »Sie war nicht gern hier, noch nie. Aber jetzt hatte sie richtig Angst. Vor einem Arzt.«

»Vor welchem Arzt?«

Da steckte ein etwas älteres Mädchen den Kopf aus der Tür der Wäscherei und schrie: »Grete! Mach, dass du weiterkommst, sonst melde ich dich der Oberin.«

Das Mädchen zuckte zusammen. »Weiß ich nicht. Aber sie hat was von einem Arzt gesagt. Und dann war sie plötzlich weg«, stieß sie hervor und rannte ins Gebäude, die Tür schlug heftig hinter ihr zu.

Leo sah ihr nachdenklich hinterher. *Richtig Angst. Vor einem Arzt.* Hätte Erika den offenbar wohlbekannten Dr. Albertz *einen Arzt* genannt?

Ihm war, als hätten das Klostergebäude und seine Bewohnerinnen etwas zu verbergen, als läge ein dunkler Schleier über den roten Mauern. Am Pförtnerhaus drehte er sich noch einmal um, und plötzlich fiel ihm ein, woran ihn der Bau erinnerte.

Strahlenförmig um eine Mitte angeordnete Flügel, wie Radspeichen um eine Nabe. Er kannte die Architektur, nicht zuletzt aus seiner eigenen Nachbarschaft in Moabit.

Das Kloster war gebaut wie ein Gefängnis.

8

DIENSTAG, 26. FEBRUAR 1929

»Ein Heim für gefallene Mädchen in einem Kloster, das klingt wie aus dem vorigen Jahrhundert«, sagte Clara beim Frühstück. Als sie merkte, dass Leo ernst blieb, legte sie das Messer weg und sah ihn an. »Die Zustände haben sich verbessert, dafür gibt es heute doch Gesetze.«

Er sah nachdenklich in seine Tasse. »Ich rede nicht von körperlicher Gewalt, Clara. Aber die Anlage hat etwas Bedrückendes mit diesen hohen Mauern. Und dann die Bauweise, die erinnert mich wirklich ans Gefängnis drüben. Ich habe das gestern noch im Lexikon nachgeschlagen. Der Stil nennt sich Panopticon und stammt aus England. Man hat ihn für Gefängnisse verwendet, aber auch für Fabriken. Der Gedanke dahinter ist, mit möglichst geringem Aufwand möglichst viele Menschen zu überwachen.«

»Aber das würden sie doch nicht in einem Kloster tun, oder?«

Leo zuckte mit den Schultern. »Die Oberin hatte eine theologische Erklärung dafür. Was nicht dagegen spricht, dass die Bauweise zwei Zwecken dient. Es kam mir schon so vor, als wollte man die Mädchen möglichst voneinander fernhalten.«

»Dir hat es da nicht gefallen, Vati«, konstatierte Marie

kauend. »Ich möchte da auch nicht leben. Die haben sicher kein Labor. Und auf Bäume klettern darf man auch nicht, oder?«

»Natürlich nicht«, warf ihr Bruder ein. »Oder Autofahren.« Was für Georg eindeutig wichtiger war, das Auf-Bäume-Klettern hatte er mittlerweile hinter sich gelassen.

Als die Kinder aus der Küche verschwunden waren, um ihre Schulranzen zu holen, sah Clara ihn fragend an. »Du machst dir eine Menge Gedanken um einen Fall, für den du eigentlich nicht zuständig bist.« Sie legte ihm die Hand auf den Arm. »Ich weiß, dass dir solche Dinge nahegehen. Leider haben es nicht alle Kinder so gut wie unsere.«

Wie selbstverständlich sie *unsere* sagte, dachte Leo liebevoll. Er lächelte sie an und sagte: »Ich weiß. Aber es mit eigenen Augen zu sehen, macht es nicht leichter. Jedenfalls rufe ich beim zuständigen Revier an und erkundige mich, ob die Vermisstenanzeige tatsächlich eingegangen ist.«

»Mach das«, sagte Clara und begann, den Tisch abzuräumen. »Denk dran, heute Abend bin ich im Ortsverein. Es gibt einiges zu besprechen.« Clara war vor kurzem in die SPD eingetreten, nachdem sie schon länger Vorträge an der Freien Sozialistischen Hochschule gehalten hatte, und sie sprachen oft über Politik. »Hindenburg hat die beiden Bundesführer des Stahlhelms zu sich bestellt, unter anderem wegen des Treuegelöbnisses auf den Kaiser im Januar. Aber wir befürchten, dass er nichts unternehmen wird.«

Der Stahlhelm-Bund der Frontsoldaten war von einflussreichen Unternehmern und ehemaligen Militärs gegründet worden. Er lehnte die junge Republik strikt ab und stand der Deutschnationalen Volkspartei nahe, für die er bei Veranstaltungen sogar den Saalschutz übernahm. Ende Januar hatte der Stahlhelm am 70. Geburtstag des ehemaligen Kaisers ein Treuegelöbnis auf diesen abgelegt, worauf die demokratische Presse schwere Vorwürfe gegen die Organisation erhoben hatte.

»Kein Wunder, Hindenburg ist ja selbst Ehrenmitglied des Stahlhelm«, sagte Leo. »Ebert hätte nicht so früh sterben dürfen, dann wäre uns dieser Reichspräsident vielleicht erspart geblieben.«

Clara nickte. »Ein frommer Wunsch, den ich absolut teile. Ich werde dir was zu essen vorbereiten.«

Leo stand auf und küsste sie auf die Wange. »Danke. Und ich bleibe auf, bis du kommst.«

»Verbinden Sie mich bitte mit dem Polizeiamt 13«, sagte Leo, sowie er das Vorzimmer betreten hatte. Fräulein Meinelt nickte und suchte im Verzeichnis die Nummer heraus.

Leo setzte sich an den Schreibtisch und trommelte mit den Fingern. Er wollte sich vergewissern, dass die Vermisstenanzeige eingegangen war, das verschwundene Mädchen ließ ihm keine Ruhe.

Sein Telefon klingelte, und Fräulein Meinelt verband ihn mit dem Polizeiamt Tempelhof.

Tatsächlich hatte Schwester Augustina noch am vergangenen Abend angerufen und Erika Sperber als vermisst gemeldet. Man werde alle notwendigen Schritte einleiten, um sie so schnell wie möglich zu finden, versicherte man Leo, worauf er darum bat, ihn auf dem Laufenden zu halten.

Als er das bei der Morgenbesprechung erwähnte und die überraschten Blicke seiner Kollegen bemerkte, fügte er hinzu: »Warum, weiß ich selbst nicht genau. Ist so ein Gefühl.«

Das wurde mit Schweigen aufgenommen, in dem eine gewisse Skepsis mitschwang. Aber niemand widersprach, solche Gefühle kannten die Kollegen ja aus eigener Erfahrung.

Der Impuls, etwas zu tun, das auf den ersten Blick unbedeutend schien, sich im Nachhinein jedoch als nützlich erweisen konnte, ließ sich bisweilen nicht rational erklären.

Hasselmann sollte den verwitweten Jürgens befragen, der in der Praxis Hausverbot erhalten hatte. »Je nachdem, was er sagt, sollten wir Fräulein März mal auf den Zahn fühlen. Es kommt mir seltsam vor, dass sie von dem Zwischenfall nur auf Nachfrage berichtet hat. Wenn Dr. Clasen von einem Patienten bedroht wurde, wäre das wohl eine Erwähnung wert gewesen.«

Die Aussage des Zeugen Gruber war zwar wichtig, aber damit kämen sie wohl erst weiter, wenn sie das Tatmotiv eingrenzen konnten. Sie brauchten mehr Leute, wenn sie die Bewohner sämtlicher Häuser zwischen Friedensplatz und Blanker Hölle danach befragen wollten, ob sie die betreffende Person in der Woche vor dem Mord oder am Tatabend gesehen hatten. Sicher, es war nicht ausgeschlossen, dass jemand die Person aus der Nähe gesehen hatte. Andererseits konnte sie am Tatabend aus einer völlig anderen Richtung gekommen sein und am Platz Q auf Clasen gewartet haben. Wenn sie seine Gewohnheiten bereits ausgekundschaftet hatte, musste sie ihm nicht mehr folgen, was ein geringeres Risiko bedeutete. Leo würde sich die aufwendige Aktion für den Fall aufheben, dass alle anderen Nachforschungen ergebnislos blieben.

»Gut, Hasselmann und Neufeld fahren zu Jürgens. Jakob, du –«

In seinem Büro klingelte das Telefon. Er ging nach nebenan und hob ab. Zu seiner Überraschung war es das Polizeiamt 13. Sie würden Erika Sperber doch nicht innerhalb so kurzer Zeit gefunden haben? Hatten sie auch nicht. Aber als er hörte, worum es ging, setzte sich etwas in seinem Kopf in Bewegung.

Sonnenschein druckste ein wenig herum, als er mit Leo vor dem Stadtplan stand, auf dem drei Orte mit Stecknadeln markiert waren.

»Raus mit der Sprache, Jakob. Was gibt's?«

Sonnenschein zuckte verlegen mit den Schultern. »Ich finde das alles ehrlich gesagt ein bisschen weit hergeholt.« Dann zählte er an den Fingern ab. »Erstens: Wir wissen nicht, ob das Mädchen, das der Mann im Tempelhofer Speicher überrascht hat, Erika Sperber ist. Zweitens: Selbst wenn sie es ist, heißt das noch lange nicht, dass sie etwas mit Dr. Clasens Tod zu tun hat. Drittens: Falls die Frau, die Hans Gruber auf dem Friedensplatz beobachtet hat, Clasen getötet hat, kann es sich nicht um Erika Sperber handeln. Denn die befand sich am 15. Februar noch im Kloster.«

Leo musste sich eingestehen, dass Sonnenscheins Einwände berechtigt waren. Die Schwestern hätten das Mädchen wohl kaum zweimal aus dem Heim entkommen lassen. Dennoch wollte er nicht von dem Gedanken lassen, der ihm vorhin am Telefon durch den Kopf geschossen war. Ein Lagerarbeiter vom Tempelhofer Hafen hatte Kriminalpolizeirat Nitschke gemeldet, er habe am Vortag ein junges Mädchen im Speicher entdeckt. Sie hatte offenbar heimlich dort übernachtet und wurde gewalttätig, als er ihr helfen wollte, dann rannte sie davon. Die Personenbeschreibung passte auf Erika Sperber.

Leo deutete auf den Plan, auf dem er das Kloster, den Platz Q und den Hafen markiert hatte. »Der Tatort liegt nicht auf gerader Strecke, aber die grobe Richtung stimmt.« Er schaute Sonnenschein von der Seite an und las in dessen Miene, dass er alles andere als überzeugt war, es aber aus Höflichkeit nicht offen sagen wollte.

Leo seufzte. »Du meinst, ich habe mich verrannt.«

»Ich glaube einfach nur, dass du dich zu sehr auf dieses Mädchen versteifst.«

Manchmal war es doch nicht so einfach, Kollegen von einem Bauchgefühl zu überzeugen. »Ihre Flucht steht in Verbindung mit einem Arzt, bei dem es sich offenbar nicht um den Hausarzt des Klosters handelt. Sie fürchtet sich vor ihm und läuft weg, und zwar am selben Abend, an dem Clasen getötet wird, in dessen Patientenkartei das Kloster verzeichnet ist.«

Sonnenschein nickte, sagte aber nichts.

Leo lief auf und ab, die Hände in den Taschen. Er wusste, dass die Verbindungen, die er herstellte, nicht gerade tragfähig waren, aber er wollte nicht so rasch aufgeben. »Ich habe Nitschke gesagt, er soll sich melden, sobald sie gefunden wurde. Ich kann es vor Gennat nicht rechtfertigen, dass unsere Kommission nach ihr sucht, dafür ist die Verbindung zu dünn. Aber reden will ich mit ihr.«

Er hatte es sich zum Prinzip gemacht, Untergebenen eine eigene Meinung zuzugestehen und die seine nicht zum Maß aller Dinge zu machen. Gut möglich, dass Jakob recht hatte und er auf dem völlig falschen Dampfer war, aber davon wollte er sich persönlich überzeugen.

Nun aber würde er sich endlich um Clasens alten Schulfreund kümmern.

Er schlug Clasens Adressbuch bei K auf: *Gottlieb Keller, Bergstraße/Ecke Chausseestraße.* Eine Telefonnummer gab es nicht, also musste er Herrn Keller unangekündigt aufsuchen und ihm die traurige Nachricht überbringen, die ihn womöglich noch gar nicht erreicht hatte.

Helmut Jürgens wohnte in einer bescheidenen Wohnung in der Ringbahnstraße. Durch die braun gestrichene Tür, von der stellenweise die Farbe abblätterte, erklang Kindergeschrei. Ein verhärmt aussehender Mann von Mitte dreißig öffnete. Ein kleines Mädchen klammerte sich an sein Bein, dahinter lugte ein Junge hervor, der eine Holzlokomotive in der Hand hielt.

Neufeld stellte sich und Hasselmann vor. »Herr Jürgens, wir möchten Sie kurz befragen. Dürfen wir eintreten?«

Der Mann wirkte erschrocken. »Aber – warum die Polizei? Ich habe mir nichts zuschulden kommen lassen.«

»Wir möchten nur mit Ihnen reden«, sagte Hasselmann und drückte sanft gegen die Tür. Jürgens wich zurück und bedeutete ihnen einzutreten.

Der Flur war unordentlich, aber auf den ersten Blick einigermaßen sauber. Der Vater schob die Kinder in ein Zimmer und legte den Finger auf den Mund. »Ich muss mit den Herren reden. Danach schmiere ich euch Brote.«

Er führte sie in die Küche und bat sie, sich zu setzen. Über einem Stuhl hing Bügelwäsche, die er hastig wegräumte. Jürgens selbst lehnte sich an einen Schrank, als wagte er nicht, in ihrer Gegenwart Platz zu nehmen.

»Kannten Sie Dr. Ferdinand Clasen?«

Seine Miene veränderte sich abrupt, wurde hart und verschlossen. »Ja, den kenne ich.« Jürgens schien nicht zu bemerken, dass Neufeld in der Vergangenheit gesprochen hatte.

Neufeld behielt den Mann genau im Auge, als er sagte: »Dr. Clasen ist tot.« Überraschung, aber kein erkennbares Schuldbewusstsein. »Wir vermuten ein Gewaltverbrechen.«

»Sie – Sie meinen, er wurde umgebracht?«, fragte Jürgens sichtlich schockiert. »Aber warum kommen Sie damit zu mir?«

Hasselmann schlug lässig die Beine übereinander, als säße er im Café. »In der Patientenkartei fand sich ein Vermerk, man solle Sie unter keinen Umständen in die Praxis lassen. Und die Sprechstundenhilfe hat ausgesagt, Sie hätten Dr. Clasen bedroht. Da liegt es nahe, mit Ihnen zu sprechen.«

Jürgens schoss vor und schlug mit der flachen Hand auf den Tisch. Er atmete heftig. »Ja, das hab ich, weil er meine Frieda auf dem Gewissen hat!«

»Erklären Sie das bitte genauer.« Neufeld deutete auf den freien Stuhl am Tisch, und Jürgens ließ sich schwer darauf fallen.

»Meine Frieda hatte Asthma«, sagte er. »Es wurde immer schlimmer, und wir wussten nicht mehr, was wir machen sollten. Da ist sie zu Dr. Clasen gegangen, weil sie gehört hatte, dass er viele Leute mit Asthma behandelt.«

Aus dem Nebenzimmer ertönte Kindergeschrei. Jürgens murmelte eine Entschuldigung und verließ die Küche. Hasselmann sah Neufeld an. »Armes Schwein. Allein mit den Kindern. Möchte wissen, was er –«

Jürgens kam zurück und schloss energisch die Küchentür. Er setzte sich wieder und fuhr fort, als hätte es die Unterbrechung nicht gegeben: »Er hat ihr ein Mittel verschrieben, Ephetonin nennt sich das. Am Anfang hat es auch gut geholfen. Frieda ging es besser, sie fühlte sich frischer und konnte wieder den Haushalt erledigen. Ich war richtig froh, dass sie zu Clasen gegangen war. Aber nach einer Weile wurde das Asthma wieder schlimmer, sie war auch müde und kraftlos und konnte sich nicht richtig um die Kinder kümmern. Also hat sie angefangen, mehr zu nehmen.«

»Und was geschah dann?«

»Fürs Erste ging es ihr wieder gut. Aber nur eine Zeit lang. Dann ging alles von vorn los. Sie hat immer mehr genommen und geglaubt, jetzt bleibt es, wie es ist. Aber das stimmte nicht.« Er vergrub das Gesicht in den Händen.

Neufeld sah Hasselmann an und zog die Augenbrauen hoch. Missbrauch von Medikamenten kam nicht selten vor. Er war bei der Politischen Polizei zwar nicht damit in Berührung gekommen, hatte aber in der Fachliteratur einiges dazu gelesen. Der Körper gewöhnte sich an ein Medikament. Die Leute wollten die positive Wirkung erzwingen und nahmen immer mehr davon. Das bedeutete nicht, dass den Arzt, der es verordnet hatte, irgendeine Schuld traf, doch hatte ein verzweifelter Witwer das womöglich anders empfunden.

»Ein halbes Jahr hab ich das mitgemacht – oder noch länger. Ich weiß es nicht genau. Ab Oktober wurde es ganz schlimm. Sie war unruhig, musste sich manchmal übergeben. Einmal hab ich ihr das Mittel weggenommen, da hat sie getobt und sich am nächsten Tag eine neue Packung geholt. Das ging auch richtig ins Geld. Und dann –« Er schluckte mühsam. »Dann kamen die Herzbeschwerden. Mal raste das Herz, dann war es, als würde es in der Brust stolpern. So hat Frieda es beschrieben. Ich war mir sicher, dass es von dem Ephetonin kam, aber sie wollte nicht auf mich hören. Und dann, im Dezember, ist sie eines Morgens nicht mehr aufgewacht. Lag tot neben mir im Bett.«

Jürgens stand auf und nahm sich ein Glas Wasser, das er in einem Zug austrank. »Ich ... ich musste es den Kindern sagen. Herzschlag, sagte der Arzt, nicht Clasen, ein anderer, aus der Nachbarschaft. Ich hab ihm das Mittel gezeigt, aber er hat nur abgewinkt. Also bin ich in die Praxis gegangen und wollte Clasen zur Rede stellen, aber er sagte, dass er mit dem Tod meiner Frau nichts zu tun hätte. Er war sehr unfreundlich und von oben herab. Und dann hat er mich rausgeworfen. Danach haben sie mir nicht mehr aufgemacht.« Er zuckte resigniert mit den Schultern. »Hätte wohl auch nichts genützt. Ich musste irgendwie sehen, dass ich zurechtkomme, aber es ist schwer mit den Kindern. Und ich muss auch arbeiten …«

Neufeld stellte die nächste Frage behutsam: »Wo haben Sie sich denn am vergangenen Samstag ab achtzehn Uhr dreißig aufgehalten?«

Jürgens' Kopf schoss hoch, er sah empört aus. »Wollen Sie allen Ernstes –?« Doch er fing sich und sagte in ruhigem Ton: »Ich war mit den Kindern bei meiner Mutter in Steglitz. Wir kamen erst um halb zehn nach Hause. Meine Mutter hatte Geburtstag, es wurde ein bisschen gefeiert. Die Kinder sollten auch mal eine kleine Freude haben nach … alldem.«

Neufeld ließ sich Namen und Adresse der Mutter geben.

»Mein Bruder war auch da mit seiner Frau und den Kindern.«

Sie verabschiedeten sich. Neufeld warf noch einen Blick auf den erschöpften Mann, der zusammengesunken am Küchentisch zurückblieb.

9

Leo stellte den Wagen auf der Bergstraße in Mariendorf ab. Im Erdgeschoss des großen Eckhauses, in dem Gottlieb Keller wohnte, befand sich eine Delikatessenhandlung. Er warf einen Blick ins Schaufenster – nicht ganz so teuer und edel wie im Westen Berlins, aber das Geschäft konnte mit feinen Schokoladen und einigen Döschen Gänseleberpastete aufwarten.

Er trat in den Hausflur und schaute auf den Stummen Portier, der ihm zeigte, dass G. Keller im zweiten Stock wohnte.

Im Treppenhaus roch es durchdringend nach Erbsensuppe, doch alles war sauber und wirkte recht gepflegt. Dennoch fragte er sich, was Clasen aus der Villa am Friedensplatz mit einem Mann verbunden hatte, der in diesem nicht gerade eleganten Mietshaus wohnte. Vor der Wohnungstür angekommen, klingelte er. Es wurde sofort geöffnet, als hätte Keller ihn erwartet, auch wenn das eigentlich nicht möglich war.

Vor ihm stand ein kleiner, hagerer Mann, der Ende sechzig sein mochte. Mit dem flaumig weißen Haarkranz, der seitlich vom Kopf abstand, erinnerte er an einen freundlich blickenden Geier. »Ja, bitte? Sind Sie von der Gasanstalt?«

Als Keller die Dienstmarke sah, zuckte er zusammen und trat zurück, ob aus Schreck oder um Leo hereinzulassen, war nicht ganz klar. »Was – worum geht es?«

»Darf ich eintreten?«

»Selbstverständlich.«

Gottlieb Keller deutete auf die Tür zum Wohnzimmer. Im Flur bemerkte Leo eine Reihe gerahmter Fotos, auf denen allesamt ernst blickende Männer zu sehen waren, die ihm völlig unbekannt vorkamen. Sie sahen nicht wie Familienfotos aus, und er fragte sich, wen sie darstellten.

Als sie im Wohnzimmer saßen, das mit schweren, dunklen Möbeln eingerichtet war, schaute ihn Keller ein wenig ängstlich an.

Leo erklärte, weshalb er gekommen war, worauf der Mann förmlich in sich zusammensank. Er rieb wiederholt mit den Händen über die Knie und nickte dazu immer wieder. »Ich hab's befürchtet. Aber ich habe immer noch gedacht, es kann auch ein Zufall sein.«

»Was meinen Sie damit?« Leo ahnte es, wollte es aber von Keller selbst hören.

»Na ja, ich lese doch Zeitung.« Er wischte sich flüchtig über die Augen. »Ich habe mitbekommen, dass ein Arzt tot aufgefunden wurde. Natürlich habe ich mir gesagt, es gibt nicht nur einen Arzt in Tempelhof, aber so wie es beschrieben war ... Und ich wusste ja auch, dass Ferdinand dort seine Abendspaziergänge machte.« Er schaute auf. »Also hat man ihn wirklich – umgebracht?«

»Es tut mir sehr leid, Herr Keller, aber so ist es. Und um herauszufinden, wer das getan hat, müssen wir so viel wie möglich über den Toten erfahren. Seine Haushälterin sagte uns, dass Sie beide befreundet waren und sich regelmäßig getroffen haben. Bitte erzählen Sie mir alles, was wichtig sein könnte. Woher Sie sich kannten, was Sie über sein Leben und seine Gewohnheiten wissen.«

Keller stand auf und goss sich ein Glas Kognak ein. Er

schaute über die Schulter und hob die Flasche, sagte dann aber gleich darauf: »Sie sind ja im Dienst.«

»So ist es.«

Keller setzte sich wieder, leerte das Glas in einem Zug und beugte sich etwas vor. »Wir sind zusammen zur Schule gegangen, Ferdinand und ich. Wir stammen aus einem kleinen Ort in der Nähe von Heidelberg und sind täglich mit der Bahn ins nächstgelegene Gymnasium gefahren, dabei haben wir zum Zeitvertreib Schach gespielt. Nach der Schule haben wir uns aus den Augen verloren, als Ferdinand sein Medizinstudium begann und ich bei der Post angefangen habe. Viel später hat es mich dann nach Berlin verschlagen, und hier sind wir uns tatsächlich zufällig wieder über den Weg gelaufen. Ich erzählte ihm, dass ich im Schachverein spiele und immer gern an unsere gemeinsamen Zugfahrten zurückgedacht hatte. Von da an haben wir uns regelmäßig verabredet und eine Partie gespielt.« Keller nickte zum Flur hin. »Das sind lauter Großmeister, manche von ihnen habe ich hier in Berlin spielen sehen.«

Bevor Leo eine Zwischenfrage stellen konnte, sprach Keller schon von sich aus weiter. »Eigentlich waren wir sehr verschieden. Ich habe immer ein einfaches Leben geführt, habe mein Geld für Reisen zu Schachturnieren gespart. Auf eine elegante Wohnung habe ich nie Wert gelegt. Ferdinand war anders. Er genoss es, in gute Restaurants zu gehen oder teure Opernkarten zu kaufen. Aber mir gegenüber hat er nie herablassend getan, das kann ich nicht behaupten. Allerdings hat er auch nicht viel über sich geredet; wenn wir uns trafen, ging es meist um Schach.«

Leo überlegte. Von Fahrenkrog hatte er nichts Relevantes erfahren, aber dieser Mann hier hatte Clasen regelmäßig getroffen und wusste vielleicht mehr. »War Ihnen bekannt, dass Dr. Clasen sich für germanisches Erbe und Neuheidentum interessierte? Erwähnte er das jemals, vielleicht auch in einem politischen Zusammenhang?«

Keller sah ihn überrascht an. »Nein, von so etwas hat er nie gesprochen. Wie ich schon sagte, wir haben uns vor allem zum Schachspielen getroffen. Es schien ihn zu entspannen, einfach nur dazusitzen und aufs Brett zu schauen und sich danach über die Partie auszutauschen. Ich habe ihn auch einmal gefragt, ob er nicht in unseren Schachverein eintreten möchte, aber da hat er sofort abgewinkt. Vielleicht war er ihm nicht vornehm genug.« Er lächelte nachsichtig. »Jedenfalls habe ich mich immer auf unsere Begegnungen gefreut.«

»Wir haben auch gehört, dass Dr. Clasen öfter abends eingeladen war. Hat er mit Ihnen darüber gesprochen? Wissen Sie vielleicht, wer zu seinen Bekannten gehörte?«

Keller zupfte an dem weißen Flaum, der über seinem Ohr vom Kopf abstand. »Nun ja, viel hat er nicht davon erzählt. Aber ab und an hat er fallen lassen, dass er in Zehlendorf eingeladen war oder auch in Westend. Da hatte er wohl einige Bekanntschaften aus seiner Zeit im Krankenhaus. Er hat ja in einer Klinik gearbeitet, bevor er die Praxis übernahm.«

»Nannte er Namen?«, hakte Leo sofort nach.

Keller schüttelte bedauernd den Kopf. »Ich glaube nicht, aber ich muss gestehen, ich habe auch nicht so genau hingehört, weil mir diese Welt ziemlich fremd ist. Ich bin ein pensionierter Postbeamter und habe mich nie in solchen Kreisen bewegt. Aber ich habe gemerkt, dass es ihm wichtig war.« Er hielt inne und schien nach den richtigen Worten zu suchen. »Manchmal kam es mir vor, als müsste Ferdinand sich bestätigen, dass er mehr war als ein Arzt in einem Berliner Vorort. Das meine ich beileibe nicht böse, aber ich habe mich manchmal gefragt, ob er sich eine größere Karriere erträumt hatte.« Er machte eine wegwerfende Geste. »Aber das ist sicher Unsinn. Seine Praxis schien gut zu laufen, sonst hätte er sich diese Annehmlichkeiten und sein schönes Haus ja nicht leisten können.«

»Hat er je erwähnt, dass er Feinde hatte? Konkurrenten? Menschen, mit denen er nicht zurechtkam?«

Keller sah ihn betroffen an. »Niemals. Aber ich weiß auch nicht, ob er solche Sorgen mit mir geteilt hätte. Er war zurückhaltend in privaten Dingen, das sagte ich ja bereits.«

Leo machte Anstalten, sich zu erheben, worauf Keller sich vorbeugte, als wollte er das Gespräch noch nicht beenden.

»Sie erwähnten vorhin sein Interesse fürs Germanentum und fragten, ob er politisch gewesen sei«, setzte er an, und Leo wurde wieder aufmerksam. »Ich kann dazu nur sagen, dass er politisch gar nicht interessiert schien. Ich habe gelegentlich versucht, die Sprache darauf zu bringen, aber Ferdinand hatte einfach keinen Sinn dafür. Ich weiß noch, wie ich meiner Freude darüber Ausdruck gab, dass ein großer Mann wie Hindenburg unser Reichspräsident geworden war, worauf er nur mit den Schultern zuckte.«

»Sie würden also sagen, dass er keiner bestimmten politischen Richtung anhing?«

»So ist es.« Keller wurde jetzt richtig gesprächig, und Leo nahm jetzt zum ersten Mal ein Bild an der Wand wahr, das den abgedankten Kaiser darstellte. »Ich muss ja sagen, ich hoffe sehr, dass Hindenburg sich nicht dazu hinreißen lässt, etwas gegen den Stahlhelm zu unternehmen. Es ist doch nicht verwerflich, an unseren Kaiser zu erinnern. Ich hatte wirklich Sorge, was aus unserem Land werden soll, aber seit wir Hindenburg an der Spitze des Staates haben, gibt es neue Hoffnung.«

Leo erhob sich nun doch, da er den starken Eindruck hatte, ab jetzt würde er hier weniger über Clasen als über Kellers politische Nostalgie erfahren. Er bedankte sich höflich und ließ seine Karte da.

Draußen im Treppenhaus schüttelte er leicht den Kopf. Interessant, wie sich ein freundlicher älterer Herr, der leidenschaftlich Schach spielte, als einer jener Menschen entpuppte, die am liebsten die Uhr zurückstellen würden – und dadurch fast etwas Gefährliches bekam.

Dora von Werden hatte den Teetisch im Erker decken lassen, von dem man in den winterlichen Garten blickte. Die Natur zierte sich noch, nicht einmal Schneeglöckchen wollten sich zeigen, doch sie fand selbst im Februar das Licht hier einfach schöner als im Salon.

Pauline kam selten her, sie war sehr beschäftigt, wie sie ihrer Mutter gern erklärte. Womit genau sich ihre Tochter die Zeit vertrieb, wusste Dora nicht; Kinder hatte sie nicht und auch keinen Beruf. Ihr Mann war ihr Beruf, wie sie zu sagen pflegte, und wenn Dora ehrlich mit sich war, hatte sie genau das für ihre Tochter gewollt. Eine gute Ehe mit einem wohlhabenden Mann, der ihr Reisen und gesellschaftlichen Glanz bieten konnte, und eben das hatte Pauline in Dr. Emil Caspary gefunden. Der erfolgreiche Anwalt verkehrte in den besten Kreisen und ließ sich nur zu gern von seiner attraktiven Frau begleiten, die gelegentlich in Magazinen wie *Die Dame* abgebildet war.

Aber einmal im Monat tranken Mutter und Tochter zusammen Tee, das gehörte sich so.

Dora warf noch einen Blick auf den Tisch, die Etagère mit den Petit Fours, den Napfkuchen, den ihre Haushälterin Mathilde nach einem alten Familienrezept gebacken hatte, das Meißner Porzellan und die silbernen Löffel und Kuchengabeln.

Der Raum war in Zartgelb gehalten, als könnte Dora sich so den Frühling ins Zimmer holen, selbst wenn draußen Schnee und Eis herrschten.

Es klingelte, dann wurde die Haustür aufgeschlossen.

Mathilde hatte ihren freien Tag und würde bei ihrer Schwester übernachten, darum öffnete Pauline sich selbst. Als sie die Schritte auf der Treppe hörte, trat Dora von Werden in die Tür des Erkerzimmers und sah ihrer Tochter lächelnd entgegen.

Der dunkle, akkurat geschnittene Pagenkopf, die Fuchsstola, die sie lässig über der Schulter trug, das knielange Kleid und die glänzenden Strümpfe, die ihre schlanken Beine betonten – Pauline ist eine Frau von Welt, dachte Dora. Eine Tochter, auf die sie stolz sein konnte, die sie selbst geformt hatte.

Ganz so, wie sie es sich immer erträumt hatte.

Hermann Manthey genehmigte sich noch einen Schnaps nach dem Abendessen. Es war der einzige Alkohol, den er an Wochentagen trank, was Else zu schätzen wusste. Sie kam ins Wohnzimmer und setzte sich mit ihrem Stickrahmen in den Sessel neben der Stehlampe.

»Die Kleine ist recht flink«, sagte er und stellte das leere Glas auf den Tisch. »Ich habe sie dem Leiter der Poststelle vorgestellt und gefragt, ob es unbedingt ein Boten*junge* sein muss. Der hat gesagt, sie soll ein paar Tage zur Probe arbeiten. Wenn sie sich gut macht, geht er mit ihr zum Personalbüro und redet mit denen.«

Else schwieg, und er sah sie fragend an. »Passt es dir nicht?«

Sie zuckte mit den Schultern und fädelte neues Garn ein. »Ich weiß nicht, Hermann. Mir tut die Kleine auch leid, aber sie ist nun mal weggelaufen. Wir können doch nicht einfach ein wildfremdes Mädchen bei uns aufnehmen.« Dann setzte sie zögernd hinzu: »Mir fehlt unsere Suse ja auch, jetzt, wo sie in Stralsund wohnt, aber es ist nicht richtig. Du könntest Ärger in der Fabrik bekommen, weil du sie angeschleppt hast.«

Hermann wirkte enttäuscht, beinahe traurig. »Sie ist ein prima Mädchen, Else, die hat was Besseres verdient.«

»Aber sie ist noch nicht volljährig, und wir sind nicht ihre Eltern.« Doch sein Blick ließ etwas in ihr weich werden. Sie wusste, wie sehr Hermann ihre Tochter vermisste; der Sohn Eberhard war mit zwölf Jahren an Diphterie gestorben. Sie legte ihre Hand auf seine und drückte sie. »Na schön. Wenn Sarotti sie nimmt, will ich nichts sagen. Aber ob sie auf Dauer hier wohnen kann, müssen wir dann überlegen.«

Sein Blick war voller Dankbarkeit, und Else spürte, wie sich etwas in ihr löste. Wenn es Hermann glücklich machte, wollte sie nicht im Weg stehen.

Clara kam um Viertel nach zehn nach Hause. Leo, der wie versprochen gewartet hatte, empfing sie an der Wohnzimmertür und küsste sie auf die Wange.

»Und, wie war's?«

Sie zog den Mantel aus und ließ sich seufzend in einen Sessel fallen. »Wie es heißt, gibt es schon eine Antwort des Reichspräsidenten an den Innenminister. Er spricht den Führern des Stahlhelm das Vertrauen aus und sieht keine Veranlassung, aus dem Bund auszutreten. Du hattest völlig recht, unter Ebert wäre es nicht so weit gekommen. Wegen Hindenburg mache ich mir größte Sorgen. Ich vertraue nicht darauf, dass er wirklich zur Republik steht.« Dann sah sie Leo an und lächelte müde. »Tut mir leid, dass ich nur herumjammere. Und danke, dass du aufgeblieben bist. Wie war dein Tag?«

Er fuhr sich durch die Haare, während er im anderen Sessel Platz nahm. »Ach, so weit gut. Hasselmann muss ich gelegentlich ein bisschen schubsen, damit er sich bewegt, aber das lässt sich aushalten.« Ihm ging noch etwas anderes durch den Kopf, das er, falls überhaupt, nur Clara anvertrauen konnte.

Sie schien es zu merken, stand auf und setzte sich auf seine Armlehne. »Ich sehe dir doch an, dass du was auf dem Herzen hast.«

Er ergriff ihre Hand und hielt sie fest. »Neufeld ist homosexuell.«

»Ach. Woher weißt du das?«

»Ich habe ihn neulich unangekündigt zu Hause abgeholt, und er hatte Besuch. Ich glaube, es war dieser amerikanische Jazzmusiker, der mit Moritz Graf befreundet war.«

»Und was hat dich auf den Gedanken gebracht …?«

»Er verschwand sehr hastig im Zimmer, als er mich an der Wohnungstür sah. Sein Hemd war aufgeknöpft. Und Neufeld war danach sehr nervös. Später hat er mich darauf angesprochen und um Diskretion gebeten. Die ich ihm natürlich zugesagt habe.«

»Natürlich.« Ihr Ton ließ keinen Zweifel daran, dass sie nichts anderes von ihrem Mann erwartet hatte. »Was macht dir dann Sorgen?«

Genau das ist der Punkt, dachte Leo und schämte sich ein bisschen für den Gedanken. »Robert kommt zurück. Zunächst in eine andere Kommission, aber ich gehe davon aus, dass er bald wieder bei uns ist. Und wenn ich dran denke, wie er sich vor seiner Versetzung Neufeld gegenüber verhalten hat …« Er hielt inne. »Jedenfalls hoffe ich, dass er nicht darauf kommt.«

Clara fand wieder die richtigen Worte. »Du hast ein schlechtes Gewissen, weil du Robert nicht mehr so vertraust wie früher. Aber das ist normal. Es braucht Zeit. Und wenn ich dich richtig verstehe, hast du Neufeld vorher nichts angemerkt. Dann wird es Robert auch nicht auffallen.«

Er lehnte den Kopf an ihre Hüfte. »Komisch, wenn ich mit dir rede, kommt mir alles leichter vor.«

Sie strich ihm lächelnd über die Wange. »Das war eine schöne Liebeserklärung.«

10

Mittwoch, 27. Februar 1929

Als Robert Walther den Kopf durch die Tür steckte, sprang Leo auf, trat vor ihn hin und gab ihm die Hand. »Schön, dich wieder hier zu sehen. Willkommen zurück.«

Robert setzte sich nicht, sondern lehnte sich an die Verbindungstür zum Nachbarbüro. »Noch nicht ganz, aber hoffentlich bald. Erst mal braucht Werneburg mich dringender als du, aber ich hoffe, es ist wirklich nur vorübergehend. Das hat Gennat jedenfalls gesagt. Wo seid ihr gerade dran?«

»Ferdinand Clasen, ein Arzt aus Tempelhof, wurde am Platz Q erschlagen aufgefunden.«

»Und?«

Leo zuckte mit den Schultern. »Einige Spuren, aber bisher nichts Konkretes. Ein Heimatforscher hat erzählt, dass sich dort, wo man die Leiche gefunden hat, nach einer germanischen Sage das Tor zur Unterwelt befindet. Und in der Villa, in der Clasen gewohnt hat, spukt es angeblich. Du kannst dir vorstellen, was die Presse für ein Garn draus spinnt.«

Robert grinste. »Ich fürchte, damit können meine Raubüberfälle nicht konkurrieren. Aber jetzt muss ich los, ich darf nicht gleich am ersten Tag zu spät kommen. Wir sehen uns bald.« Er hielt inne. »Ich freue mich wirklich, zurück zu sein.«

Damit verschwand er durchs Vorzimmer.

In einem abschließbaren Schrank in Dr. Clasens Praxis, den sie aufgebrochen hatten, weil der Schlüssel nicht auf Anhieb zu finden war, hatten sie einige Blechdosen mit kleinen Papiertüten entdeckt, die getrocknete Pflanzen enthielten. Sie sahen aus wie Kräutertee, und Leo fragte sich, weshalb Clasen sie unter Verschluss gehalten hatte. Daher hatte er sie umgehend zur Untersuchung ins Labor Dr. Friedrich geschickt.

Sonnenschein hatte sich nach dem seltsamen Fund erinnert, dass in einigen Akten das Stichwort »Tee« ohne weitere Zusätze gestanden hatte. Er hatte sämtliche Unterlagen noch einmal durchgesehen und die entsprechenden Patientenakten aussortiert.

Er deutete auf den Stapel. »Es handelt sich in allen Fällen um Privatpatientinnen, in den Akten steht, die Frauen hätten Tee bekommen, nicht präziser, einfach nur Tee. In Verbindung mit einer allgemeinen Beratung.«

»Hm. Eine harmlos klingende Bezeichnung für etwas anderes, falls die Unterlagen in unbefugte Hände geraten sollten?«

»Die Diagnosen lauten: ›Starke Niedergeschlagenheit.‹ ›Wunsch nach raschem Gewichtsverlust.‹ Das Letzte kommt gleich fünfmal vor. Diese hier hatte ›Schwierigkeiten nach der Entbindung, findet schwer in die Mutterrolle hinein‹.«

Leo dachte nach. »All diese Frauen haben von Clasen einen Tee bekommen. Aber keine der Patientinnen litt an Beschwerden, mit denen man gewöhnlich einen Internisten aufsucht.«

Sonnenschein sah ihn nachdenklich an. »Du meinst, Clasen hat ihnen ein fragwürdiges Mittel verordnet? Oder aber einen harmlosen Tee, der viel Geld kostete und nur einen – wie nennt sich das doch gleich – Placebo-Effekt hatte?«

Leo lehnte sich zurück und strich sich übers Kinn. »Ich könnte mir vorstellen, dass er zwei Einnahmequellen hatte. Er behandelte Menschen mit vornehmlich körperlichen Erkrankungen, aber auch solvente Patienten, vornehmlich Frauen, die anderer Hilfe bedurften.« Er sah auf die Uhr. »Ich hoffe, das Labor meldet sich bald. Wir müssen wissen, was in diesen Tüten war, wenn wir hier –«

Wie auf Bestellung klingelte das Telefon. »Wechsler. – Herr Dr. Friedrich, auf Sie habe ich gewartet.«

Er machte sich Notizen, während der Chemiker ihm die Ergebnisse durchgab, und hängte dann ein.

Sonnenschein sah ihn erwartungsvoll an. »Dein Gesicht verrät mir, dass es ein Treffer war.«

»Bei den getrockneten Pflanzen handelt es sich um Ephedra sinica oder Meerträubel, auf Chinesisch Ma-Huang. Ephedrin. Die Substanz, die auch in dem Medikament Ephetonin enthalten ist.«

»Augenblick. Das ist doch das Mittel, das die verstorbene Patientin Frieda Jürgens eingenommen hat?«

Leo nickte. »Genau. Die Substanz, die in den Medikamenten enthalten ist, wird synthetisch erzeugt, während die Meerträubel-Pflanze das reine Ephedrin und weitere ähnliche Stoffe enthält. Man trocknet die Pflanzen und kocht Tee daraus. Die Wirkung tritt nach dreißig bis sechzig Minuten ein. Und sie ist ähnlich wie beim künstlich hergestellten Ephedrin: Der Tee hemmt den Appetit und wirkt anregend, wie Adrenalin. Vielleicht hat er ihn seinen Patientinnen als Wunderdroge verkauft und damit gut verdient.«

»Was moralisch fragwürdig sein mag, aber noch kein Verbrechen ist.«

»Ich gebe dir recht, für ein Mordmotiv reicht das nicht aus«, sagte Leo ein wenig enttäuscht.

Sonnenschein wollte die Spur jedoch nicht einfach abtun und erkundigte sich, ob Dr. Friedrich etwas zu möglichen Nebenwirkungen gesagt habe.

»Ja, die sind ähnlich wie bei Ephetonin und können gravierend sein. Bei dem Tee besteht überdies die Gefahr, dass die Leute ihn unterschätzen, weil sie Tee grundsätzlich für harmlos halten. Was er in diesem Fall aber nicht ist. Jakob, wir müssen diese Patientinnen fragen, ob sie Nebenwirkungen haben oder hatten, die denen von Elfriede Jürgens gleichen. Falls der Zeuge Gruber wirklich eine *Frau* auf der Straße gesehen hat, die Clasen kurz vor seinem Tod beobachtet hat, könnte das durchaus von Bedeutung sein. Ein Motiv hängt nicht davon ab, ob sich jemand im juristischen Sinne strafbar gemacht hat. Es reicht völlig aus, wenn jemand glaubt, ein anderer habe ein Verbrechen begangen, so haltlos die Vermutung auch sein mag.«

»Aber falls einer der Frauen etwas Ähnliches zugestoßen wäre wie Elfriede Jürgens, hätte dann nicht eher ein Angehöriger etwas gegen den Arzt unternommen? Mann, Sohn oder Bruder und nicht die Frau selbst?«, gab Sonnenschein zu bedenken.

Leo stand auf und knöpfte seine Weste zu. »Sie muss ja nicht gestorben sein. Es könnte ihr einfach schlecht gegangen sein. Oder sie bekam Streit mit ihrem Mann oder hat ihre Stelle verloren, weil sie wegen der Nebenwirkungen nicht mehr arbeiten konnte. Und Clasen hat sie abgewiesen, als sie mit ihm darüber sprechen wollte. Das alles wäre denkbar.« Er wusste nur zu gut, dass seine Vermutungen nicht ganz überzeugend klangen, aber es war immerhin eine Spur.

Als Hermann und das Mädchen das Haus verlassen hatten, spülte Else Manthey das Frühstücksgeschirr und ging einkaufen. Nun war ein Mund mehr zu stopfen. Wie Hermann sich das vorstellte – sollte Erika ihnen Kostgeld geben, sobald sie etwas verdiente? Denn es würde ihre Haushaltskasse ganz schön belasten, wenn sie plötzlich drei statt zwei Leute versorgen musste, das wusste sie noch aus der Zeit, als ihre Suse zu Hause gewohnt hatte. Ihre Gedanken begannen zu wandern. Sie könnte vielleicht ein paar alte Kleider für Erika ändern, die ja nur das besaß, was sie am Leib trug. Vielleicht würde alles gut gehen, und dann hätten sie wieder ein junges Gesicht im Haus, schön wäre das schon.

Sie ging zuerst zum Obst- und Gemüsehändler, kaufte Grünkohl und Kartoffeln, eingekochtes Obst hatte sie noch im Keller. Dann ging sie weiter in Richtung Bäckerei.

Im Laden warteten bereits drei Frauen, und Else stellte sich in die Schlange. Sie überlegte, ob sie eine Leckerei für Erika mitnehmen sollte, als ihr Blick auf den Zettel fiel, der an der Theke klebte:

Polizeilich gesucht!

Junges Mädchen, Name Erika Sperber, dreizehn Jahre alt, von schlanker Statur, einen Meter sechzig groß, rotblonde Haare, glatt, kinnlang, wurde im Hafen Tempelhof gesehen. Bei Sichtung bitte umgehend Meldung an das Polizeiamt 13, Berliner Str. 97, Tempelhof.

Else stand wie betäubt da, während die Frauen vor ihr sich unterhielten. Die Stimmen rauschten an ihr vorbei. Sie erinnerte sich an die Geschichte, die Erika ihr erzählt hatte: von der Mutter, die sie so schrecklich vermisste und seit Jahren nicht gesehen hatte. Von dem Nonnenkloster, in dem sie wie eingesperrt leben musste. Das Mädchen hatte ihr leidgetan, und darum hatte sie nachgegeben. Ganz behagt hatte ihr der Gedanke nicht, aber Hermann war so angetan von Erika.

Diese Suchmeldung veränderte jedoch alles. Wenn sie sich nicht an die Polizei wandten, machten sie und Hermann sich strafbar. Und bei Sarotti würde er auch Ärger bekommen und vielleicht sogar seine eigene Stelle gefährden.

»Frau Manthey, was darf's denn nun sein?«

Die Bäckersfrau klang etwas ungeduldig, als fragte sie nicht zum ersten Mal. »Ein Graubrot und zwei Schrippen.« Sie rechnete Erika schon nicht mehr mit ein und schämte sich dafür, aber es ging nun mal nicht anders.

Else trat auf die Straße und überlegte. Sie könnte warten, bis Hermann und Erika nach Hause kamen, und mit ihnen reden. Oder aber sofort aufs Polizeiamt gehen und alles melden. Sie stand wie angewurzelt vor der Ladentür, die Bäckersfrau hielt sie sicher für verrückt, aber sie musste das jetzt entscheiden.

Sie wollte schon nach Hause gehen und hielt doch wieder inne. Hermann hatte eine gute Stelle, sicher bis zur Rente, wenn nichts Schlimmes passierte. Aber was würde man sagen, wenn herauskam, dass er ein von der Polizei gesuchtes Mädchen bei sich beherbergt und ihm überdies noch Arbeit bei Sarotti verschafft hatte? In seinem Alter arbeitslos zu werden, bei drei Millionen ohne Stellung, wäre schrecklich. Wer sollte ihn denn noch nehmen, wenn schon so viele Jüngere eine Arbeit suchten?

Else machte entschlossen kehrt und ging in Richtung Polizeiamt.

Mathilde Werner hatte bei ihrer Schwester in Oranienburg übernachtet, was ihr die gnädige Frau freundlicherweise gestattet hatte. Sie sah ihre Schwester selten genug, aber der Gedanke, ihre Stelle bei Frau von Werden aufzugeben und sich eine zu suchen, die weniger von ihrer Zeit forderte, war ihr nie gekommen. Heutzutage konnte man froh sein, wenn man eine sichere Arbeit hatte, noch dazu eine so gut bezahlte, und die Jahre bei der gnädigen Frau hatten in ihr eine Treue wachsen lassen, die eine Kündigung unmöglich machte. Außerdem liebte sie das Haus mit seinen kostbaren Möbeln, dem nach Bienenwachs duftenden Parkett und den Buntglasfenstern, die schimmernde Juwelenmuster auf die Wände zeichneten, wenn die Sonne schien.

Sie schloss die Tür auf und trat in die Eingangshalle. Und sah sie sofort.

Dora von Werden lag zusammengekrümmt und bewegungslos am Fuß der Treppe.

Zögernd ließ Mathilde die Tür los und machte ein paar Schritte auf die Treppe zu, bückte sich und berührte behutsam Frau von Werdens Schulter. Keine Regung. Sie legte die Handfläche darauf. Kalt und starr und leblos. Sie versuchte, nicht auf das getrocknete Blut zu schauen, das den Kopf umgab.

Sie richtete sich auf und presste den Handrücken vor den Mund. Sie wusste nicht, ob sie sich selbst am Schreien hindern wollte. Einen Moment stand sie so da, dann wandte sie sich um und ging zu dem Tischchen, auf dem das Telefon stand.

Unschlüssig stand sie da, schaute vom Apparat zu der Frau auf dem Boden. Wen sollte sie anrufen? Ein Krankenwagen wäre wohl das Beste, auch wenn sie befürchtete, dass hier jede medizinische Hilfe zu spät kam.

Es dauerte eine Weile, bis der Krankenwagen eintraf, doch der Sanitäter brauchte nicht lange für seine Untersuchung.

Er drehte sich um und sah sie kopfschüttelnd an. »Da ist nichts mehr zu machen. Tut mir leid. Sie sollten die Polizei verständigen.«

Die Polizei?, dachte Mathilde Werner, als wäre es ein Fremdwort. Was hatte die Polizei mit einem Unfall wie diesem zu tun?

»Bei einem nicht natürlichen Todesfall muss die Polizei den Ort des Geschehens untersuchen«, fügte der Sanitäter mit mitleidigem Blick hinzu. »Sie sind dazu verpflichtet.«

Sie wollte etwas sagen, doch ihre Lippen zitterten so sehr, dass sie kein Wort herausbrachte.

Der Mann führte sie zu einem Stuhl und ging zum Telefon. Sie hörte wie durch Watte, dass er die Lage schilderte und Namen und Anschrift durchgab. Dann hängte er ein, kam zu ihr und legte ihr beruhigend die Hand auf die Schulter. »Bitte bleiben Sie einfach hier sitzen, bis die Polizei kommt. Die werden Ihnen dann alles Weitere sagen.«

Mit diesen Worten ließ er sie allein.

Frau Werner saß mit hängenden Armen da, die kleine Reisetasche neben sich auf dem Boden. Sie kam sich vor wie eine Schauspielerin auf einer Bühne, sie hier, die Kollegin, die die Tote darstellte, einige Meter entfernt. Aber das hier war kein Theaterstück, das war wirklich geschehen. Sie hatte die gnädige Frau eine Nacht alleingelassen, und nun war sie –

Gestern Mittag hatte sie sich von ihr verabschiedet, nachdem sie alles für den Besuch der Tochter hergerichtet hatte … Ihre Tochter! Jemand musste Frau Caspary Bescheid geben.

Frau Werner hätte nicht sagen können, wie lange sie dort gesessen und diesen sprunghaften Gedanken nachgehangen hatte, doch plötzlich standen mehrere Schupos im Raum.

Einer fragte, ob sie einen Arzt brauche, und sie schüttelte den Kopf.

»Haben Sie Schnaps im Haus?«

Sie sah ihn überrascht an. »In der Küche steht eine Flasche Weinbrand.« Sie sah, wie er seinem Kollegen ein Zeichen gab.

»Ich muss Sie um Ihre Personalien bitten. Und Sie müssen mir genau erklären, was Sie hier zu suchen haben, wie Sie ins Haus gekommen sind und wer die Tote ist.«

Es konnte nur ein schlechter Traum sein, aus dem sie gleich erwachen würde. Gestern noch hatte Frau von Werden sie gelobt, gesagt, wie schön sie den Teetisch gedeckt hätte, wie köstlich die Petit Fours aussähen, wie sehr sie sich freute, Pauline zu treffen, die ja immer so mit ihren gesellschaftlichen Verpflichtungen beschäftigt war. Und dann hatte Mathilde Werner die Haustür hinter sich zugezogen und war gegangen, nicht ahnend, dass dies ihre letzte Begegnung gewesen war.

Nachdem sie ein Glas Weinbrand getrunken hatte, sagte sie dem Polizisten alles, was er wissen wollte.

»Sie waren also nicht zugegen, als es zu dem Sturz kam?«

»Nein, ich war bei meiner Schwester, das sagte ich doch. Glauben Sie mir etwa nicht?«

Er ging nicht auf die Frage ein. »Wie war der Gesundheitszustand der Verstorbenen?«

»Ausgezeichnet. Sie war siebzig Jahre alt und rüstig. Unternahm lange Spaziergänge, sie ist auch gern geschwommen. Früher war sie eine gute Reiterin.« Frau Werner staunte, wie selbstverständlich sie schon in der Vergangenheit von der gnädigen Frau sprach.

Er sah nachdenklich von der Toten zur Treppe. »Nun ja, die Frage ist natürlich, wie es zu dem Sturz gekommen ist.

Wurde ihr vielleicht schwindlig? Und wir werden die Treppe in Augenschein nehmen, um zu prüfen, ob es bauliche Mängel gab.«

»Das Haus ist in tadelloser Ordnung«, sagte Frau Werner gekränkt. »Mir ist nie etwas an der Treppe aufgefallen, und ich gehe sie mehrmals am Tag hinauf und hinunter.«

»Das alles werden wir uns genau ansehen. Nennen Sie mir bitte die Namen der Angehörigen, sofern sie Ihnen bekannt sind.«

Frau Werner sah ihn beinahe entrüstet an. »Ich bin seit zehn Jahren Haushälterin bei Frau von Werden, selbstverständlich kenne ich die Namen. Sie ist verwitwet und hat eine Tochter, Frau Pauline Caspary, die Frau des bekannten Anwalts.«

Der Polizist schien plötzlich ein wenig gerader dazustehen. »Ja, Dr. Caspary ist mir ein Begriff.« Er sah aus, als bereitete es ihm Magenschmerzen, dass die Schwiegermutter eines Mitglieds der eleganten Berliner Gesellschaft tot am Fuß ihrer eigenen Treppe lag und er es irgendwie der Tochter beibringen musste.

»Soll ich Frau Caspary verständigen?«, fragte Frau Werner, die sich nun, da der Polizist seine Unsicherheit offenbart hatte, seltsam ruhig fühlte.

Der Mann schien mit sich zu kämpfen und nickte in Richtung des Telefontischchens. »Wenn Sie so freundlich wären.«

Sie ließ sich mit dem Anwesen in Schwanenwerder verbinden.

Die Frau des Hauses war selbst am Telefon, beinahe atemlos, als wäre sie von weither gelaufen. »Caspary.«

Als Frau Werner die Stimme hörte, begannen ihre Hände zu zittern, der Mut verließ sie. »Hier spricht Mathilde, Frau Caspary. Ich … Es ist etwas passiert. Es tut mir so leid.«

Heftiges Atmen. »Mathilde, nun sagen Sie schon, was ist denn los? Geht es um meine Mutter?«

Sie räusperte sich und sagte dann mit festerer Stimme: »Ja. Sie … hatte einen Unfall, sie ist die Treppe hinuntergestürzt.«

Pauline Caspary sog hörbar die Luft ein und stieß hervor: »In welchem Krankenhaus ist sie? Ich fahre sofort hin.«

Frau Werner holte tief Luft. »Es tut mir leid. Die gnädige Frau ist verstorben.«

Das Gespräch brach ab, die Leitung war tot.

11

Leo stellte den Wagen in der Spandauer Chaussee vor dem Hauptzugang des Städtischen Krankenhauses Westend ab. Die Einrichtung umfasste zahlreiche Gebäude, die von weitläufigen Parkanlagen umgeben waren, deren kahle Bäume sich wie knorrige Finger in den bewölkten Himmel bohrten. Auch tagsüber blieben die Temperaturen unter null, und er war froh, dass er seinen wärmsten Schal trug. An der Pforte ließ er sich den Weg genau erklären, da sie sich sonst wohl im Labyrinth der Backsteinbauten verirrt hätten.

Neufeld hatte vorhin bei der Ärztekammer angerufen und erfahren, dass Dr. Clasen bis Ende 1914 im Städtischen Krankenhaus Westend in der Abteilung für Innere Medizin gearbeitet hatte. Dann hatte er sich bis zum ärztlichen Direktor der I. Inneren Abteilung des Krankenhauses durchgefragt, einem Professor Umber, der ihm kurzangebunden mitteilte, Dr. Clasen habe das Krankenhaus zum 31. Dezember 1914 verlassen, und auflegte.

Diese Auskunft reichte Leo nicht, darum war er mit dem Kollegen persönlich hergefahren.

»Bin gespannt, wie uns dieser Professor Umber empfangen wird«, sagte Neufeld. »Am Telefon war er ziemlich von oben herab.«

»Vielleicht hatte er einen schlechten Tag«, sagte Leo. Nicht alles musste eine tiefere Bedeutung haben, auch wenn er sich wünschte, endlich etwas Aufschlussreiches über Dr. Clasen zu erfahren. »Jedenfalls war es gut, dass wir uns nicht angemeldet haben. So nutzen wir das Überraschungsmoment.«

Sie gingen zwischen den Gebäuden hindurch, die Hände tief in den Taschen vergraben, die Schultern gegen die Kälte hochgezogen. Leo war im letzten Jahr vierzig geworden. Er wusste nicht, ob es eine Frage des Alters war, aber der Winter schien sich tiefer in seine Knochen zu fressen als früher, und er wünschte sich den Frühling herbei, der in Berlin gern auf sich warten ließ. Sie betraten das Gebäude der I. Inneren Abteilung, und Leo wies sich am Empfang aus. »Wir möchten zu Herrn Professor Umber.«

»Sie haben einen Termin vereinbart?«, fragte der Pförtner.

»Nein, aber es ist dringend.«

Der Mann zögerte, griff zum Telefonhörer und wählte eine Nummer. »Hier ist die Anmeldung. Zwei Beamte von der Kriminalpolizei für den Herrn Professor.« Er schaute stirnrunzelnd zu ihnen hinüber. »Es wäre dringend. Gut, das mache ich.«

Er hängte ein. »Die Treppe hinauf in den ersten Stock, die letzte Tür auf der rechten Seite ist das Vorzimmer. Ich soll Ihnen ausrichten, der Herr Professor muss gleich zur Visite, seine Zeit ist knapp bemessen.«

Leo nickte und wandte sich zur Treppe.

Die Sekretärin, die sie erwartete, stand schützend vor der Tür des Allerheiligsten und verschränkte die Arme. »Nur wenige Minuten, meine Herren, der Herr Professor ist heute sehr beschäftigt.«

»Das sind wir auch«, sagte Leo betont liebenswürdig.

Die Sekretärin öffnete die Verbindungstür, wobei sie ihn mit einem säuerlichen Blick bedachte.

Leo schätzte den Professor auf etwa sechzig. Er trug Schnurr- und Kinnbart und hatte die graumelierten Haare streng nach hinten gekämmt. Unter dem weißen Kittel schaute ein gestärkter Kragen hervor. Er thronte hinter einem großen Schreibtisch mit spiegelblank polierter Platte, als wollte er seine Besucher einschüchtern, was ihm bei Untergebenen oder Patienten durchaus gelingen mochte.

»Wie meine Sekretärin Ihnen bereits sagte, ist meine Zeit knapp bemessen.«

»Wie die unsere, Herr Professor. Ich bin Oberkommissar Wechsler, das ist mein Kollege Kriminalinspektor Neufeld. Wir haben uns herbemüht, da Ihr Telefongespräch mit ihm leider unterbrochen wurde.« Er sah, wie sein Gegenüber rot anlief. Dann riss Umber sich zusammen und bot ihnen einen Platz an.

»Lassen Sie mich gleich zur Sache kommen. Dr. Ferdinand Clasen, Internist, der früher in diesem Haus gearbeitet hat, wurde in Tempelhof tot aufgefunden. Es handelt sich um ein Gewaltverbrechen, und wir ziehen Erkundigungen über seine berufliche Vergangenheit ein.«

Umber lehnte sich zurück und legte die Fingerspitzen aneinander. »Ich las in der Zeitung über einen Arzt, der tot in einer Grünanlage gefunden wurde, bin aber natürlich nicht auf den Gedanken gekommen, es könnte sich um einen ehemaligen Mitarbeiter handeln. Und es ist wirklich lange her, dass der Kollege Clasen hier gearbeitet hat. Wie ich dem Inspektor bereits sagte, hat er Ende 1914 unser Haus verlassen.«

Leo beugte sich vor. »Darf ich fragen, weshalb?«

»Um eine Praxis zu übernehmen.«

»Aus finanziellen Gründen, nehme ich an?« Er behielt den Arzt genau im Auge und sah, dass ein Nerv an dessen Mundwinkel zuckte. Ob es Nervosität oder Gereiztheit war, konnte er nicht ermessen.

»Sagen wir, Dr. Clasen legte großen Wert auf eine komfortable Lebensführung. Die Gehälter für Krankenhausärzte können mit den Einkünften in einer Privatklinik oder eigenen Praxis nicht mithalten«, sagte der Professor. Es klang, als wählte er seine Worte sehr sorgfältig.

Das passte zu dem, was sie bisher von Clasen wussten – die Villa, die Einkünfte aus den Privatbehandlungen, die gesellschaftlichen Einladungen. Und doch hatte er das undeutliche Gefühl, es läge noch mehr hinter Umbers Worten. Fürs Erste beließ er es dabei und wechselte das Thema.

»Was war sein Fachgebiet?«

Der Professor sah auf seine Taschenuhr und seufzte. »Er war Spezialist für Atemwegserkrankungen. Er hat sich eingehend mit Asthma und chronischer Bronchitis beschäftigt.«

Solche Erkrankungen hatte er auch in seiner Praxis behandelt, und Schwester Augustina hatte ebenfalls ausgesagt, dass sie ihn bei einem Asthmafall hinzugezogen hatten. Leo musste sich eingestehen, dass er hier nicht weiterkam.

»Hatte er in seiner Zeit hier engere Bekanntschaften unter den Kollegen?«

»Das weiß ich nicht. Wir waren nie näher miteinander bekannt oder gar befreundet.«

»Können Sie mir sagen, wo er gearbeitet hat, bevor er an dieses Krankenhaus gekommen ist?«

Umber war jetzt sichtlich entnervt. »Bedaure, nein. Aber es müsste in seiner Personalakte stehen.«

»Lassen Sie die Angaben bitte heraussuchen und telefonisch an mich durchgeben«, erwiderte Leo, der das Gespräch auch gern beenden wollte, in knappem Ton. »Dann frage ich Sie abschließend, ob Ihnen irgendwelche Gründe bekannt sind, die zum Tod von Dr. Clasen geführt haben könnten?« Die Frage war natürlich eine reine Formalität.

Der Professor erhob sich demonstrativ und schaute zur Tür. »Meine Herren, ich habe den Mann seit vierzehn Jahren nicht gesehen. Ich kann Ihnen nicht weiterhelfen. Und nun muss ich wirklich zur Visite.«

Leo und Neufeld wollten gerade zur Tür gehen, als diese geöffnet wurde. Die Sekretärin steckte den Kopf herein und schaute Leo an. »Oberkommissar Wechsler? Ein Anruf für Sie.«

Er ging ins Vorzimmer und nahm den Hörer.

»Ich bin's, Jakob. Das Polizeiamt Tempelhof hat angerufen. Dort ist eine Frau erschienen, die behauptet, Erika Sperber würde bei ihr zu Hause wohnen.«

Robert Walther stieg mit seinem neuen Chef Ludwig Werneburg aus dem Wagen. Er kannte die Colonie Alsen am Großen Wannsee nur aus der Ferne, vom Strandbad aus schimmerten die Villen als lockende weiße oder graue Flecken durchs Grün der Parkanlagen. Das Haus war nicht ganz so weitläufig wie seine Nachbarn, aber immer noch luxuriös genug, um den Namen »herrschaftlich« zu verdienen.

Es wunderte ihn, dass die Besitzerin nur eine Haushälterin und einen Gärtner beschäftigt hatte, was für ein stattliches Haus wie dieses nicht viel war; vermutlich war Reinigungspersonal an bestimmten Wochentagen bestellt worden. Undenkbar, dass die Haushälterin alle Arbeiten allein erledigt haben sollte.

Im Vorgarten wuchs gepflegter Rasen, der von einem Kiesweg durchschnitten wurde. In jeder Hälfte befand sich ein kreisförmiges Beet mit Rosensträuchern. Die Haustür wurde von zwei grauen Säulen flankiert, neben denen große Pflanzkübel standen. Sie waren zu dieser Jahreszeit leer, gewiss hatte der Gärtner die Pflanzen für den Winter untergestellt. Es war auffallend still, und in den Nachbarvillen regte sich nichts, als hielten sie den Atem an.

Vielleicht hatte sich der Todesfall noch nicht herumgesprochen – oder man übte vornehme Zurückhaltung und schaute durch die Gardinen, statt offen auf der Straße zu gaffen.

Werneburg ging von einer Routineuntersuchung aus, das hatte er ihm unterwegs gesagt. Er war ein angenehmer Mensch, angesehener Spezialist für Raubmorde. Im vergangenen Jahr hatte man ihn bei einem spektakulären Mordfall in Gladbeck hinzugezogen, wo ein Abiturient vor dem eigenen Elternhaus ermordet und sexuell verstümmelt worden war. Der Fall war nie aufgeklärt worden, was gewiss nicht an Werneburgs mangelnden Fähigkeiten, sondern an den Fehlern lag, die die Gladbecker Kollegen begangen hatten. Werneburg hatte daraufhin sogar einen wissenschaftlichen Aufsatz über die »praktische Bedeutung der Blutgruppenuntersuchung« verfasst, den Walther gelesen hatte. Er würde sicher gut mit dem Kommissar zurechtkommen, zumal er etwas gutzumachen hatte und sich bewähren wollte.

Im vorliegenden Fall handelte es sich um einen Treppensturz, ältere Frau, allein im Haus. Die Kollegen von der Schutzpolizei hatten keinerlei Einbruchsspuren festgestellt. Walther fragte sich, ob man den gleichen Aufwand betrieben hätte, wenn die Frau in einer Mietskaserne am Schlesischen Bahnhof gewohnt hätte, und lächelte bei sich. Diese Denkweise hatte er von Leo übernommen.

Die Haustür wurde von einem Schupo bewacht, der militärisch grüßte. »Es wurde nichts angerührt. Die Haushälterin ist im Salon, erste Tür rechts.«

Werneburg nickte und betrat vor Walther die Eingangshalle. »Ich sehe mir die Tote an, Sie gehen bitte schon zu der Frau und beginnen mit der Befragung.«

Walther warf einen flüchtigen Blick auf die Einrichtung – Eichenparkett, Gemälde in vergoldeten Rahmen, eine chinesische Bodenvase, die ihm bis zur Taille reichte. Doch das alles bildete nur die Kulisse für die kleine, mit einem Tuch bedeckte Gestalt vor der Treppe. Offenbar war der Arzt schon da gewesen, sonst hätte man die Tote nicht abgedeckt.

Walther klopfte und trat durch die Tür.

Der Raum hatte eine Farbe wie Butter oder die Sonne, dachte er und kam sich albern vor, doch das zarte Gelb verlieh dem Salon selbst im Februar etwas Helles, Einladendes. Die Möbel waren zierlich, die Polster mit lindgrünem Stoff bezogen, es duftete nach Bienenwachs und Zitrone.

Die ältere Frau saß hoch aufgerichtet auf einem Stuhl. Walther nahm ihr gegenüber Platz.

»Sie sind die Haushälterin und haben die Tote gefunden? Bitte nennen Sie mir Ihren Namen.«

»Mathilde Werner.« Sie war schmal, beinahe drahtig, und hatte die grauen Haare in Wellen gelegt. Ihre Hände ruhten erstaunlich gelassen im Schoß. Sein Blick fiel auf ein Weinbrandglas, das auf einem Beistelltisch stand.

»Bitte schildern Sie mir, was sich zugetragen hat.«

Frau Werner berichtete ruhig und sachlich, wie sie am Vortag den Teetisch vorbereitet hatte, bevor sie zu ihrer Schwester gefahren war, und endete mit dem Moment, in dem sie Frau von Werden tot am Fuß der Treppe gefunden hatte.

»Ist Ihnen etwas am Haus aufgefallen, als Sie zurückkamen?«

»Was meinen Sie?«

»Offene Fenster oder Türen, die geschlossen sein sollten? Geräusche?«

Sie bewegte langsam den Kopf hin und her. »Es war alles wie immer. Ich – ich habe im ersten Moment gedacht, sie sei dort eingeschlafen. So ein Unsinn. Mir war natürlich klar, dass sie gestürzt ist, da war ja das Blut, aber trotzdem ... Verstehen Sie das?«

Das verstand Walther sehr wohl. Manchmal war es, als steckten zwei Menschen in einem, die ganz unterschiedliche Dinge glaubten oder spürten, das hatte er oft genug erlebt.

»Gab es Grund zu der Annahme, sie könnte stürzen? Ist die Treppe gefährlich?«

»Nein, ich benutze sie täglich. Der Läufer ist gut befestigt, die Stangen werden regelmäßig überprüft.«

»Und Frau von Werden? Wie stand es mit ihrer Gesundheit? Könnte ihr schwindlig geworden sein?«

Ihre Miene verriet ihm, dass er auf der richtigen Spur war. »Nun, sie war sehr rüstig, aber gelegentlich hatte sie mit Schwindel zu tun, ja.« Sie schloss kurz die Augen, ihre Finger verkrampften sich umeinander. »Sie hätte nicht allein bleiben dürfen, aber sie war ein so freundlicher Mensch und wollte, dass ich meine Schwester einmal länger besuche. Also –«

In diesem Moment flog die Tür auf, und eine jüngere Frau im Pelzmantel stürzte herein. Frau Werner sprang auf und streckte die Hände aus.

»Frau Caspary, es tut mir so leid, ich hätte nicht –«

»Still, Mathilde«, sagte die Frau und umarmte die Haushälterin. »Sie können nichts dafür.«

Sie war apart. Walther hatte sie gelegentlich auf den Gesellschaftsseiten der Zeitungen gesehen, doch die Fotos wurden ihr nicht gerecht. Der schwarze Pagenkopf, die hohen Wangenknochen, die bogenförmig geschwungenen Augenbrauen bildeten zusammen mit dem eleganten Mantel ein hinreißendes Ensemble. Auffällig war nur, dass sie keinerlei

Schminke trug, was wohl ihrem überstürzten Aufbruch geschuldet war.

Sie führte die schluchzende Haushälterin zur Tür, den Arm um ihre Schultern gelegt.

Dann kehrte sie zum Tisch zurück und sah Walther an. Grüne Augen, in denen goldene Sprenkel tanzten. »Ich habe meine Mutter gestern noch gesehen«, sagte sie, und in ihrer Stimme lag plötzlich ein flehender Ton. Trotz aller Weltgewandtheit war sie jetzt, in diesem Augenblick, eine verwaiste Tochter. »Wir haben Tee getrunken, hier in diesem Raum. Ich habe sie gefragt, ob ich über Nacht bleiben solle, aber sie hat mich weggeschickt. Ich hätte doch so viel zu tun, sie könne auf sich achtgeben.« Ihr brach die Stimme. »Mein Mann und ich haben ihr schon vor zwei Jahren vorgeschlagen, sie solle in unsere Nähe ziehen, aber sie wollte das Haus nicht aufgeben.«

»Wann haben Sie Ihre Mutter gestern verlassen?«

»Gegen sieben. Warum fragen Sie?«

»Das ist reine Routine, Frau Caspary. Bitte nennen Sie mir Ihren vollen Namen und Ihre Adresse.«

Sie tat es umgehend.

Walther erhob sich. Was jetzt noch zu sagen blieb, war heikel. »In einem solchen Fall muss der Leichnam obduziert werden. Wir bedauern, den Angehörigen weiteren Schmerz zuzufügen, aber es lässt sich nicht umgehen. Sie erhalten Bescheid, sobald die sterblichen Überreste Ihrer Mutter beigesetzt werden können.« Er atmete tief durch, erleichtert, dass er es hinter sich hatte.

Pauline Caspary war der Pelzmantel von der Schulter gerutscht, doch sie schien es nicht zu merken. Sie sagte leise: »Nun ja, wenn es nötig ist. Sie müssen selbstverständlich Ihre Pflicht tun.«

12

Leo hatte Fräulein Meinelt losgeschickt, um Kakao zu besorgen und bei Gennats Sekretärin ein Stück Kuchen zu erbetteln. Nun, da er Erika Sperber von den Mantheys weggeholt hatte, sollte sie sich wenigstens nicht allzu sehr fürchten. Die Szene in der Wohnung war bedrückend gewesen – die Angst des Mädchens beim Gedanken, ins Kloster zurückkehren zu müssen, die Enttäuschung und Traurigkeit der Eheleute. Mantheys vorwurfsvoller Blick zu seiner Frau.

»Sie können nicht einfach eine Minderjährige bei sich aufnehmen«, hatte Leo gesagt. »Wie hätte das denn weitergehen sollen, Herr Manthey? Erika hat keine Papiere, Sie können sie nicht so mir nichts, dir nichts in Ihrer Fabrik unterbringen. Früher oder später hätten Sie große Schwierigkeiten bekommen.«

»Und darum habe ich es gemacht, Hermann, nur darum«, hatte seine Frau unter Tränen hervorgestoßen. »Nicht weil ich die Erika nicht mag, aber ich hatte Angst, sie könnten dich entlassen. Du weißt doch, wie die Zeiten sind.«

Die Tür ging auf, Fräulein Meinelt stellte einen Becher Kakao und einen Teller mit Schwarzwälder Kirschtorte auf den Schreibtisch. Leo sah, wie Erikas Blick verstohlen dorthin wanderte, bevor sie wieder zu Boden schaute. Sie hielt die Hände im Schoß verschränkt und hatte die Fußspitzen nach innen gedreht wie ein kleines Mädchen.

»Den Kuchen zu besorgen, war einfach«, sagte Fräulein Meinelt, »aber fragen Sie nicht, wie weit ich gelaufen bin, um Kakao zu bekommen. Das hier ist ein Polizeipräsidium, keine Konditorei, wissen Sie.«

Leo und sie kannten sich schon lange und gönnten sich ab und zu ein freundschaftliches kleines Geplänkel. »Einen solchen Auftrag würde ich niemandem außer Ihnen anvertrauen.« Er schaute zu Erika. »Fräulein Meinelt ist die beste Sekretärin Berlins.«

»Ach, nur Berlins?«, fragte die Besagte amüsiert und verschwand im Vorzimmer.

Er hatte die Kollegen aus dem Zimmer geschickt, nur Neufeld saß in einer Ecke, um Protokoll zu führen. Leo deutete auf Becher und Teller. »Bedien dich, Erika.«

Sie trug die Männersachen, in denen sie aus dem Kloster weggelaufen war. Frau Manthey hatte ihr abgelegte Kleidung von ihrer Tochter geben wollen, doch Erika hatte nur den Kopf geschüttelt. Leo wusste nicht, ob sie sich in der Hose wohler fühlte oder nichts mehr von Frau Manthey annehmen wollte, die sie in ihren Augen verraten hatte.

Zögernd griff Erika nach Teller und Gabel, aß einen Bissen und stopfte dann zunehmend schneller die Torte in sich hinein. Als sie fertig war, schaute sie Leo beinahe erschrocken an, und er lächelte beruhigend. »Mein Chef versteht was von Kuchen, oder?«

Sie nickte und trank von dem Kakao. »Muss ich zurück?«

»Ins Kloster, meinst du?«

»Ja.«

»Fürs Erste schon.« Leo hielt inne und überlegte, ob er ihr womöglich falsche Hoffnungen machte, wollte aber ihr Vertrauen gewinnen. »Ich werde mit deiner Mutter sprechen und ihr sagen, dass es dir gut geht.«

Als sie das Wort »Mutter« hörte, ging ein Leuchten über ihr Gesicht. »Darf ich Mutti wiedersehen?«

Er hob warnend die Hand. »Das kann ich dir nicht versprechen, da bin ich ganz ehrlich. Die Kriminalpolizei kann das nicht entscheiden. Und vorher müssen wir uns ohnehin über deine Flucht unterhalten.«

Ein Schatten huschte über ihr Gesicht, und sie schaute wieder auf ihre Füße.

»Es ist kein Verbrechen, aus einem Heim wegzulaufen, aber ich wüsste gern mehr über deine Gründe.«

Erika schluckte, sagte jedoch nichts.

»Weißt du, was eine deiner Mitbewohnerinnen aus dem Kloster erzählt hat?«

Sie blickte auf. »Was denn?«

»Du hättest dich vor einem Arzt gefürchtet. Ist Grete deine Freundin?«

Erika zuckte mit den Schultern. »Ein bisschen. Die Schwestern mögen es nicht, wenn wir befreundet sind. Sie meinen, es lenkt uns von der Arbeit ab.«

Kein Wunder, dachte Leo, dass mir die Atmosphäre im Kloster so unterkühlt erschienen war. Die Mädchen mochten eine gute Ausbildung erhalten, erfuhren aber wenig Zuwendung. »Grete sorgt sich um dich. Hat sie recht, dass du Angst vor einem Arzt hattest? Und wenn ja, vor welchem? Dr. Albertz?«

»Ach nein, der ist alt und schusselig. Den haben sie nicht gemeint.«

»Wer ist ›sie‹?«

Erika senkte den Blick. Stockend und mit langen Pausen erzählte sie, was sie an jenem Tag mitgehört hatte.

Mit jedem Wort wuchs Leos Zorn. Unkeusche Gedanken, schlechte Anlagen, Unfrieden und Unzucht – in welchem

Jahrhundert lebten sie eigentlich? Er dachte an seine eigene Tochter, die auf die Oberrealschule ging, sich für Chemie begeisterte und vermutlich gar nicht wusste, was Unzucht oder Unkeuschheit bedeutete. Die sich frei bewegen konnte und nicht in ein Gebäude gesperrt wurde, das verdächtig an ein Gefängnis erinnerte.

»Weißt du, von welchem Arzt sie gesprochen haben? Wie er hieß?«

»Nein. Aber so, wie sie es gesagt haben, hat es mir Angst gemacht. Und ich hab sowieso Angst vor Ärzten, die tun einem weh«, brach es aus dem Mädchen heraus. »Einmal hab ich eine Spritze bekommen, nach der ist es mir ganz schlecht gegangen. Davon hab ich sogar eine Narbe am Arm.«

Vermutlich Pockenimpfung, dachte Leo. »Erzähl mir bitte, wie du vom Kloster zum Hafen in Tempelhof gekommen bist.« Es war purer Instinkt, der ihn zu dieser Frage trieb.

Und da war er wieder, der Ausdruck, den er vorhin schon einmal bemerkt hatte, als er ihre Flucht erwähnte. Sie umklammerte die Sitzfläche des Stuhls mit den Händen. Leo hockte sich vor sie hin und sah ihr fest in die Augen.

»Erika, wenn du irgendetwas gesehen oder getan hast, das dir Sorgen macht, dann sag es mir. Du kannst mir vertrauen, versprochen.«

Sie sank vor seinen Augen in sich zusammen. Dann hob sie den Kopf, drückte die Hand vor den Mund, nahm sie entschlossen weg. »Ich hab was gesehen. An dem Teich.«

Auf der Rückfahrt ins Präsidium wollte Werneburg wissen, was Walther von der Angelegenheit hielt.

Die Befragung von Tochter und Haushälterin hatte keinen Grund zu der Annahme geliefert, es könnte sich um etwas anderes als einen bedauerlichen Unfall handeln, und das sagte er auch, wobei er sich größte Mühe gab, sachlich und korrekt zu formulieren. Bei Leo wäre das alles zwangloser gelaufen, aber er war hier, um sich zu bewähren.

Werneburg nickte. »Die Kollegen haben Treppe, Geländer und Treppenläufer untersucht und keine Unregelmäßigkeiten festgestellt. Warten wir das Ergebnis der Obduktion ab, aber ich gehe zurzeit von einem Unfall aus. Der Fall wird kaum solche Schlagzeilen machen wie die ›Rache der Blanken Hölle‹.« Werneburg grinste. »So nennt die einschlägige Presse den laufenden Fall des Kollegen Wechsler. Der tote Arzt am Platz Q. Es gibt irgendeine Legende, nach der sich dort das Tor zur Unterwelt befindet und eine Göttin Menschenopfer fordert.«

Walther konnte nur hoffen, dass Leo diesmal von persönlichen Angriffen der Presse verschont blieb. Der Fall Graf hatte ihn ziemlich mitgenommen. Sie fuhren in den Glashof des Präsidiums, wo Werneburg den Wagen abstellte. »Ich hätte Ihnen einen interessanteren ersten Fall nach Ihrer Rückkehr gewünscht, aber ein Valentinstag-Massaker habe ich leider nicht zu bieten.« Er zwinkerte Walther zu.

Am 14. Februar hatten in Chicago Gangster, einige davon als Polizisten verkleidet, sieben Mitglieder einer rivalisierenden Bande mit Maschinenpistolen erschossen. Der Fall hatte auch in Europa viel Aufsehen erregt.

Walther lächelte. »Das muss nicht sein, Herr Kommissar, es reicht auch eine Nummer kleiner.«

»Keine Sorge, Sie werden sich schon noch beweisen können. Übrigens hat Kommissar Richter Sie in den höchsten Tönen gelobt. Wir kennen uns recht gut.«

Leo sah aus dem Augenwinkel, wie Neufeld erstarrte, den Stift halb erhoben. Im Zimmer war es so still, dass sie den Baustellenlärm und das Klingeln der Elektrischen auf dem Alexanderplatz hören konnten.

»An welchem Teich?«

Erika zögerte. »Ich weiß nicht, wie der heißt, ich kenn mich in der Gegend nicht aus. Da waren Büsche und Gras und ein Teich, wie ein kleiner See. Ich bin da vorbeigegangen und hab einen Mann gesehen. Ich wollte schnell weiter, weil ich Angst hatte, auch wenn ich schon ein Stück vom Kloster weg war. Dann hab ich hinter mir ein Geräusch gehört.«

»Was für ein Geräusch war das?«, warf Leo ein.

»So einen Rums. Ich hab mich umgedreht, und da lag wer auf dem Boden. Und jemand anders stand daneben und ist dann weggerannt.«

Er hob die Hand und sagte in ruhigem Ton: »Jetzt mal langsam, Erika. Was du da gesehen hast, ist sehr, sehr wichtig. Es waren also zwei Leute?«

Sie nickte nachdrücklich. »Ja, der Mann und jemand anders.«

»Wer lag denn am Boden?«

Sie biss sich auf die Lippe und kniff ein wenig die Augen zu, ließ sich Zeit mit der Antwort. »Das konnte ich nicht erkennen, aber der, der stand, hatte eine Schirmmütze auf, und der Mann, den ich vorher gesehen hatte, trug einen Hut.«

Leo wagte kaum zu atmen. Sollte es tatsächlich eine Augenzeugin für den Mord an Dr. Clasen geben?

»Überleg bitte ganz genau. Trug die Gestalt mit der Schirmmütze Männerkleidung?«

Sie zog die Schultern fast bis zu den Ohren hoch. »Ich – ich glaub schon, aber ich hatte Angst und hab nicht so genau hingesehen. Und ich war auch ein Stück weg.«

»Du trägst auch Männerkleidung«, sagte Leo. »Wäre es möglich, dass die Person mit der Schirmmütze eine Frau war?«

Sie zuckte mit den Achseln, schien mit sich zu kämpfen, als wollte sie helfen, aber nicht lügen. »Ich ... ich kann mich wirklich nicht erinnern. Es tut mir leid. Es könnte so sein, aber ich hab zu wenig gesehen.«

»Es ist vernünftig, dass du nichts hinzuerfindest«, beruhigte Leo sie. »Deine Aussage hilft uns schon weiter. Hatte die Person mit der Schirmmütze etwas in der Hand?«

Erika nickte eifrig. »Ja, hatte sie, aber ich konnte es nicht erkennen. Es war ungefähr so lang.« Sie zeigte ungefähr dreißig Zentimeter mit den Händen. »Aber was das war, weiß ich nicht.«

Die Tatwaffe?

Er holte Fotografien vom Fundort der Leiche und breitete sie vor Erika auf dem Tisch aus. »Erkennst du diesen Ort?«

»Ja«, sagte sie sofort, »da war es, da ist es passiert.« Sie deutete auf die Bilder von der Blanken Hölle. »Da ist der Teich. Und jetzt fällt mir noch was ein. Es war hell, weil der Mond geschienen hat. Darum konnte ich überhaupt sehen, was passiert ist.«

»Sag mal, um wie viel Uhr bist du aus dem Kloster weggelaufen? Das wäre auch wichtig für uns.«

Bei der Erinnerung verfinsterte sich Erikas Miene. »Um Viertel vor sechs ungefähr, kurz vor dem Abendessen.«

Leo schaute zu Neufeld, der nickte. Vom Kloster zum Platz Q waren es etwa sechs Kilometer. Erika war jung und kräftig. Sie dürfte es in etwa eineinhalb Stunden geschafft haben.

Alles passte zusammen, von der Uhrzeit bis zum Vollmond.

Jakob Sonnenschein saß immer noch über der Liste mit den Patientinnen, die Tee von Clasen bekommen hatten. Einundzwanzig von ihnen hatte er angerufen. Mit vierzehn hatte er persönlich gesprochen, die anderen waren nicht zu Hause oder ließen sich verleugnen. Die vierzehn Frauen waren mehr oder weniger auskunftsfreudig gewesen und schienen alle bei guter Gesundheit.

Sein Telefon klingelte. »Inspektion A, Sonnenschein am Apparat.«

»Hier spricht Melitta Friese. Sie haben vorhin bei uns angerufen.«

Sonnenschein schaute auf die Liste. Eine der Frauen, die er nicht zu Hause angetroffen hatte. Er erklärte sein Anliegen. »Können Sie mir etwas über die Behandlung sagen, Frau Friese? Dr. Clasen hat Ihnen einen Wirkstoff empfohlen, der bei Asthma eingesetzt wird, obwohl diese Erkrankung nicht bei Ihnen diagnostiziert wurde. In seinen Akten hat er notiert, Sie hätten den Wunsch gehabt, Gewicht zu verlieren.«

Sie lachte und klang überhaupt nicht nervös. »Ja, den hatte ich. Und eine Freundin empfahl mir diesen Doktor« – sie betonte das Wort, als wäre es eine Beleidigung –, »worauf ich ihn aufgesucht habe. Er hat mir auch sehr schnell etwas empfohlen – nein, er hat es geradezu angepriesen, als wäre es ein wahres Wundermittel. Es hat tatsächlich meinen Appetit gezügelt. Nur ließ die Wirkung bald nach, und ich musste mehr davon nehmen, um weiter abzunehmen.« Sie legte eine Pause ein. »Irgendwann bekam ich Herzrasen, konnte nicht mehr schlafen, es war nicht zum Aushalten. Ich habe Dr. Clasen gehörig die Meinung gesagt, doch er blieb ganz ruhig und meinte nur, für die Schönheit müsse man eben Opfer bringen. Sie können sich vorstellen, dass ich nie wieder zu ihm gegangen bin.« Sie hielt inne und fragte dann ein wenig atemlos: »Ist das etwa der Arzt, den man tot in Tempelhof gefunden hat? Ich habe nicht weiter darauf geachtet, aber nun, da mich die Kriminalpolizei anruft …«

»Sie waren zuletzt im November bei Dr. Clasen?«

»Ja, und seitdem geht es mir deutlich besser. Weil ich dieses Teufelszeug nicht mehr nehme. Ich bin jetzt Mitglied in einem Turnverein und nehme mit Gymnastik ab.« Sie holte Luft und redete ungehemmt weiter: »Und außerdem habe ich allen, mit denen ich mich unterhalten habe, von einem Besuch bei Clasen abgeraten. Das können Sie ruhig wissen. Das hätte ihm auf lange Sicht geschadet, er verkehrte gern in der eleganten Gesellschaft, das hat er mir selbst erzählt.«

Sonnenschein überlegte. Wenn überhaupt, hätte der Arzt ein Motiv gehabt, Frau Friese den Mund zu stopfen und nicht umgekehrt, aber fragen musste er dennoch.

»Frau Friese, eine letzte Frage, der guten Ordnung halber: Wo waren Sie am Samstag, dem 23. Februar, zwischen achtzehn Uhr dreißig und zwanzig Uhr?«

Leo steuerte den Wagen, Erika saß mit hängendem Kopf neben ihm, ohne auf das abendliche Berlin zu schauen, das an ihnen vorbeizog. Vermutlich waren die einzigen Autos, in denen sie je gesessen hatte, Polizeifahrzeuge gewesen, dachte er beklommen. Es widerstrebte ihm, das Mädchen ins Kloster zurückzubringen, aber ihm blieb nichts anderes übrig.

Im Wagen war es kalt, an den Scheiben bildeten sich Eiskristalle, und nun begann es auch noch zu schneien. Leo musste langsam fahren, um nicht ins Rutschen zu geraten, und sah aus dem Augenwinkel, wie Erika den Kopf hob und mit dem Finger ein Guckloch in die beschlagene Scheibe rieb.

Sie schaute wortlos auf die Leuchtreklamen, die bunten Lichter der Stadt, die sie bald hinter sich lassen würden.

Hoffentlich hatte sie im Kloster wärmere Kleidung. Er griff nach hinten, holte eine Decke vom Rücksitz und reichte sie Erika. »Hier, wickle dich darin ein. Du bist zu dünn angezogen.«

»Sie sind doch nicht mein Vater«, sagte sie unwillig, nahm aber die Decke und zog sie über sich, sodass nur ihr Kopf herausschaute.

»Nein. Aber ich habe eine Tochter und achte auch bei ihr darauf, dass sie sich warm genug anzieht.«

Stille. Dann: »Sie kümmern sich um Ihre Tochter?«

Er nickte. »Ich arbeite viel, versuche aber, mich so gut wie möglich um sie zu kümmern. Ihre Mutter ist gestorben, als Marie noch klein war. Das war eine schwere Zeit. Damals hat meine Schwester mir geholfen und für Marie und ihren Bruder gesorgt.«

Er spürte, wie Erika sich ein wenig zu ihm wandte. »Und wer kümmert sich jetzt um Ihre Kinder?«

»Sie sind schon größer, und ich habe wieder geheiratet. Und versuche immer noch, für sie da zu sein.« Leo staunte selbst, dass er mit dem Mädchen über derart persönliche Dinge sprach. Vielleicht war es eine Art Wiedergutmachung, weil er sie zurück an den Ort brachte, von dem sie geflohen war.

»Und was macht Ihre Schwester, wo Ihre Kinder sie jetzt nicht mehr brauchen?«

Er lachte. »Du fragst ja Sachen! Sie hat kürzlich geheiratet, einen sehr netten Mann, und macht, was ihr gefällt.«

Er hörte förmlich, wie Erika nachdachte. »Sie könnte eigene Kinder bekommen.«

»Sie ist zweiundvierzig, das wird wohl nicht mehr passieren. Aber sie genießt ihr Leben, da bin ich mir sicher.«

Die nächsten Worte kamen unvermittelt. »Mein Vater hat sich nie für mich interessiert. Und auch nicht für meine Mutti. Er hat sie sitzen lassen, bevor ich geboren wurde.« Es klang eher sachlich als empört, sie hatte sich offenbar an den Gedanken gewöhnt.

»Tut mir leid.«

Sie wollte offenbar nicht weiter darüber reden. »Sie müssen jetzt einen Mörder finden?«

»Ja. Oder eine Mörderin.«

»Mit einer Schirmmütze?«

»Du stellst fast so viele Fragen wie ein Polizist«, meinte Leo belustigt.

Dann tauchte ein Wegweiser nach Marienfelde aus dem Schneegestöber auf, und Erika sank wieder in sich zusammen. Sie sprach kein Wort mehr, bis sie vor dem Kloster hielten. Selbst die dicken Schneeflocken milderten nicht die Strenge, die von den roten Mauern ausging, und er schauderte ein wenig, als er den Motor abstellte und die Wagentür öffnete.

Schwester Augustina empfing sie an der Pforte, die Hände in den Ärmeln ihres Habits verborgen. Sie schaute Erika streng an. Leo verabschiedete sich von dem Mädchen und sah ihr nach, als sie von einer anderen Schwester davongeführt wurde. Dann wandte er sich zur Mutter Oberin.

»Erika hat uns wirklich sehr geholfen. Daher bitte ich Sie, ihr mögliche Strafen zu erlassen.«

Die Ordensschwester wirkte unbewegt. »Wir haben unsere Regeln, Herr Oberkommissar, und die gelten für alle Zöglinge. Ausnahmen wären ungerecht.«

Leo spürte, wie Wut in ihm aufstieg, doch er beherrschte seine Stimme. »Erika ist anständig, mutig und hilfsbereit, und sie ist aus diesem Kloster weggelaufen, weil sie Angst hatte. Sollte sich herausstellen, dass dem Mädchen hier irgendeine Gefahr droht, werde ich persönlich dafür sorgen, dass es bekannt wird.«

Sie presste die Lippen aufeinander und nickte knapp. Als sie sich zum Gehen wenden wollte, sagte Leo: »Schwester Augustina, eins noch. Erika fürchtete sich vor einem Arzt, und zwar nicht vor dem alten Dr. Albertz. Könnte es Dr. Clasen gewesen sein?«

Doch die Tür schlug zu, und die Mutter Oberin war verschwunden.

13

Donnerstag, 28. Februar 1929

Sonnenschein ließ sich auf den Stuhl gegenüber fallen, fuhr sich durch die lockigen Haare und schaute Leo resigniert an. »Du hattest ja gesagt, ich sollte die Bezugsquelle für den Ma-Huang-Tee ermitteln. Bisher habe ich mit siebenundzwanzig großen und kleinen Apotheken telefoniert. Keine von ihnen führt Ma-Huang, Ephetonin wird hingegen überall angeboten. Es ist ein recht verbreitetes Mittel gegen Asthma, wie wir bereits wissen. Den sogenannten Tee muss Clasen wohl anderswoher bezogen haben.«

»Dann gehen wir eben noch einmal alle Unterlagen durch. Und du erkundigst dich bei den Kollegen von der Rauschgiftfahndung. Selbst wenn es nicht gesetzlich verboten ist, können die uns vielleicht sagen, wer in Berlin und Umgebung mit dieser Substanz handelt.«

Er bemerkte, wie müde Sonnenschein aussah, und beugte sich vor. »Was ist los? Bist du krank?«

Sein Kollege zog ein wenig verlegen die Schultern hoch. »Nein, aber Samuel ist gerade etwas schwierig. Er weigert sich abends, ins Bett zu gehen, ist bockig. Wenn er nachts aufwacht, kommt er zu uns ins Zimmer und will spielen«, sagte er seufzend. »Und ich bin auch noch nicht bei den neun Privatpatientinnen gewesen, die kein Telefon haben.«

Leo erinnerte sich sehr gut an die frühen Jahre mit seinen Kindern und wie erschöpft Dorothea und Ilse oft gewesen waren. Und er selbst auch, wenn er nach einem langen Arbeitstag nachts geweckt wurde. »Da denkt man, wenn sie Zähne haben, wären sie aus dem Gröbsten raus, und dann das.«

Sonnenschein musste nun doch lachen. »Ich mache mir da keine Illusionen. Kleine Kinder, kleine Sorgen …«

Wie recht er hatte, dachte Leo. Georg hatte sich zum Glück von der Hitlerjugend gelöst, aber der Schreck darüber saß ihm noch in den Knochen. Und er wusste auch, dass Georgs ehemalige »Kameraden« ihn auf dem Kieker hatten, seit er sich von ihnen distanziert hatte. Es waren unruhige, oft ankerlose Zeiten, die für junge, leicht zu beeindruckende Menschen zahlreiche Gefahren bargen. Wie leicht konnte man verführt werden, wenn etwas nur verlockend genug dargestellt wurde? Er schob die düsteren Gedanken beiseite.

»Hasselmann kann die Kollegen vom Rauschgift übernehmen, und du befragst die Frauen.«

»Danke.«

»Schon gut.« Die Kollegen waren Leo verständnisvoll begegnet, als er Witwer mit zwei kleinen Kindern gewesen war und mit Unterstützung von Ilse das häusliche Leben mühsam ausbalancieren musste. Das hatte er vor allem Robert nicht vergessen und war froh, wenn er jetzt ein bisschen davon weitergeben konnte.

Eine halbe Stunde später klingelte das Telefon. Es war die Sekretärin von Professor Umber, die ihm in dürren Stichpunkten Dr. Clasens berufliche Laufbahn durchgab. Er hatte in Heidelberg studiert, 1883 sein Examen gemacht und im dortigen Klinikum gearbeitet, bevor er 1895 nach Berlin gegangen war. Dort hatte er in einer kleinen Privatklinik gearbeitet, die 1910 geschlossen wurde. Daraufhin war er ans Krankenhaus Westend gewechselt, wo er, wie Leo bereits wusste, bis Ende 1914 tätig gewesen war.

»Können Sie mir bitte noch sagen, wie die Privatklinik hieß?« Er konnte sich kaum vorstellen, dass sie so weit zurückgehen mussten, wollte es aber der Vollständigkeit halber zu den Akten nehmen.

»Privatklinik Waldblick. Sie befand sich in Zehlendorf in der Goethestraße. Mehr kann ich Ihnen leider nicht sagen.«

Er bedankte sich und legte auf. Also hatte Clasen früher in einer der teuersten Gegenden Berlins gearbeitet und war von dort aus an ein städtisches Krankenhaus gewechselt, was vermutlich einen finanziellen Abstieg bedeutet hatte. Kein Wunder, dass er Anfang 1915 die Praxis übernommen hatte, da sich hier ganz andere Möglichkeiten boten, um sein Einkommen aufzubessern – beispielsweise mit Verjüngungskuren und chinesischem Drogentee. So etwas wäre kaum möglich gewesen, wenn er im Krankenhaus angestellt geblieben wäre.

Fragte sich nur, warum er keine Praxis in einer vornehmeren Gegend übernommen hatte. Gewiss, Tempelhof war nicht arm und die Lage am Friedensplatz durchaus hübsch, aber es war eben nicht Zehlendorf oder Grunewald. Andererseits wäre eine Praxis dort vermutlich auch kostspieliger in der Übernahme, und das, nachdem Clasen vier Jahre als angestellter Arzt im Krankenhaus gearbeitet hatte. Neufeld prüfte Clasens Finanzen, das könnte interessant sein.

Und er selbst würde versuchen, etwas über die ehemalige Privatklinik mit dem idyllischen Namen herauszufinden.

Jakob Sonnenschein stieg in die S-Bahn, setzte sich und klopfte sich den Schnee vom Hut. Er schaute aus dem Fenster auf die Flocken, die unablässig herabrieselten und ganz Berlin mit einem weißen Leichentuch bedeckten. Er schüttelte sich unwillig, was sollten die morbiden Gedanken? Es war wohl die Müdigkeit.

Er hatte alle Frauen auf seiner Liste zu Hause aufgesucht, sechs von ihnen angetroffen und ein bisschen, wenn auch nicht viel Nützliches erfahren. Manche wirkten etwas verlegen, andere waren schockiert über den Tod des Arztes. Sie hatten abnehmen wollen oder fühlten sich abgespannt und erschöpft und hatten meist über Mundpropaganda von Dr. Clasen erfahren. Dieser hatte ihnen allen den Tee empfohlen, der angeblich in der Traditionellen Chinesischen Medizin verwendet wurde, was geheimnisvoll und exotisch klang. Den beziehe er direkt aus China, hatte er behauptet, er sei in Deutschland nirgendwo sonst erhältlich.

Drei der sechs Frauen verwendeten den Tee noch immer und zeigten sich zufrieden. Eine trank ihn nicht mehr, weil er nicht geholfen hatte; die beiden anderen hatten Unwohlsein verspürt und ihn deshalb abgesetzt. Keine der Frauen schien wütend auf Dr. Clasen zu sein, keine machte ihm Vorwürfe. Keiner war es auch nur annähernd so schlecht gegangen wie Elfriede Jürgens unter der Wirkung von Ephetonin.

Sonnenschein hatte sich von allen berichten lassen, wo sie sich zur Tatzeit aufgehalten hatten. Auch hier gab es keine Auffälligkeiten oder Widersprüche. Er konnte nur hoffen, dass Leo und Hasselmann erfolgreicher gewesen waren.

Als die Bahn am Potsdamer Platz hielt, fiel sein Blick auf einen Zeitungskiosk, und er studierte die Schlagzeilen.

TRIUMPHALE RÜCKKEHR: MAX SCHMELING IN CUXHAVEN EMPFANGEN.

Das war aber auch die einzige gute Nachricht. Sofern man sich für Boxen interessierte.

EISWÜSTE AN DER OSTSEE – KANAL UND MEER NOCH IMMER ZUGEFROREN.

KAMPFREDE HUGENBERGS.

Und mittendrin der *Völkische Beobachter* mit seinen Hassparolen.

Er mochte als Beamter nicht die Welt verdienen, aber immerhin war seine Stelle sicher. Das war umso wichtiger, als Esther das zweite Kind erwartete. Er hatte es den Kollegen bislang nicht erzählt, weil es noch früh in der Schwangerschaft war und er zwischen Freude und Sorge schwankte. Er hoffte inständig, dass Samuel bis zur Geburt des Geschwisterchens seine aktuelle Rabaukenphase überwunden hatte, sonst würde er nur noch übernächtigt zum Dienst erscheinen.

Dann fiel ihm ein, dass er Leo unbedingt bitten musste, ihn morgen zeitig gehen zu lassen, am besten um fünf Uhr, denn um Viertel vor sechs ging die Sonne unter. Sonnenschein war seit Wochen nicht zum Schabbatmahl bei seinen Eltern gewesen, und wenn er wieder gar nicht oder zu spät erschien, würde seine Mutter ihm das sehr verübeln.

Es war gar nicht einfach, etwas über eine Klinik herauszufinden, die vor fast zwanzig Jahren geschlossen worden war. Nach einigen Telefonaten wusste Leo immerhin, dass die Privatklinik Waldblick einem Arzt namens Dr. Siegfried von Werden gehört hatte, der Universitätsprofessor gewesen war und daneben die Klinik betrieben hatte, was wohl nicht weiter ungewöhnlich war.

Er konsultierte das Adressbuch und fand nur einen einzigen Eintrag für den Namen von Werden.

Da sich auf seinen Anruf niemand meldete, beschloss er spontan, mit der S-Bahn nach Wannsee hinauszufahren. Er wusste, dass die Verbindung zwischen Clasen und der ehemaligen Klinik weit in der Vergangenheit lag, aber die bisherigen Ermittlungen waren äußerst zäh. Und eine ganz neue Richtung einzuschlagen, konnte manchmal durchaus nützlich sein.

Außerdem genoss er es bisweilen, die Häuserschluchten und den Verkehrslärm der Berliner Innenstadt hinter sich zu lassen. Die Häuser hier draußen waren idyllisch am Ufer gelegen, und der Wannsee bot selbst zu dieser Jahreszeit, umgeben von kahlen Bäumen und winterlich kargen Gärten, ein Gefühl von Erholung. Nächsten Sommer, nahm er sich vor, würde er mit Clara und den Kindern mal wieder herkommen, vielleicht ins Strandbad gehen, Eis essen und sich von der Sonne wärmen lassen.

Vom S-Bahnhof Wannsee aus war es ein strammer Marsch von fünfundzwanzig Minuten bis zur Colonie Alsen, bei dem ihm angenehm warm wurde. Sein Atem wolkte vor dem Gesicht, seine Ohren färbten sich rot vor Kälte. Nur wenige Sonnenstrahlen durchbrachen die Wolkendecke, die das Wasser des Sees grau erscheinen ließ. Er schimmerte dann und wann zwischen den Häusern hindurch, blieb aber meist hinter den Anwesen verborgen, deren Gärten oft bis zum Ufer hinunterreichten. Schwer vorstellbar, dass Menschen es sich leisten konnten, mit wenigen Personen auf Hunderten von Quadratmetern zu wohnen, während sich andere nicht weit entfernt in Mietskasernen drängten und ganze Familien samt Schlafburschen in einem einzigen Zimmer lebten.

Leo erinnerte sich, wie er neulich mit Georg über seinen Vater, den Gemüsehändler, gesprochen hatte und dass er sich nie für ihn geschämt hatte. Im Gegenteil, er hatte sich stets auf seine Herkunft besonnen, wenn er es in seiner Anfangszeit im Präsidium mit adligen Kollegen zu tun hatte, von denen es damals nicht wenige gegeben hatte. Sein Herz hatte immer für die kleinen Leute geschlagen, weil er selbst aus diesen Verhältnissen stammte und mit ihren Lebensumständen vertraut war. Er hatte es nie als selbstverständlich erachtet, dass er sich gewisse Dinge leisten konnte und seit dem Ende der Inflation mit seiner Familie in bescheidenem Wohlstand lebte.

Aber das hier – war eine völlig andere Welt.

Leo betrachtete die zart vereisten Zweige, die Blätter, auf denen der Frost schimmerte, die Rasenflächen, die wie silbrige Teppiche dalagen. Am Wannsee war selbst der Winter schöner als im Wedding.

Schließlich war er am fraglichen Haus angekommen. Der Vorgarten war ein bisschen zu symmetrisch für seinen Geschmack, zwei Rasenflächen mit kreisförmigen Beeten, in denen kahle Rosensträucher auf den Frühling warteten, in der Mitte ein Kiesweg, der zur Haustür führte. Das Haus war aus rotem Backstein mit zwei grauen Säulen neben der Tür und nicht ganz so imposant wie die Nachbarvillen der Colonie Alsen, aber immer noch eindrucksvoll genug.

Leo klingelte. Etwas an dem Haus wirkte verlassen, und das lag nicht nur an diesem trüben Februartag. Es dauerte lange, bis er von drinnen Schritte hörte. Dann wurde die Tür geöffnet, und er sah sich einer älteren Frau im schwarzen Kleid gegenüber, die eine Schürze umgebunden hatte.

Er zeigte seine Dienstmarke und stellte sich vor. »Ich möchte gern Professor von Werden sprechen.«

Zu seiner Überraschung brach die Frau in Tränen aus.

Hasselmann saß im Büro des Kollegen Wienke, der im Preußischen Landeskriminalamt in der Deutschen Zentralstelle zur Bekämpfung des Rauschgiftmissbrauchs arbeitete. Sie hatten Kaffeetassen auf dem Tisch stehen, und Wienke schien gern bereit, sein Wissen mit der Inspektion A zu teilen, die auch im LKPA einen hervorragenden Ruf hatte.

»Zu Anfang des Jahrzehnts war das alles noch wilder, Herr Kollege, da sind wir ständig ausgerückt, um die Zementkeller auszuheben. So nannten wir im Jargon die Lokale, in denen mit Kokain gehandelt wurde. In der Inflationszeit war halb Berlin kriminell. Es heißt, wir bekommen demnächst das neue Opiumgesetz, das alles regeln soll. Ich bin gespannt. Noch geht es sehr unübersichtlich zu, und die Ringvereine machen mit Drogen nach wie vor einen gewaltigen Reibach. Wer Koks oder Morphium will, bekommt es auch.«

»Wie steht es mit Ma-Huang?« Hasselmann genoss Wienkes überraschten Blick.

»Was soll das sein?«

»Eine Droge. Sie wird aus einer Pflanze namens Meerträubel gewonnen und vor allem aus China importiert, wo sie für medizinische Zwecke verwendet wird. Wir haben im Haus eines Mordopfers die getrockneten Pflanzen gefunden, die als Tee aufgekocht werden. Der Wirkstoff ist Ephedrin, das hierzulande in Medikamenten Verwendung findet.«

»Ist die Droge in Ihrem Fall die Todesursache?«

»Nein, der Mann war Arzt und hat den sogenannten Tee seinen Patientinnen gegeben. Wir versuchen, das Mordmotiv zu ermitteln. Und darum interessiert uns seine Bezugsquelle. Hatten Sie schon mit diesem Zeug zu tun?«

Wienke schüttelte den Kopf. »Bedaure, Herr Kollege, damit kann ich nicht dienen.« Er zögerte. »Aber ich weiß, wer

Ihnen womöglich weiterhelfen kann.« Er stand auf, trat ans Aktenregal und zog einen Ordner hervor. Er legte ihn auf den Tisch, blätterte und drehte ihn so, dass Hasselmann die Seite sehen konnte. Der blickte sofort auf, denn diesen Mann kannte ganz Berlin.

»Muskel-Adolf?«

Wienke grinste. »So ist es. Gerade wieder auf freiem Fuß, Sie erinnern sich gewiss an die Schlacht am Schlesischen Bahnhof.«

Dort war es im Dezember zu Massenschlägereien mit Zimmerleuten aus Hamburg gekommen. Adolf Leib, genannt Muskel-Adolf, war Vorsitzender des Geselligkeits-Clubs Immertreu, hinter dem sich eine Verbrecherbande verbarg, die ihre Finger in allem hatte, was illegalen Profit versprach. Der Prozess war vor ein paar Wochen mit einem sensationellen Urteil zu Ende gegangen. Adolf Leib war von zwei mit allen Wassern gewaschenen Anwälten vor Gericht vertreten worden, die eine lächerlich geringe Bewährungsstrafe für ihn herausgeschlagen hatten. Und betrieb nun vermutlich weiterhin munter seine fragwürdigen Geschäfte.

»Adolf unterhält Kontakte nach Fernost, das ist bekannt. Bei dem könnten Sie es versuchen.«

»Wo finde ich ihn?«

»Versuchen Sie es in seinem Stammlokal, dem Schwarzen Walfisch. Lange Straße hinterm Schlesischen Bahnhof.«

Hasselmann bedankte sich und ging zur Tür.

»Wenn was dabei rauskommt, lassen Sie es mich wissen, Herr Kollege«, rief Wienke ihm nach. »Ich sammle Informationen über kuriose Drogen.«

»Guten Tag, Kollege Werneburg. Dürfte ich kurz stören?«

In Werneburgs Büro saßen mehrere Beamte, darunter auch

Robert Walther, bei einer Besprechung. Alle drehten sich zur Tür, als Leo hereinkam.

Werneburg deutete auf einen freien Stuhl. »Aber immer doch, nehmen Sie Platz. Was können wir für Sie tun?«

Leo war auf dem schnellsten Weg zum Alexanderplatz zurückgekehrt und hatte unterwegs bereut, dass er nicht den Wagen genommen hatte. So musste er fast von einem Ende der Stadt zum anderen mit der Bahn fahren, das hatte sich ganz schön gezogen.

»Sie ermitteln im Fall Dora von Werden, ist das richtig?«

Werneburg sah ihn erstaunt an, und Leo spürte auch Roberts fragenden Blick. »Ja und nein. Wir waren dort, haben den Fundort untersucht und die Haushälterin, die die Tote gefunden hat, befragt. Ebenso die Tochter, die ihre Mutter wohl als Letzte lebend gesehen hat. Bisher deutet nichts auf etwas anderes als einen Unfall hin, sodass ich nicht von einem Fall sprechen würde. Warum fragen Sie?«

»Ich bin bei meinen Ermittlungen im Fall Clasen auf den Namen von Werden gestoßen. Es geht um eine Privatklinik, die vom Schwager der Verstorbenen betrieben wurde.«

In der Villa hatte er die Haushälterin beruhigt, sich mit ihr in die Küche gesetzt und einiges über die Geschichte der Familie erfahren. Der Hausherr war nicht Siegfried, sondern Rudolf von Werden gewesen, sein Bruder. Der Professor, dem die Klinik gehört hatte, war 1922 gestorben, sein Bruder bereits kurz vor Kriegsende. Seither hatte die Witwe Dora von Werden das Haus allein bewohnt.

»Und was hat das mit der Toten zu tun?«, fragte Werneburg ein wenig barsch.

Leo zögerte. »Eigentlich nichts, aber ich war natürlich überrascht, als die Frau, die mir öffnete, auf meine Frage nach Professor von Werden in Tränen ausbrach. Ich hätte gern mehr über die ehemalige Privatklinik erfahren, aber die Haushälterin konnte mir nichts darüber sagen. Sie war 1910 noch nicht im Haus, und die ›gnädige Frau‹ hat sie ihr gegenüber nie erwähnt.«

Werneburg nickte knapp. »Ich verstehe, dass Sie jedem Hinweis nachgehen, muss aber sagen, dass wir in diesem Fall keinerlei Anhaltspunkte für einen unnatürlichen Tod gefunden haben. Dora von Werden litt an Schwindelanfällen, wie die Haushälterin bestätigte. Und die Verbindung zum Fall Clasen ist sehr dünn, nicht wahr?«, fügte er leicht süffisant hinzu.

Das stimmt leider, dachte Leo und stand auf. »Danke trotzdem, Herr Kollege.«

Er schloss die Tür hinter sich und blieb im Flur stehen. Sie landeten in diesem Fall wieder und wieder in Sackgassen. Clasen war seit fünf Tagen tot, und die wenigen Spuren wurden zunehmend kälter. Natürlich hatte Werneburg recht, die Verbindung war hauchdünn, aber Dora von Werden hätte ihm womöglich etwas über Dr. Clasens Vergangenheit verraten können – und war einen Tag, bevor er in ihrem Haus erschien, gestorben.

Eine halbe Stunde später hörte Leo, wie jemand ins Vorzimmer trat und mit Fräulein Meinelt sprach, die daraufhin lachte. Es klopfte, dann kam Robert Walther herein, in der Hand eine Aktenmappe, die er ihm hinhielt.

Auf Leos fragenden Blick erklärte er: »Das ist das Befragungsprotokoll von Pauline Caspary, der Tochter der Verstorbenen. Ich habe mit ihr gesprochen.«

Leo nahm die Mappe entgegen. »Weiß Werneburg davon?«

Sein Freund zuckte mit den Schultern. »Muss er das?«

Natürlich halfen sich die Kommissionen und Inspektionen der Kripo untereinander, doch geschah das gewöhnlich mit dem Wissen der Vorgesetzten. Er wusste Roberts Hilfe zu schätzen, wollte aber nicht, dass der sich gleich wieder in Schwierigkeiten brachte.

»Du hättest Werneburg fragen sollen.«

»Mir hat nicht gefallen, wie er sich dir gegenüber verhalten hat«, sagte Robert und schaute zur Seite.

Versucht er immer noch, für seine Fehler zu büßen?, dachte Leo ein wenig ungehalten. Das war Schnee von gestern, über den sie besser nicht mehr redeten. Allerdings war es auch verlockend, die Mappe zu öffnen und das Protokoll zu lesen. Er tippte darauf. »Steht was drin, das mir weiterhilft?«

»Vermutlich nicht. Es sieht wirklich ganz nach einem Unglücksfall aus. Und dass Frau Caspary etwas über die Angestellten der Klinik ihres verstorbenen Onkels weiß, ist sicher noch unwahrscheinlicher, als dass ihre Mutter dir hätte helfen können.«

Leo deutete auf den Stuhl gegenüber. »Setz dich doch, während ich das lese.«

Dann überflog er die Aussage, die tatsächlich keinerlei Verdachtsmomente oder andere Auffälligkeiten enthielt, notierte sich aber Namen und Adresse von Frau Caspary und pfiff leise durch die Zähne. »Schwanenwerder? Da konnte sie ihrer Mutter ja vom Garten aus zuwinken.«

Robert grinste. »Aufgewachsen in der Colonie Alsen, dann nach Schwanenwerder geheiratet – wahrlich nicht von schlechten Eltern!«

Leo schob ihm die Mappe wieder hin. »Ich danke dir. Und nun sieh zu, dass sie wieder dort landet, wo sie hingehört, bevor Werneburg es merkt.«

Robert salutierte ironisch, dann war er verschwunden.

Ein paar Minuten später klopfte Sonnenschein.

»Was gibt's, Jakob?«

»Ich ... wollte fragen, ob ich morgen früher Feierabend machen kann. Sonst bekomme ich Ärger mit meiner Mutter.«

Leo stutzte, dann zählte er zwei und zwei zusammen. »Ich würde niemals zulassen, dass Frau Mava Sonenszajn böse auf ihren Sohn sein muss. Wann willst du weg?«

»Um fünf?«, fragte Sonnenschein vorsichtig.

»Ist gut.« Leo sah ihn genauer an. »Du weißt, dass du mich um so etwas bitten kannst, Jakob. Wir arbeiten seit sechs Jahren zusammen. Wir sind Freunde.«

Sonnenschein nickte. »Ja, das weiß ich. Und ich bin dir dankbar.« Er zuckte mit den Schultern. »Aber ich hänge es nicht gern an die große Glocke. Und draußen auf der Straße werden sie immer lauter.«

Er brauchte nicht deutlicher zu werden. Der *Völkische Beobachter* und die Hugenberg-Presse spien täglich ihren Hass auf die Juden in die Welt. Gewöhnlich perlten die Angriffe von Sonnenschein ab, und Leo fragte sich, was heute anders war. »Gibt es etwas, das ich wissen sollte? Ist etwas im Präsidium vorgefallen?«

»Nein, nein.« Sonnenschein winkte rasch ab. »Esther ist – ich wollte es eigentlich noch nicht sagen, aber sie erwartet ein Kind. Wir bekommen unser zweites Kind.«

Leo streckte impulsiv die Hand aus, und Sonnenschein ergriff sie. »Das freut mich. Ich kann verstehen, wenn du es noch für dich behalten willst.«

»Danke.« Sonnenschein lächelte schüchtern. »Ich weiß nicht warum, aber ich mache mir größere Sorgen als beim letzten Mal. Nicht um Esther, sie blüht förmlich auf, aber wegen … alldem.« Seine Geste umfasste das Büro, Berlin, die Welt.

Leo drückte Sonnenscheins Schulter. »Das verstehe ich. Aber sieh das Gute, Jakob. Was anderes bleibt uns gar nicht übrig.«

14

Hasselmann kam selten in die Gegend um den Schlesischen Bahnhof, hier waren vor allem die Schutzpolizei oder die Kollegen unterwegs, die sich mit Einbrüchen, Raub und Prostitution beschäftigten. Auch an diesem Tag machte das Viertel seinem düsteren Ruf alle Ehre. Auf dem kurzen Weg vom Bahnhof zur Langen Straße wurde er von zwei Strichmädchen angesprochen und prallte beinahe mit einem Betrunkenen zusammen, den ein wütender Wirt gewaltsam aus seiner Kneipe beförderte. Er konnte gerade noch ausweichen, als der Mann stolpernd im Rinnstein landete und sich dort in hohem Bogen erbrach.

Er war durchaus gespannt darauf, den Vorsitzenden des Geselligkeits-Clubs Immertreu 1919 persönlich kennenzulernen. Die Kollegen, die Adolf Leib verhaftet hatten, waren noch frisch empört über dessen Bewährungsstrafe, das hatte er Wienke angemerkt. Einerseits hieß er es auch nicht gut, wenn Verbrecher vor Gericht mit einer zu milden Strafe davonkamen, doch die Verteidiger hatten es wirklich geschickt angestellt. Einen Fall so zu drehen, dass die hochkriminellen Angeklagten als reine Unschuldslämmer aus dem Prozess hervorgingen, das musste man erst einmal schaffen. Und man munkelte, dass es die Bräute der Immertreu-Mitglieder gewesen waren, die den bekannten Juristen Dr. Erich Frey mit Leibs Verteidigung beauftragt und fürstlich dafür entlohnt hatten.

Hasselmann war eigentlich ganz froh, dass Muskel-Adolf nicht hinter Gittern gelandet war, denn so war es deutlich einfacher, ihn zu befragen. Und wenn er jetzt noch Glück hatte und ihn im Schwarzen Walfisch antraf, würde er vielleicht nützliche Informationen bekommen.

Muskel-Adolf importierte Ware aus China, das war bekannt. Möglicherweise machte er auch in Ma-Huang. Falls Clasen dorther seinen sogenannten Tee bezogen und sich womöglich mit dem Ringverein angelegt hatte, konnten die Mitglieder ihn aus dem Weg geräumt haben.

Die Kneipe machte von außen nicht viel her, aber das war so üblich. Bei ihren Festen und Begräbnissen putzten sich die Ringbrüder festlich heraus, doch ihre Stammkneipen waren durchaus bodenständig.

Er drückte die Tür auf und schaute sich in dem dämmrig beleuchteten Gastraum mit dem kargen Mobiliar um. Der Wirt blickte auf, musterte ihn kurz und fragte: »Was kann ich für Sie tun, Herr Kommissar?«

Hasselmann zeigte seine Marke. »Ist Herr Leib zu sprechen?«

Der Wirt kratzte sich am Hinterkopf. »Hm, der Adolf braucht Erholung, Sie wissen ja, er hat schwere Zeiten hinter sich.«

Hasselmann nickte mitfühlend. »Ja, Moabit ist ganz schön ungemütlich. Der Komfort dort hat stark nachgelassen. Ich würde ihn trotzdem gern sprechen.«

»Aber er hat Bewährung bekommen, und seitdem ist nichts gewesen, das schwöre ich.«

Hasselmann nickte begütigend. »Ihre Treue ehrt Sie, aber diesmal geht es nicht um Massenschlägereien oder andere handgreifliche Verteidigungen der Ganovenehre. Ich möchte ihn lediglich als Zeugen befragen.«

Der Wirt zögerte und nickte dann zu einer Tür in der äußersten Ecke, wo es so dunkel war, dass Hasselmann sie gar nicht bemerkt hatte. »Er hat eine Besprechung. Bitte anklopfen.«

Hasselmann lüpfte dankend den Hut und ging über die groben Holzdielen, die hörbar unter seinen Füßen knarrten. Natürlich wusste Adolf längst, dass er hier war, diese Jungs hatten einen sechsten Sinn für die Polizei. Er klopfte.

»Herein.«

Er sah sich drei Männern gegenüber, der mittlere klein gewachsen und mit einer plattgedrückten Nase. Trotz seiner schmächtigen Gestalt spürte man sofort, dass er hier das Sagen hatte. Hinter ihm an der Wand hing die Vereinsfahne des Clubs, die ließen wirklich nichts aus.

»Sie kenn ich ja noch gar nicht. Was gibt es, womit kann ich dienen?«

»Ich würde gern mit Ihnen allein sprechen, Herr Leib.«

Adolf nickte den beiden Männern zu, die daraufhin im Gastraum verschwanden.

»Herr Leib? Sagen Sie doch Adolf, wir sind hier ganz zwanglos. Bitte.« Er deutete auf einen Stuhl. »Möchten Sie was trinken?«

Hasselmann winkte ab und setzte sich. »Hasselmann, Inspektion A.«

Muskel-Adolf zog die Augenbrauen hoch. »Mit solchen Sachen hab ich nichts zu tun, das wissen Sie genau, Herr Kommissar.«

Hasselmann machte sich nicht die Mühe, sein Gegenüber bezüglich seines Dienstgrads zu korrigieren. »Es geht nicht um Ihre Auseinandersetzung mit den Zimmerleuten oder Ihre Bewährungsstrafe. Ich möchte mit Ihnen über Drogen reden.«

Muskel-Adolf schüttelte betrübt den Kopf. »Drogen sind eine Plage der Menschheit, das sag ich Ihnen. So viel Unglück hab ich gesehen, das lässt sich gar nicht mit Worten beschreiben. Was die mit den Menschen machen, ganz furchtbar.«

Hasselmann konnte sein Grinsen kaum unterdrücken. »Sparen wir uns die Plattitüden, Adolf. Ich weiß, dass Sie mit Koks und Morphium handeln, das ist kein Geheimnis. Aber wie steht es mit Ma-Huang?«

Jetzt habe ich ihn tatsächlich überrascht, dachte Hasselmann zufrieden, das war Adolf deutlich anzusehen.

»Ma-Huang? Da haben Sie sich aber ganz was Seltenes ausgesucht, Herr Kommissar.« Er trank einen Schluck Bier und wischte sich mit dem Handrücken den Mund ab. »Das importiere ich nur in kleinen Mengen, das wird nicht oft verlangt.«

»Aber es *wird* verlangt?«, hakte Hasselmann sofort nach. »Von wem?«

»Das verkaufe ich nur an Ärzte. Manchmal auch an Homöopathen. Nicht an Privatleute.«

»Was wissen Sie darüber?«

Muskel-Adolf schob nachdenklich sein Glas auf der Tischplatte hin und her. »Ich wüsste ja wirklich gern, worum es geht. Verraten Sie es mir, Herr Kommissar?«

Warum nicht?, dachte Hasselmann. »Kennen Sie einen Dr. Ferdinand Clasen?«

Adolf hielt mit der Hand am Glas inne, dann sah er Hasselmann argwöhnisch an. »Ist das der, den sie in Tempelhof umgelegt haben? An diesem Germanentümpel?«

»Genau der.«

»Hm, er war mein Kunde, der arme Kerl. Hat vor ein paar Wochen noch bei mir gekauft. Und jetzt ist er tot. Wie grausam das Leben manchmal spielt.«

Hasselmann zog sein Notizbuch hervor und schlug es auf. »Jetzt mal langsam, Adolf, zum Mitschreiben.«

Der wartete geduldig und legte dann los. »Ich kauf das Zeug in China, es wird über Hamburg eingeführt. Clasen muss irgendwie davon erfahren haben und meldete sich eines Tages bei mir. Ich hab ihn gefragt, woher er weiß, dass ich damit handle, aber er wollte nicht raus mit der Sprache. War auch egal, sicher hat's ihm ein Kollege gesteckt. Jedenfalls hatte er die Idee, das Zeug seinen Patientinnen anzudrehen, als Wundermittel zum Abnehmen und so weiter. Ist irgendeine chinesische Medizin, was weiß ich. Putscht ein bisschen auf, die Damen haben weniger Hunger, es macht also 'ne schlanke Figur. Davon versprach er sich ein nettes Nebeneinkommen, der schlaue Hund. Der sah aus wie ein feiner Herr, aber der konnte so manchem Gauner das Wasser reichen. Also hab ich ihn beliefert, er hat gezahlt. Das ist alles.«

»Wie gingen Bezahlung und Lieferung vonstatten?«

»Über meinen Boten. Der gab das Paket ab, immer abends, wenn die Praxis zu war, Diskretion musste sein. Und der Doktor hat gleich bezahlt, so hatte alles seine Ordnung.«

Das war großzügig ausgelegt, dachte Hasselmann, aber für solche Angelegenheiten war er nicht zuständig. Ihm ging es nur um den Toten und seine geschäftlichen Verbindungen. »Clasen hat also immer bar bezahlt?«

»Immer bar und sofort. Hatte alles seine Richtigkeit. Korrekte Buchführung ist mein Grundprinzip.«

Hasselmann dachte lieber nicht darüber nach, wie Adolfs korrekte Buchführung aussehen mochte. »Hat es jemals Streit zwischen Ihnen gegeben – wegen Geld oder anderen Problemen? Oder wissen Sie von Patientinnen, die von dem Ma-Huang krank wurden und deshalb wütend auf Clasen waren? Kennen Sie irgendeinen Grund, der zu seinem Tod geführt haben könnte?«

Adolf kehrte die Hände nach außen und blickte unschuldig drein. »Keineswegs. Es gab da nur eine kleine Sache, die ich nicht als Streit bezeichnen würde. Er rief vor einer Weile an und wollte wissen, ob eine Lieferung verunreinigt gewesen sein könnte.«

Hasselmann horchte auf. »Wann war das?«

»Vor ungefähr zwei Monaten.«

»Hat er erklärt, wie er auf diesen Verdacht kam?«

Adolf schaute ihn treuherzig an. »So eine traurige Geschichte aber auch. Der Mann einer Patientin war gestorben, hat er mir erzählt. An einem Schlaganfall, kam vom hohen Blutdruck. Und sie hatte ihrem Mann dieses Ma-Huang verabreicht, ohne Rücksprache mit dem Doktor. Sie glaubte, was für sie gut war, könnte ihm auch nicht schaden. Das war natürlich – wie nennen Sie das doch gleich? – fahrlässig. Der Doktor wollte sichergehen, dass die Kräuter nicht mit etwas versetzt oder verunreinigt waren. Ich hab ihm bei meiner Ehre versichert, dass ich nur allerbeste Qualität liefere und keine Beschwerden erhalten habe.«

Hasselmann stützte sich auf die Tischplatte und sah ihn eindringlich an. »Adolf, sagen Sie mir alles, was Sie darüber wissen, das ist wichtig.«

Er zuckte mit den Schultern. »Viel mehr weiß ich nicht. Er meinte, der Mann wär vorher schon krank gewesen und hätte das Mittel nie einnehmen dürfen. Kein Arzt der Welt hätte ihm dazu geraten. Also traf ihn keine Schuld. Und mich schon mal gar nicht.«

Hasselmann überlegte. Wenn die Frau nun nicht hatte wahrhaben wollen, dass sie unwissentlich zum Tod ihres Mannes beigetragen hatte? Und darum Clasen die Schuld gegeben hatte? Sie konnten nach den Aussagen von Hans Gruber und Erika Sperber nicht ausschließen, dass eine Frau die Tat begangen hatte. Die Geschichte erinnerte Hasselmann an den Fall Jürgens, nur war es dabei um Ephedrin gegangen und nicht um Ma-Huang. Clasen mochte nicht gegen das Gesetz verstoßen haben, doch hatte er Substanzen empfohlen und ausgehändigt, die in den Händen medizinischer Laien durchaus gefährlich werden konnten. Und dass er sie von einem stadtbekannten Kriminellen bezogen hatte, machte es nicht besser.

»Kennen Sie den Namen der Eheleute?«

»Nein, den hat er natürlich nicht erwähnt, von wegen Schweigepflicht.«

»Können Sie mir sagen, wann genau dieses Telefonat stattgefunden hat?«

Adolf griff seufzend in seine Anzugtasche und holte ein kleines Heft hervor. Vermutlich seine ordentliche Buchführung, dachte Hasselmann.

Adolf benetzte seinen Zeigefinger und begann zu blättern. »Da hab ich seine letzte Bestellung, die kam vor zwei Wochen. Die davor war drei Monate früher. Und hier, am 4. Januar, hab ich mir aufgeschrieben: T, für Telefongespräch. Ich war mir zwar sicher, dass mit meiner Lieferung alles in Ordnung war, aber ich wollte vorsichtshalber das Datum vermerken. Da der Doktor danach noch mal Ma-Huang bei mir bestellt hat, hab ich angenommen, dass sich alles in Wohlgefallen aufgelöst hat. Sofern man das so sagen kann, wenn einer dran glauben musste.«

Hasselmann notierte sich die Daten. »Danke, Adolf. Das war sehr hilfreich.« Er zog seine Karte aus der Tasche und legte sie auf den Tisch. »Falls Ihnen noch etwas einfallen sollte, melden Sie sich.«

Adolf steckte die Karte ein, legte die Hand auf die Brust und deutete eine Verbeugung an. »Alles, was der Polizei hilft. Ist doch Ehrensache, Herr Kommissar.«

Leo überflog noch rasch Neufelds Notizen über Clasens Finanzen. Sein Haus hatte Clasen 1915 angemietet und 1920 vom Vermieter gekauft, auf Kredit, den er jedoch sehr schnell abbezahlt hatte. Er nutzte die Inflation, sie war ein Segen für Schuldner. Ansonsten hatte er knapp 30 000 Mark auf einem Sparkonto und besaß einiges an Silber, wertvolle Manschettenknöpfe sowie eine goldene Taschenuhr. Sein Geschäft mit den Privatpatientinnen schien gut gelaufen zu sein. Von einer reinen Kassenpraxis hätte er sich das kaum leisten können.

Leo griff nach seinem Mantel. Er hatte eigentlich vorgehabt, noch nach Schwanenwerder hinauszufahren, entschied sich aber anders. Das Gespräch mit Frau Caspary konnte bis morgen warten. Er musste ein Versprechen einlösen, das ihm auf den Nägeln brannte. Und so fuhr er nicht zum Wannsee, sondern in die Wriezener Straße 38 im Wedding. Die Gegend unweit der Panke hätte sich nicht stärker von der Colonie Alsen unterscheiden können. Der Wedding war nicht nur ein anderer Stadtteil, sondern eine andere Welt. Das graue Haus mit dem Torbogen in der Mitte, über dem *Molkerei* zu lesen stand, stammte aus dem vorigen Jahrhundert. An der linken Hauswand warb ein aufgemalter Regenschirm für das Geschäft eines Herrn, der den kuriosen Namen Gustav Venus trug. Rechts und links des Torbogens lagen die Fenster der Kellerwohnungen, und ihn überlief ein Schauer, wenn er an die Wohnverhältnisse dort unten dachte. Leo war bei seinen Ermittlungen oft genug in solchen Wohnungen gewesen und kannte die Feuchtigkeit und lichtlose Enge, die dort herrschten.

Zu seiner Erleichterung wohnte Babette Sperber im hinteren linken Quergebäude und nicht im Keller. Im Hof spielten noch Kinder, obwohl es schon dunkel war, dick eingewickelt in Schals und Mützen. Vielleicht war es angenehmer, trotz der Kälte draußen herumzutoben, als in einer der feuchtkalten, beengten Wohnungen zu sitzen.

Er klingelte an der Erdgeschosswohnung.

Eine Frau öffnete. Die Ähnlichkeit mit Erika war nicht zu übersehen, wenn auch in älter und verhärmter. Die rötlichen Haare waren von grauen Strähnen durchzogen. Ihre Wangen waren eingefallen, und die Schlüsselbeine zeichneten sich hart unter dem Kleid ab.

Sie musterte ihn argwöhnisch. »Ja?«

Leo wies sich aus, hob aber sofort beschwichtigend die Hand. »Keine Sorge, ich möchte nur kurz mit Ihnen über Ihre Tochter Erika sprechen.«

Sie legte unwillkürlich die Hand an die Kehle. »Was ist passiert? Ist sie krank? Oder –« Sie wagte offenbar nicht, den Gedanken auszusprechen.

»Nein, nein. Darf ich hereinkommen?«

Sie trat beiseite.

Leo nahm den Hut ab und ging in die Küche, auf die sie deutete. Sie war einfach eingerichtet, aber blitzsauber, mit einem gestickten Sinnspruch an der Wand und einem blank gescheuerten Tisch mit karierter Mitteldecke. Sie deutete auf einen Stuhl. Er setzte sich.

»Sagen Sie mir, was mit ihr ist.« Ihre Stimme klang erstickt. »Ich habe mein Kind seit Jahren nicht gesehen. Ich weiß nicht mal, wo sie ist.« Sie ließ sich kraftlos auf den Stuhl gegenüber fallen und sah ihn ängstlich an. Ihr Atem ging schwer.

»Es geht ihr gut, Frau Sperber. Sie hat vermutlich ein Verbrechen beobachtet, auf diese Weise bin ich ihr begegnet.«

Sie drückte erschrocken die Hand auf die Brust. »Ein Verbrechen? Wie kann das sein? Wo ist sie denn überhaupt?«

Er überlegte, wie viel er ihr verraten konnte. Die Fürsorge würde es nicht gutheißen, dass er sich überhaupt einmischte, aber er konnte nicht anders. Erika hatte ihm vertraut und ihnen wichtige Hinweise geliefert, also musste er jetzt auch seinen Teil der Abmachung einhalten.

»In einer kirchlichen Einrichtung. Sie ist dort sicher.« Er hoffte, dass das stimmte.

»Aber ich bin ihre Mutter«, stieß Frau Sperber hervor. »Sie ist mein einziges Kind. Und sie hatte nur eine Apfelsine gestohlen, sie war erst acht Jahre alt! Wie kann es denn sein, dass man einer Mutter deswegen ihr Kind wegnimmt? Sie haben gesagt, ich hätte durch meinen Lebenswandel einen schädlichen Einfluss auf sie. Was heißt das denn? Ich bin ledig, das stimmt, aber ich habe immer mein Bestes für Erika gegeben.«

»Das glaube ich Ihnen. Sie ist ein sehr nettes, verständiges Mädchen.« Und wahrscheinlich viel zu klug für dieses Kloster, dachte Leo bei sich. Klug und findig, denn sie hatte es in kürzester Zeit geschafft, von dort zu fliehen, sich eine neue Unterkunft und beinahe sogar eine Arbeitsstelle zu besorgen.

»Ich verspreche, ich setze mich dafür ein, dass Erika und Sie sich sehen dürfen. Mehr kann ich nicht zusagen, aber wenn die Polizei sich bei der Fürsorge für jemanden verwendet, hat das durchaus Gewicht.«

Frau Sperber umklammerte die Tischplatte und beugte sich vor. »Das würden Sie wirklich tun?«

Leo nickte. Er dachte an seine eigenen Kinder, die man ihm wohl nie wegnehmen würde, was immer auch geschah. Denn er war verheiratet, ein Mann und Kriminalbeamter, was ihm deutlich mehr Macht gegenüber den Behörden verlieh. Er würde sich zumindest bemühen, Mutter und Tochter zu helfen, das war er Erika schuldig.

»Ja, darauf können Sie sich verlassen. Eine Frage habe ich dann doch an Sie. Kann Ihre Tochter gut beobachten? Sich Dinge merken? Hat sie einen scharfen Blick?«

Frau Sperber nickte eifrig. »Und wie, Herr Oberkommissar. Ich erinnere mich, wir waren mal im Zoo, ich hatte lange darauf gespart, es war ein Geburtstagsgeschenk für Erika. Wir sind stundenlang durch den Zoo gelaufen, und sie konnte mir danach jede einzelne Tierart aufzählen und von manchen sogar, wo sie herkommen und was sie fressen. Das hatte sie sich alles gemerkt. Und sie hat auch Kinder wiedererkannt, die vor Jahren bei uns in der Straße gewohnt hatten. Mir waren die ganz fremd, aber Erika hat sich an alle erinnert.«

Er stand auf und knöpfte den Mantel zu. »Sie haben mir sehr geholfen, Frau Sperber. Sie hören von mir.«

Sie streckte die Hand aus, als wollte sie ihn zurückhalten. »Herr Oberkommissar.« Sie zögerte, schaute auf die Tischdecke. Dann sagte sie mit heiserer Stimme: »Ich will nicht drängen, aber ... es müsste bald sein, dass ich meine Erika sehen kann.«

»Ich gebe mein Bestes.«

Er fragte nicht, was sie meinte, weil er es sich denken konnte. Beim Hinausgehen drehte er sich nicht um, denn er wollte nicht die Hoffnung in ihren Augen sehen.

15

**Freitag, 1. März 1929/
Samstag, 2. März 1929**

Jedes Jahr am 1. März dachte Leo, dass nun der Frühling anfing, was natürlich unsinnig war, denn in Berlin herrschte um diese Zeit meist noch tiefer Winter. Auch an diesem Morgen war es eisig, wenn auch unter einem sonnigen blauen Himmel.

Er hatte sich telefonisch bei Frau Caspary angekündigt, damit er nicht den weiten Weg umsonst machte, aber nicht erwähnt, in welcher Angelegenheit er kam.

In Nikolassee fuhr er an dem hübschen rot-gelben Bahnhofsgebäude vorbei. Die Haltestelle war Anfang des Jahrhunderts eröffnet worden, weil man für das Villenviertel eine bequeme Verbindung ins Zentrum Berlins wünschte, die auch heute noch genutzt wurde, obwohl die Bewohner der Anwesen inzwischen über Automobile verfügten.

Dann ging es durch den winterlichen Wald. Kein Wunder, dass die reichen Berliner diese abgelegenen Winkel bevorzugten, in denen man entweder gut zu Fuß oder motorisiert sein musste, um sie zu erreichen. Er grinste, als er am Hinweisschild zum Strandbad vorbeikam. Im Sommer wimmelte es hier von Menschen, denen die Villenbesitzer gewöhnlich nie begegneten und die sich für wenige Stunden und ein bisschen Geld ihr Glück am See erkauften – immerhin ein wenig ausgleichende Gerechtigkeit.

Schließlich hielt er vor dem Anwesen der Casparys. Das Haus war größer als das der Mutter, und das Grundstück grenzte ebenfalls an den See. Die Gegend war noch exklusiver als die Colonie Alsen, wenngleich der Bau ein wenig neureich wirkte. Zu weiß, zu viele Säulen, als sollte wirklich jeder begreifen, dass die Leute, die hier wohnten, zur finanziellen Elite der Hauptstadt gehörten. Falls dies das Ziel gewesen war, hatte der Architekt seinen Auftrag erfüllt.

Das schmiedeeiserne Gitter, das das Grundstück umgab, war schwarz glänzend lackiert, die Spitzen wurden von goldenen Kugeln bekrönt. Im Tor ein verschnörkeltes Ornament, das bei näherem Hinsehen den Buchstaben C ergab. Er wusste nicht, ob Dr. Caspary das Haus erbaut oder geerbt hatte, jedenfalls konnte es nicht älter als zehn Jahre sein. Kein altes Geld, keine alteingesessene Familie, vermutete Leo. Der Gegensatz zum Haus der verstorbenen Frau von Werden hätte nicht augenfälliger sein können.

Leo warf noch einen Blick über den Vorgarten, der im Frühjahr und Sommer sicher prächtig blühte. Jetzt wirkte er zwar nicht ungepflegt, jedoch karg und traurig. Der steinerne Springbrunnen war versiegt, die akkurat gestutzten Hecken waren braun und trocken.

Er zuckte zusammen, als ein Dobermann bellend angeschossen kam und mit den Pfoten gegen das Tor sprang. Leo überlegte schon, wie er sicher hineingelangen sollte, als die Haustür geöffnet wurde.

»Komm her, Aldo, sofort.« Ein Hausmädchen war in der Tür erschienen.

Der Hund sprang noch einmal gegen das Tor, drehte dann ab und verschwand im Garten.

Leo trat ein und ging über den Kiesweg zum Haus.

»Was kann ich für Sie tun?«

Leo hielt ihr seine Dienstmarke hin. »Oberkommissar Wechsler, ich möchte zu Frau Caspary. Ich bin angemeldet.«

»Bitte kommen Sie mit. Die gnädige Frau ist im Gartensalon.«

Der Gartensalon nahm fast die gesamte Breite des Hauses ein, die riesige Fensterfront blickte auf den winterlichen Garten und den See, der in der Sonne funkelte. Leo stand da, die Hände in den Taschen, und schaute hinaus, bis er von einer angenehm tiefen Stimme abgelenkt wurde.

»Guten Tag, Herr Oberkommissar.«

Pauline Caspary war attraktiv. Der dunkle Pagenkopf mit dem geraden Pony reichte bis knapp über die Ohren, darunter funkelten graue Perlenohrhänger, die zu ihrem schwarzen Kleid mit dem eckigen Ausschnitt passten. Selten hat Trauerkleidung so elegant an jemandem ausgesehen, dachte er.

»Darf ich Ihnen mein Beileid aussprechen?« Plötzlich kam ihm sein Anliegen weit hergeholt vor, aber es gab kein Zurück. »Ich habe nur einige kurze Fragen.«

»Bitte.« Sie deutete mit der Hand, deren Nägel dezent perlmuttfarben lackiert waren, auf einen mit hellem Seidenstoff bezogenen Sessel. »Sie tun nur Ihre Arbeit.«

Pauline Caspary setzte sich ihm gegenüber aufs Sofa und schlug die Beine übereinander. »Sie sehen ein bisschen verfroren aus. Luise bringt gleich Tee. Oder ist Ihnen Kaffee lieber?«

»Danke, ich nehme gern einen Tee.« Leo war erstaunt über den freundlichen Empfang und nutzte die Zeit, in der sie auf das Mädchen warteten, um sich im Zimmer umzusehen, das eher den Namen Saal verdiente. Alles war in Hellgrün und Cremeweiß gehalten, sogar die Bilder und Rahmen waren farblich darauf abgestimmt. Das Innere des Hauses wirkte geschmackvoller als das Äußere, vermutlich dank eines guten Innenarchitekten.

»Einen Penny für Ihre Gedanken, wie die Engländer sagen.«

Leo blickte auf und lächelte. »Ich habe nur Ihr Heim bewundert.«

»Es ist ganz schön, nicht wahr?«

In diesem Moment kam das Mädchen von vorhin mit dem Teetablett.

»Danke, Luise, ich serviere selbst.«

Sie goss Tee ein und schob Leo Milch, Zucker und Zitrone hin. »Darjeeling, das KaDeWe fertigt meine eigene Mischung an.«

Es klang so selbstverständlich, als hätte sie über die tägliche Milchlieferung gesprochen.

»Ich bedaure, dass ich Sie in dieser schweren Zeit stören muss, Frau Caspary.«

Aus der Nähe waren die Schatten unter ihren Augen zu erkennen, und Frau Casparys Mund zuckte ein wenig.

»Ich … Manchmal vergesse ich es und will sie anrufen.« Sie holte tief Luft. »Es wird wohl noch eine Weile dauern, bis ich mich an den Gedanken gewöhnt habe, dass sie nicht mehr da ist.« Sie deutete zum Garten. »Ich habe oft dort unten gestanden und hinübergeschaut, bevor ich zu Bett ging.«

Leo räusperte sich, als ihm klar wurde, weshalb sie ihn so freundlich empfangen hatte. »Frau Caspary, ich bin nicht wegen Ihrer Mutter hier.«

Ihre Augen weiteten sich. »Ich gestehe, ich war etwas verwundert, dass ein weiterer Kriminalbeamter mit mir sprechen möchte, nachdem alles geklärt schien, aber …« In ihren Worten schwang eine unausgesprochene Frage mit.

Leo trank einen Schluck Tee, der tatsächlich wunderbar duftete. »Ich ermittle in einem Mordfall. Professor Siegfried von Werden war Ihr Onkel, richtig?«

Sie wurde plötzlich blass und nickte dann. »Ja, er ... Verzeihung, dass ich etwas durcheinander bin, aber mir wird gerade bewusst, wie viele nahestehende Menschen ich verloren habe. Onkel Siegfried war der Bruder meines Vaters, der ebenfalls verstorben ist. Sie sagten, es geht um einen Mordfall?«

»Sagt Ihnen der Name Dr. Ferdinand Clasen etwas?«

Pauline Casparys sorgfältig gezupfte Augenbrauen hoben sich erstaunt. »Nicht, dass ich wüsste. Darf ich fragen, um wen es sich dabei handelt?«

»Dr. Clasen hat früher einmal in der Privatklinik Ihres Onkels gearbeitet.«

»Aber das ist fast zwanzig Jahre her. Dass die Klinik geschlossen wurde, meine ich.«

Leo hakte sofort nach. »Sie erinnern sich daran?«

Sie runzelte nachdenklich die Stirn. »Nun, ich habe mitbekommen, dass meine Eltern mit Onkel Siegfried darüber sprachen, aber immer hinter verschlossenen Türen. Es war ein Misserfolg, und über die redete man in unserer Familie ungern. Außerdem hatte ich als Backfisch andere Dinge im Kopf.« Dann schien ihr ein Gedanke zu kommen. »Sie erwähnten vorhin einen Mordfall und fragen mich jetzt nach einem Arzt. Geht es etwa um diese Geschichte in Tempelhof? Diesen verhexten See, von dem die Zeitungen schreiben?«

Leo nickte. »Dr. Clasen wurde an der Blanken Hölle tot aufgefunden, und die Presse schmückt das dramatisch aus, wie es nun mal ihre Art ist.«

Frau Caspary schüttelte den Kopf und strich ihren Rock glatt. »Leider kann ich Ihnen nicht behilflich sein. Mein

Onkel hat mit mir nicht über seine Arbeit gesprochen. Und den Namen Dr. Clasen habe ich nie zuvor gehört.«

Es war ein Schuss ins Blaue gewesen, dachte Leo und erhob sich. Wie es aussah, musste er sich die Informationen über die Privatklinik Waldblick anderswo beschaffen. »Dann will ich Sie nicht länger behelligen, Frau Caspary.«

Als er sich verabschiedet hatte und den Kiesweg entlangging, kam ihm ein extravagant gekleideter Mann entgegen, der ihm höflich zunickte und dann grüßend die Hand in Richtung Haustür hob.

Ernst Haldensleben ließ sich in einen Sessel fallen, streckte die Beine aus und musterte seine manikürten Fingernägel. »Muss ich eifersüchtig werden?«

Pauline, die sich gerade über den Servierwagen beugte und ihm einen Kognak einschenken wollte, hielt inne und sah ihn verwundert an. »Auf wen denn? Ich bin eine verheiratete Frau, aber das wusstest du.«

Er nickte mit dem Kopf in Richtung Haustür. »Mir ist vorhin ein Mann entgegengekommen. Groß, dunkelhaarig, nicht unattraktiv trotz Narbe im Gesicht.«

Sie stellte ihm das Glas hin, setzte sich aufs Sofa und zog die Beine unter sich. Dann sah sie ihn belustigt an. »Ernst, mein Schatz, zwei Dinge. Erstens – du hast mir nicht dein Beileid ausgesprochen, was ich äußerst ungehörig finde, selbst wenn ich meiner Mutter nicht sonderlich nahestand. Zweitens – der Mann war nicht mein Geliebter, sondern Oberkommissar Wechsler von der Kriminalpolizei. Und obgleich das eine das andere nicht grundsätzlich ausschließt, ist er nicht mein Typ. Zufrieden?«

Er sah etwas betreten drein, was sie ganz reizend fand. »Es tut mir leid, dass du deine Mutter verloren hast, und ich entschuldige mich für meine Taktlosigkeit. Aber nur, was deinen Verlust angeht, nicht wegen dieses Oberkommissars. Ich überlege, ob du womöglich nicht auch Dunkelhaarige magst.« Dann schien er sich auf die eigentliche Frage zu besinnen. »Warum war er hier? Wegen des Unfalls?«

Pauline erzählte es ihm, worauf er sie ungläubig ansah. »Ein Arzt, der in einer Klinik gearbeitet hat, die seit zwanzig Jahren nicht mehr existiert? Die Polizei muss ganz schön verzweifelt sein, wenn sie mit so etwas zu dir kommt.«

Sie zuckte mit den Schultern. »Es ist wohl üblich, in der Vergangenheit eines Opfers herumzustochern.«

Doch Ernst schien von dem Thema faszinierter als sie selbst. »Ich finde Kriminalfälle durchaus spannend, verlockend wie einen Groschenroman, den man – in ein hochliterarisches Werk geschoben – verstohlen genießt. Hast du wirklich nie von diesem Arzt gehört? Wie alt warst du, als die Klinik geschlossen wurde?«

Pauline zog die Augenbraue hoch und schwieg.

»Jetzt komm mir nicht mit der überholten Attitüde, man frage eine Dame nicht nach ihrem Alter. Außerdem kann ich rechnen.« Er runzelte die Stirn und sagte dann triumphierend: »Du warst fünfzehn, Darling. Gerade da ist man doch neugierig, wenn Erwachsene nicht wollen, dass man etwas aufschnappt.«

Sie erhob sich abrupt und wandte sich ab. »Können wir jetzt aufhören, über meine Angehörigen zu sprechen, die allesamt tot sind? Du kannst manchmal erstaunlich gefühllos sein.« Sie drehte sich langsam zu ihm um. »Ich habe mich nicht für Onkel Siegfrieds Klinik oder die Leute, dort gearbeitet haben, interessiert. Und jetzt lass uns ins Schlafzimmer gehen, da verstehen wir uns doch am besten, nicht wahr?«

Als Hasselmann bei Fräulein März an der Tür klingelte, öffnete sie und musterte ihn unfreundlich, als wäre er ein Hausierer. »Was ist denn nun schon wieder? Ich habe gleich ein Vorstellungsgespräch, man muss ja sehen, wie es weitergeht.«

»Dürfte ich kurz hereinkommen?« Sein Tonfall ließ keinen Zweifel daran, dass er sie so oder so befragen würde, und sie trat zögernd beiseite, bat ihn jedoch nicht ins Wohnzimmer. Er fragte sich, ob sie einfach ein unfreundlicher Mensch war oder etwas gegen ihn persönlich hatte. Nicht dass es ihm schlaflose Nächte bereitet hätte, aber entgegenkommende Menschen zu befragen, war einfach angenehmer.

»Ich benötige den Namen einer Patientin, deren Mann vor etwa zwei Monaten an einem Schlaganfall verstorben ist.«

Sie presste die Lippen aufeinander. »Woher soll ich wissen, wer das gewesen ist, wenn der Mann nicht selbst bei Dr. Clasen in Behandlung war?«

Hasselmann lehnte sich an die Wohnungstür und verschränkte die Arme, um zu zeigen, dass er alle Zeit der Welt hatte. »Jetzt hören Sie mir mal gut zu. Ich weiß nicht, ob Sie wussten, dass Dr. Clasen seinen Patientinnen chinesischen Kräutertee verabreicht hat, bei dem es sich um eine Droge handelt. Tatsache ist jedenfalls, dass der Mann einer Patientin einen Schlaganfall erlitten hat, nachdem sie ihm dieses sogenannte Ma-Huang gegeben hatte.«

»Davon weiß ich nichts!« Ihr Gesichtsausdruck war so erschrocken, dass er geneigt war, ihr zu glauben.

»Ich muss wissen, wer die Frau war, Fräulein März. Bitte überlegen Sie, welche Patientin seit Ende Dezember oder Anfang Januar verwitwet ist. Fällt Ihnen jemand ein?«

Sie schloss resigniert die Augen und nickte. »Edith Jacobs. Jetzt begreife ich auch, was er …«

Hasselmann schaute sie abwartend an. »Was meinen Sie?«

»Anfang Januar wirkte Dr. Clasen besorgt, sogar ein wenig bedrückt. Ich habe ihn gefragt, was los sei. Daraufhin sagte er, Herr Jacobs sei an einem Schlaganfall gestorben. Das war alles. Ich habe mich damals gewundert, warum ihn das bedrückte, er kannte den Mann ja gar nicht, nur seine Frau kam zu uns. Erst jetzt wird mir klar, was er gemeint hat.«

»Gut, dann haben wir die Adresse ja in der Kartei.« Er wandte sich zum Gehen, hörte aber ein zaghaftes Räuspern hinter sich. Fräulein März wirkte plötzlich weicher und besorgter. »Ich ... ich habe wirklich nichts davon gewusst, das müssen Sie mir glauben.«

»Danke für Ihre Hilfe«, sagte er unverbindlich und verließ die Wohnung.

Heute Abend gab es einen Gastauftritt der gefeierten Sängerin Mollie Smith im Delphi-Palast, sodass Lenny Watkins früh Feierabend machen konnte. Er strich noch einmal liebevoll über die Tasten und klappte den Klavierdeckel zu, zog im Pausenraum Mantel und Hut über und verabschiedete sich von dem Kollegen an der Garderobe.

»Heute noch was vor, Lenny?«

Er nickte lächelnd. »Das will ich meinen.«

Der Garderobier grinste. »Dann hoffe ich mal, das Vorhaben hat schöne Beine.«

Lenny tippte mit zwei Fingern an den Hut und trat in den kalten Abend hinaus.

Es war nicht mehr ganz so eisig wie in den letzten Tagen und hatte zu regnen begonnen. Die Tropfen glitzerten im Licht der Straßenlaternen wie Diamanten, und er blieb kurz stehen und dachte, wie schön die Stadt doch war. Das hatte er nicht erwartet. Er war vor allem wegen der guten Bezahlung im vergangenen Jahr von Chicago nach Berlin gekommen, doch dann war ihm die Stadt nach und nach vertraut geworden. Und seit er Oskar kannte, spielte er tatsächlich mit dem Gedanken, länger zu bleiben.

Er sah auf die Uhr und überlegte rasch. Um die Ecke gab es einen Delikatessenladen, der noch geöffnet hatte. Eine gute Flasche Wein, ein paar Leckereien, dann in die U-Bahn und ab in die Fürbringerstraße.

Lenny schob die Hände in die Taschen und schlitterte wie ein kleiner Junge über eine vereiste Pfütze. Nasskaltes Wetter störte ihn nicht. Immerhin hatte er lange in Chicago gelebt, »The Windy City«, wo fast immer ein schneidend kalter Wind vom Michigan-See herüberpeitschte.

Er war verdammt erschrocken gewesen, als Oskars Vorgesetzter neulich vor der Tür gestanden und ihn in der Wohnung gesehen hatte. Wechsler war ein anständiger Mensch, das hatte Oskar mehr als einmal erwähnt, doch das hieß noch lange nicht, dass sie von ihm Verständnis für ihre Beziehung erwarten konnten. Der Begriff »preußische Polizei« mit seinem stakkatohaften Klang ließ ihn zusammenzucken, selbst wenn sein Freund selbst Polizist war.

Dann hatte Oskar tatsächlich mit Wechsler gesprochen, der sich erstaunlich tolerant gezeigt hatte. Damit hatte Lenny nicht gerechnet, hatte Oskar sogar davon abgeraten, sich zu offenbaren. Ein homosexueller Polizeibeamter war nicht nur ein Widerspruch in sich, sondern lud geradezu zu Getuschel, wenn nicht gar Erpressungsversuchen ein. Nun aber war er froh, dass es so gekommen war, und auch Oskar hatte sich entspannt.

Seine kalten Wangen begannen angenehm zu kribbeln, als

er daran dachte, dass er in weniger als einer Stunde bei seinem Freund sein würde.

Da war der Delikatessenladen, und ja, er hatte noch geöffnet. Lenny drückte die Tür auf und schlenderte an den schön dekorierten Regalen vorbei. Die Obsttheke war bereits für die Nacht abgedeckt, doch er wusste, dass sich tagsüber unglaubliche Köstlichkeiten wie Ananas und Mangos darauf türmten, zusammen mit italienischen Tomaten und exotischen Ingwerwurzeln. Er trat ans Weinregal und suchte eine Flasche aus, deren Etikett ihm gefiel. Lenny war kein Weinkenner, aber das schwarze Etikett mit den goldenen Trauben darauf sah elegant aus. Dann wählte er eine Dose Gänseleberpastete und ließ sich ein französisches Weißbrot in der Mitte durchschneiden und einwickeln.

»Wäre das alles?«, fragte die Verkäuferin mit den blondierten Haaren, die ihn an die verstorbene Jean Harlow erinnerte.

Ihm kam ein verwegener Gedanke, und er nickte zur Obsttheke hinüber. »Haben Sie eine Ananas da?«

Die Verkäuferin grinste. »Wohl ein janz besonderer Abend, wa?«

»Kann man so sagen.«

Sie holte eine Ananas und hielt sie ihm hin, damit er sie begutachten konnte. Als sie alles in eine Tüte gepackt hatte und den Gesamtpreis nannte, zuckte Lenny ein wenig zusammen. Egal. Beim nächsten vollen Haus würde er so viel Trinkgeld kassieren, dass er den leichtsinnigen Einkauf gut wieder ausgleichen konnte. Er bezahlte und ging los in Richtung U-Bahn. Er würde bis Hallesches Tor fahren, von dort war es nicht weit bis zu Oskars Wohnung.

Es regnete stärker, es waren kaum noch Menschen auf der Straße. Lenny hörte schnelle Schritte hinter sich, mehrere Personen, die wollten sicher auch nach Hause ins Warme.

Der Stoß kam völlig unvermittelt. Er stolperte nach vorn und ließ die Tüte fallen, hörte Glas zerbrechen. Er rappelte sich auf die Knie und tastete nach seinem Hut, der ihm vom Kopf gefallen war. Ein schwarzer Stiefel trat ihn weg.

Lenny schaute auf. Der SA-Mann grinste.

Er erhob sich und klopfte seine Hose ab, bemerkte aus dem Augenwinkel ein Paar auf der gegenüberliegenden Straßenseite, das seine Schritte beschleunigte.

»Wir haben dich aus dem Laden kommen sehen. Was hast du hier zu suchen?«

Lenny verstand nicht, wovon der Mann redete. »Ich gehe zur U-Bahn.«

Gelächter. Die beiden SA-Leute zeigten auf ihn. »Was du hier in Berlin zu suchen hast! In Deutschland!« Der Mann sprach übertrieben langsam und deutlich, als hielte er Lenny für begriffsstutzig.

»Ich arbeite hier.«

»Solche wie dich brauchen wir hier aber nicht.«

Sie lachten albern, gaben Affenlaute von sich und kraulten sich die Köpfe. Lenny war so betäubt, dass er kein Wort herausbrachte.

Ein älterer Mann ging an ihnen vorbei, schaute ihn verlegen an, blieb aber nicht stehen und sagte auch nichts.

Was würden die mit ihm machen? Sie konnten ihm auf offener Straße nichts tun, das hier war Berlin, es gab an jeder Straßenecke Polizisten. Die würden so etwas nicht zulassen. Aber ausgerechnet jetzt war kein Schupo weit und breit zu sehen.

»Ich möchte gehen.«

Er rechnete schon mit einem Tritt oder Schlag oder weiteren Beleidigungen, doch wie durch ein Wunder schienen seine ruhigen Worte zu wirken. Die beiden SA-Männer stießen sich an, einer zuckte mit den Achseln, der andere rückte den Schulterriemen zurecht. »Lass dir das eine Lehre sein.«

Lenny verstand nicht, was das heißen sollte. Sie wollten ihm wohl einfach das Gefühl geben, er hätte etwas falsch gemacht und müsste dafür büßen. Der eine trat noch auf Lennys Hut, dann marschierten sie breitbeinig davon, als gehörte ihnen der gesamte Gehweg.

Lenny kniete sich hin und sammelte die Einkäufe auf, die noch zu retten waren. Er drückte die nasse, zerknitterte Tüte an die Brust und ging langsam in Richtung U-Bahn.

Zurück blieben die Scherben der Weinflasche und blutrote Flüssigkeit, die sich mit dem Regen mischte.

16

Sonntag, 3. März 1929

Erika hätte nie gedacht, dass sie sich in einem Gebäude mit so vielen Menschen einsam fühlen könnte, und doch war es so. Nachdem der Kommissar sie im Kloster abgeliefert hatte, war Schwester Augustina mit ernster Miene zu ihr gekommen. Dass ihr eine Strafe nicht erspart bliebe, sei ihr ja wohl klar. Der Oberkommissar hatte sich für sie eingesetzt, doch sie würde die nächsten zwei Wochen allein essen und durfte bei der Arbeit nicht mit den anderen Mädchen sprechen. Außerdem musste sie jeden Tag drei Rosenkränze zusätzlich beten, laut und unter Aufsicht, damit sie dies auch mit der nötigen Andacht verrichtete. Und den Müll würde sie nach draußen bringen.

Sie konnte alles ertragen, dachte Erika, weil sie jetzt eine Hoffnung hatte, die es vorher nicht gegeben hatte. Der Kommissar wollte sich dafür einsetzen, dass sie ihre Mutti sehen konnte, und er war ein freundlicher Mensch, dem sie vertraute. Er war Polizist, das musste doch etwas gelten bei den Ämtern. Und er hatte gesagt, ihre Aussage sei wichtig gewesen. Sie wusste immer noch nicht, was genau sie an jenem Abend gesehen hatte, doch schien das bisschen, das sie beobachtet hatte, der Polizei zu helfen.

Erika löffelte ihre Suppe, die nicht besonders gut schmeckte, aber tüchtig Einlage hatte und satt machte. Wehmütig dachte sie an die Schokoladenfabrik, hatte sofort den köstlichen Duft wieder in der Nase. Sie verdrängte die Erinnerung.

Es klopfte an die Tür des Schlafsaals, sie zuckte zusammen. Hatte sie schon wieder etwas falsch gemacht?

Die Tür ging auf, und Grete steckte den Kopf herein. Sie legte den Finger an die Lippen und schlüpfte in den Raum. Dann hielt sie Erika ein Taschentuch hin. »Hier, hab ich für dich stibitzt.«

Erika schlug den Stoff auseinander und fand ein zerbröseltes Stück Sandkuchen darin. Sie stopfte sich ein Bröckchen in den Mund und brachte ein undeutliches »Danke« hervor.

Grete blieb nahe der Tür stehen, als wollte sie horchen, ob sich jemand näherte. »Ich bin so froh, dass dir nichts passiert ist. Wir haben uns alle Sorgen gemacht. Aber wir durften nicht drüber reden, du kennst ja die Schwestern.«

Erika erzählte von der Schokoladenfabrik und dass sie bei der Polizei gewesen war. Und deutete an, dass sie etwas beobachtet hatte, aber nicht darüber sprechen durfte. Grete hörte mit großen Augen zu, und als das Wort »Polizei« fiel, stieß sie hervor: »War das so ein Dunkelhaariger? Groß? Und ziemlich freundlich?«

Sie schaute die Freundin erstaunt an. »Ja, genau. Woher kennst du den?«

Grete berichtete, wie sie dem Kommissar zufällig begegnet war und ihm erzählt hatte, dass Erika sich gefürchtet hatte. »Er schien das wichtig zu finden. Und ich hab auch erwähnt, dass es um einen Arzt ging. War das gut?«

»Ja, das war sehr gut. Danke, auch für den Kuchen.«

Grete ging zur Tür, winkte ihr noch einmal zu und war verschwunden. Erika blieb nachdenklich vor ihrem leeren Teller sitzen und wischte sich mit der Fingerspitze die letzten

Krümel aus den Mundwinkeln. Der Kuchen war lecker gewesen, aber noch wichtiger war, dass Grete an sie gedacht und sogar riskiert hatte, von den Schwestern erwischt zu werden. Auf einmal fühlte sie sich gar nicht mehr so allein.

»Keine große Einweihungsfeier«, hatte Ilse abwehrend gesagt, doch die Stimmung in der Wohnung am Holsteiner Ufer hatte durchaus etwas von einer Sause. Leo und Clara hatten drei Flaschen Sekt mitgebracht und ließen die Korken knallen. Magda Schott, Ilses Chefin und Freundin, war auch gekommen, dazu zwei Freunde von Richard aus dem Orchester und natürlich Georg und Marie. Sie hatten sich im Wohnzimmer auf Sesseln, Stühlen, Sofa und Boden niedergelassen. Es wurde viel Kuchen gegessen und gelacht, und Leo war froh über die Ablenkung. Man brauchte einfach Stunden, in denen man die Arbeit ruhen ließ. Oft ergaben sich neue Ideen, wenn man mit anderen Dingen beschäftigt war; dann konnte man am nächsten Tag frisch ans Werk gehen.

»Ich war jetzt endlich in *Ich küsse Ihre Hand, Madame*«, verkündete Magda und schob sich ein Stück Schwarzwälder Kirsch in den Mund.

»Seit wann magst du denn Harry Liedtke?«, fragte Ilse, die gerade mit einer Kaffeekanne aus der Küche kam.

»Ach, doch nicht wegen dem. Ich wollte Marlene Dietrich sehen, die hat eine große Karriere vor sich, denkt an meine Worte.«

»Ich frage mal so als Musiker – wie war denn der Tango?«, wollte Richard wissen.

Eigentlich war *Ich küsse Ihre Hand, Madame* ein klassischer Stummfilm, aber das Stück, dem der Film seinen Titel verdankte, wurde als Tonspur eingespielt, sofern das Kino über die entsprechende Technik verfügte.

»Die Leute haben gejubelt«, sagte Magda, die Kuchengabel in der Hand. »Man hört Taubers Stimme, sieht aber Liedtke, das war kurios.«

»Ob das die Zukunft ist?«, warf Leo ein. »Dass man die Leute im Kino reden hört?«

»Ich glaube schon«, sagte Clara. »Warum auch nicht? Es ist doch eigentlich unnatürlich, wenn sich die Münder bewegen, man aber nichts hört. Mir wäre es jedenfalls lieber, wenn sie sprechen würden, so wie im Theater.«

Dann schob sich Georg zu ihr heran und fragte, ob er mit Marie ins Kino gehen könne, worauf einige Münzen in seiner Hand landeten. »Aber verabschiedet euch anständig von Ilse und Richard.«

Leo trat mit der Kaffeetasse ans Fenster und schaute auf die Spree hinunter. Er sah Marie und Georg über die Brücke laufen und freute sich, dass die beiden etwas zusammen unternahmen. Das kam nur noch selten vor, sie hatten ihre eigenen Freundinnen und Freunde.

Es war schön, von der Wohnung aufs Wasser zu schauen, und er gönnte Ilse die Aussicht, war aber auch ein kleines bisschen neidisch. Er hatte gelegentlich mit dem Gedanken gespielt, in eine andere Gegend zu ziehen, doch etwas hielt ihn in Moabit. Vielleicht die Erinnerung an seine Eltern und Dorothea, mit der er damals in die Emdener Straße gezogen war. Die Kinder waren dort aufgewachsen, und Clara konnte zu Fuß in ihre Leihbücherei gehen. Außerdem war die Wohnung günstig, und man musste immer mit der nächsten Krise rechnen. Da fühlte es sich gut an, wenn nicht das halbe Gehalt für die Miete draufging.

Er ließ die Stimmen der anderen hinter sich vorbeirauschen. Sie sprachen über Politik, ein unerschöpfliches Thema. Nach der Wahl im letzten Mai hatte es Wochen gedauert, bis eine Regierung unter Reichskanzler Hermann Müller von der SPD zustande gekommen war, die sich aus sage und schreibe fünf Parteien zusammensetzte und immer noch keinen Koalitionsvertrag vereinbart hatte. Das Kabinett bestand aus starken Persönlichkeiten, die zuerst an die eigene Partei zu denken schienen und dann erst an das große Ganze. Die Monate seit der Wahl waren von ständigen Krisen geprägt – zuerst der Streit um den Bau eines Panzerkreuzers, der von den linken Parteien scharf kritisiert wurde, dann die Aussperrung der Metallarbeiter im Ruhrgebiet, die im letzten November eine Tariferhöhung erstreiten wollten.

Leo hörte mit einem Ohr hin, hatte aber gerade keine Lust auf solche Diskussionen. Sollten die anderen ruhig über Politik reden, dafür brauchten sie ihn nicht. Und er genoss solche Augenblicke ganz für sich, wenn er in einem schwierigen Fall steckte.

Es war ihm gelungen, die Arbeit halbwegs beiseitezuschieben, doch etwas anderes ging ihm nicht aus dem Kopf – der Besuch bei Frau Sperber, wie sie ausgesehen hatte und wie verzweifelt ihre letzten Worte geklungen hatten. *Ich will nicht drängen, aber ... es müsste bald sein, dass ich meine Erika sehen kann.*

»So nachdenklich?«, fragte Ilse und trat mit zwei Sektgläsern neben ihn.

Leo nahm eins und stieß mit ihr an. »Noch mal auf euer gemeinsames Leben. Ich wünsche euch von Herzen alles Gute.«

Ilse lehnte sich mit der Schulter an die Wand und lächelte ihm zu. Dann musterte sie ihn prüfend. »Du hast gerade so ernst ausgesehen.«

Er zuckte mit den Schultern. »Ach, ich dachte an etwas, das mit dem aktuellen Fall zu tun hat. Eigentlich eine Nebensache, aber sie beschäftigt mich.«

»Worum geht es?«

Er erzählte von Erika, ihrer Herkunft und wie man sie von der Mutter weggeholt und ins Heim gesteckt hatte, von dem Kloster, in dem sie jetzt lebte, und den Ängsten und Wünschen, die er in ihr gespürt hatte.

»Vielleicht ist sie dort ganz gut aufgehoben«, sagte Ilse in ihrer nüchternen Art. »Sie kann etwas Anständiges lernen und später auf eigenen Füßen stehen. Wer weiß, ob sie das alles geschafft hätte, wenn sie bei der Mutter geblieben wäre.«

»Frau Sperber scheint ihre Tochter sehr zu lieben. Ich glaube, sie hätte alles für Erika getan.« Leo spürte Ilses Blick und wunderte sich, wie distanziert sie Dinge betrachten konnte, bei denen er auf seine Gefühle hörte.

»Schon, aber sie wird offensichtlich nicht misshandelt in diesem Kloster. Das sind fromme Frauen, die den Mädchen helfen wollen. Ein bisschen Strenge kann nicht schaden.«

»Sie kommt mir jedenfalls unglücklich vor, ich habe sie ungern wieder dorthin gebracht. Und sie hatte Angst, auch wenn der Grund für diese Angst sich wohl erledigt hat. Aber du solltest die Klosteranlage sehen, sie erinnert an ein Gefängnis.«

»Du kannst manchmal ganz schön dramatisch sein, Leo. Und jetzt komm, heute wird gefeiert.« Sie nahm ihren Bruder an der Hand und zog ihn mit sich.

Leo bemühte sich, in die allgemeine Fröhlichkeit einzustimmen, doch die magere Frau, die ihn so flehend angesehen hatte, ging ihm nicht aus dem Sinn.

Auf dem Heimweg hakte Clara ihn unter. Die Straßen waren leer, wer nicht draußen sein musste, hatte sich am warmen Ofen verkrochen. Ihre Schritte knirschten auf dem plattgetretenen Schnee, einzelne Flocken wirbelten im Schein der Straßenlaternen um sie herum.

»Was war vorhin mit dir? Du warst plötzlich so weit weg.«

»Ich habe an alles Mögliche gedacht.«

»Jetzt spiel nicht die Auster, Leo.«

Also erzählte er von Erikas Mutter und dem unguten Gefühl, das er nicht loswurde. Und auch, dass Ilse vermutlich recht hatte und seine Begegnung mit dem Mädchen ihn daran hinderte, die Lage nüchtern zu betrachten.

»Ich verstehe, dass du dir Gedanken machst, aber du kannst nicht jedes Unrecht auf dieser Welt wiedergutmachen.«

»Nicht jedes. Aber vielleicht das eine oder andere.«

Dann zog er Clara an sich und schob alles andere beiseite. Wenigstens der Rest des Abends sollte nur ihnen gehören.

17

Montag, 4. März 1929

Leo saß am Schreibtisch und versuchte, mehr über die Privatklinik Waldblick herauszufinden. Er hatte noch einmal bei Professor Umber angerufen, der auch diesmal wieder in Eile war, doch Leo hatte sich nicht abwimmeln lassen. Clasens Bewerbung und Referenzen seien tadellos gewesen, erklärte der Professor. Er habe sich am Städtischen Krankenhaus Westend beworben, weil er von der schwierigen finanziellen Situation der Klinik Waldblick wusste. Er sei bereit gewesen, ein etwas geringeres Gehalt zu akzeptieren, da ihm an einer sicheren Stelle gelegen war. Und nein, mehr könne er Leo über Waldblick nicht sagen, er habe nie mit der Institution zu tun gehabt.

Leo trommelte nachdenklich mit den Fingern auf den Schreibtisch. Sollte das die nächste Sackgasse sein? Er konnte nur hoffen, dass Hasselmann in Tempelhof mehr Erfolg hatte, denn ohne einen Hinweis …

Dann kam ihm ein Gedanke, und er suchte in seiner Adresskartei. Zugegeben, es war ein Schuss ins Blaue, und er war auf seiner Reise in Clasens Vergangenheit nun schon im Jahr 1910 angekommen, aber er durfte es sich nicht erlauben, etwas zu übersehen.

Er ließ sich mit der Redaktion der *B. Z. am Mittag* verbinden.

Hedy Neumann meldete sich so munter und energisch, wie Leo sie im vergangenen Jahr kennengelernt hatte. »Der Herr Oberkommissar, welche Ehre. Brauchen Sie eine Filmempfehlung fürs Wochenende? Ich bin nämlich aufgestiegen, seit wir uns das letzte Mal begegnet sind.«

»Ich gratuliere.«

»Der Kollege Behrendt schreibt jetzt beim *Tageblatt* über Literatur, was ich ihm von Herzen gönne. Aber wenn ich Ihren Ton richtig deute, rufen Sie beruflich an?«

»So ist es.« Er schilderte ihr sein Anliegen.

Sie versprach, gleich einen Jungredakteur daranzusetzen, bis zum Nachmittag sollte er mehr erfahren.

Leo hängte ein und lächelte unwillkürlich. Hedy Neumann war eine patente Frau und hilfsbereit obendrein.

Dann fiel sein Blick durch die geöffnete Tür auf Neufeld, der über seinem aufgeschlagenen Notizbuch saß, aber reglos vor sich hin starrte.

Es war ein eher schlichtes Mehrfamilienhaus in der Kaiserin-Augusta-Straße in Tempelhof, ohne Stuck an der Fassade. Im Erdgeschoss befand sich ein Molkereigeschäft.

Hasselmann ging in den ersten Stock hinauf und klingelte. Das Treppenhaus war sauber, aber einfach, keine Läufer auf den Stufen, keine Pflanzen auf dem Absatz. Neben der Tür lehnte ein Damenregenschirm, vergessen oder zum Trocknen aufgestellt. Beim zweiten Klingeln hörte er Schritte, jemand schaute durch den Spion, und eine Frauenstimme fragte durch die Tür: »Wer ist da?«

»Hasselmann, Kriminalpolizei. Ich muss Ihnen einige Fragen stellen, Frau Jacobs.«

Die Tür flog auf, und Edith Jacobs winkte ihn herein. Sie war groß und hager und trug ein grünes Seidenkleid, das ihre

Haut unvorteilhaft bleich aussehen ließ. Sie führte ihn ins Wohnzimmer und bot ihm einen Platz an. Dann setzte sie sich Hasselmann gegenüber und knetete unablässig die Hände, während sie ihn mit großen Augen ansah.

»Sie sind endlich gekommen!«

Er stutzte, da er sich schon über den eifrigen Empfang gewundert hatte. »Wie meinen Sie das?«

Sie strich ihr Kleid glatt. »Jemand hat meinen Mann auf dem Gewissen, und ich versuche, das der Polizei zu erklären, schon seit Wochen.« Die Worte stürzten nur so aus ihr heraus. »Der Arzt hat mir Tee gegeben, der hat mir so gutgetan. Und Otto kränkelte immer, da habe ich ihm auch von dem Tee gegeben, damit er gesund wird. Und dann ist er ...« Sie verstummte und krallte die Hände in den Rock.

Die Geschichte passte genau zu dem, was Muskel-Adolf und Fräulein März erzählt hatten. »Welcher Arzt war das?«

»Dr. Clasen aus der Albrechtstraße. Die Villa am Friedensplatz.«

Hasselmann hob die Hand, um sie zu bremsen. »Damit ich Sie richtig verstehe, Frau Jacobs: Dr. Clasen hatte Ihnen diesen Tee verordnet, nicht Ihrem Mann, ist das richtig?«

Sie nickte heftig. »Ja, aber der Tee war doch so wirksam, und da habe ich ihn meinem Otto auch zu trinken gegeben. Wie sollte ich denn wissen, dass er ...« Sie schluckte. »Dafür muss er doch bestraft werden, oder? Dr. Clasen, meine ich.«

Hasselmann seufzte innerlich. »Dr. Clasen ist tot.«

Sie wurde noch blasser, suchte nach Worten. »Tot? Wie kann das sein?«

Ihre Überraschung wirkte aufrichtig, war aber äußerst unwahrscheinlich. Wer Zeitung las – und das taten die meisten Leute – und zwei und zwei zusammenzählte, hatte schnell begriffen, wer am Platz Q tot aufgefunden worden war.

Außerdem wurde vermutlich in allen umliegenden Geschäften und Lokalen darüber getratscht.

»Frau Jacobs, wo waren Sie am Samstag, dem 23. Februar, zwischen achtzehn Uhr dreißig und zwanzig Uhr?«

Ihre Lippen bewegten sich, doch es kam kein Laut hervor. Sie sprang auf und lief im Zimmer auf und ab, schien Hasselmann kaum noch zu bemerken. Dann blieb sie abrupt stehen und drehte sich um. »Warum fragen Sie mich das?«

»Dr. Clasen wurde ermordet, und wir wissen noch nicht, aus welchem Grund. Sie geben ihm die Schuld am Tod Ihres Mannes. Ich würde sagen, das könnte durchaus ein Grund sein.«

Edith Jacobs taumelte zurück, tastete nach dem Türrahmen, schaute panisch zur Wohnungstür. »Ich ... ich war hier an dem Tag. Ich bin immer hier.«

»Kann das jemand bestätigen? Nachbarn, Freunde, Verwandte?« Hasselmann spulte seine Routine wie unzählige Male vorher ab.

Plötzlich ging alles so schnell, dass er nicht reagieren konnte. Sie riss die Wohnungstür auf und warf sie hinter sich zu, er hörte sie die Treppe hinuntereilen.

Hasselmann stürzte nach draußen, sah die Frau zur Ecke Berliner Straße rennen. Er hörte noch das Klingeln der Straßenbahn, den dumpfen Schlag, den Aufschrei der Leute, die an der Haltestelle Kaiserin-Augusta-Straße warteten. Dann war alles still.

Eine halbe Stunde später traf Leo an der Unfallstelle ein. Der Leichenwagen stand bereit, man hatte ein Tuch über die Tote gebreitet. Ein Arzt kümmerte sich um schockierte Passanten, die den Unfall mitangesehen hatten.

Er sah sich suchend um und wandte sich an einen Schutzpolizisten, der breitbeinig vor der Leiche stand, um sie vor Fotografen und neugierigen Blicken zu schützen. »Haben Sie meinen Kollegen Hasselmann gesehen?«

Der Polizist deutete auf die Bäckerei neben der Haltestelle. »Da drinnen.«

Hasselmann saß mit hängendem Kopf auf einem Hocker, vor sich ein Glas Wasser, das er noch nicht angerührt hatte. Mit einer Kopfbewegung schickte Leo den Bäcker und die Verkäuferin hinaus und hockte sich vor den Kollegen.

»Was ist passiert?«

Hasselmann vergrub das Gesicht in den Händen. »Sie ist einfach losgerannt. Ich hab versucht, sie einzuholen, aber sie war so schnell ...«

Leo hielt ihm das Glas hin. »Trinken Sie. Und dann erzählen Sie in Ruhe, was geschehen ist.«

Er stand auf und wartete geduldig, bis Hasselmann mit bebender Stimme seinen Bericht begann. Als er fertig war, seufzte Leo leise und sah auf die Straße, wo sich der Leichenwagen gerade in Bewegung setzte.

»Glauben Sie, Frau Jacobs war die Täterin?«

Hasselmann ließ sich Zeit mit der Antwort, dann schüttelte er kaum merklich den Kopf. »Ich weiß es nicht. Sie hatte ein Motiv, und zwar das beste, das uns bisher untergekommen ist. Sie hatte Schuldgefühle, weil ihr Mann an dem Ma-Huang gestorben war, und hat die Verantwortung auf Clasen geschoben, um sich selbst zu schützen. Ich vermute, sie hatte den Bezug zur Realität verloren, so wie sie mich empfangen hat. Sie war felsenfest davon überzeugt, dass Clasen den Tod ihres Mannes verschuldet hatte und nicht sie selbst und dass ich nun endlich für Gerechtigkeit sorgen würde.«

»Und was war mit ihrem Alibi?«

»Ich sage ja, sie ist davongerannt, bevor sie meine Frage beantworten konnte.«

Leo überlegte. Möglich, dass Edith Jacobs die Mörderin gewesen war. Oder aber Hasselmanns Besuch hatte sie brutal in die unerwünschte Wirklichkeit zurückgerissen und erkennen lassen, dass Clasen keine Schuld am Tod ihres Mannes getragen hatte.

»Vermutlich werden wir nie erfahren, ob es ein Unfall oder eine Selbsttötung war«, sagte er behutsam. »Hasselmann, so etwas kommt vor. Sie fahren jetzt nach Hause und nehmen sich ein, zwei Tage frei. Ich regle das mit Gennat. Und wir sehen, ob wir Frau Jacobs entlasten können oder ob sie als Täterin infrage kommt.«

Er schob den Kollegen sanft zur Tür und winkte einen Schupo heran. »Sehen Sie zu, dass Herr Hasselmann nach Hause gebracht wird.«

Dann inspizierte er die Unfallstelle und rieb sich nachdenklich das Kinn. Es wäre so einfach, wenn Edith Jacobs den Arzt erschlagen hätte. Motiv und Möglichkeit waren vorhanden, es würde keine Verhaftung und keinen Prozess geben. Doch er spürte, dass die Wahrheit ganz woanders lag.

Babette Sperber blieb schwer atmend vor dem grauen Haus in der Kolberger Straße 9 stehen. Wenn sie früher mit Erika in die Praxis gegangen war, hatte sie der Fußweg von der Wriezener Straße gar nicht angestrengt. Heute schienen die zwei Kilometer nahezu unüberwindlich.

Doch es gab noch einen weiteren Grund, der sie auf dem Gehweg zögern ließ. Sie hatte Angst, zu Dr. Bernau hineinzugehen. Er wollte ihr heute das Ergebnis der letzten Untersuchung mitteilen, und sie wusste, dass es nicht gut ausfallen würde. Babette hatte sich nie Illusionen gemacht, dafür war ihr Leben zu schwer gewesen. Es hatte sie abgehärtet, das hatte sie zumindest geglaubt. Sie hatte es irgendwie ertragen, ihr Kind zu verlieren, auch wenn sie die Trauer nie verwunden hatte. Doch als ledige Mutter, die in armen Verhältnissen lebte, stand sie den Behörden machtlos gegenüber und hatte sich irgendwann gefügt.

Sie hatte sich damit getröstet, dass sie ihre Tochter eines Tages wiedersehen würde. Schlimmstenfalls, wenn Erika erwachsen war und selbst entscheiden konnte, ob sie zu ihrer Mutter zurückwollte. Und dann war vor ein paar Tagen dieser freundliche Kriminalkommissar bei ihr gewesen, und sie hatte tatsächlich einen Moment lang Mut geschöpft.

Sie holte tief Luft und drückte die Tür zur Praxis auf.

Die Leute saßen auf Stühlen entlang der Wände, alt und jung, alle ärmlich gekleidet, es wurde viel gehustet. An den Wänden hingen Plakate, die für Impfungen warben.

Die Sprechstundenhilfe schaute in ihre Karte und nickte zur Tür des Behandlungszimmers. »Gehen Sie ruhig rein, Frau Sperber.«

Das war kein gutes Zeichen. Und als sie das Gesicht von Dr. Bernau sah, der hinter seinem Schreibtisch hervorkam und ihr die Hand entgegenstreckte, bestätigte sich, was sie tief im Inneren längst wusste.

»Setzen Sie sich.« Er kehrte nicht hinter seinen Schreibtisch zurück, sondern zog einen Hocker heran und setzte sich ihr gegenüber. Sein weißer Vollbart war frisch gestutzt, stellte sie fest. Als wenn das irgendeine Bedeutung gehabt hätte.

»Ich habe die Ergebnisse, Frau Sperber, und weil ich Sie gut kenne, halte ich mich nicht mit langen Vorreden auf. Sie wissen, dass Ihre Lage ernst ist.« Er hielt inne, als müsste er die richtigen Worte finden. »Leider ist sie noch ernster, als ich dachte. Nicht nur die Brust ist befallen, sondern auch die Knochen. Es besteht keine Hoffnung auf Genesung. Ich bedaure zutiefst, dass ich Ihnen das sagen muss.«

Auf einmal war ihr seltsam leicht. Sie meinte zu schweben, der Boden wich vor ihr zurück – dann lag sie auf der Untersuchungsliege, und Dr. Bernau fühlte ihren Puls. »Sie waren einen Moment lang ohnmächtig.«

Babette wollte sich aufsetzen, doch er drückte sie sanft auf die Liege zurück. »Erholen Sie sich erst. So viel Zeit muss sein.«

»Was soll jetzt aus mir werden?«

Er nickte bedächtig. »Das lassen Sie meine Sorge sein. Es gibt Einrichtungen, die sich um Menschen kümmern, die schwer krank sind, auch wenn diese wenig Geld haben.«

Sie sah ihn dankbar an. »Das würden Sie tun?«

»Natürlich.«

Er half ihr, sich aufzusetzen, und reichte ihr ein Glas Wasser. Sie trank es aus und sagte zögernd: »Da ist noch etwas. Meine Tochter.«

»Haben Sie endlich von ihr gehört?«

»Ja, stellen Sie sich vor, ein Polizist war bei mir und hat erzählt, dass es Erika gut geht. Er hat sie getroffen. Sie denkt an mich. Und er will versuchen, dass ich sie sehen kann. Aber –«

Sie las das Mitgefühl in seinen Augen. Es musste schwer sein, wenn man Arzt war und den Leuten solche Dinge sagen musste. Verrückt, dass sie jetzt Mitleid mit ihm bekam, aber er hatte es auch nicht leicht. Ein Armenarzt im Wedding, der immer nur Schlimmes sah und den Leuten selten helfen konnte.

»Aber Sie fragen sich, ob die Zeit reicht«, sagte er mit sanfter Stimme.

Sie schluckte. »Ja. Wie lange – meinen Sie?«

Er strich sich über den Bart, schaute zum Fenster und dann wieder zurück zu ihr. »Wenn sich die Krankheit ausgebreitet hat, kann es sehr schnell gehen. Zwei, drei Monate, länger wohl kaum.«

Sie keuchte leise auf. »Das ist nicht viel. Aber danke, dass Sie es mir gesagt haben.«

Er stand auf und setzte sich an den Schreibtisch. Er nahm ein Blatt Papier, das seinen Namen und seine Adresse trug, und schrieb etwas darauf. Sie hörte den Füllfederhalter über das Papier kratzen, noch nie war ihr ein Geräusch so laut erschienen. Sie verschränkte die Hände so fest im Schoß, dass es wehtat. Schließlich hörte er auf zu schreiben und schob ihr das Blatt hin. »Vielleicht hilft es bei den Behörden.«

Babette nahm das Blatt, las, was er geschrieben hatte, und nickte. Dann faltete sie es zusammen und steckte es sorgfältig in die Handtasche. »Ich danke Ihnen wirklich, Herr Doktor. Das ist sehr freundlich von Ihnen.«

»Es ist das Mindeste, was ich tun kann.« Er kam zu ihr, legte ihr sanft die Hand auf den Rücken und brachte sie zur Tür. »Wegen der anderen Sache hören Sie von mir. Auf Wiedersehen, Frau Sperber.«

Als sie an den Wartenden vorbeiging, kam es ihr vor, als wüssten alle, was hinter der Tür des Behandlungszimmers geschehen war.

18

Als Leo am Nachmittag ins Büro zurückkam, erwartete ihn schon ein braunes Kuvert auf dem Schreibtisch, das laut Fräulein Meinelt ein Kurier gebracht hatte. Darin lagen zwei Zeitungsausschnitte, an denen mit einer Büroklammer ein kleiner Zettel befestigt war: *Nicht unser Blatt, aber ich hoffe, es hilft. Gruß, Hedy Neumann.*

Leo überflog hastig die beiden Artikel.

Aus der *Zehlendorfer Zeitung* vom 20. März 1910:

ZEHLENDORFER PRIVATKLINIK VOR DEM ENDE

Wie wir aus gut unterrichteten Kreisen erfuhren, wird die private Klinik Waldblick, geführt von Herrn Universitätsprofessor Siegfried von Werden, zum Ende des kommenden Monats den Betrieb einstellen. Es soll finanzielle Gründe dafür geben. Die Zahl der Patienten war zuletzt zurückgegangen. Der Inhaber wollte sich auf Anfrage unserer Redaktion nicht zu der Angelegenheit äußern.

Aus der *Zehlendorfer Zeitung* vom 27. März 1910:

WALDBLICK MUSS SCHLIESSEN

Wie wir bereits vor einigen Tagen berichteten und nun bestätigen können, wird die Privatklinik Waldblick in der Zehlendorfer Goethestraße geschlossen. Den Mitarbeitern wurde bereits gekündigt, es steht zu hoffen, dass sie an anderer Stelle eine neue Beschäftigung finden. Zu den Gründen wollte sich der Inhaber, Herr Universitätsprofessor Siegfried von Werden, auch jetzt nicht äußern. Man vermutet jedoch eine finanzielle Notlage der Einrichtung.

Wir weisen darauf hin, dass es keinerlei juristische Schritte gegen die Klinik gegeben hat, sodass wir weiterhin die wirtschaftliche Lage der Klinik als Schließungsgrund annehmen.

Leo stützte das Kinn in die Hand und las die Artikel noch einmal. Der Stil war förmlich und trocken, er klang fast wie eine offizielle Verlautbarung, und doch steckte in den dürren Sätzen etwas, das ein Kribbeln bei ihm auslöste. Juristische Schritte? Warum wurde das überhaupt erwähnt? Gut, denkbar wäre ein Bankrott, aber dazu war es offenbar nicht gekommen, sonst hätte die Presse die Angelegenheit sicher weiterverfolgt.

Der Artikel trug keinen Verfassernamen, nur ein Kürzel – kozu –, mit dem allein er nicht weiterkam. Er schlug im Adressbuch nach, fand aber keinen Eintrag für die Zehlendorfer Zeitung. Auch in der Ausgabe für 1928 nicht, also war sie vermutlich eingestellt worden. Daraufhin wählte er noch einmal die Nummer von Hedy Neumann.

»Fräulein Neumann, ich bin Ihnen wirklich zu großem Dank verpflichtet«, setzte er an.

»Aber Sie sind ein Mann und darum nie zufrieden«, vollendete sie belustigt seinen Satz. »Ein Mann und dazu Polizist.«

Er lachte. »Da könnte etwas dran sein. Es ist aber nur eine kurze Frage, versprochen. Können Sie mir sagen, wer sich hinter dem Kürzel ›kozu‹ verbirgt? Anscheinend gibt es die Zehlendorfer Zeitung nicht mehr, sonst würde ich Sie nicht belästigen.«

»Das weiß ich leider nicht, aber warten Sie mal.« Ein Geräusch, als sie den Hörer ablegte, dann Schritte, im Hintergrund waren Stimmen auszumachen. Es dauerte einige Minuten, bis sie sich wieder meldete. »Ich habe meinen ältesten Kollegen hier in der Redaktion gefragt. Das Kürzel steht für Konrad Zumdieck, der hat damals für die Zehlendorfer geschrieben.«

»Ich bin Ihnen wirklich dankbar, Fräulein Neumann, Sie haben etwas bei mir gut.«

»Das merke ich mir!«

Endlich klappt etwas, dachte Leo. Möglich, dass sie auch hier wieder gegen eine Wand liefen, aber vielleicht wusste dieser Zumdieck doch mehr über die Geschichte der Klinik. Er suchte im Adressbuch nach dem Namen, wohl wissend, dass der Mann längst weggezogen oder verstorben sein konnte, doch heute hatte er tatsächlich Glück. Zumdieck wohnte in Steglitz, und ein Abgleich mit dem Telefonbuch ergab, dass er sogar einen Anschluss hatte.

Leo ließ sich mit der Nummer verbinden. Ein älterer Mann meldete sich nach mehrmaligem Klingeln. »Zumdieck.«

Nachdem Leo seine Frage vorgetragen hatte, räusperte sich der Journalist. »Das ist recht lange her.«

Den Satz hörte er bei diesem Fall nun wirklich nicht zum ersten Mal.

»Aber lassen Sie mich überlegen. Können Sie einen Augenblick warten?«

Leo hörte, wie sich Schritte entfernten. Eine Tür wurde geöffnet. Dann minutenlange Stille. Er schaute an die Decke, spielte mit einem Bleistift und fragte sich, ob der Journalist gerade sein persönliches Archiv durchforstete.

Dann hörte er wieder Schritte, Papier raschelte, und Zumdieck meldete sich zurück. »Ich habe meine alten Notizbücher aufgehoben, manchmal blättere ich drin. Waren schöne Zeiten damals vor dem Krieg, nicht diese Hektik und Sensationshascherei wie heutzutage. Ich habe ein paar kurze Notizen zu dieser Klinik darin gefunden. Ich habe sie mir damals von außen angesehen und ein bisschen in der Nachbarschaft herumgefragt. Dabei stieß ich auf eine Frau, die recht geheimnisvoll tat. Sie hat mir nicht einmal ihren Namen verraten, behauptete aber, man habe in der Klinik gewisse Behandlungen an Frauen vorgenommen. Das habe ich mir wörtlich notiert. Ich habe nachgefragt, was sie damit meinte, aber sie wollte oder konnte nichts dazu sagen. Natürlich konnte ich eine so vage Information nicht im Artikel erwähnen. So haben wir damals nicht gearbeitet.«

Leos Herz schlug schneller. »Die Bemerkung lautete wörtlich ›gewisse Behandlungen an Frauen‹?«

»So ist es. Angeblich hatte ihr das eine Putzfrau, die in der Klinik arbeitete, erzählt. Ob irgendetwas dran war, weiß ich nicht. Die Klinik hat dann Insolvenz angemeldet, und damit war die Geschichte erledigt. Für eine größere Geschichte hatte ich einfach nicht genügend Material.«

»Wissen Sie noch, wo die Frau wohnte, mit der Sie gesprochen haben?«

»Sie war auf der Straße unterwegs, ich weiß nicht, wo sie wohnte. Oder wie sie hieß. Es tut mir wirklich leid, dass ich Ihnen nicht mehr sagen kann.«

»Eine letzte Frage. Haben Sie im Zusammenhang mit der Klinik je den Namen Dr. Ferdinand Clasen gehört?«

»Nein, der sagt mir nichts.«

Leo bedankte sich und hängte ein. Das war mehr, als er erhofft hatte. Und jetzt musste er herausfinden, was unter »gewissen Behandlungen an Frauen« zu verstehen war.

Kurz vor Dienstschluss betrat Leo das Büro seines Vorgesetzten. Er hatte gewusst, dass ihm dieses Gespräch bevorstand, was es jedoch nicht angenehmer machte. Ernst Gennat saß auf dem Sofa, die Hände auf dem Bauch verschränkt, und sah Leo ungewohnt ernst an.

»Ich übernehme die volle Verantwortung, Herr Kriminalrat.«

Gennat schob die Lippen vor. »Setzen Sie sich erst mal, Wechsler. Und dann erzählen Sie, was da überhaupt los war.«

Leo gab genau das wieder, was Hasselmann ihm am Morgen berichtet hatte. Hasselmann hatte Frau Jacobs gegenüber angedeutet, sie hätte ein Motiv für den Mord an Clasen gehabt, und nach ihrem Alibi gefragt. Es war unklar, ob ihre Kurzschlussreaktion als Schuldeingeständnis zu werten war. Befragungen im Haus und in der Nachbarschaft hatten ergeben, dass niemand Frau Jacobs um die Tatzeit außerhalb der Wohnung gesehen hatte. Sie hatte das Haus seit dem Tod ihres Mannes kaum noch verlassen und lebte allgemein sehr zurückgezogen.

Gennat sah ihn prüfend an. »Glauben Sie, die Frau hat Clasen getötet? Damit wäre der Fall aufgeklärt.«

Leo hatte gründlich darüber nachgedacht, und sein Instinkt sagte ihm, dass sie nicht die Täterin gewesen war, aber das war kein stichhaltiges Kriterium. Er suchte noch nach den richtigen Worten, als Gennat in seine Gedanken hinein sagte:

»Mein lieber Wechsler, ich bin lange genug Polizist, um auf mein Gefühl zu vertrauen. Das sollten Sie auch tun. Solange die Frau nicht am Tatort gesehen wurde und wir keine Tatwaffe in ihrer Wohnung finden, ermitteln Sie weiter.« Er beugte sich ächzend vor. »Und lassen Sie sich nicht von der Presse ärgern. Sie wissen ja, was die schreiben werden.«

Natürlich, dachte Leo und sah die Schlagzeile schon vor sich: *Rücksichtsloser Polizist treibt unschuldige Witwe in den Tod.*

»Ich erinnere mich nur zu gut, wie es beim Fall Graf gelaufen ist, als die Rechtspresse sich auf Sie eingeschossen hatte. Daher werde ich als Leiter der Inspektion A eine Pressekonferenz geben und den Sachverhalt erläutern. Sie selbst konzentrieren sich ganz auf die Ermittlungen. Wie geht es Hasselmann?«

Leo zuckte mit den Schultern. »Er war sehr betroffen. Ich habe ihm gesagt, er soll ein paar Tage zu Hause bleiben.«

»Gut. Aber wenn ihm danach ist, soll er ruhig wiederkommen, wir brauchen jeden Mann. Und manchmal ist es besser, gleich wieder ins kalte Wasser zu springen, statt sich zu schonen. Also dann, angenehmen Feierabend.«

Leo war schon an der Tür, als Gennat fragte: »Sie haben doch eine Spur, oder?«

Er hielt kurz inne, bevor er sich langsam umdrehte. »Kennen Sie das, wenn eine Idee so vage ist, dass Sie sie nicht in Worte fassen können? Und darauf warten, dass sie schärfer wird, als stellte man ein Fernglas ein?«

»Natürlich kenne ich das. Bleiben Sie dran, Wechsler. Ich vertraue Ihnen voll und ganz.«

Eigentlich wollte Leo nur noch Hut und Mantel holen. Fräulein Meinelt war nach Hause gegangen, die Schreibmaschine sorgfältig mit einer Hülle abgedeckt. Er zog den Mantel über und schaute durch die Verbindungstür, ob noch jemand da war. Als er Neufeld allein dort sitzen sah, im dunklen Büro, das nur vom Lichtteich der Schreibtischlampe erhellt wurde, fiel ihm ein, dass der Kollege sich schon am Morgen sonderbar verhalten hatte.

Neufeld blickte auf, und Leo bemerkte, wie angespannt und blass er wirkte. »Sie sehen nicht gut aus. Sie sollten endlich nach Hause gehen.« Er hob die Hand, als Neufeld widersprechen wollte. »Ich möchte nicht, dass meine Leute krank arbeiten.«

»Ich bin nicht krank«, sagte Neufeld leise. »Es ist privat.«

Leo zögerte, weil er sich nicht sicher war, ob der Kollege darüber sprechen wollte. Da stand Neufeld auf und trat vor ihn hin.

»Ich ... möchte mich entschuldigen, weil ich heute nicht richtig bei der Sache war.«

Leo zog einen Stuhl heran und bedeutete Neufeld, sich ebenfalls wieder zu setzen. »Es gibt nichts zu entschuldigen. Sie haben Ihre Arbeit gemacht.«

»Aber ich war abgelenkt.« Er nahm die Brille ab und rieb sich die Augen.

Dann brach es aus ihm heraus. Er berichtete, was Leonard Watkins auf dem Heimweg vom Delphi zugestoßen war und dass Watkins nun überlegte, Deutschland zu verlassen. Er schaute dabei auf seine Hände, als wollte er Leos Blick nicht begegnen.

»Ich wünsche mir, dass er bleibt, aber er fühlt sich nicht mehr sicher.«

Leo schwieg einen Moment, weil es keine einfache Antwort darauf gab. Er erinnerte sich, wie SA-Leute vor zwei Jahren auf dem Kurfürstendamm wahllos Menschen angegriffen hatten, die ihnen jüdisch erschienen waren. Wie sie seinen Freund und Nachbarn Joachim Kern verprügelt hatten. Und jetzt hatte es Neufelds dunkelhäutigen Freund getroffen.

»Geben Sie ihm Zeit. Zeigen Sie ihm die guten Dinge.«

Er schaltete die Schreibtischlampe aus und hielt Neufeld die Tür zum hell erleuchteten Flur auf. »Diese Leute sind laut, aber nicht die Mehrheit.«

Und werden es hoffentlich nie sein, dachte er bei sich.

19

Dienstag, 5. März 1929

Ilse sah ihren Bruder überrascht an, als er am Morgen die Praxis betrat. »Tag, Leo. Bist du etwa krank? Du siehst nicht ganz wohl aus.«

Er verdrehte die Augen. Ältere Schwestern änderten sich nie. »Hab nur schlecht geschlafen. Ich muss mit Magda sprechen, sie erwartet mich. Ich habe vorhin angerufen.«

Das Wartezimmer war voll um diese Jahreszeit, es wurde gehustet und geschnieft, und Leo erntete einige ungehaltene Blicke, als Ilse ihn an allen anderen vorbei sofort ins Sprechzimmer ließ.

»Guten Morgen. Ich habe mich bei deinen Patienten sehr unbeliebt gemacht«, sagte er und setzte sich auf den Stuhl vor dem Schreibtisch.

Dr. Magda Schott, die einen warmen Schal über ihrem Kittel trug, sah ihn besorgt an. »Kümmere dich nicht drum, sie werden schon noch drankommen. Dein Anruf hat mich ein bisschen aufgeschreckt. Sag schon, was ist los? Jemand krank bei euch zu Hause? Oder du selbst?«

Er nahm den Hut ab, knöpfte den Mantel auf und schüttelte den Kopf.

»Du bist blass. Soll ich dich mal abhören?«

Leo machte eine abwehrende Geste. »Fang bitte nicht

auch noch an, das durfte ich mir gerade schon von meiner Schwester anhören. Wir haben einen schwierigen Fall, das ist alles. Und dabei könnte ich deine Hilfe gebrauchen.«

Magda breitete die Hände aus. »Nur zu.«

»Was fällt dir beim Ausdruck ›gewisse Behandlungen an Frauen‹ ein?«

Sie sah ihn überrascht an und lachte dann. »Das klingt ein bisschen sehr vage, findest du nicht?«

Leo erläuterte ihr kurz, worum es ging. »Mag sein, dass ich völlig auf dem Holzweg bin, aber wir sind mittlerweile ein bisschen verzweifelt bei unserem laufenden Fall. Daher muss ich jeder Kleinigkeit nachgehen. Ich habe natürlich an Abtreibungen gedacht …«

Sie nickte und überlegte. »Denkbar wäre es. Aber die sind strafbar, und ich kann mir nicht vorstellen, dass man dem Klinikbetreiber ein Strafverfahren erspart hätte. Wann ist er gestorben, sagtest du?«

»1922.«

Sie schüttelte den Kopf. »Wenn es auch nur den geringsten Verdacht gegeben hätte, wäre man gegen die Klinik vorgegangen. Und das hätte mit Sicherheit in allen Zeitungen gestanden, nicht nur im Zehlendorfer Lokalblatt. Nein, falls wirklich etwas an diesem Gerücht dran ist, muss es um eine andere Art von Behandlung gegangen sein.«

Leo seufzte. Er hatte entgegen aller Vernunft gehofft, Magda würde eine einfache Antwort aus dem Ärmel schütteln. Er wusste nicht einmal, ob Clasen derjenige gewesen war, der solche Behandlungen vorgenommen hatte, falls es sie denn gegeben hatte, oder ob von Werden selbst gemeint war.

»Was kannst du mir über diesen Arzt sagen, um den es geht? Vielleicht hilft es mir auf die Sprünge«, meinte Magda.

»Nun, er war Internist, und wir wissen, dass er in seiner Praxis ephedrinhaltige Mittel empfohlen hat. Und einige ausgewählte Patientinnen hat er mit Ma-Huang-Tee behandelt, wenn man es denn so nennen will. Das ist eine chinesische Droge. Aber wir haben keinerlei Hinweise, dass ein Patient in den Fall verwickelt ist, darum –«

Magda hob die Hände und rief: »Mal langsam, Leo. Was ist das für eine verworrene Geschichte?«

Er fasste den Fall Clasen so kurz wie möglich zusammen.

»Und du glaubst, diese lang zurückliegenden Behandlungen, von denen ihr weder wisst, ob es sie gegeben hat, noch, wie sie ausgesehen haben, könnten mit seinem Tod zu tun haben?«

Bei Magdas sachlichen Worten schnitt er eine Grimasse. So ausgedrückt klang die ganze Geschichte wenig überzeugend. Und dennoch. »Wir müssen allen Anhaltspunkten nachgehen, so aussichtslos es auch erscheinen mag.«

Sie schaute an ihm vorbei zur Tür und runzelte die Stirn. »Pass mal auf, Leo, ich mache dir einen Vorschlag. Ich muss mich jetzt um *meine* Patienten kümmern, aber ich denke drüber nach. Und falls mir etwas einfallen sollte, rufe ich dich an, versprochen.«

Er stand auf. »Danke, Magda, ich habe dir schon zu viel Zeit gestohlen.«

»Unsinn. Für die Polizei doch immer gern.«

Im Büro telefonierte Leo zuerst mit Hasselmann. Der Kollege erklärte, er wolle am nächsten Tag wieder ins Präsidium kommen, was vielleicht auch vernünftig war. Zu Hause sitzen und grübeln half auf Dauer nicht, auch wenn es ein Schock gewesen sein musste. Leo erinnerte sich an einen Fall vor sieben Jahren, bei dem der geständige Täter bei der Vernehmung davongerannt und in den obersten Stock des Präsidiums gelaufen war. Dort hatte er sich aus dem Fenster gestürzt. Danach hatte Leo oft von dem Moment geträumt, in dem der Mörder ins Leere gesprungen war, und von dem grauenhaften Geräusch, das von der Straße zu ihm heraufgedrungen war.

Er griff erneut zum Telefon, denn er hatte nicht einen, sondern sogar zwei gute Gründe, um noch einmal im Kloster Vom Guten Hirten anzurufen.

Es dauerte eine Weile, bis man ihn zu Schwester Maria Augustina durchstellte.

Als sie sich endlich meldete, klang sie ähnlich abweisend wie bei seinem letzten Besuch. »Was wünschen Sie, Herr Oberkommissar?«

»Zunächst möchte ich mich vergewissern, dass es Erika gut geht«, sagte er gelassen. »Sie ist ja nun schon wieder einige Tage bei Ihnen.«

»Ihr geht es bestens.«

»Können Sie das etwas genauer erläutern? Wurde sie bestraft, und wenn ja, wie?«

Ein Seufzen. »Sie sind ein hartnäckiger Mann. Sie darf nicht mit den anderen Mädchen zusammen essen und muss zusätzliche Gebete sprechen.« Das fällt ihr sicher schwer, dachte Leo. »Außerdem trägt sie jetzt unter Aufsicht den Müll nach draußen, was eine unerfreuliche Tätigkeit ist. Ganz ohne Strafe geht es nicht, sonst könnten andere ihrem schlechten Beispiel folgen. Wäre das alles?«

Er beschloss, sich fürs Erste damit zufriedenzugeben, fragte sich aber, ob Schwester Augustina Gründe hatte, ihm derart brüsk zu begegnen. »Ein Mensch ist gewaltsam ums Leben gekommen, wie Sie wissen, und ich versuche, seinen Mörder zu finden. Das geht alle etwas an, die zur Aufklärung des

Falls beitragen können. Geht es in der Bibel nicht auch um Gerechtigkeit?«

Diesmal entstand eine kleine Pause, bevor sie sagte: »Nun, sicherlich. Aber wie sollte ich dazu beitragen können?«

Leo hatte sich seine Worte sorgfältig zurechtgelegt und beschlossen, sich ein wenig Freiheit zu nehmen. »Erika hat sich allem Anschein nach vor Dr. Clasen gefürchtet, obwohl er angeblich nur einmal bei Ihnen im Kloster war, um eine Asthmapatientin zu behandeln. Inzwischen habe ich erfahren, dass Clasen vor Jahren in einer Klinik gearbeitet hat, in der fragwürdige Behandlungen an Frauen und Mädchen durchgeführt wurden. Ich kann nicht ausschließen, dass dies mit seinem Tod zu tun hat. Wir wissen überdies, dass Dr. Clasen seinen Patientinnen Medikamente empfohlen hat, die süchtig machen können. Und Drogen. Falls Sie irgendetwas wissen, und sei es noch so vage, dann sagen Sie es mir.«

Lange herrschte Stille. Als Schwester Augustina schließlich sprach, klang sie ungewohnt leise und zurückhaltend. »Ich schwöre Ihnen, dass unsere Mädchen nie Drogen erhalten haben. Und das Asthma-Medikament, das er damals verabreicht hat, war sehr wirksam.« Sie zögerte. »Aber er hat bei diesem Besuch etwas gesagt, das ich bisher nicht erwähnt habe, und dafür bitte ich um Verzeihung.« Sie räusperte sich. »Dr. Clasen meinte, es sei sicher nicht immer leicht, so viele junge Mädchen zu betreuen. Die würden wohl gelegentlich über die Stränge schlagen, was ich bejahte. Worauf er sagte, es gebe durchaus Methoden, um dies zu unterbinden, sie in diesen ungebärdigen Jahren ruhiger zu machen.«

Leo spürte, wie ihn bei diesen Worten ein leiser Schauer überlief. »Was hat er damit gemeint?«

»Das weiß ich nicht.«

»Und Sie haben dennoch erwogen, seine Dienste in Anspruch zu nehmen? Für Erika Sperber?«

Ihre Stimme zitterte leicht, als sie antwortete. »Wir haben hier Hunderte von Mädchen, oft aus schwierigen, auch moralisch belasteten Verhältnissen, und es ist oft eine schwere Aufgabe, sie zu führen.«

Leo ballte die Faust, um Ruhe zu bewahren. »Gut, ich nehme das so zu Protokoll. Und Sie haben wirklich keinerlei Vorstellung von den Methoden, an die Dr. Clasen dachte?«

»Nein. Das schwöre ich bei Gott.«

Nachdem Leo eingehängt hatte, fragte er sich, wie weit Schwester Augustina gegangen wäre. Und vor allem, wie Dr. Clasen ein ungebärdiges, moralisch belastetes Mädchen ruhiggestellt hätte.

Sonnenschein biss geistesabwesend in eine Schrippe. Vor ihm auf dem Schreibtisch türmten sich die Ordner und Karteikästen, die sie aus der Villa Clasen mitgenommen hatten. Er war alles noch einmal durchgegangen, hatte aber keinen Hinweis auf die Klinik in Zehlendorf gefunden. Das wunderte ihn nicht, denn der Arzt war zum einen nur dort angestellt gewesen, zum anderen vielleicht im Unfrieden weggegangen. Sie wussten, dass die Stellung im Krankenhaus Westend ein finanzieller Abstieg für ihn gewesen war, den er wenige Jahre später durch die Eröffnung einer eigenen Praxis hatte wettmachen wollen.

Geld war ihm also wichtig gewesen, davon zeugten auch seine fragwürdigen Behandlungen mit dem angeblichen Wundermittel Ma-Huang, für die er, wie die Rechnungen belegten, teils enorme Honorare verlangt hatte. Geld war für viele Menschen die wichtigste Antriebskraft, es bot Sicherheit und gesellschaftliches Ansehen. Eine Erinnerung zupfte an ihm, und er schloss die Augen, um sie zu fassen zu bekommen. Er fuhr sich durch die Locken, dass sie in alle Richtungen standen, dann griff er nach dem Ordner mit den Befragungsprotokollen.

Er suchte, bis er die Mitschrift seines Telefongesprächs mit Melitta Friese gefunden hatte.

Und noch etwas – ich habe allen, mit denen ich mich unterhalten habe, von einem Besuch bei Clasen abgeraten. Das können Sie ruhig wissen. Das hätte ihm auf lange Sicht geschadet, er verkehrte gern in der eleganten Gesellschaft, das hat er mir selbst erzählt.

Sonnenschein legte nachdenklich die Fingerspitzen aneinander. Er hatte damals nicht weiter auf den letzten Satz geachtet, doch nun schien dieser eine tiefere Bedeutung zu gewinnen.

Clasen hatte in Zehlendorf gearbeitet, einem der vornehmsten Viertel der Stadt, in einer Klinik, die gewiss von ihren wohlhabenden Patienten lebte. Der Wechsel ans Städtische Krankenhaus und später nach Tempelhof war tatsächlich ein Art Abstieg gewesen. Frau Friese hatte gesagt, er habe gern in der eleganten Gesellschaft verkehrt, und etwas Ähnliches hatten sie von der Haushälterin gehört – Clasen musste seine alten Bekanntschaften wohl weiter gepflegt haben.

Er wusste selbst noch nicht genau, worauf er hinauswollte, aber sie hatten sich bislang vor allem auf Clasens berufliche Tätigkeit konzentriert. Doch auch gesellschaftliche Verbindungen in der Vergangenheit konnten für den Fall von Bedeutung sein.

Sonnenschein fing an zu blättern und überprüfte noch einmal jede einzelne Aussage. Dann stieß er auf etwas, das die Sprechstundenhilfe Fräulein März zu Leo gesagt hatte.

Er besuchte gern die Oper oder das Theater und wurde auf Gesellschaften eingeladen. Es kamen öfter Einladungen mit der Post, die ich ihm übergeben habe.

Es konnte nicht schaden, hier genauer nachzuhaken. Und er hatte auch schon eine Idee, wen er danach fragen könnte.

Oskar Neufelds erneutes Telefonat mit der Ärztekammer war nicht sehr ergiebig gewesen. Man hatte ihm nur die dürren Eckdaten von Clasens medizinischer Laufbahn nennen können. All das hatten sie schon von Professor Umber erfahren. Trotzdem bat Neufeld darum, alle verfügbaren Unterlagen über Clasen an die Inspektion A zu schicken.

Da er im Büro nichts weiter ausrichten konnte, fuhr er um die Mittagszeit nach Zehlendorf. Die Aussicht, die Innenstadt hinter sich zu lassen und auf andere Gedanken zu kommen, war durchaus verlockend.

Während er in der S-Bahn saß und die vielen Gesichter um sich herum betrachtete, fiel ihm ein, was Leo Wechsler gestern zu ihm gesagt hatte, als er ihm seine Sorgen anvertraut hatte.

Geben Sie ihm Zeit. Zeigen Sie ihm die guten Dinge. Diese Leute sind laut, aber nicht die Mehrheit.

Er überlegte, wie er Lenny die guten Dinge zeigen, wie er ihm beweisen sollte, dass seine Begegnung mit den SA-Leuten eine Ausnahme und kein Vorgeschmack auf etwas Kommendes gewesen war. Bei der Wahl im vergangenen Mai hatten die Nationalsozialisten nur 2,6 Prozent und damit zwölf Sitze im Reichstag errungen, aber auf den Straßen waren sie präsent. Ständig kam es zu Auseinandersetzungen zwischen SA und Kommunisten, er las inzwischen oft über die Berichte hinweg, weil sie so alltäglich geworden waren. Während die Leute vom Rotfrontkämpferbund bevorzugt die

Polizei angriffen, hielt sich die SA dort taktisch geschickt zurück und bekämpfte lieber ihre roten Gegner. Das wusste er noch aus seiner Zeit bei der Politischen Polizei.

Als Lenny jedoch mit der durchnässten Papiertüte vor seiner Tür gestanden hatte, zitternd und mit Tränen in den Augen, als die Tüte auf dem Wohnzimmertisch umgekippt und die Ananas herausgerollt war, hatte er begriffen, dass ihn die Nazis auch ganz persönlich angingen. Sie waren keine abstrakte Vorstellung, mit der er sich beruflich beschäftigte, sondern eine Gefahr, die bereits in sein eigenes Leben eingedrungen war.

Dann fuhr der Zug im Bahnhof Zehlendorf-West ein, und er schob die Gedanken an Lenny fürs Erste beiseite. Er war gestern nicht bei der Sache gewesen, und Wechsler hatte sich verständnisvoll gezeigt, aber das durfte er sich nicht noch einmal erlauben.

Neufeld verließ den Bahnhof und trat auf den hübschen Platz hinaus, der von ansehnlichen Häusern gesäumt wurde und sofort erkennen ließ, dass man das arme Berlin hinter sich gelassen hatte. Er bog in die baumbestandene Lessingstraße ein und betrachtete im Gehen die herrschaftlichen Villen in ihren noch winterkahlen Gärten. Wie schön musste es hier im Frühling sein, wenn sich ein grüner Schleier über Büsche und Bäume legte und überall bunte Blumen blühten.

Er fragte sich, in welchen dieser Häuser Menschen wohnten, die einst in der Privatklinik Waldblick behandelt worden waren und womöglich etwas über das Gerücht wussten, man habe dort gewisse Behandlungen an Frauen vorgenommen. Im Grunde hatten sie nur diesen einen Satz, die Aussage einer Nachbarin, die dem Journalisten damals schon zu vage gewesen war, um darüber zu berichten. Und seither waren zwanzig Jahre vergangen. Aber er hatte gespürt, dass mehr dahinterstecken könnte, als Wechsler von dem Telefonat mit Konrad Zumdieck berichtet hatte.

In der Goethestraße angekommen suchte er nach der richtigen Hausnummer. Es handelte sich um eine stattliche Backsteinvilla mit weitläufigem Garten, in der sich wohlhabende Patienten sicher wohlgefühlt hatten. Er drückte das Gartentor auf und ging über den gepflasterten Weg zur Haustür.

20

Als Sonnenschein das Ullstein-Verlagshaus betrat, dachte er an seine erste Begegnung mit Kurt Korff, dem Chefredakteur der *Berliner Illustrirten* und der *Dame*, zurück. Vor zwei Jahren hatten sie einen Anschlag auf das Modeatelier Morgenstern & Fink untersucht, und Korff hatte sich sehr freundlich und hilfsbereit gezeigt. Heute war Sonnenscheins Anliegen weniger konkret, und es ging auch nicht um Mode, doch der erfahrene Journalist besaß gewiss tiefen Einblick ins Berliner Gesellschaftsleben. Und vielleicht, ganz vielleicht konnte er ihm einen Hinweis darauf geben, in welchen Kreisen Dr. Clasen verkehrt hatte.

Die Sekretärin meldete Sonnenschein sofort, und Korff kam ihm mit ausgestreckter Hand entgegen. »Der Redaktionsschluss droht, aber für die Berliner Kriminalpolizei habe ich immer ein offenes Ohr. Bitte setzen Sie sich, Herr Kriminalsekretär.«

Er selbst blieb hinter seinem Schreibtisch stehen. »Was kann ich Ihnen über die Mode der nächsten Saison erzählen? Die kommende Rocklänge? Neue Hutformen? Wie hoch die Absätze werden?«

Sonnenschein lächelte. »Diesmal habe ich eine andere Frage, obwohl meine Frau das alles wohl sehr gern erfahren würde.«

Korff setzte sich und bot ihm eine Zigarette an, die Sonnenschein dankend ablehnte. »Sehr vernünftig. Das Kraut bringt mich noch um. Aber bitte, ich höre.«

»Wir ermitteln im Todesfall Dr. Ferdinand Clasen.«

»Ah, der Arzt aus Tempelhof, richtig? Der Mord an der Blanken Hölle. Kuriose Geschichte. Haben Sie wirklich Hinweise auf einen neugermanischen Ritualmord?«

Sonnenschein lachte und hob abwehrend die Hände. »Ich muss Sie um Diskretion bitten, aber nein, haben wir nicht.«

Korff zwinkerte ihm zu. »Ich weiß schon, wann ich meinen Mund zu halten habe. Aber was kann ich für Sie tun?«

Er trug sein Anliegen vor, und Korff hörte mit nachdenklicher Miene zu. Sonnenschein musste sich eingestehen, dass es erschreckend wenig Anhaltspunkte gab, und es war ihm plötzlich ein wenig peinlich, dass er dem Redakteur damit die Zeit stahl.

»Viel ist das nicht, aber ich liebe Herausforderungen«, sagte Korff freundlich. »Er hatte also vermutlich Kontakte in Zehlendorf und verkehrte bevorzugt im Berliner Westen, auch nachdem er nach Tempelhof umgezogen war. Leider hat Berlin vier Millionen Einwohner, von denen durchaus einige reich sind und im Westen leben. Was im Übrigen nicht nur Zehlendorf einschließt, sondern Grunewald, die Villenkolonien am Wannsee oder in Westend, wenn es städtischer sein soll.«

Sonnenschein horchte auf. »Dr. Clasen hat auch mehrere Jahre am Städtischen Krankenhaus Westend gearbeitet.«

»Hm, und von dort ist er nach Tempelhof gegangen?«, fragte Korff.

»Wir vermuten, dass er mangels finanzieller Reserven bei der Wahl des Standorts seiner Praxis nicht wählerisch sein konnte.« Doch noch während Sonnenschein sprach, kam ihm ein Gedanke. Wenn Professor Umber ihnen nun doch nicht alles gesagt hatte? Wenn es einen anderen Grund gegeben hatte, aus dem Clasen sein Krankenhaus verlassen hatte? Wenn er vielleicht nicht ganz freiwillig gegangen war? Er machte sich eine Notiz.

»Das Krankenhaus ist gleich bei der Villenkolonie Westend«, meinte Korff. »Was natürlich nicht heißt, dass er als Arzt gesellschaftlich dort verkehrt hat, aber ganz ausgeschlossen ist es nicht.«

Sonnenschein nahm den Faden bereitwillig auf. »Es wäre denkbar, dass er jemanden im Krankenhaus behandelt hat und aus Dankbarkeit eingeladen wurde und dadurch Zugang zu diesen Kreisen erlangte.«

Korff wiegte den Kopf. »Oder er pflegte noch Verbindungen aus seiner Zeit in Zehlendorf.«

Sonnenschein spürte, wie sich eine leise Erregung in ihm ausbreitete. Wenn der Täter nun aus Kreisen stammte, an die sie noch gar nicht gedacht hatten? Jemand, der weit entfernt von Tempelhof wohnte und die Praxis nie betreten hatte? »Können Sie mir sagen, wer dort wohnt und zur sogenannten eleganten Gesellschaft gehört? Leute, über die Sie in Ihren Zeitungen berichten, die einen gewissen mondänen Glanz ausstrahlen?«

Korff rieb sich das Kinn. »Mondäner Glanz, sagen Sie? Ich kann mit einigen Prominenten dienen, aber ob die unter diesen Begriff fallen, weiß ich nicht. Kurt Weill wohnt mit Lotte Lenya in der Bayernallee, Paul Hindemith am Sachsenplatz, falls Sie an Musikern interessiert sind. Bruno Cassirer, der Verleger und Galerist, wenn's Kunst sein soll. Max Schmeling, ja, der bringt vielleicht ein bisschen mondänen Glanz hinein.« Er überlegte. »Da wäre noch Ernst Haldensleben in der Eichenallee, er hat reich geerbt und betätigt sich seitdem als Mäzen und Kunstsammler. Er ist für seine rauschenden Feste berühmt.«

Sonnenschein notierte sich alles, war aber ein bisschen entmutigt. Er hatte gehofft, einen Namen zu hören, der wie von Zauberhand eine Brücke zu Ferdinand Clasen schlug.

»Wenn Sie einen Moment Zeit haben, lasse ich Ihnen ein paar einschlägige Artikel aus unserem Archiv heraussuchen«, meinte Korff und begleitete Sonnenschein hinaus.

Leo hatte in der Mittagspause kurz bei Magda angerufen und ihr mitgeteilt, was ihm Schwester Augustina über Dr. Clasen gesagt hatte – *es gebe durchaus Methoden, um dies zu unterbinden, sie in diesen ungebärdigen Jahren ruhiger zu machen.* Der Satz ging ihm nicht aus dem Kopf, und er fragte sich, ob es irgendeine Verbindung zu den Behandlungen gab, die der alte Journalist erwähnt hatte.

Gegen drei rief sie ihn an und fragte, ob er Zeit habe. Etwas in ihrer Stimme beunruhigte ihn. »Natürlich. Aber ich will dich nicht von deinen Patienten fernhalten.«

»Es ist gerade nicht so voll. Hör zu, Leo«, sie klang immer noch tiefernst, »seit du mich vorhin angerufen hast, geht mir etwas durch den Kopf, das mir keine Ruhe lässt. Aber ich warne dich, ich kann völlig falschliegen. Dennoch muss ich es dir sagen, damit es raus ist.«

So zögernd kannte Leo die selbstsichere, patente Magda nicht und wurde zunehmend besorgt. »Gut, ich höre.«

Er hörte, wie sie tief Luft holte und dann ansetzte. »Wie du weißt, gibt es in allen Bereichen des Lebens Dinge, die totgeschwiegen werden, die man ungeschehen machen möchte, weil man sich dafür schämt. Das gilt auch für die Medizin. Was einmal als fortschrittlich oder heilsam galt, kann sich in späterer Zeit als falsch und grausam erweisen. Und es gibt Behandlungsmethoden und Eingriffe, die immer falsch und grausam waren und dennoch praktiziert wurden.« Sie hielt inne. Leo spürte, dass sie nach den richtigen Worten suchte, was bei einer beredten Frau wie Magda ungewöhnlich war.

»Was ich dir jetzt sage, ist wirklich nur eine Vermutung, daher bitte ich dich um äußerste Diskretion. Im vergangenen Jahrhundert – auch schon früher, aber vor allem im vergangenen Jahrhundert – neigte man dazu, Frauen und Mädchen als krank zu bezeichnen, wenn sie sich nicht so verhielten, wie es die Gesellschaft erwartete: brav, gehorsam, zurückhaltend, auch in sexueller Hinsicht.«

Leo dachte wieder an Abtreibung, doch das hatten sie eigentlich ausgeschlossen. Also konzentrierte er sich ganz auf Magdas sorgfältig gewählte Worte.

»Du sagtest, Clasen habe behauptet, er könne ungebärdige Mädchen ruhiger machen. Und es habe in dieser Privatklinik angeblich gewisse Behandlungen an Frauen gegeben. Beides für sich sagt nicht viel aus, aber zusammengenommen lässt es mich in eine bestimmte Richtung denken.«

Er hörte gespannt zu und hoffte, sie würde zur Sache kommen, beherrschte sich aber, weil es Magda, obwohl Ärztin, offenbar nicht leichtfiel, über diese Dinge zu sprechen.

»Leo, noch einmal, es ist nur eine Hypothese, aber es wäre möglich, dass Clasen Beschneidungen an Frauen und Mädchen erwogen oder sogar vorgenommen hat.«

Er wusste nicht, womit er gerechnet hatte, aber das war ebenso unerwartet wie schockierend. »Wie bitte? Wovon redest du?«

Sie seufzte. »Deine Reaktion überrascht mich nicht.«

Leo versuchte, seine Gedanken zu sammeln. »Aber das ist – das macht man doch bei Männern. Bei Jungen. Aus medizinischen Gründen oder im Judentum grundsätzlich.«

»Das ist richtig. Ordnungsgemäß durchgeführt, ist das ein Eingriff, der weder das Wohlbefinden noch die sexuellen

Fähigkeiten des Mannes beeinträchtigt. Bei Frauen sieht es jedoch anders aus.«

Auf einmal fragte er sich, ob er das alles wirklich wissen wollte. Er fühlte sich sehr unvorbereitet, zwang sich aber, ruhig zuzuhören.

»Man führte das vermeintliche Fehlverhalten der Frauen und Mädchen – und auch psychische Erkrankungen – unter anderem darauf zurück, dass sie sexuell aktiv waren. Das heißt, sie masturbierten. Darin sahen Mediziner den Grund für die schrecklichsten Erkrankungen wie Wahnsinn oder Epilepsie. Sie glaubten, eine Entfernung der betreffenden Organe könnte diese Leiden heilen. Oder die Patientinnen so werden lassen, wie ihre Umgebung sie haben wollte.«

Er hob die Hand, als säße sie ihm gegenüber, und sagte: »Augenblick, Magda, da komme ich nicht mit. Was genau entfernte man? Doch nicht die Gebärmutter, oder?«

Sie lachte bitter. »Natürlich nicht, das wäre ja kontraproduktiv gewesen. Aus den Mädchen sollten doch gefügige, gehorsame Ehefrauen und Mütter werden. Also entfernte oder schädigte man jene Körperteile, die er einer Frau Lust bereiten, vor allem die Klitoris und die Schamlippen. Sie wurden entfernt, zusammengenäht, verätzt. Es gab die unterschiedlichsten Methoden. Über die Blutegel spreche ich lieber gar nicht.«

Leo spürte, wie ihm der Schweiß ausbrach, sein Mund wurde trocken. Er fuhr sich mit der Hand übers Gesicht. »Und ... das war erlaubt?«

»Die Macht der Ärzte ist groß und war früher noch größer. Zu jener Zeit waren Ärzte ausnahmslos männlich und entschieden darüber, was bei einer Frau krankhaft war und was nicht, welches Verhalten als abartig und unweiblich galt. Was glaubst du, warum wir Frauen so darum gekämpft haben, Medizin studieren zu dürfen? Nicht zuletzt, um diese Macht zu brechen.«

Leo hatte sich in Magdas Gegenwart nie unwohl gefühlt, war jetzt aber froh, dass er ihr nicht in die Augen sehen musste. »Wie verbreitet waren diese … Methoden?«

»Schwer zu sagen. Vor fünfzig, sechzig Jahren und davor wurden sie von manchen Ärzten ganz offen propagiert. Unumstritten waren sie jedoch nie, und die Ablehnung der ärztlichen Kollegen wuchs mit der Zeit. Man ging dazu über, so zu tun, als hätte es derartige Eingriffe nie gegeben. Was jedoch nicht heißt, dass diese Art der Verstümmelung nicht mehr vorkommt. Wie ich hörte, ist sie in den Vereinigten Staaten gängiger als in Europa. Sie wird dort praktiziert, aber gemeinhin verschwiegen.«

Leo stützte die Ellbogen auf den Tisch und überlegte. Welche Elemente des Falls Clasen würden zu einer solchen Hypothese passen? Einige: das Gerücht über die Privatklinik. Dass Clasen im Kloster angeboten hatte, ungebärdige Mädchen gefügig zu machen. Und auch, dass womöglich eine Frau den Mord begangen hatte. Aber sie mussten nachweisen, dass es in der Klinik solche Eingriffe gegeben und, mehr noch, dass Clasen sie vorgenommen hatte. Und Derartiges womöglich auch später noch getan hatte.

Er merkte, dass er lange geschwiegen hatte, als Magda in seine Gedanken hineinsprach. »Da ist noch etwas, was du wissen solltest. Es waren nicht nur Ärzte, die das befürwortet haben. Auch die Eltern der Mädchen und Geistliche haben die Methoden oft unterstützt. Falls die Ärzte schweigen, findest du womöglich auf diesem Weg etwas heraus.«

Er atmete tief durch. »Ich danke dir sehr, Magda – für deine Zeit und dass du es mir so genau erklärt hast.«

»Falls ich dir noch einmal helfen kann, sag Bescheid. Und

ich weiß, das hier war kein einfaches Gespräch für dich. Auf Wiedersehen, Leo.«

Als er den Hörer aufgelegt hatte, vergrub er das Gesicht in den Händen und schloss kurz die Augen.

Die Villa, in der sich einst die Klinik Waldblick befunden hatte, wurde heute von einem Bankier bewohnt, der sie dem Eigentümer damals günstig abgekauft hatte. Das erfuhr Neufeld nicht vom Bankier persönlich, der zurzeit geschäftlich verreist war, sondern von dessen Privatsekretär, der ihn in sein Arbeitszimmer geführt und ihm einen Platz angeboten hatte. Er kenne den Namen des früheren Eigentümers nicht, könne seinen Arbeitgeber jedoch im Hotel in Mailand anrufen und ihn fragen. Was Neufeld jedoch für unnötig hielt, da es sich vermutlich um Professor von Werden gehandelt hatte, der sich in finanzieller Bedrängnis befunden hatte. Über die Geschichte der Klinik wusste der Privatsekretär nichts zu sagen, da er erst seit fünf Jahren im Haus tätig war und niemand vom damaligen Personal mehr hier arbeitete.

Als Neufeld wieder auf der Straße stand, schaute er sich um. Er wusste aus Erfahrung, dass man von Nachbarn und Passanten oftmals interessante Dinge erfuhr, und beschloss, sein Glück zu versuchen.

Drei Grundstücke weiter harkte ein älterer Mann im Gärtnerkittel das Laub vom letzten Herbst weg und blickte auf, als Neufeld vor dem Gartentor stehen blieb.

»Guten Tag. Arbeiten Sie schon lange hier?«

Der Mann schaute kurz über die Schulter, als wollte er sich vergewissern, dass man ihn nicht vom Haus aus beobachtete, stützte sich auf seine Harke und schien bereit zum Plaudern. »Das möchte ich meinen.«

Neufeld deutete auf die Backsteinvilla. »Können Sie sich erinnern, dass dort drüben einmal eine Privatklinik untergebracht war?«

Der Gärtner kratzte sich am Kopf. »Ja, ist aber lange her. Ganze Weile vor dem Krieg muss das gewesen sein.«

»Wissen Sie auch, wem die gehört hat?«

»Sie stellen aber viele Fragen. Ist ja wie bei der Polizei.«

Neufeld wies sich lächelnd aus. »Sie würden mir sehr helfen, wenn Sie sich an irgendetwas erinnern könnten.«

Der Mann antwortete bereitwillig: »Der Besitzer hieß von Werden, der war Arzt, ein Professor von der Universität. Da gingen feine Leute ein und aus, das habe ich so manches Mal gesehen. Einige fuhren damals schon ein Auto. Irgendwann hieß es, die Klinik hätte Geldprobleme. Ich hab das mitbekommen, wenn hier im Haus drüber gesprochen wurde, also unter den Dienstboten.«

»Gab es auch noch andere Gerüchte?«

Der Mann sah ihn fragend an. »Was meinen Sie?«

Zeugen niemals Dinge in den Mund zu legen, war eine eherne Regel. »Das weiß ich nicht, Gerede eben. Über Probleme, die nichts mit Geld zu tun hatten.«

Der Gärtner zuckte mit den Schultern. »Nicht, dass ich wüsste. Aber Sie könnten die Anna fragen.«

»Wer ist das?«

»Sie war hier Hausmädchen und mit einer Frau befreundet, die in der Klinik gearbeitet hat. Die beiden haben sich öfter mal an ihrem freien Tag in einer Konditorei getroffen.«

Neufeld holte sein Notizbuch heraus. »Können Sie mir sagen, wie diese Anna weiter heißt und wo ich sie finde?«

Der Gärtner wusste noch den Nachnamen, Weiß, und dass die Frau nach Spandau gezogen war. Das würde er heute nicht mehr schaffen, nahm sich aber vor, gleich morgen früh mit Anna Weiß zu sprechen. Er bedankte sich bei dem Gärtner und machte sich auf den Weg zum Bahnhof.

»Leo!«

Er schrak aus seinen Gedanken hoch, als Sonnenschein durch die Verbindungstür kam, in der Hand eine Pappmappe mit dem Aufdruck *Berliner Illustrirte Zeitung*. Er erklärte, wie er auf die Idee gekommen war, zu Ullstein zu fahren und sich mit Kurt Korff zu unterhalten. Da Clasen kaum Kontakte in Tempelhof gepflegt hatte, mussten seine gesellschaftlichen Verbindungen aus der Zeit davor stammen, als er in Westend gearbeitet hatte, oder sogar noch aus seinen Zehlendorfer Jahren.

»Dank Korff haben wir jetzt immerhin einige Anhaltspunkte.« Sonnenschein setzte sich und schob Leo die Mappe hin. »Das sind Zeitungsberichte über größere Feste, die in letzter Zeit in der Villenkolonie Westend stattgefunden haben. Du kannst dir vorstellen, wie viel in Berlin gefeiert wird, aber irgendwo müssen wir ansetzen.«

Leo schlug die Mappe auf und ging die Zeitungsausschnitte durch. Ein Kostümfest bei Max Schmeling, da war es offensichtlich hoch hergegangen. Das schien nicht unbedingt eine zu Clasen passende Umgebung. Obwohl, wer konnte schon wissen, was Sportler an Aufputschmitteln zu sich nahmen, da konnte er durchaus nach Kundschaft Ausschau gehalten haben. Dann gab es noch einen bekannten Galeristen namens Bruno Cassirer, der ebenfalls in der Gegend wohnte.

»Augenblick«, sagte Leo. »Wir haben etwas aus der Villa mitgenommen, das nützlich sein könnte.« Er stand auf und kramte in einer Kiste, aus der er eine Mappe aus schwarzem

Karton zog, die mit rotem Seidenband verschnürt war. Er reichte sie Sonnenschein. »Da sind Einladungen drin, die sollte Hasselmann noch durchsehen.«

Sonnenschein schlug die Mappe auf und ging die Einladungen durch. »Ach, sieh mal an, hier ist eine vom März 1928, da war Clasen bei Bruno Cassirer eingeladen. Also hatte er tatsächlich Bekannte in Westend.«

Leo blätterte weiter in den Zeitungsartikeln, stutzte plötzlich, nahm eine Lupe zur Hand und hielt seinem Kollegen den Ausschnitt hin. »Diesen Mann kenne ich.«

Sonnenschein beugte sich vor und las die Unterschrift: »*Der Gastgeber Ernst Haldensleben mit seiner Neuerwerbung, daneben der prominente Galerist und Verleger Bruno Cassirer.* Meinst du Cassirer?«

»Nein, den Gastgeber, nur wusste ich bisher nicht seinen Namen. Und rate, wo ich ihm begegnet bin. Bei Frau Caspary in Schwanenwerder.«

Leo spürte, wie sein Herz ein wenig schneller schlug. Es war ihre erste Indizienkette, hauchdünn und zerbrechlich, aber die Verbindungen waren da. Clasen kannte Cassirer, Cassirer kannte Haldensleben, Haldensleben kannte Pauline Caspary. Deren Onkel hatte die Klinik gehört, in der Clasen bis 1910 gearbeitet hatte und in der man vielleicht, ganz vielleicht, ungeheuerliche Methoden wie jene angewendet hatte, von denen Magda gesprochen hatte.

Er wusste, dass dieses zarte Gespinst jederzeit nachgeben und zerreißen konnte, dass sie von Beweisen weit entfernt waren, doch zum ersten Mal ermittelten sie in eine Richtung, die nicht in einer Sackgasse zu enden schien.

Er sah Sonnenschein an. »Das war eine ausgezeichnete Idee von dir.«

Morgen wäre Hasselmann wieder im Büro, und dann

würde Leo allen Kollegen von dem berichten, was Magda Schott erzählt hatte. Ihm war klar, dass es eine schwierige Unterredung würde. Aber sie schienen endlich voranzukommen, nur das zählte.

Sonnenschein war gegangen, und Leo wollte gerade ebenfalls den Mantel überziehen, als Fräulein Meinelt den Kopf hereinsteckte. »Da ist Besuch für Sie. Eine Frau Sperber.«

Er sah hoch. »Schicken Sie sie rein. Und Sie können Feierabend machen.«

Babette Sperber betrat in ihrem abgetragenen Mantel sein Büro, den Hut tief in die Stirn gezogen, einen selbstgestrickten Schal um den Hals. Ihre Schritte waren unsicher, als hätte sie getrunken, doch er ahnte, dass dies nicht der Grund war.

Leo schob ihr einen Stuhl hin. »Bitte. Möchten Sie ein Glas Wasser?«

Sie schüttelte den Kopf und setzte sich, stellte ihre Tasche auf den Schoß und hielt sich daran fest. In den wenigen Tagen, seit Leo bei ihr gewesen war, schien ihr Gesicht noch hagerer, die Finger noch krallenartiger geworden zu sein. Sie schloss kurz die Augen, um sich zu sammeln, und begann dann mit leiser, rauer Stimme zu sprechen.

Mit jedem Wort spürte er, wie sich ein Abgrund zwischen ihnen auftat, sie von ihm wegzurücken schien, als wäre sie schon nicht mehr unter den Lebenden. Ihre Diagnose war so vernichtend, dass er vergeblich nach Worten suchte. »Es tut mir leid« hätte leer und banal geklungen.

»Danke, dass Sie zu mir gekommen sind, Frau Sperber«, sagte er schließlich. »Ich bin froh, dass Sie einen so guten Arzt haben, auf den Sie sich verlassen können.«

Sie nickte ungeduldig. »Ja, aber meine Erika … Mir bleibt

nicht viel Zeit, um sie zu sehen.« Ihr Blick traf ihn wie ein Messerstich, und er musste sich zwingen, ruhig zu atmen.

»Ich habe gesagt, ich kann Ihnen nichts versprechen, und das gilt noch immer. Aber die ... Lage ist jetzt anders, und ich werde alles tun, damit Sie Ihre Tochter so bald wie möglich sehen können.« Eigentlich hatte er keine Zeit, sich um diese Angelegenheit zu kümmern; der Fall Clasen brannte ihm auf den Nägeln. Je länger eine Tat zurücklag, desto schwerer war sie aufzuklären. Aber er konnte die verzweifelte Frau unmöglich nach Hause schicken, ohne ihr ein bisschen Hoffnung mit auf den Weg zu geben.

Ihre Augen glänzten, als sie ihn ansah. »Ich bin Ihnen so dankbar, Herr Oberkommissar. Dann will ich Sie nicht länger stören.« Sie stand auf, nickte noch einmal und ging mit etwas festerem Schritt zur Tür hinaus.

Leo blieb sitzen, den Kopf in die Hände gestützt. Seltsam, aber es kam ihm vor, als wäre die eigentliche Tragödie in diesem Fall nicht der Mord, sondern die Geschichte einer Mutter, der man das Kind genommen hatte und der nun die Zeit zwischen den Fingern zerrann.

21

Mittwoch, 6. März 1929

Clara lehnte mit der Kaffeetasse in der Hand am Küchenschrank. Sie sagte nichts, aber Leo spürte ihren Blick und seufzte. »Ich hab's dir doch gestern erzählt.«

Das hatte er in der Tat. Sie hatten lange im Wohnzimmer gesessen, zwischendurch auch einfach geschwiegen. Jetzt zog sie einen Stuhl heran und setzte sich, legte ihre Hand auf seine. »Du hast kaum geschlafen, oder?«

Er schloss kurz die Augen, unter denen dunkle Schatten lagen, und zuckte mit den Schultern. »Stimmt. Dabei hat es gar nichts mit dem Fall zu tun, aber …«

Sie nickte. »Mir würde es genauso gehen. Es hat mir schon die Kehle zugeschnürt, als du mir davon erzählt hast. Und es geht nicht nur um Frau Sperber – da ist auch noch Erika, die hofft, ihre Mutter wiederzusehen, und noch gar nichts von der Krankheit weiß.«

Er fuhr sich durchs Haar. Clara schien zu ahnen, dass ihn noch etwas anderes bedrückte als die traurige Geschichte von Mutter und Tochter Sperber. »Leo, dir geht noch etwas durch den Kopf, oder?«

»Wie kommst du darauf?«

»Weil ich dich kenne. Und weil Ilse mir erzählt hat, dass du in der Praxis warst und mit Magda gesprochen hast.«

Sie zögerte, wollte die nächste Frage eigentlich nicht stellen, weil sie Leo vertraute und nicht andeuten wollte, dass er ihr etwas verschwieg. Aber ihre Liebe war schon immer auf Ehrlichkeit gegründet, und darum platzte sie damit heraus. »Bist du krank?«

Er lachte, wenngleich mit wenig Heiterkeit. »Fang du nicht auch noch damit an. Das haben mich Ilse und Magda schon gefragt. Ich war aus beruflichen Gründen dort, es hatte mit dem laufenden Fall zu tun. Und nein, ich bin nicht krank, ich habe nur Sorgen.«

Clara wusste, dass Leo ihr davon erzählen würde, wenn er es für richtig hielt, das tat er immer. Aber sie spürte auch, dass dieser Fall ihm näher ging, als für ihn gut war.

Sie umfasste seine Hand mit ihren beiden und drückte sie. »Und dafür liebe ich dich, weißt du.«

Er sah sie erstaunt an. »Dafür, dass ich mir zu viele Gedanken mache?«

»Unsinn. Du bist ein mitfühlender Mensch, das ist nichts Schlechtes.«

Leo schien sich einen Ruck zu geben. »Mag sein, aber ich darf mich davon nicht ablenken lassen. Dieser verfluchte Fall muss aus der Welt. Die Zeitungen steigern sich in immer wildere Geschichten, ob es nicht doch ein Ritualmord war, begangen von den Anhängern eines altgermanischen Kultes. Die kommen auf die abwegigsten Ideen, um ihre Auflage zu steigern. Und das Thema von der unfähigen Polizei passt immer gut dazu.« Dann stand er auf, beugte sich zu ihr und küsste sie. »Danke.«

»Wofür?«

»Dass du bist, wie du bist. Grüß Ilse, wenn du sie heute Nachmittag siehst. Ihr trefft euch doch zum Kaffee, nicht?«

Leo schaute in die Runde und begegnete drei versteinerten Mienen. Das hatte er befürchtet, seit Magda ihm von den Praktiken erzählt hatte, die man eigentlich nur als Verstümmelung des weiblichen Körpers bezeichnen konnte. Aber ihm war auch klar gewesen, dass er mit den Kollegen darüber sprechen musste. Nachdem alle bisherigen Spuren im Sande verlaufen waren, war dies endlich ein vielversprechender Hinweis. Doch war das alles äußerst schwierig in Worte zu fassen, und die Ermittlungen würden sich auch nicht einfach gestalten.

»Ich weiß, es klingt unglaublich, aber Dr. Schott hat es mir überzeugend dargelegt. Und wir haben zudem den vagen Hinweis von Konrad Zumdieck. Sollte Clasen zu irgendeinem Zeitpunkt solch grausame Methoden angewendet haben, wäre das ein Motiv. Und es würde zu den Hinweisen auf eine mögliche Täterin passen.«

Hasselmann schüttelte den Kopf. »Tut mir leid, Herr Oberkommissar, aber ich kann Ihnen da nicht folgen. Das alles ist so lange her, es muss vor 1910 passiert sein. Wie wollen wir das heute nachvollziehen? Und warum hat sich diese geheimnisvolle Frau nicht längst an Clasen gerächt?«

»Weil sie damals noch keine Frau war?«, warf Neufeld ein, der die Möglichkeit zumindest zu erwägen schien. »Offenbar waren vor allem Kinder und junge Mädchen Opfer dieser Eingriffe, befanden sich also in einem Alter, in dem sie sich nicht dagegen wehren konnten. Eine verspätete Rache ist doch nicht gänzlich ausgeschlossen.«

»Aber wenn wir die Unterlagen dieser Klinik nicht finden und die ärztliche Zunft es heute verschweigt, weil es ihr peinlich ist, dürfte es sehr schwierig sein, derartige Vorgänge nachzuweisen.«

Leo sah Hasselmann mit hochgezogenen Augenbrauen an.

»Dass etwas schwierig nachzuweisen ist, sollte uns nicht daran hindern, es zu versuchen. Schließlich ist es unsere Aufgabe, Informationen aufzutun, die man vor uns zu verbergen sucht.«

»Ja, natürlich. Nur –«

»Es ist Ihnen unangenehm, das verstehe ich. Es ist eine Materie, in die wir uns schwer hineindenken können. Aber wenn diese Verstümmelungen, oder wie immer wir es nennen wollen, mit unserem Fall zusammenhängen, müssen wir uns damit befassen. So heikel es auch sein mag.«

Sonnenschein rutschte auf seinem Stuhl herum und sagte, ohne den Blick zu heben: »Darüber zu recherchieren, stört mich nicht. Aber wenn ich mir vorstelle, Frauen zu diesen Dingen zu befragen ... Es ist ja doch sehr – intim.«

»Sollten wir nicht lieber eine Kollegin von der weiblichen Kriminalpolizei hinzuziehen?«, fragte Hasselmann. Sein Widerwille war deutlich zu spüren, aber er bemühte sich, einen Vorschlag zu machen.

»Die Kolleginnen sind nicht für Ermittlungen bei Kapitalverbrechen zuständig, wie wir alle wissen«, sagte Leo. »Ob das gut oder schlecht ist, möchte ich hier nicht diskutieren. Aber es fällt nicht in ihr Ressort. Wir haben es mit einem Mordfall zu tun, und dafür ist unsere Inspektion zuständig, egal wie das Motiv aussieht und wen wir verdächtigen.«

Neufeld und Sonnenschein schienen halbwegs überzeugt, doch Hasselmanns Skepsis war fast mit Händen zu greifen. Leo fragte sich, ob er noch mit dem tödlichen Straßenbahnunfall zu kämpfen hatte. Doch wenn er sich aus eigenem Antrieb zum Dienst meldete, musste er tun, was der Fall verlangte.

»Sollte es zu wirklich heiklen Befragungen kommen, kann ich eine Kollegin hinzuziehen, die das Gespräch begleitet.

Aber den Hauptteil der Arbeit müssen wir erledigen. Er ist momentan unsere einzige Spur.«

Hasselmann war noch nicht fertig. »Ist das nicht alles reichlich dünn? Gut, Clasen war mal bei diesem Haldensleben eingeladen, und der kennt offenbar die Nichte des ehemaligen Klinikbesitzers, aber was sagt das schon aus?«

Leo beherrschte sich mühsam. »Hasselmann, mir ist klar, dass Ihnen die Ermittlungsrichtung nicht behagt. Dafür habe ich sogar Verständnis. Aber wir werden sie weiterverfolgen, um herauszubekommen, wie belastbar diese These ist. Daher befrage ich heute Ernst Haldensleben. Und Sie beide –« Er schaute Neufeld und Hasselmann an – »fahren nach Spandau und reden mit Anna Weiß. Dann sehen wir weiter.«

Damit entließ er die Kollegen. Sonnenschein und Neufeld würden ihm bei den Ermittlungen folgen, da war er ziemlich sicher. Und genau darum hatte er Hasselmann mit Neufeld eingeteilt, der ihn hoffentlich mitziehen würde.

Zum Glück hatte Anna Weiß ihren Namen nicht geändert, sonst wäre es wohl schwer geworden, sie in einer Vier-Millionen-Stadt zu finden. So aber hatte Neufeld sie recht schnell im Adressbuch ausfindig gemacht und war mit Hasselmann nach Spandau hinausgefahren.

Sie wohnte in der neuen Siedlung Zeppelinstraße, die so eindrucksvoll war, dass Neufeld einen Moment stehenblieb, um die langgestreckten Häuserreihen zu betrachten. Er hatte einmal gelesen, dass sie im expressionistischen Stil gehalten seien, worunter er sich nicht viel hatte vorstellen können. Jetzt aber bestaunte er die gezackten Silhouetten, die von den Türmchen an den Ecken vorgegeben und von Fensterlaibungen, Dachgauben, Gesimsen und Eingängen wieder aufgenommen wurden. Dreiecke waren die vorherrschende Form, und die Fassaden waren nicht grau wie bei vielen anderen großen Wohnhäusern, sondern mit bunten Akzenten versehen. Die Wohnungen waren sicher schön hell, was auch nicht selbstverständlich war.

»Kommen Sie?«, fragte Hasselmann und sah ihn fragend an. Neufeld hatte gar nicht gemerkt, wie sehr er sich in den Anblick der Häuser vertieft hatte, und spürte, dass er ein wenig rot wurde.

»Verzeihung, ich finde nur die Architektur interessant.«

Hasselmann zog die Augenbrauen hoch, als fände er den Gedanken ziemlich abwegig, und ging zielstrebig auf das Haus zu, in dem Anna Weiß wohnte.

Als sie klingeln wollten, öffnete sich die Haustür, und eine Frau mit Einkaufskorb über dem Arm kam heraus.

»Wir möchten zu Frau Weiß«, sagte Neufeld, und die Frau wich einen Schritt zurück. Sie mochte Mitte fünfzig sein und trug die Haare zu einem altmodischen Knoten aufgesteckt.

»Das bin ich. Was wollen Sie denn von mir?«

Er wies sich aus. »Und das ist mein Kollege Hasselmann.«

»Die Polizei? Was ist denn passiert? Ich hatte noch nie mit der Polizei zu tun.«

Neufeld erklärte, dass sie nur einige Fragen zu einer früheren Arbeitsstelle hätten. Nach einigem Zögern – es war ihr Einkaufstag, wie sie sagte – nahm Frau Weiß sie mit hinein. Das Treppenhaus sah noch richtig neu aus. Die Wohnung war angenehm hell und freundlich, sie hielt, was das heitere Äußere der Siedlung versprach.

Als sie im Wohnzimmer Platz genommen hatten, strich Frau Weiß ihren Rock glatt und schaute die Kriminalbeamten an. »Worum geht es denn nun?«

»Sie hatten doch eine Verbindung zur Klinik Waldblick, stimmt das?«, fragte Neufeld, worauf sie ihn überrascht ansah.

»Das ist so lange her!«

»Das wissen wir«, sagte Hasselmann. »Aber es ist wichtig für unsere Ermittlungen. Wir müssen so viel wie möglich über diese Privatklinik in Erfahrung bringen. Bitte versuchen Sie, sich zu erinnern«, fügte er ungewöhnlich sanft hinzu, als hätte er sich gerade auf die fatale Befragung besonnen, die erst zwei Tage zurücklag.

Sie nickte. »Na gut. Ich war mit Lene Schulz befreundet, die hat in der Klinik gearbeitet. Sie war keine Krankenschwester, sondern – wie nannte sich das? – Pflegehelferin oder so ähnlich. An unserem freien Tag sind wir manchmal in die Konditorei gegangen und haben uns etwas gegönnt.« Ihr Gesicht wurde wehmütig. »Die liebe Lene ist jetzt auch schon fünf Jahre tot.«

Damit hatte sich eine naheliegende Frage erledigt, dachte Neufeld resigniert.

»Sie hat dann auch mal von ihrer Arbeit erzählt, den reichen Patienten, die dort behandelt wurden. Sie sagte immer, manche wären wirklich krank, andere würden sich das nur einbilden oder wollten sich interessant machen.«

»Welche Krankheiten wurden denn dort behandelt?«, warf Hasselmann ein.

»Oh, alles Mögliche. Lunge und Bronchien, Erschöpfung, Nerven, Schlafprobleme. Vielleicht auch noch anderes. Ich verstehe ja nichts davon, und Lene hat auch eher erzählt, was die Leute so machten, wie sie redeten, was sie anhatten, die Frauen natürlich.«

Anna Weiß gehörte offenbar zu den Menschen, bei denen man ein wenig nachhaken musste, um an die gewünschten

Informationen zu gelangen. Sie einfach reden zu lassen, schien wenig zielführend, und Neufeld änderte die Taktik.

»Wir wissen, dass es Gerüchte gab, bevor die Klinik geschlossen wurde. Dass man dort gewisse Behandlungen an Frauen durchführte. Haben Sie davon gehört, und falls ja, wissen Sie, was das für Behandlungen waren?«, fragte er in ernstem Ton.

Sie wurde blass – weil er so eindringlich klang oder weil sie sich an etwas erinnerte? Neufeld sah, wie sie schluckte und verlegen auf ihren Schoß schaute. Dann räusperte sie sich und sah auf.

»Da war mal etwas. Ich habe es niemandem erzählt, bis heute. Vor allem, damit Lene keinen Ärger bekam.« Sie biss sich auf die Lippe. »Da war ein Arzt, ich weiß nicht, wie er hieß. Den mochte Lene jedenfalls nicht. Sie hörte mal, wie eine junge Frau furchtbar weinte, als sie bei ihm im Behandlungszimmer war. Und danach durfte Lene sie nicht versorgen, das hat der Arzt selbst gemacht. Aber was für eine Behandlung das gewesen war, weiß ich nicht.« Sie schaute unsicher vom einen zum anderen. »Das war kurz bevor die Klinik geschlossen wurde und Lene ihre Stelle verlor. Meinen Sie, es ist wichtig?«

Neufeld beugte sich vor und nickte. »Ja, Frau Weiß, das könnte es sein. Und Sie helfen uns wirklich sehr. Fällt Ihnen noch irgendetwas ein? Hat Lene den Arzt näher beschrieben?«

Sie schüttelte bedauernd den Kopf. »Nein. Den Namen wollte sie auch nicht sagen. Doch, eins war da noch, er war nicht von hier. Kam aus Süddeutschland, hat sie gesagt. Man konnte es wohl auch hören, wenn er redete.«

Clasen hatte in Heidelberg studiert, dachte Neufeld sofort. Sie wussten immer noch nicht, was in der Klinik geschehen war, aber ganz vergeblich war der weite Weg nach Spandau wohl doch nicht gewesen. Und dann kam ihm noch ein Gedanke. »Wohnte der Professor, dem die Klinik gehörte, im Haus? Haben Sie einmal etwas über seine Familie gehört?«

Frau Weiß nickte eifrig, offensichtlich froh, ihm eine Auskunft liefern zu können. »Er selbst war kinderlos, das hat Lene erzählt, aber seine Schwägerin kam häufig mit ihrer Tochter. Ich glaube, ich habe sie mal im Garten gesehen. Ein hübsches kleines Mädchen. Irgendwann ist sie dann nicht mehr mitgekommen, hat Lene gesagt. Warum, wusste sie natürlich nicht. Vielleicht war sie zu alt, um den Onkel zu besuchen.«

Sie dankten Frau Weiß, legten eine Visitenkarte auf den Tisch und verließen die Wohnung.

Auf dem Weg zum Bahnhof sah Hasselmann ihn von der Seite an. »Warum haben Sie nach der Familie gefragt?«

Neufeld zuckte mit den Schultern. »War nur so ein Gedanke.« Aber er hatte sofort daran gedacht, wie Wechsler am von Werdenschen Haus geklingelt und überrascht erfahren hatte, dass die Schwägerin des Klinikbesitzers tot am Fuß ihrer eigenen Treppe gefunden worden war.

22

Die Eichenallee konnte selbst bei trübem Schmuddelwetter ihren Glanz nicht ganz verbergen. Die Villen prangten wie Schmuckstücke inmitten von welkem Laub und kahlen Zweigen, und das weiße Haus, vor dem Leo den Wagen abstellte, strahlte besonders hell. Der Zaun war von Efeu überwuchert, dessen Grün dem Winter trotzte, doch die Hecke dahinter war nackt und dürr. Im zweiten Stock besaß das Haus eine Terrasse, die von einer Säulenbalustrade begrenzt wurde, und über dem Eingangsportal befand sich ein kleiner Balkon.

Sonnenschein blieb stehen und schaute an dem Haus empor, dann in beide Richtungen und hinter sich. »Ich staune immer wieder, was für unterschiedliche Welten diese Stadt umfasst.«

Sie gingen die Stufen zur Haustür hinauf. Leo klingelte. Kurz darauf öffnete ein Mann von Mitte dreißig, der genauso aussah wie auf dem Zeitungsfoto – die blonden Haare etwas länger als bei Männern üblich, und er trug ein weinrotes Hemd mit goldenen Knöpfen. Leo bemerkte den auffälligen Ring am kleinen Finger der rechten Hand – ein Rubin, dessen Farbe perfekt mit der des Hemdes harmonierte.

»Guten Tag«, sagte er in leicht fragendem Ton.

Sie wiesen sich aus. »Sind Sie Ernst Haldensleben?«

Er schien kurz verwirrt und lachte dann. »Aber ja, mein

Diener hat Ausgang. Kommen Sie doch herein, meine Herren.«

Er führte sie über honigfarbenes Parkett in einen Salon, der ganz in Weiß und Chrom möbliert war. Die einzige Farbe kam von den Bildern an den Wänden, dies aber umso kräftiger und lebensvoller.

Leos Blick blieb an einem Aquarell hängen. Es bestand aus vielfarbigen Rechtecken, die einander stellenweise überlagerten und neue Farbtöne bildeten.

»Paul Klee, 1914«, sagte Haldensleben, der neben ihn getreten war. »Eines meiner Lieblingsstücke. Vielleicht ist es mir sogar von allen am teuersten. In jedem Sinne. Aber bitte.« Er bot ihnen zwei Sessel an und setzte sich aufs Sofa. »Womit kann ich dienen? Die Kriminalpolizei besucht einen ja nicht jeden Tag.« Er drapierte den Arm lässig über die Rückenlehne.

»Sie haben am 15. Dezember eine Gesellschaft gegeben«, konstatierte Leo.

»Das stimmt. Ein kleines vorweihnachtliches Fest mit lieben Gästen.«

»Uns liegt eine Einladung für Dr. Ferdinand Clasen vor«, sagte Leo und sah Haldensleben abwartend an, bemerkte aber keine auffällige Reaktion.

»Ah ja, der Doktor, der sich gern unter die Schönen und Reichen mischt. Oder mischte, sollte ich wohl sagen.«

»Sie wissen also von seinem Tod?«, warf Sonnenschein ein.

»Die Presse hat ja groß darüber berichtet.«

»Woher kannten Sie ihn?«

Haldensleben zuckte mit den Schultern. »Das kann ich nicht mehr sagen. Man begegnet sich irgendwo, kommt ins Gespräch, tauscht Visitenkarten aus.« Er zog die Augenbrauen hoch. »Verdächtigen Sie etwa mich?«

Leo ging über die Frage hinweg. »Was können Sie uns über ihn sagen?«

Er zuckte mit den Schultern. »Im Grunde nicht mehr als das, was ich Ihnen bereits gesagt habe. Er erwähnte, dass er mit chinesischen Heilmethoden arbeitete, irgendwelche exotischen Mittel anbot, und ich hatte die Vermutung, dass er sich bei mir vielleicht auch nach neuen solventen Patientinnen umschauen wollte.« Er lachte ein wenig verächtlich. »Ob er damit Erfolg hatte, kann ich nicht sagen.«

Leo änderte die Richtung. »Sie kennen Pauline Caspary?«

Haldensleben blieb gelassen. »Gewiss. Wir haben neulich sogar über Sie gesprochen, Herr Oberkommissar, nachdem Sie mir in Paulines Garten begegnet waren. Sie hielt mich tatsächlich für eifersüchtig, ist das nicht kurios?«

Sonnenschein stieß einen verwunderten Laut aus, den er sofort als Husten tarnte.

»Ihr Verhältnis ist also intimer Natur?«, fragte Leo geradeheraus.

Haldensleben lachte. »So kann man es nennen. Und damit Sie nicht auf falsche Gedanken kommen – Pauline und ihr Mann führen eine harmonische und sehr, wie soll ich sagen, tolerante Ehe.« Er runzelte die Stirn. »Aber ich verstehe nicht ganz, was das mit Dr. Clasen zu tun hat.«

Leo lehnte sich zurück und legte die Fingerspitzen aneinander. »Wussten Sie, dass Dr. Clasen vor Jahren in einer Klinik gearbeitet hat, die Frau Casparys Onkel gehörte?«

Haldenslebens Überraschung wirkte echt. »Nein, davon habe ich noch nie gehört.«

»Dann wissen Sie nicht viel über Frau Casparys Familie?«, fragte Leo aus einem Impuls heraus.

»Kann ich nicht behaupten. Aber das ist auch nicht weiter verwunderlich.«

»Nein?«

»Nein. Unser Verhältnis ist einerseits intim, aber ich würde mich nicht als Paulines Vertrauten bezeichnen. Sie spricht nie über ihre Kindheit und Jugend. Ich habe mir bald abgewöhnt, danach zu fragen, weil sie sich sofort verschließt, wenn das Gespräch darauf kommt. Daher ziehe ich es vor, in der Gegenwart zu bleiben, wenn ich mit ihr zusammen bin. Sie ist – wie soll ich sagen – ohnehin ein Mensch, der immer vorwärtsstrebt, geradezu atemlos ist, stetig auf der Suche nach etwas, das ich nicht benennen kann. Sie womöglich auch nicht.« Er lachte leise. »Ich hatte nicht vor, so philosophisch zu werden.«

»Aber Sie kannten Frau von Werden?«

Haldensleben betrachtete seine manikürten Fingernägel. »Nein, Paulines Mutter bin ich nie begegnet. Sagen wir, unsere gesellschaftlichen Kreise haben sich nicht überschnitten.«

»Können Sie uns das genauer erklären?«, fragte Sonnenschein.

»Frau von Werden war konservativ, eine Dame der alten Schule, wenn man es so nennen möchte. Sie hat Pauline streng erzogen und hielt nichts von den genussreichen Festen, für die Dr. Casparys Haus bekannt ist. Und auch das meine.«

»Herr Haldensleben«, fragte Leo abschließend, »können Sie uns sagen, ob Dr. Clasen und Frau Caspary einander kannten?«

Er schaute zwischen den Kriminalbeamten hin und her. »Ich muss schon sagen, Ihre Gedankengänge sind drollig, aber unterhaltsam. Ich weiß nicht, ob Pauline diesen Mann kannte. Sie könnte ihm theoretisch auf dem erwähnten Fest im Dezember begegnet sein. Aber ich verstehe wirklich nicht, was das alles mit dem Tod dieses Mannes zu tun haben soll.«

Leo erhob sich, und Sonnenschein tat es ihm nach. »Danke für Ihre Hilfsbereitschaft, Herr Haldensleben. Sollte Ihnen noch etwas zu Dr. Clasen einfallen, auch wenn es noch so unwichtig scheint, dann melden Sie sich bitte.« Er gab ihm seine Karte.

Als sie draußen vor der Villa standen, sah Sonnenschein Leo an und seufzte. »Viel war das nicht.«

Sie gingen zum Wagen, und Leo blieb kurz stehen, bevor er die Tür öffnete. »Ich weiß, wir haben immer noch nichts Konkretes, aber es gibt Verbindungen zwischen diesen Menschen. Vielleicht haben die Kollegen etwas herausgefunden, das uns weiterhilft.«

Da die Praxis am Mittwochnachmittag geschlossen blieb, hatten sich Ilse, Clara und Magda wie so oft in einem kleinen Café in der Turmstraße verabredet. Es besaß einen gusseisernen Ofen, in dem ein munteres Feuer brannte, und dicke Vorhänge an den Fenstern, die die Kälte draußen hielten. In der kleinen Vitrine gab es nur vier Sorten Kuchen zur Auswahl, die aber allesamt köstlich waren.

»Dein Mann hat momentan ganz schön was am Hals«, sagte Magda und schob sich ein Stück Buttercremetorte in den Mund.

»Ich fand, er sah gestern Morgen nicht gut aus, als er in der Praxis war«, warf Ilse ein.

Clara nickte bedrückt. »Er macht sich Sorgen um die Mutter einer Zeugin und hat deswegen schlecht geschlafen.«

»Das Mädchen, von dem ihr erzählt habt? Das aus dem Heim weggelaufen war?«

Sie erzählte, was Leo von Babette Sperber erfahren hatte. Ihre Freundinnen schwiegen betroffen.

»Das arme Ding«, sagte Ilse schließlich. »Muss sie im

Heim bleiben, bis sie volljährig ist? Ich meine, wenn sie kein Zuhause mehr hat, in das sie zurückkehren kann?«

Magda schüttelte den Kopf. »Die Diagnose klingt hoffnungslos. Leo sollte sich beeilen, wenn er die beiden noch einmal zusammenbringen will.«

Clara stellte die Tasse ab und verschränkte die Arme. »Das ist nicht so einfach. Er ist Kriminalbeamter, nicht die Fürsorge. Und solange sie den Mord an diesem Arzt nicht aufgeklärt haben, muss er sich ganz darauf konzentrieren, selbst wenn ihm andere Dinge Sorgen machen.« Es kam ihr so vor, als müsste sie ihren Mann verteidigen.

»Es war nicht als Vorwurf gemeint«, sagte Magda. »Und ich weiß, dass ihm solche Dinge nahegehen. Jedenfalls hoffe ich, dass ich ein bisschen weiterhelfen konnte, auch wenn ich ihn damit schockiert haben dürfte.«

Clara stellte die Tasse ab und sah sie überrascht an. Es gab also noch etwas außer Erika Sperber, das Leo zu schaffen machte. »Worüber habt ihr denn gesprochen? Oder verstößt das gegen die Schweigepflicht?«

»Keineswegs, es ging ja nicht um meine Patientinnen.« Magda berichtete, und sogar etwas ausführlicher, weil sie unter Frauen war. Clara sah Ilse an, in deren Gesicht sich ihr eigenes Entsetzen spiegelte.

»Es wird heute gern totgeschwiegen, die Medizin will das am liebsten unter den Teppich kehren. Aber die Herren schweigen nicht aus Scham, sondern weil es unangenehm ist und dem eigenen Ruf schaden könnte. Und es gibt sogar Kolleginnen, die solche Methoden gutheißen. Noch vor sechs Jahren hat eine Bonner Doktorandin die Entfernung der Klitoris und der inneren Schamlippen als probates Mittel gegen Masturbation angepriesen. Ich war fassungslos, als ich davon las.«

»Aber wenn es um junge Mädchen ging – was haben die Eltern dazu gesagt? Die Ärzte brauchten doch ihre Erlaubnis«, sagte Ilse, die etwas verlegen wirkte.

Magda lachte bitter und schob den Teller weg, als wäre ihr der Appetit auf Buttercreme vergangen. »Es waren oft gerade die Eltern, die solche Eingriffe verlangten. Oder zumindest nicht nein sagten, wenn ein Mediziner es vorschlug. Ihr wisst doch, wie man sich noch bis in unser Jahrhundert die ideale Frau vorstellte: fügsam, mütterlich, eine gute Ehefrau, die keinen eigenen Kopf hatte, geschweige denn sexuelle Wünsche. Und die Mädchen müssen den Rest ihres Lebens damit zurechtkommen.«

Clara atmete tief durch. Leo ging gewöhnlich einfühlsam mit den Menschen um, mit denen er bei seinen Ermittlungen zu tun hatte, doch das hier war mehr als heikel. Sollte der Fall wirklich mit diesen grausamen Methoden zusammenhängen, konnte sie nur hoffen, dass er und die Kollegen sich den betroffenen Frauen gegenüber behutsam zeigten.

Es war spät, als sich die Kriminalbeamten wieder im Präsidium trafen und ihre Erkenntnisse austauschten.

Leo biss in eine Bulette, die er sich unterwegs gekauft hatte. Das Abendessen mit der Familie würde heute wohl ausfallen.

»Sehr bedauerlich, dass Lene Schulz verstorben ist, von ihr hätten wir vielleicht Genaueres erfahren können.«

Sie brauchten dringend offizielle Informationen über die Klinik Waldblick, aber woher sollten sie die nehmen? Siegfried von Werden war seit Jahren tot, die Klinikunterlagen waren vermutlich längst vernichtet worden.

Eine Viertelstunde und einen Telefonanruf bei Pauline Caspary später wusste Leo, dass Siegfried von Werden verheiratet und kinderlos gewesen war und seine Witwe inzwischen in Brasilien lebte, nachdem sie den Besitzer einer Kaffeeplantage geheiratet hatte. Frau Caspary hatte keinen Kontakt zu ihrer Tante und konnte auch nicht mit deren Adresse aufwarten. Das Haus, in dem ihr Onkel gelebt hatte, war verkauft worden. Und sie wusste nicht, ob dort irgendwelche Klinikunterlagen aufbewahrt worden waren.

Seufzend berichtete Leo den Kollegen von dem neuerlichen Fehlschlag. »Wir müssen irgendwie herausfinden, wer in der Klinik gearbeitet hat.«

Hasselmann sah ihn nachdenklich an. »Vielleicht über das Zentrale Handelsregister? Womöglich gab es einen Geschäftsführer oder weitere Personen, die dort eingetragen waren und die wir befragen können.«

»Gute Idee, übernehmen Sie das bitte gleich morgen«, sagte Leo.

Doch Hasselmann war noch nicht fertig. »Und noch etwas. Als Sie am Freitag Frau Caspary befragt haben, sagte sie, sie hätte den Namen Clasen nie gehört. Herr Haldensleben meinte aber, sie sei ihm womöglich auf seinem Fest am 15. Dezember begegnet. Es ist kein echter Widerspruch, aber nachfragen sollte man da schon.«

»Sehr gut, Hasselmann«, sagte Leo. Wie so vieles bei diesem Fall war auch dies nur eine hauchdünne Hoffnung, aber es lohnte den Versuch. Diese Frage wollte er Frau Caspary persönlich stellen, um ihre Reaktion zu sehen. Und er würde morgen noch einmal Professor Umber anrufen.

Clara saß auf dem Sofa, Leos Kopf auf ihrem Schoß. Sie strich ihm über die Haare, ohne etwas zu sagen. Vorhin hatte sie ihn nur ansehen müssen, um zu wissen, dass sein Tag nicht leicht gewesen war. Und sie musste ständig daran denken, was Magda im Café erzählt hatte. Sie überlegte noch, ob sie es von sich aus ansprechen oder darauf warten sollte, dass er es tat, als sie seine leise Stimme hörte.

»Ich kann dich denken hören.«

Clara lachte. »Ist das so offensichtlich?«

»Für mich schon.«

»Ich war heute mit Ilse und Magda im Café.«

Sie ließ ihn zwei und zwei zusammenzählen. Er drehte den Kopf so, dass er ihr von unten ins Gesicht sehen konnte. Er sah müde aus, doch seine Augen funkelten ein wenig.

»Sie hat euch davon erzählt?«

»Ja. Das erschwert die Ermittlungen, oder?«

»Mhm.«

Offenbar machte es ihm sogar Mühe, mit ihr darüber zu sprechen. Er wurde ein bisschen unruhig, und sie schloss daraus, dass ihm eine Frage auf den Nägeln brannte. »Hast du – war dir bekannt, dass es so etwas gibt?«

Als sie nicht sofort antwortete, setzte Leo sich auf und sah sie überrascht an. »Du wusstest das?«

Clara zuckte mit den Schultern. »Nein, diese Details kannte ich nicht.«

Er lehnte sich seitlich gegen die Sofalehne und sah sie eindringlich an. Sie fragte sich flüchtig, ob er so die Leute anschaute, die er ins Kreuzverhör nahm. »Erzähl es mir.«

Clara versuchte sich zu erinnern. Es war sehr lange her, und sie hatte es fast vergessen. Nun aber kramte sie in ihrem Gedächtnis und sagte langsam: »Ich muss damals etwa acht gewesen sein, ja, das kommt hin. Meine Mutter lud regelmäßig einige Damen aus ihrem Bekanntenkreis zum Tee ein. Natürlich durfte ich nicht dabei sein, wenn sich das Kränzchen versammelte, aber es gab eine Nische neben der Salontür, in der ich mich manchmal versteckte und zuhörte. Denn ich wusste genau, wenn diese Damen kamen, wurden interessante Geschichten erzählt. Oft waren es nur geflüsterte Andeutungen und Bruchstücke, die alles noch geheimnisvoller erscheinen ließen. Ich malte mir aus, welche ungeheuerlichen Sensationen sich hinter dem Wenigen, was ich aufschnappte, verbargen. Wahrscheinlich waren es meist nur Gerüchte, aber für mich war das verlockender als jedes Märchenbuch. Einmal habe ich eine ordentliche Ohrfeige kassiert, als ich beim Mittagessen erwähnte, dass Frau Soundsos Dienstmädchen in anderen Umständen war und keinen Vater für ihr Kind hatte.«

Leo strich über ihre Wange. »Du Arme.«

»Ja, gerecht war es nicht, schließlich hatte Frau Soundso das tatsächlich gesagt. Aber es war nicht für meine Ohren bestimmt, lauschen durfte ich natürlich nicht. Jedenfalls erinnere ich mich, dass einmal über ein Mädchen gesprochen wurde. Ihre Mutter gehörte nicht zu diesem Kreis, war aber allen bekannt. Die Tochter sei gefährdet, hieß es, sittlich gefährdet, wenn ich mich recht entsinne. Und die Mutter hätte erwogen, mit ihr einen Spezialisten aufzusuchen. Ich weiß noch, dass die Frau das in einem sonderbaren Ton sagte. Ich habe mich damals gefragt, was sie damit meinte. Als Magda von diesen Operationen oder wie man es auch nennen mag, erzählte, fiel mir die alte Geschichte wieder ein. Alles wurde vage umschrieben, mit verschwommenen Worten verhüllt. Seither überlege ich, ob es da auch um etwas so Furchtbares gegangen ist.«

Leo nickte langsam. »Ich frage mich, wie oft so etwas vorgekommen ist. Wie viele Ärzte daran beteiligt waren. Übrigens war es nicht ganz leicht, die Kollegen zu überzeugen.«

»Aber wenn es mit dem Fall zu tun hat, wenn darin womöglich das Motiv liegt, könnt ihr es nicht ignorieren«, sagte Clara entschlossen.

»Hoffentlich ist dies nicht einer der Fälle, in denen ich den Täter oder die Täterin letztlich besser verstehe als das Opfer«, sagte Leo zögernd.

Clara legte ihm die Hand auf den Arm. Sie wusste genau, was er meinte, und spürte, dass er Zuspruch brauchte. »Aber nichts rechtfertigt einen Mord, wie du immer sagst. Und damit hast du recht. Es ist das Grundprinzip deiner Arbeit.«

Er rieb sich das Gesicht. »Ich bin wohl einfach zu müde, um klar zu denken. Wenn ich mir vorstelle, dass Marie oder du als Mädchen –« Er verstummte.

Clara stand auf und streckte ihm die Hand entgegen. »Gehen wir schlafen.«

23

Donnerstag, 7. März 1929

Die Sekretärin schaute Leo böse an, als er das Vorzimmer von Professor Umber betrat. Er war unangemeldet erschienen und noch weniger willkommen als bei seinem ersten Besuch.

»Ich bedaure, der Herr Professor hat überhaupt keine Zeit. Er muss um zwölf einen Vortrag halten.«

Leo rührte sich nicht vom Fleck. »Ich muss ihn umgehend sprechen und verlasse dieses Büro nicht, bis ich das getan habe.«

Er bemerkte die Überraschung in ihrem Gesicht. Sie zögerte, schob dann den Stuhl zurück und ging ins Nebenzimmer, wo sie kurz mit ihrem Chef sprach. Dann winkte sie Leo herein.

Professor Umber sah ihn ungehalten an. »Ich habe Ihnen gegeben, was Sie haben wollten. Und bin in Eile.«

Leo schloss die Tür hinter sich. Dann setzte er sich unaufgefordert auf den Besucherstuhl und legte die Hände entspannt auf die Armlehnen. Er hatte überlegt, was er dem Professor gegenüber riskieren sollte, und entschieden, dass er nichts zu verlieren hatte. »Sie haben gesagt, Dr. Clasen habe dieses Krankenhaus 1914 verlassen, weil er eine Praxis eröffnen wollte.« Umber wollte ihn schon unterbrechen, doch Leo hob abwehrend die Hand. »Ich habe mich gefragt, warum er das nicht hier in Westend getan hat, wo es gewiss zahlungskräftigere Patienten gibt als in Tempelhof. Stimmen Sie mir da zu?«

Umber sah ihn verblüfft an. »Ja, das mag wohl sein. Aber ich verstehe nicht, worauf Sie hinauswollen.«

Leo lehnte sich zurück und ließ sich Zeit mit der Antwort. Schließlich sagte er in gelassenem Ton: »Ich habe mich umgehört. Es gab Gerüchte über die Privatklinik, in der Dr. Clasen gearbeitet hat, bevor er hier anfing. Und ich habe mich gefragt, ob sie Ihnen wohl zu Ohren gekommen sind.« Es war reiner Instinkt, der ihn das sagen ließ, doch als er Umber ins Gesicht sah, begriff er, dass er einen Treffer gelandet hatte. Daran änderten auch die neutralen Worte des Professors nichts.

»Was für Gerüchte sollen das sein?«

Leo setzte alles auf eine Karte. »Ist es möglich, dass Dr. Clasen in der Privatklinik Waldblick Eingriffe vorgenommen hat, bei denen Frauen oder Mädchen verstümmelt wurden, indem man Teile ihrer Sexualorgane entfernte?«

Es war so still, dass man jeden Schritt und jede Stimme draußen vor dem Gebäude hören konnte.

»Was fällt Ihnen ein?«, fuhr der Professor dann zornig hoch. »Wie können Sie mir unterstellen, ich hätte einen solchen Arzt beschäftigt? Ich werde mich bei Ihrem Vorgesetzten beschweren.«

Leo lächelte Umbers Drohung einfach weg und malte sich flüchtig aus, wie dieser mit Ernst Gennat zu diskutieren versuchte. »Das klingt nicht wie ein Dementi, Herr Professor. Es gibt nicht nur die alten Gerüchte, sondern auch einen Hinweis, nach dem Clasen angeboten hat, ungebärdige junge Mädchen gefügig zu machen. Und zwar nicht vor zwanzig

Jahren, sondern erst kürzlich. Als Laie habe ich selbstverständlich medizinische Fachleute hinzugezogen, die mir erklärt haben, dass derartige Eingriffe bis in unser Jahrhundert vorkamen und in manchen Ländern auch heute noch praktiziert werden. Ich muss erfahren, ob Dr. Clasen sich mit derart barbarischen Eingriffen beschäftigt hat und Sie ihm womöglich deshalb nahegelegt haben, das Krankenhaus zu verlassen. Was ich Ihnen übrigens nicht verdenken könnte, denn das, was ich über dieses Thema erfahren habe, ist erschütternd. Es verdient nicht den Namen Medizin. Sollten Sie also etwas darüber wissen, dann sagen Sie es mir. Es geht um ein Kapitalverbrechen.«

Umber saß reglos da und schien mit sich zu ringen. Dann beugte er sich vor und legte die gefalteten Hände auf den Tisch. »Es gibt Ärzte, die von der Richtigkeit ihres Tuns vollkommen überzeugt sind, selbst wenn die Methoden, die sie vertreten, entweder überholt sind oder medizinisch nie gerechtfertigt waren. Tatsächlich wurden solche Eingriffe, wie Sie sie erwähnen, vor allem im letzten Jahrhundert durchgeführt, und zwar in England, Frankreich, Deutschland und anderen Ländern.«

»Das ist interessant, beantwortet meine Frage aber nicht.«

Der Professor seufzte. »Im Herbst 1914 bat mich eine Patientin dieser Klinik um eine Unterredung. Sie berichtete, sie habe hier in unserem Krankenhaus einen Arzt wiedererkannt, dem sie vor Jahren in der Klinik Waldblick begegnet sei. Er habe eine junge Frau mit äußerst schmerzhaften Methoden behandelt. Sie habe die Ärmste getröstet, als sie nachts vor Schmerzen weinte. Die Beschreibung der Symptome ließ keinen anderen Schluss zu als den, dass man Teile der äußeren Geschlechtsorgane entfernt oder verätzt hatte. Sie kannte Clasens Namen nicht, zeigte ihn mir aber auf dem

Flur. Daraufhin stellte ich Clasen zur Rede, der gar nicht abstritt, was er damals getan hatte, sondern seine Praktiken auch noch verteidigte. Damit könne man Krankheiten heilen und unglückliche, von ihrer Sexualität besessene junge Mädchen zu zufriedenen Ehefrauen und Müttern machen. Das sei in vielen Fällen seit dem frühen 19. Jahrhundert nachgewiesen. Ich verlangte, er solle von diesen Ideen Abstand nehmen, was er ablehnte. Daraufhin bot ich ihm an, er solle freiwillig kündigen, worauf er frech entgegnete, das habe er ohnehin vorgehabt, um sich mit einer eigenen Praxis niederzulassen.« Er schüttelte den Kopf bei der Erinnerung.

»Und dann?«

»Damit er nicht einfach so davonkam, habe ich ihm dringend empfohlen, ans andere Ende von Berlin zu gehen. In Westend sei kein Platz für ihn, dafür würde ich schon sorgen. Er war klug genug, auf meinen Rat zu hören.«

Leo spürte eine seltsame Mischung aus Dankbarkeit gegenüber Magda, leisem Triumph und Wut. Er schrieb in rasender Eile mit und schaute hoch. »Erinnern Sie sich, wie die Patientin hieß?«

Umber schüttelte den Kopf. »Nein. Ich habe ihr gedankt und sie um Diskretion gebeten, das war alles. Wenn bekannt geworden wäre, dass wir einen Arzt, der so etwas durchgeführt und propagiert hat, bei uns beschäftigt haben, wäre es auf das Krankenhaus und auf mich selbst zurückgefallen.«

Als Leo auf der Straße stand, atmete er zum ersten Mal seit Tagen wieder freier. Erst jetzt wurde ihm klar, wie sehr die Unsicherheit an ihm genagt hatte, die Befürchtung, sich in eine Idee zu verrennen, sie gegen die Kollegen zu verteidigen und dann erkennen zu müssen, dass er sich von Grund auf geirrt hatte. Nun aber besaß er die Gewissheit, dass Clasen solche Eingriffe vorgenommen und sich nie wirklich davon distanziert hatte. Damit waren sie der Aufklärung möglicherweise ein gewaltiges Stück nähergekommen.

Er beschloss, ein Stück den Spandauer Damm entlangzugehen, weil er dabei gut nachdenken konnte. Es war ein bisschen wärmer geworden, auch wenn der März noch nicht den Frühling ahnen ließ. Die Bäume im Park des Charlottenburger Schlosses zeichneten sich noch kahl vor dem Himmel ab, doch die frische Luft und die Bewegung taten gut. Das Klingeln der Straßenbahnen begleitete Leos Gedanken wie eine Melodie, als er für sich noch einmal die wesentlichen Erkenntnisse zusammenfasste.

Der Zeuge Gruber hatte ausgesagt, eine Person, womöglich eine Frau, habe Clasen kurz vor seinem Tod abends verfolgt. Clasen hatte Eingriffe an Frauen und Mädchen durchgeführt, die man nur als teuflisch grausam bezeichnen konnte. Dadurch hatte er seine Stelle im Krankenhaus verloren und war gezwungen gewesen, sich in einer weniger vornehmen Gegend als Arzt niederzulassen. Er hatte zuvor für Pauline Casparys Onkel gearbeitet. Pauline Caspary war als Kind oft in dessen Klinik zu Besuch gewesen. Sie stritt ab, Clasen zu kennen, aber laut Aussage ihres Liebhabers zwei Monate vor Clasens Tod dasselbe Fest besucht wie dieser.

Leo war so in Gedanken, dass er immer langsamer wurde und eine Frau, die hinter ihm ging, mit ihm zusammenprallte.

»Kieken Se doch, wo Se hinjehn«, schimpfte sie und überholte ihn mit ihren Einkaufstaschen, doch er kümmerte sich nicht darum. Der Name Caspary tauchte wirklich auffallend oft in dieser Zusammenfassung auf. Zu oft für einen bloßen Zufall?

Otti Helmich saß am Fenster und schaute in den trüben Märztag. Sie war froh, wenn sie im Haus bleiben konnte; bei schlechtem Wetter spürte sie jedes ihrer siebenundsechzig Jahre. Seit drei Jahren arbeitete sie nicht mehr und war froh darüber. Sie war gern Kindermädchen gewesen, aber mit der Zeit war es doch zu anstrengend geworden, den Kleinen hinterherzujagen. Und sie waren heute auch einfach nicht mehr so gut erzogen wie früher, gaben ungestraft Widerworte oder wurden von ihren Müttern sogar ermuntert, ihre Meinung zu sagen. Das sei modern, wie ihr eine Arbeitgeberin versichert hatte, während Otti versuchte, die Kritzeleien von den Schränken zu schrubben, die zwei modern erzogene Kinder dort hinterlassen hatten.

Da lobte sie sich doch die Zeit vor dem Krieg, als noch alles eine feste Ordnung gehabt hatte, als die Eltern Werte hochhielten und an ihre Kinder weitergaben. Wie stolz war sie gewesen, wenn ihre Schützlinge an Feiertagen im Matrosenanzug oder -kleid ein Gedicht aufsagten und sich von ihrer besten Seite zeigten. Wenn sie dann ein lobendes Wort von den Eltern hörte oder Pralinen oder eine kleine Zulage erhielt, war ihr Glück vollkommen gewesen.

Otti hatte nie eigene Kinder gehabt oder haben wollen. Es hatte einen jungen Mann gegeben, der ihr den Hof gemacht und sich auch in ihr Herz gestohlen hatte. Doch dann hatte er mehr von ihr gewollt, als sie vor der Hochzeit zu geben bereit war, und wenige Tage darauf hatte sie ihn mit einem anderen Mädchen gesehen, Hand in Hand. Die war nicht nur als lebenslustig bekannt, sondern auch Tochter eines wohlhabenden Fuhrunternehmers. Was letztlich den Ausschlag gegeben hatte, wusste Otti nicht, und es war ihr auch egal.

An jenem Tag hatte sie beschlossen, ihren Weg allein zu

gehen und sich den Kindern anderer Leute zu widmen. Es war ein gutes Leben gewesen, nicht alles eitel Sonnenschein, aber ein erfülltes Dasein.

Doch die Jahre nach dem Krieg hatten die Menschen verändert, und sie hatte zunehmend gespürt, dass ihre Methoden nicht mehr gefragt waren. Sie hingegen billigte nicht, wie Kinder heutzutage erzogen wurden. Und so hatte sie vor einer Weile mit einer gewissen Erleichterung ihren Dienst aufgegeben und sich eine kleine Wohnung in Reinickendorf genommen, wo sie ruhig leben konnte.

Ihre ganze Freude waren die Briefe ihrer ehemaligen Schützlinge, die ab und zu eintrafen. So konnte sie stellvertretend an deren Leben teilnehmen und sehen, was aus ihnen geworden war. Sie schickten Fotografien ihrer Kinder und erinnerten sich liebevoll an die Zeit, in der Otti für sie gesorgt hatte. Manche lebten im Ausland und klebten schöne bunte Marken auf die Briefumschläge.

Heute Morgen war jedoch eine Ansichtskarte angekommen, die nicht von weither stammte, sondern in Berlin abgestempelt war. Sie zeigte den Wannsee mit Blick auf die Colonie Alsen. Otti hatte sie neben sich auf einem Tischchen liegen. Sie fühlte sich ein bisschen sonderbar, wenn sie sie anschaute. Es war eine hübsche Fotografie, und doch löste die Karte Unbehagen in ihr aus.

Denn es stand nichts darauf außer ihrem Namen und ihrer Adresse.

»Leo! Komm doch rein.« Robert Walther schob ihm einen Stuhl hin. »Ich bin froh, wenn ich mal fünf Minuten von den Akten wegkomme. Wir gleichen gerade ungeklärte Raubüberfälle mit der Geschichte in Wilmersdorf ab, du hast sicher davon gehört. Ganz schön mühsam, kann ich dir sagen.« Auf Schreibtisch und Boden türmten sich Ordner und Mappen, Papiere flatterten auf, als er sich setzte und Leo zuwandte.

»Dann störe ich dich gern.«

»Wie geht's Clara und den Kindern?«

»Gut.«

»Du wirkst ein bisschen angespannt. Ist es der Fall Clasen?«

Leo fuhr sich durch die Haare. »Der und noch andere Dinge, aber das erzähle ich dir, wenn mehr Zeit ist. Ich habe eine Frage: Habt ihr Dora von Werdens Haus durchsucht?«

Robert wirkte überrascht. »Nein, warum sollten wir? Ihr Tod wurde als Unfall ad acta gelegt.« Dann sah er ihn prüfend an. »Habt ihr etwa neue Erkenntnisse?«

Leo zögerte. Er hatte nichts als eine Ahnung, und Robert war nicht in seiner Kommission, aber der Gedanke von vorhin ließ ihn nicht los. »Ich bin mir nicht sicher, aber ich bin bei den Ermittlungen über ihre Tochter gestolpert.«

Robert zog die Augenbrauen hoch. »Die aparte Frau Caspary?«

»Genau die.« Er musste anfangen, seinem Freund wieder zu vertrauen, und dies war ein guter Zeitpunkt. Also berichtete er von den Verbindungen zwischen Clasen, den von Werdens, Ernst Haldensleben und Pauline Caspary und sah, wie es in Robert arbeitete.

Schließlich verschränkte Robert die Hände vor sich auf dem Tisch und sah Leo an. »Zwei Fragen: Glaubst du, Pauline Caspary hat mit dem Fall Clasen zu tun? Und vermutest du, dass Dora von Werdens Tod kein Unfall war?«

Es von Robert so unverblümt zu hören, zeigte ihm, wie verrückt seine Ideen klingen mussten. Und doch stellte sein Freund genau die richtigen Fragen. Es war fast wie früher.

»Ich weiß es nicht«, sagte Leo ehrlich.

»Lehnbach hat an der Leiche der Frau nichts Verdächtiges festgestellt. Und im Haus war alles unauffällig.«

»Es war vermutlich ein Unfall und bloßer Zufall, dass Frau von Werden starb, kurz bevor ich sie über die Klinik ihres Bruders befragen wollte. Die Klinik, in der unser Mordopfer tätig war und diese unsäglichen Eingriffe durchgeführt hat.« Er merkte, dass er sich in Rage redete. »Der Klinikbesitzer ist tot, sein Bruder ist tot, seine Schwägerin und die ehemalige Pflegerin Lene Schulz ebenfalls. Wann immer ich jemanden finde, den ich befragen will, laufe ich gegen eine Wand. Niemand weiß, ob es noch Unterlagen aus der Klinik gibt und, falls ja, wo sie abgeblieben sind. Hasselmann hat im Zentralen Handelsregister den damaligen Eintrag der Klinik ausfindig gemacht. Von Werden war der alleinige Geschäftsführer. Keine weiteren Angaben zu Personen, die wir befragen könnten. Darum mein Gedanke, ob ihr das Haus durchsucht habt.«

Robert sah ihn verständnisvoll an. »Es tut mir leid, aber wir hatten keinen Anlass dazu. Was natürlich nicht heißt, dass du keine Durchsuchung für deinen Fall beantragen kannst, nur …« Er brauchte den Satz nicht zu vollenden.

»Nur fehlt es mir bisher an einer ausreichenden Begründung, ich weiß.« Er musste weiter. Er hatte Frau Caspary noch eine Frage zu stellen. Hastig stand er auf und verabschiedete sich von Robert.

»Ich wünsche dir viel Erfolg«, sagte dieser.

»Danke, den kann ich brauchen.« An der Tür drehte Leo sich um. »Lass uns ein Bier trinken gehen, wenn der Fall erledigt ist.«

»Ich würde mich freuen.«

24

Jakob Sonnenschein hatte von Leo den dringenden Auftrag erhalten, Clasens Patientenakten erneut durchzugehen und auf alles zu achten, was auf Beschneidungen an Frauen und Mädchen oder Ähnliches hindeuten könnte. Es war nicht auszuschließen, dass Clasen auch in seiner Praxis solche Eingriffe vorgenommen hatte. Jakob hatte bereits einige Stunden damit verbracht, bisher jedoch ohne Ergebnis.

Er spürte, wie ihm der Magen knurrte, es war schon später Nachmittag. Esther fühlte sich nicht besonders gut wegen der Schwangerschaft. Ihr war oft übel, und umso dankbarer war er, dass sie trotzdem immer etwas Gutes für ihn kochte. Heute Abend sollte es Eintopf geben, er konnte es kaum erwarten, zu Hause am Tisch zu sitzen.

Es klopfte. Auf sein Herein trat ein Botenjunge ein und legte einen Umschlag auf den Tisch. »Von der Ärztekammer, Herr Kommissar.«

Es waren die von Neufeld angeforderten Unterlagen. Sonnenschein steckte dem Jungen einen Groschen zu und öffnete den Umschlag. Er enthielt Abschriften von Zeugnissen und ein Verzeichnis wissenschaftlicher Aufsätze, die Clasen verfasst hatte. Clasen hatte sein Studium in Heidelberg 1883 abgeschlossen. Hatte er sich damals schon mit den fragwürdigen Methoden beschäftigt, die Leo recherchiert hatte? Wie war er überhaupt mit ihnen in Berührung gekommen? Sehr verbreitet konnten sie nicht gewesen sein, sonst hätte man doch davon gehört, oder?

Dann kam ihm ein Gedanke, und er ließ sich mit dem Leichenschauhaus verbinden.

Dr. Lehnbach war vor Ort, aber ungeduldig, weil er, wie er sich ausdrückte, gerade bis zu den Ellbogen in einer Wasserleiche steckte. Sonnenschein versprach, sich kurz zu fassen, und sagte, worum es ging.

»Und damit kommen Sie mir, wenn ich so gar keine Zeit habe?«, fragte der Rechtsmediziner ungehalten. Seine Stimme wurde leiser, er wandte sich offenbar vom Telefon ab. »Brunner, Sie machen hier weiter. Ja, das können Sie inzwischen allein, die Todesursache ist ziemlich offensichtlich, oder? Herr Kriminalsekretär, ich wasche mir kurz die Hände, dann bin ich für Sie da.«

Sonnenschein fand es seltsam beruhigend, dass Lehnbach nicht mit seinen Wasserleichenhänden den Hörer halten wollte, während sie miteinander sprachen.

»So, da bin ich. Schießen Sie los.«

»Ich habe vor allem zwei Fragen«, sagte Sonnenschein, der bei dem Thema immer noch etwas verlegen war. »Die erste lautet, wie verbreitet solche Eingriffe waren.«

Lehnbach schien sich für das Gespräch zu erwärmen und klang jetzt geradezu freundlich. »Hm, das ist schwer zu sagen. Ich erinnere mich an ein oder zwei Obduktionen, bei denen ich Spuren einer Klitorisentfernung festgestellt habe. Sie wurden von mir im jeweiligen Bericht festgehalten, besaßen aber keinerlei Verbindung zur Todesursache.«

»Können Sie mir etwas zu den betreffenden Frauen sagen?«

Eine Pause. »Lassen Sie mich überlegen. Wenn ich mich recht entsinne, stammten beide aus wohlhabenden Verhältnissen, keine soziale Not. Ein Suizid und ein Verkehrsunfall, glaube ich.«

Die nächste Frage fiel Sonnenschein wie aus heiterem Himmel ein. »Haben Sie den Grund für den Suizid erfahren?«

»Wie Sie wissen, ist das nicht meine Aufgabe, Herr Kriminalsekretär. Aber der Ehemann war damals hier, um seine Frau zu identifizieren, und erklärte, sie sei schon lange schwermütig gewesen.« Er hielt inne, als würde ihm jetzt klar, worauf Sonnenschein mit seiner Frage zielte. »Ah, ich verstehe. Das fällt leider ganz und gar nicht in mein Fachgebiet. Da müssen Sie sich an die Kollegen von der Nervenheilkunde wenden. Sie erwähnten eine zweite Frage.«

Sonnenschein legte den Stift weg und räusperte sich. »Dem Lebenslauf des Mordopfers entnehme ich, dass er bei einem Professor Friedreich in Heidelberg studiert hat. Der war auch sein Doktorvater, starb aber, bevor Clasen die Dissertation vollenden konnte. Ich habe festgestellt, dass Friedreich Pathologe war. Sagt Ihnen der Name etwas, so als Fachkollege, meine ich?«

Lehnbachs Lachen kam etwas unerwartet. »Clasen hat bei Nicolaus Friedreich studiert? Dann wundert mich gar nichts.«

Sonnenschein griff wieder zum Stift. »Bitte erzählen Sie.«

»Da Friedreich Pathologe war wie ich, sind mir seine Schriften vertraut. Kurz vor seinem Tod verfasste er einen Aufsatz mit dem Titel *Zur Behandlung der Hysterie*. Er fiel mir vor Jahren die Hände, und ich las ihn aus beruflichem Interesse. In diesem Aufsatz stellt Friedreich die Kauterisation der weiblichen Klitoris als eine mögliche Behandlungsmethode gegen Hysterie vor.«

»Die – was?«

»Kauterisation. Die Zerstörung von Gewebe durch Brenneisen oder ätzende Mittel.«

Sonnenschein schnappte nach Luft, ihm war auf einmal ganz flau. Doch gleich darauf gewann das Gefühl, der Lösung des Falls näherzukommen, die Oberhand. »Das Mordopfer hat offenbar solche Methoden angewendet. Wir vermuten darin das Tatmotiv.«

»Ha!«, rief Lehnbach verächtlich. »Dann hat er die Methoden seines Doktorvaters also getreu übernommen.«

»Sie erwähnten vorhin die von Ihnen obduzierten Frauen, an denen ... äh, ein solcher Eingriff vorgenommen wurde. Gab es verschiedene Methoden?«

»Gewiss. Sie können sich nicht vorstellen, was die ärztliche Fantasie ersonnen hat, um Frauen von Gebrechen zu heilen, die angeblich in ihrem Frausein begründet liegen.« In Lehnbachs Stimme schwang eine Leidenschaft mit, die Sonnenschein noch nie bei ihm erlebt hatte. »Ich schäme mich, wenn ich daran denke, was Standeskollegen getan haben und gelegentlich noch tun, aber das ist wieder eine andere Geschichte. Eine Ätzung würde durchaus passen, da Friedreich und Clasen keine Chirurgen waren. Sie haben streng genommen nicht operiert, was ihnen auch nicht erlaubt gewesen wäre.«

»Zusammenfassend kann ich also davon ausgehen, dass Clasen diese Methoden während seines Studiums in Heidelberg kennengelernt und dann weiter angewendet hat.«

»So ist es.«

»Und noch eine letzte Frage«, sagte Sonnenschein, der eine ganz neue Verbundenheit mit dem Pathologen verspürte. Fachlich hatte er ihn immer geschätzt, aber in diesem Gespräch zeigte er sich ungewohnt menschlich. »Wurden auch junge Mädchen oder gar Kinder so behandelt?« Ihm war eingefallen, was Leo von der Oberin des Klosters erfahren hatte.

»Leider ja«, sagte Lehnbach ernst. »Die Methoden wurden teils schon im Kleinkindalter angewandt.«

Sonnenschein klappte sein Notizbuch zu. »Ich kann Ihnen gar nicht sagen, wie sehr Sie mir geholfen haben«, verkündete er aufrichtig.

»Gern geschehen.« Eine kurze Pause trat ein. »Wie auch immer der Fall ausgehen mag, und das bleibt wirklich unter uns, weil ich ein Verbrechen niemals gutheißen würde: Jedenfalls könnte ich verstehen, wenn sich ein Mensch rächte, dem so etwas von einem Arzt angetan wurde.«

Als Leo auf den Haupteingang des Adlon zuging – ein ehrfurchtgebietendes Portal, das von einem Frauenkopf bekrönt und von zwei gewaltigen Laternen flankiert wurde –, kam ihm der Gedanke, dass er das Hotel tatsächlich noch nie in seinem ganzen Leben betreten hatte. Privat schon mal gar nicht, und auch bei seinen Ermittlungen hatte es ihn nie hierher verschlagen. Der Sohn eines Gemüsehändlers aus Moabit betritt eine fremde Welt, dachte er belustigt, als er zielstrebig am Portier vorbeigehen wollte.

»Einen Augenblick, mein Herr.«

Der Mann in Livree und Zylinder musterte ihn und schien zu befinden, dass Leos durchaus passabler grauer Anzug zumindest eine Nachfrage rechtfertigte. »Sind Sie Gast bei uns?«

Leo zeigte unauffällig seine Marke. »Ich denke, ich muss nicht deutlicher werden.«

Der Portier wich unwillkürlich einen Schritt zurück und machte eine beflissene Geste. »Bitte sehr, der Herr.«

In der Eingangshalle schaute Leo sich um. Alles war aus

den feinsten Materialien gefertigt, und es wimmelte von elegant gekleideten Menschen. Noch nie hatte er so viele Pelzmäntel auf einmal gesehen, selbst einige Herren trugen Mäntel mit üppigem Fellkragen. Verglichen damit war sein Anzug wirklich schäbig.

Dann bemerkte er ein Schild, das zum Wintergarten wies. Am Eingang blieb er stehen, betrachtete die hohen Palmen, den Brunnen mit der wasserspeienden Figur, die im weiten Raum verteilten Tische, die genügend Abstand für Diskretion ließen. Schwarz-weiß gekleidete Kellner eilten flink und auf leisen Sohlen mit ihren Tabletts umher. Von irgendwoher kam Klavierspiel, überlagert von einem Teppich aus Stimmengemurmel. An einem der großen Bogenfenster, die auf den Innenhof des Hotels blickten, sah er Pauline Caspary mit einer anderen Frau sitzen. Die beiden hatten die Köpfe zusammengesteckt, dann lehnte sich Frau Caspary lachend zurück und wedelte mit ihrer Zigarettenspitze.

Leo war sich sehr wohl bewusst, dass es unkonventionell war, sie hier aufzusuchen, doch nachdem ihm das Hausmädchen mitgeteilt hatte, die Gnädige sei im Adlon und werde erst spät zurückkommen, hatte er es nicht ausgehalten. Der Fall zog sich schon lang genug hin, da wollte er nicht stundenlang im Präsidium sitzen, bis die Dame zu Hause zu erreichen war.

Er ging zwischen den weiß gedeckten Tischen hindurch und blieb vor den beiden Frauen stehen.

Die Freundin stieß Frau Caspary an und nickte zu Leo hin.

»Oh, Herr Oberkommissar, Sie verkehren auch hier?« Ihre tiefe Stimme klang ein wenig amüsiert. Sie deutete mit der Zigarettenspitze auf den dritten Stuhl am Tisch. »Möchten Sie sich auf einen Tee zu uns setzen?«

Sein Blick streifte das elegante Teeservice und die Etagère mit den Petit Fours. »Ich habe einige Fragen.«

Sie legte den Kopf ein wenig schräg. »Ich habe vor meiner Freundin keine Geheimnisse.«

Leo zog den Stuhl zurück und setzte sich. »Trotzdem würde ich das lieber mit Ihnen allein besprechen.«

Die Freundin legte ihr die Hand auf den Arm. »Ich habe vorhin einen Bekannten gesehen. Ich sage rasch Hallo. Und pudere mir die Nase.«

Sie verschwand diskret zwischen den Palmen.

»Jetzt bin ich aber gespannt.« Frau Caspary klopfte die Asche von ihrer Zigarette und verschränkte die Arme.

»Sie haben mir gesagt, Sie hätten nie von Dr. Clasen gehört.«

Sie sah ihn überrascht, aber nicht beunruhigt an. »Sie müssen sich aber nicht ins Adlon bemühen, um sich das bestätigen zu lassen. Meine Antwort ist dieselbe wie neulich.«

»Am 15. Dezember letzten Jahres hat Ernst Haldensleben, ein guter Bekannter von Ihnen, ein Fest gegeben, zu dem Sie eingeladen waren. Und Dr. Clasen ebenfalls. Sie könnten ihm also dort begegnet sein.«

Sie lachte halb verwundert, halb spöttisch, doch zwischen ihren sorgfältig gezupften Augenbrauen erschien eine kleine Falte. »Könnte ich, ja. Aber wenn Sie auf einem dieser Feste gewesen wären, wüssten Sie, wie es dort zugeht. Eine Unmenge Leute, ein Kommen und Gehen. Ich kann nur sagen, dass er mir nicht vorgestellt wurde. Und da ich nicht weiß, wie er aussah, kann ich auch nicht sagen, ob ich ihm begegnet bin.«

»Ich möchte noch einmal auf Dr. Clasen und die Klinik Ihres Onkels zurückkommen.« Er hatte sich die Worte sorgfältig zurechtgelegt. »Wir wissen inzwischen, dass Clasen dort medizinische Eingriffe vorgenommen hat, die mehr als fragwürdig waren.« Auf einmal kamen Leo Stimmengewirr und Klaviermusik sehr laut vor, und er fragte sich, ob es wirklich eine gute Idee gewesen war, in dieser Umgebung ein so heikles Thema anzusprechen. Doch er konnte nicht zurück.

»Was genau meinen Sie damit?«, fragte sie mit einer kalten Ruhe.

»Eingriffe bei Frauen und Mädchen, an einer sehr intimen Stelle. Und zwar, um sie von angeblichen Lastern zu heilen.«

Es war nur ein Sekundenbruchteil, doch ihr Gesicht verrutschte, als hätte sich eine Maske gelöst. Dann war es sofort wieder glatt und beherrscht. »Wie können Sie es wagen, mich mit solch anstößigen Geschichten zu belästigen? Mein Onkel ist seit Jahren tot, meine Mutter erst kürzlich verstorben. So wenig Taktgefühl hätte ich selbst der Polizei nicht zugetraut.«

Leo erhob sich. Er würde hier und jetzt nicht mehr erreichen, aber der Weg ins Adlon war nicht ganz umsonst gewesen. »Dann möchte ich Sie nicht länger von Ihrer Freundin fernhalten, Frau Caspary. Auf Wiedersehen.«

Er setzte den Hut auf, legte den Mantel über den Arm und verließ den Wintergarten. Draußen zog er den Mantel über, schlug den Kragen hoch und ging ein Stück die Linden entlang in Richtung Alexanderplatz, um nachzudenken.

War es ein Fehler gewesen, Pauline Caspary im Adlon zu konfrontieren? Ja und nein. Natürlich bestand die Gefahr, dass sie einflussreiche Leute kannte und er wieder schlechte Presse bekäme. Aber er hatte an einen wunden Punkt gerührt, das war deutlich gewesen. Leo erinnerte sich, wie gelassen, beinahe heiter sie bei ihrer letzten Begegnung gewirkt hatte. Zu trauern schien sie nicht. Gerade eben hatte sie den

Tod ihrer Mutter lediglich dazu benutzt, um ein Gespräch abzubrechen, das unangenehm zu werden drohte.

An der Ecke Friedrichstraße blieb Leo vor dem Café Kranzler stehen und warf einen Blick ins Schaufenster, wo sich die köstlichsten Konditorwaren türmten. Dann ging er schnell entschlossen hinein und kaufte Baisers, mit denen er seine Familie heute Abend überraschen wollte.

Als er mit der Tüte auf die Straße trat, kam ihm eine elegant gekleidete Frau entgegen, die ein widerstrebendes Mädchen hinter sich herzog. Die Kleine mochte etwa acht Jahre alt sein und stemmte sich mit aller Gewalt gegen die Mutter. »Ich will nicht zu Tante Emmy, ich mag die nicht«, heulte sie, worauf die Mutter herumfuhr und zischte: »Tante Emmy freut sich auf dich. Und jetzt Schluss, sonst setzt es was.«

Leo wich den beiden aus und eilte über die belebte Friedrichstraße, doch die Begegnung ging ihm nicht aus dem Kopf. Und dann, nach ein paar Minuten, war die Erinnerung da.

Leo, da ist noch etwas, das du wissen solltest, hatte Magda zu ihm gesagt. *Es waren nicht nur Ärzte, die das befürwortet haben. Auch die Eltern der Mädchen und Geistliche haben die Methoden oft unterstützt.*

Er blieb unvermittelt stehen, kramte sein Notizbuch aus der Manteltasche und blätterte, während der raue Märzwind an den Seiten zupfte, bis er Ernst Haldenslebens Aussage gefunden hatte. *Sie spricht nie über ihre Kindheit und Jugend. Ich habe mir bald abgewöhnt, danach zu fragen, weil sie sich sofort verschließt, wenn das Gespräch darauf kommt.*

War es möglich? Leo machte kehrt. Mit der S-Bahn wäre er schneller wieder im Präsidium.

Fräulein Meinelt empfing ihn mit ernster Miene. »Sie sollen zum Herrn Kriminalrat kommen, und zwar unverzüglich.«

Er schaute sie erstaunt an. »Darf ich vorher noch den Mantel ablegen? Was ist denn los?«

Sie zuckte mit den Schultern. »Das hat man mir nicht gesagt.«

Leo hängte seinen Mantel an den Haken, strich sich über die Haare und machte sich auf den Weg zu Gennats Büro. Zum Glück war der Weg kurz, sodass er nicht allzu lange grübeln konnte.

Der Kriminalrat saß auf dem Sofa, vor sich eine Kaffeetasse, aber keinen Kuchen, was Leo als schlechtes Zeichen deutete.

»Tag, Wechsler. Setzen Sie sich.«

Immerhin bot er ihm einen Platz an.

»Mir liegt eine Beschwerde von einer Frau Pauline Caspary vor.«

Das war schneller gegangen als erwartet.

»Ja?«, fragte er in möglichst neutralem Ton.

Doch Gennat war heute wirklich nicht gut auf ihn zu sprechen, das wurde Leo sofort klar. »Sind Sie denn von allen guten Geistern verlassen, die Frau ausgerechnet im Adlon zu befragen? Und dann auch noch zu einem solchen Thema?«, polterte er los. »Wo bleibt denn Ihr Instinkt, Wechsler?«

Leo war nicht sonderlich überrascht, er hatte schon beim Verlassen des Hotels bezweifelt, dass sein Vorgehen wirklich klug gewesen war. Es von Gennat zu hören, machte die Sache nicht besser. Doch sein Chef war noch nicht fertig.

»Und es geht mir nicht um irgendwelche Empfindsamkeiten, selbst wenn es ein heikles Thema ist. Aber Sie müssen was in der Hand haben, wenn Sie die Frau dort aufsuchen. Und wundern Sie sich nicht, falls morgen etwas Unerfreuliches in der Zeitung steht. Frau Caspary sagte, ihr Bekannter Ernst Haldensleben pflege gute Verbindungen zur Presse.«

Das schreckte Leo nicht mehr, doch er musste sich reumütig zeigen, so viel stand fest. »Es tut mir leid, dass ich so unbedacht gehandelt habe, Herr Kriminalrat.« Er überlegte, wie er seinen Wunsch vortragen sollte, ohne dass Gennat völlig die Fassung verlor. Also fasste er zusammen, was sie sicher wussten, so wie er es den Kollegen und sich selbst gegenüber getan hatte – sachlich und auf den Punkt. »Ich habe mich bei einer Medizinerin informiert, was diese Methoden bedeuten. Sie sind schmerzhaft und grausam. Ich wollte sehen, wie Frau Caspary reagiert, wenn ich sie damit konfrontiere.«

»Und wie hat sie reagiert?«

»Sie war einen Moment lang sehr betroffen, das konnte sie nicht verbergen. Dann gab sie sich höchst empört. Vermutlich so wie in dem Telefonat mit Ihnen.«

»Würden Sie sagen, sie ist Ihnen ausgewichen?«

»Oh ja«, antwortete Leo postwendend. »Sie berief sich auf den Tod ihrer Mutter und dass es mir an Anstand fehle.« Dann fügte er hinzu: »Als ich neulich bei ihr zu Hause war, wirkte sie hingegen nicht, als wäre sie in tiefer Trauer. Und als ich ging, kam mir ihr Liebhaber Herr Haldensleben entgegen, der wiederum am 15. Dezember Dr. Clasen zu einem Fest empfangen hat, das auch Frau Caspary besuchte.«

Leo lehnte sich zurück und beobachtete Gennat aufmerksam. Er sah, wie es in seinem Chef arbeitete, und nutzte die Gelegenheit. »Ich möchte Dora von Werdens Haus durchsuchen. Es ist nicht völlig ausgeschlossen, dass wir dort Unterlagen ihres verstorbenen Bruders oder andere Hinweise auf die Klinik und Dr. Clasens Tätigkeit dort finden.«

Gennat strich sich bedächtig über die enormen Hängebacken. »Sie sind da an etwas dran, das spüre ich.« Er räusperte sich. »Machen Sie weiter, beantragen Sie den Durchsuchungsbeschluss. Meinen Segen haben Sie. Aber nächstes Mal kein Verhör im Adlon, haben wir uns verstanden?«

Leo nickte und erhob sich erleichtert. Im Gehen hörte er noch, wie der Kriminalrat widerwillig anerkennend brummte: »Sie haben wirklich Nerven, Wechsler.«

25

Freitag, 8. März 1929

Leo würde nie erfahren, wie der richterliche Durchsuchungsbeschluss so schnell auf seinem Schreibtisch gelandet war, vermutete aber, dass Gennat seine Beziehungen hatte spielen lassen. Er beschloss, bei Gelegenheit eine besonders gute Torte bei Gennats Sekretärin abzugeben.

Er hatte den Schlüssel bei Frau von Werdens Haushälterin abgeholt und war mit allen drei Kollegen nach Wannsee hinausgefahren. Jetzt standen sie in der Eingangshalle des Hauses. Neufeld sah sich bewundernd um, während Hasselmann vor die Treppe trat und prüfend hinaufschaute.

Leo teilte die einzelnen Zimmer sowie den Keller und den Gärtnerschuppen auf. »Wir suchen nach Unterlagen, die aus der Klinik stammen könnten. Aber natürlich auch nach anderen Dingen, die irgendeine Verbindung zum Fall haben könnten. Ich selbst übernehme das Schreibzimmer oder wie immer Frau von Werden es genannt haben mag.«

Er begann mit dem Biedermeiersekretär am Fenster, das einen schönen Blick auf den noch winterlichen Garten bot. Er öffnete nacheinander die Schubladen, fand Briefpapier, Umschläge, einige Gläser mit verschiedenfarbiger Tinte. Wie es aussah, hatte die Verstorbene eine lebhafte Korrespondenz geführt. Frau von Werden hatte offenbar teure Füllfederhalter geliebt. Zwei Fotos standen auf dem Sekretär. Das linke zeigte ihre Tochter und einen älteren Mann mit Vollbart, vermutlich den Vater. Es wirkte förmlich und gestellt, hatte nichts liebevoll Selbstverständliches. Dann fiel sein Blick auf das Foto daneben, das eine ganz andere Atmosphäre verströmte. Leo trat damit ans Fenster, um es näher zu betrachten.

Ein Garten mit einer Schaukel, auf der ein Mädchen von etwa acht Jahren saß. Dahinter stand ein Mann in Hemd und Weste, die Ärmel hochgekrempelt, er schien das Mädchen anzuschieben. Die Zöpfe flogen, sie hatte den Kopf lachend nach hinten geworfen. Leo öffnete den Rahmen und nahm das Foto vorsichtig heraus. Mit blasser Tinte stand auf der Rückseite: *Siegfried und Pauline, Juni 1902.*

Pauline und der Onkel, vielleicht sogar im Garten seiner Klinik. Der Onkel, den sie laut Anna Weiß oft besucht hatte und irgendwann nicht mehr. Das Foto würde er auf jeden Fall mitnehmen.

Der Sekretär selbst barg keine Geheimnisse. Ansonsten gab es im Raum nur eine Chaiselongue und einen Vitrinenschrank, in dem Porzellanfiguren standen. Das Glas war blank poliert, es war kein einziger Fingerabdruck oder Schmierfleck zu entdecken. Eine große Topfpalme. Ein Stuhl mit gestreiftem Seidenbezug. Die Landschaftsaquarelle an den Wänden waren geschmackvoll und dezent, nichts fesselte den Blick länger als eine Sekunde.

An der Tür drehte Leo sich noch einmal um und ließ seinen Blick durch den Raum wandern. Wenn ein Zimmer seine Bewohnerin spiegelte, was bedeutete dann dies hier? Frau von Werden schien konservativ gewesen zu sein, in der Vorkriegszeit verhaftet. Das Zimmer hätte zu Beginn des Jahrhunderts kaum anders ausgesehen. Eingefroren in einer vergangenen Epoche. Konnte er daraus etwas über die Verstorbene schließen, auf ihr Verhältnis zur Tochter?

Dann hörte er eine Stimme von oben. »Herr Oberkommissar, würden Sie sich das bitte anschauen?«

Leo ging die Treppe hinauf und entdeckte Neufeld im Schlafzimmer. Er kniete vor dem Kleiderschrank, vor sich eine gestreifte Schachtel, in der mehrere Tagebücher lagen. Eines davon hielt er geöffnet in der Hand. »Ich habe etwas gefunden.«

Er stand auf und reichte Leo das Tagebuch, das in schimmernden grünen Stoff gebunden war. »Lesen Sie das mal. Der Eintrag ist vom März 1906.«

Heute fand die Behandlung statt. Siegfried ist zuversichtlich, dass man Pauline damit helfen wird, und so bin ich es auch. Ich vertraue auf die ärztliche Kunst und den kenntnisreichen Rat, den man uns erteilt hat. Auch Rudolf hat sich überzeugen lassen, wenngleich er nichts Näheres darüber wissen wollte und seinem Bruder die ganze Verantwortung für das Kind übergab.

Leos Herz schlug schneller. Das war mehr, viel mehr, als er zu finden erwartet hatte. »Das ist es.«

»Sie nennt allerdings nicht Clasens Namen und präzisiert nicht, um welche Behandlung es geht.«

»Es lässt zumindest mehr erahnen, als ich mir erhofft hatte: Pauline Caspary wurde in der Klinik behandelt, und zwar mit Wissen und Erlaubnis ihrer Mutter.« Leo blätterte weiter. »Hier ist noch etwas, eine Woche später geschrieben.«

Pauline erholt sich langsamer als erhofft. Sie weint viel, will nicht das Bett verlassen. Man hielt eine weitere Anwendung für empfehlenswert, der ich nach einigem Überlegen zugestimmt habe.

Leo ballte unwillkürlich die Faust, als er sich vorstellte, wie das Mädchen vor Schmerzen geweint hatte und die gleichen Qualen wenig später noch einmal ertragen musste. Sonnenschein hatte von seinem Gespräch mit Dr. Lehnbach berichtet, von Ätzungen und Verbrennungen. Ihm wurde fast schlecht bei dem Gedanken, dass jemand so etwas seiner eigenen Tochter Marie antun könnte. Oder Erika Sperber. Dr. Lehnbach hatte auch erzählt, womit sich Nicolaus Friedreich beschäftigt hatte, der Clasens Doktorvater gewesen war. Leo erinnerte sich an das Foto mit der Widmung, das er in Clasens Schlafzimmer entdeckt hatte: *Für F. C. mit allen guten Wünschen für die Zukunft von* – dann folgte die unleserliche Unterschrift, die womöglich mit F begann. Friedreich.

Er klappte das Tagebuch entschlossen zu. »Das nehmen wir mit.« Er trat aus dem Zimmer, blieb dann oben an der Treppe stehen und schaute nachdenklich auf die Stufen mit dem eleganten Läufer. Neufeld kam dazu und sah ihn von der Seite an.

»Was denken Sie?«

Leo tippte auf das Tagebuch und deutete damit auf die Treppe. »Wäre es möglich, dass sich eine Tochter an ihrer Mutter rächt, die ihr in der Kindheit so etwas angetan hat?«

Es war nicht mehr als eine vage Ahnung gewesen, seit er gestern beim Kranzler die Frau mit ihrer Tochter beobachtet hatte, doch nun, da er das Tagebuch gelesen hatte, nahm die Idee langsam Gestalt an.

»Sie meinen … es war kein Unfall?«, fragte Neufeld, dessen Skepsis nicht zu überhören war. »Aber die Kollegen waren gründlich und haben nichts gefunden.«

»Dessen bin ich mir bewusst«, sagte Leo und ging langsam die Stufen hinunter. »Aber die wussten nicht, was wir inzwischen wissen.«

Unten trafen sie auf Hasselmann und Sonnenschein, die wie erwartet keine Unterlagen aus der ehemaligen Klinik gefunden hatten. Mit etwas Glück war das auch nicht mehr nötig, denn sie hatten das Tagebuch und konnten Pauline Caspary damit konfrontieren. Vor allem aber musste Leo dringend ins Präsidium und den Obduktionsbericht über Dora von Werden lesen.

Im Präsidium schickte er Sonnenschein los, um bei Werneburg die Akte von Werden mitsamt Obduktionsbericht zu holen. Sein Kollege kam mit säuerlicher Miene zurück und hielt sie ihm hin. »Ich hoffe, das hilft uns weiter. Werneburg hatte sie noch nicht ins Archiv gegeben, ich musste ihn persönlich danach fragen. Er wirkte recht pikiert.«

Leo seufzte. »Ich hatte so was befürchtet. Tut mir leid, dass du es abbekommen hast.« Er schlug die Akte auf und suchte nach dem Obduktionsbericht.

Der Tod trat nicht sofort, aber auch nicht lange nach dem Sturz ein. Dieser Zeitraum kann nur geschätzt werden, anzunehmen sind ein bis zwei Stunden. Die Kopfverletzungen waren so schwer, dass, falls überhaupt, nur eine sofortige medizinische Behandlung eine Aussicht auf Überleben geboten hätte. Der Schädel war an mehreren Stellen gebrochen, die Tote muss mit dem Kopf auf die Kanten der Treppenstufen geschlagen sein.

Leo schaute nachdenklich auf das Blatt, das vor ihm lag. Dora von Werden war nicht sofort tot gewesen, hätte vielleicht eine hauchdünne Überlebenschance gehabt, wenn man ihr rechtzeitig geholfen hätte. Der Tod war laut Obduktionsbericht zwischen acht und neun Uhr abends eingetreten, also war sie zwischen sieben und acht Uhr gestürzt. Er suchte in seinen Notizen. Robert hatte erzählt, Pauline Caspary habe das Haus ihrer Mutter laut eigener Aussage abends um sieben verlassen, wofür es jedoch keine Zeugen gab. Sie hätte ihre Mutter die Treppe hinunterstoßen, abwarten können, bis sie tot war, und dann das Haus verlassen, als wäre nichts geschehen. Oder sie war sofort gegangen, weil sie genau gewusst hatte, dass ihre Mutter allein war und am Abend auch niemand mehr kommen würde, der Dora von Werden finden und dem sie anvertrauen könnte, was geschehen war. Teuflisch. Und teuflisch einfach.

Nur mussten sie es beweisen. Das alles blieb bloße Spekulation, solange sie Pauline Casparys Alibi nicht überprüft hatten. Und zwar für beide Todesfälle.

Er dachte an seinen Auftritt im Adlon und dass bisher nichts darüber in der Zeitung gestanden hatte, sonst hätten es ihm die Kollegen längst unter die Nase gerieben. Vielleicht kam er diesmal ungeschoren davon. Denn falls die Dame etwas zu verbergen hatte, würde sie wohl kaum die Presse auf sich aufmerksam machen.

Leo lehnte sich zurück und verschränkte die Hände hinter dem Kopf. Er hatte gestern Abend lange über die Begegnung mit Pauline Caspary nachgedacht. Und nun, da sie wussten, dass sich Clasen offenbar sein ganzes Berufsleben lang mit der Verstümmelung des weiblichen Körpers beschäftigt hatte, fügten sich Teile zusammen, die ihm vorher bedeutungslos erschienen waren.

Leo war mit Jakob Sonnenschein unterwegs nach Schwanenwerder, während Neufeld und Hasselmann Mathilde Werner, Dora von Werdens Haushälterin, eingehend befragen würden. Bei Werneburgs Untersuchung war es nur um den tödlichen Treppensturz gegangen, doch sie erhofften sich von ihr weitere Informationen über die Familie, wie etwa das Verhältnis zwischen Mutter und Tochter.

Während Leo den Wagen über die schmale, waldgesäumte Straße steuerte, die zu der exklusiven Villenkolonie führte, räusperte sich Sonnenschein und sah ihn von der Seite an. »Sag mal, wer war eigentlich die Frau neulich abends bei dir im Büro, wenn ich fragen darf?«

Leo stutzte, dann fiel es ihm ein. Über die neuen Entwicklungen im Fall hatte er Babette Sperber vorübergehend vergessen. »Das war Erikas Mutter. Sie ist todkrank.« Mehr sagte er nicht. Was auch? Alle Worte waren unzureichend.

Sonnenschein schwieg, als suchte er nach einer angemessenen Entgegnung. »Werden sie sich noch einmal sehen?«

»Wenn dieser verdammte Fall erledigt ist, kümmere ich mich sofort darum«, stieß Leo hervor, und es klang heftiger als beabsichtigt. Er bereute seinen Ausbruch sofort; Sonnenschein konnte ja nichts dafür, dass er sich für Erika verantwortlich fühlte.

»Dann sollten wir uns umso mehr Mühe geben, ihn schnell zu lösen«, sagte sein Kollege mit der ihm eigenen Ruhe, die Leo so zu schätzen wusste.

Sie rollten über die »Nadelöhr« genannte Brücke, die Schwanenwerder mit dem Festland verband, und fuhren die schmale Inselstraße entlang, wobei Sonnenschein, der wohl noch nicht hier gewesen war, staunend aus dem Wagenfenster schaute. »Exklusiver geht's nicht, oder?«

»Wohl kaum«, sagte Leo. »Dagegen ist selbst die Colonie Alsen eine Sozialbausiedlung.« Er hielt vor dem Grundstück der Casparys und stellte den Motor ab.

Sonnenschein pfiff leise. »Donnerwetter, Eingangstor mit Monogramm, die haben aber an alles gedacht.«

Leo lächelte. Er war mittlerweile immun gegen den Reichtum solcher Leute; vielleicht war es seine kleinbürgerliche Herkunft, die eher Trotz als Ehrfurcht in ihm weckte. Er hatte sich absichtlich nicht angekündigt, weil er Frau Caspary unvorbereitet mit seinen Fragen konfrontieren wollte. Sie durchquerten den Vorgarten – der Dobermann bellte wild in seinem Zwinger – und blieben vor der Haustür stehen. Leo klingelte.

Von drinnen waren Schritte zu hören, dann öffnete das Hausmädchen vom letzten Mal.

»Oberkommissar Wechsler noch einmal, das ist Kriminalsekretär Sonnenschein. Wir möchten Frau Caspary sprechen.«

»Die gnädige Frau ist leider nicht da.«

»Wann wird sie zurückerwartet?«

Leo konnte nur hoffen, dass sie nach dem Zwischenfall im Adlon keine längere Reise angetreten hatte. Bevor das Mädchen antworten konnte, tauchte hinter ihr ein kleiner Mann mit kugelrundem Kopf auf, der einen maßgeschneiderten Anzug mit gepunktetem Einstecktuch trug.

»Ich bin Dr. Caspary. Was gibt es denn?«

Leo wiederholte sein Anliegen.

»Darf ich fragen, worum es geht? Hängt es mit dem Tod meiner Schwiegermutter zusammen?«

Leo nutzte seine Chance. »Durchaus. Könnten wir stattdessen kurz mit Ihnen sprechen?«

Caspary runzelte die Stirn und nickte dann. »Kommen Sie mit.«

Er ging vor ihnen her, den fast kahlen Kopf hoch erhoben, die Schultern durchgedrückt, wohl um größer zu wirken. Er war kein stattlicher Mann, aber Leo hatte genug von ihm gehört, um ihn nicht zu unterschätzen.

Das Arbeitszimmer war modern eingerichtet, Chrom und Glas, dazu ein eisengrauer Teppich auf dem hellen Parkett.

»Bitte nehmen Sie Platz.«

Caspary ließ sich hinter dem Schreibtisch nieder und verschränkte die Hände auf der Platte. »Ich gestehe, ich bin etwas verwundert, da ich die Ermittlungen zum bedauerlichen Tod meiner Schwiegermutter für abgeschlossen hielt.«

Leo legte sich die Worte sorgfältig zurecht. Bei einem solchen Gegenüber durften sie sich keinen Fehler erlauben. »Das waren sie, aber es gibt Berührungspunkte mit einem anderen Fall, in dem wir ermitteln.«

»In welcher Abteilung sind Sie doch gleich?«

Leo musste lächeln, solche Tricks beeindruckten ihn nicht. »Verzeihung, dass ich das noch nicht erwähnt habe. Inspektion A.«

Der Anwalt zog die Augenbrauen hoch. »Gennats Leute.«

»So ist es.«

»Da fühle ich mich aber geehrt. Was kann ich für Sie tun?«

»Waren Sie am 26. Februar zu Hause? Das ist der Tag, an dem Ihre Schwiegermutter verstarb.«

Caspary öffnete eine geschnitzte Holzdose, die auf dem Schreibtisch stand, entnahm ihr eine Zigarre und führte sie unter der Nase entlang. Er knipste sorgfältig die Spitze ab und zündete sie an. »Nein, ich war eine Weile beruflich in Wien.«

»Dann können Sie uns also nichts zum Zeitablauf an diesem Tag sagen?«, warf Sonnenschein ein.

»Falls Sie den Tagesablauf meiner Frau meinen – nein. Was aber nicht nur damit zusammenhängt, dass ich verreist war, sondern auch mit der Tatsache, dass wir eine großzügige Ehe führen. Ich frage gewöhnlich nicht, wo und mit wem Pauline ihre Zeit verbringt, und sie hält es ähnlich.«

»Darf ich fragen, wann genau Sie die Reise angetreten haben?«

»Am Morgen des 24. Februar. Ich bin gestern Abend zurückgekommen.«

Leo überlegte, wie er die nächste Frage formulieren sollte. Es war heikel, Caspary nach dem Alibi seiner Frau zu fragen. Es musste unverfänglich klingen, obgleich er sich keinen Illusionen hingab – als Staranwalt war der Mann mit allen Wassern gewaschen. »Darf ich fragen, ob Sie den Abend vor Ihrer Abreise mit Ihrer Frau verbracht haben?«

Caspary lachte. »Sie sind ganz schön neugierig. Und warum fragen Sie nach dem 23.? Da war meine Schwiegermutter doch noch am Leben.«

»Wir haben unsere Gründe.«

Er schwieg eine Weile. Dann zog er an der Zigarre und stieß den Rauch in Richtung Decke aus. »Ich weiß sehr wohl, dass ich Ihnen diese Frage nicht beantworten muss. Aber da ich annehme, dass Sie gute Gründe dafür haben, bitte schön. Ich habe den Abend nicht hier verbracht, sondern bei einer Freundin. Ich hatte meinen Koffer bereits mitgenommen und bin am nächsten Morgen um halb neun vom Anhalter Bahnhof nach Wien gereist. Ich habe Pauline erst heute Morgen beim Frühstück wiedergesehen.«

Von ihrem Ehemann hatte sie also kein Alibi zu erwarten. Bevor Leo weiterfragen konnte, schlug Sonnenschein eine völlig andere Richtung ein.

»Kannten Sie eigentlich den Onkel Ihrer Frau? Dr. Siegfried von Werden?«

Diese Wendung kam für Dr. Caspary sichtlich überraschend.

»Was für eine kuriose Frage. Ich bin ihm nur einmal begegnet, und zwar bei unserer Hochzeit. Und ich erinnere mich, dass Pauline ihn selbst da nur widerwillig eingeladen hatte, weil ihre Mutter es verlangte. Sie konnte Onkel Siegfried nicht leiden, das hat sie mehrmals erwähnt. Danach gab es keinen Kontakt mehr bis zu seinem Tod.«

»Hat sie je gesagt, woher die Abneigung rührte?«

Caspary schüttelte den Kopf. »Ich habe ein- oder zweimal danach gefragt, aber Pauline wollte nicht darüber sprechen. Es schien ein unbewusster Widerwille zu sein, wie man ihn eben manchmal empfindet. Ich habe dann nicht mehr gefragt, es war ja auch nicht weiter wichtig.«

»Wissen Sie etwas über die Privatklinik, die Siegfried von Werden betrieben hat?«

Caspary wirkte ehrlich überrascht. »Meine Schwiegermutter hat mal etwas angedeutet, ›Siegfrieds Malheur‹ nannte sie es. Ein sonderbarer Ausdruck, wie ich fand, aber Dora war eben eine Dame aus einer anderen Zeit. In ihrer Familie sprach man ungern über unerfreuliche Dinge, wozu auch berufliche Niederlagen gehörten. Ihr Mann, Rudolf, war ja sehr erfolgreich mit seinem Unternehmen. Aber etwas Näheres weiß ich nicht, nur dass die Klinik vor vielen Jahren schließen musste.«

Mehr würden sie wohl nicht erfahren, dachte Leo, und das mussten sie auch nicht. Im Grunde war er ganz froh, dass er nicht Pauline Caspary, sondern ihren Ehemann angetroffen hatte, das Gespräch hatte neue Einblicke eröffnet. Zudem wäre es interessant zu sehen, wie sie auf ihren Besuch reagieren würde. Er erhob sich, Sonnenschein tat es ihm nach. »Wir danken Ihnen für die Informationen, Herr

Dr. Caspary. Und bitte richten Sie Ihrer Frau aus, sie möge sich umgehend bei uns melden.« Er legte seine Visitenkarte auf den Schreibtisch.

Im Gehen kam ihm noch ein Gedanke. Offenbar hatte Pauline Caspary ihre Begegnung im Adlon nicht erwähnt, obwohl sie so aufgebracht gewesen war. Interessant.

26

Mathilde Werner empfing die Kriminalbeamten in einer bunten Küchenschürze, die sie sofort ablegte, nachdem sie die Dienstmarken gesehen hatte. Sie bot ihnen Stühle in der Küche an, das Wohnzimmer sei noch nicht aufgeräumt. Bald waren sie mit Kaffee versorgt, ein Stück Streuselkuchen gab es auch.

»Ich dachte, der Fall der armen Frau von Werden wäre abgeschlossen. So ein schrecklicher Unfall.« Sie strich sich die grauen Haare glatt und nahm auf einem Hocker Platz.

Hasselmann erklärte, es gebe noch einige Fragen. »Wir wüssten gern mehr über die Tochter der Toten, Frau Pauline Caspary. Sie erwähnte bei der Befragung durch meine Kollegen, sie habe ihrer Mutter vorgeschlagen, in ihre Nähe zu ziehen, und zwar eben wegen der gelegentlichen Schwindelanfälle, aber Frau von Werden habe das abgelehnt.«

Frau Werner schaute verwundert von ihm zu Neufeld. »Oh, das kann ich mir gar nicht vorstellen.«

»Dass Ihre Arbeitgeberin nicht umziehen wollte?«, fragte Neufeld rasch.

»Nein, dass ihre Tochter das vorgeschlagen hat. Die beiden standen einander nicht besonders nahe. Ich würde ihr Verhältnis als eher kühl beschreiben. Nicht dass es Streit gegeben hätte, aber Frau Caspary begegnete ihrer Mutter recht förmlich.«

Hasselmann trank einen Schluck Kaffee und seufzte genießerisch. »Wie oft besuchte sie ihre Mutter?«

Frau Werner zuckte mit den Schultern. »Einmal im Monat. Manchmal waren die Abstände auch größer, wenn sie verreiste. Die gnädige Frau hat sich nie beklagt, aber ich konnte spüren, dass sie darunter gelitten hat. Sie war sehr stolz auf ihre Tochter, die es mit der Heirat so gut getroffen hatte.«

Die Kriminalbeamten sahen einander an. Das passte durchaus zu der Theorie, dass Dora von Werden eine Behandlung verantwortet hatte, die ihrer jungen Tochter Schmerz und Leid zugefügt hatte, dachte Neufeld. Sie war von der Richtigkeit ihres Tuns überzeugt gewesen und hatte die Nähe zu Pauline gesucht, während diese sich von der Mutter distanzieren wollte. Warum aber hatte sie die Verbindung nicht gänzlich abgebrochen? Und falls sie ihrer Mutter etwas angetan hatte, warum dann erst nach so vielen Jahren?

»Haben Sie jemals mitbekommen, weshalb Frau Caspary sich so verhielt?«, fragte er. »Hat sich ihr Verhältnis irgendwann verändert?«

Sie überlegte gründlich. »Nein, soweit ich mich erinnere, war es immer so.«

Neufeld kam noch ein Gedanke. »Kannten Sie Frau von Werdens Schwager, Dr. Siegfried von Werden?«

Frau Werner antwortete postwendend. »Ja, er kam regelmäßig zu Besuch, bis zu seinem Tod. Die gnädige Frau und er standen einander sehr nahe, was mich ein wenig überrascht hat, da er nicht ihr Bruder, sondern ihr Schwager war. Womöglich erinnerte er die gnädige Frau an ihren verstorbenen Mann. Jedenfalls waren sie gut befreundet, würde ich sagen.«

»Wer sonst verkehrte regelmäßig bei ihr?«

»Die gnädige Frau traf sich gelegentlich mit Bekannten von früher, wobei in ihrem Alter natürlich einige bereits verstorben waren. Der Kreis wurde kleiner.«

»Können Sie mir die Namen nennen? Und fällt Ihnen sonst noch jemand ein, mit dem sie Kontakt hatte?«

Frau Werner nickte. »Ja, da wäre noch Otti Helmich, die kam immer mal wieder zu Besuch.«

Neufeld horchte auf. Der Name war bisher nie gefallen. »Wer ist das?«

»Das ehemalige Kindermädchen der Familie. Ich habe mich immer gefragt, was die gnädige Frau mit Otti verband, sie bewegten sich ja nicht in denselben Kreisen, aber sie kam öfter. Alle zwei Monate, würde ich sagen, und dann saßen sie beieinander, schauten sich alte Bilder an und redeten viel.«

»Wissen Sie, wo diese Frau Helmich wohnt?«, fragte Hasselmann.

Frau Werner schüttelte den Kopf. »Nein, aber sie steht sicher im Adressbuch der gnädigen Frau.«

Nachdem sie sich verabschiedet hatten und auf der Straße standen, schob Hasselmann die Hände in die Manteltaschen und sah Neufeld auffordernd an. »Also suchen wir das Kindermächen.«

Pauline Caspary kam es vor, als säßen zwei Personen im Auto – die eine konzentrierte sich auf den Straßenverkehr, die andere war tief in der Vergangenheit versunken. In der Handtasche, die neben ihr auf dem Sitz stand, lag das Fläschchen, das sie vorhin in einer Apotheke gekauft hatte. Es war so einfach gewesen, niemand hatte sie seltsam angeschaut. Und warum auch – es wurde von vielen Ärzten verordnet, weil es gut wirkte, das hatte ihr Dr. Clasen bei der Begegnung auf Ernsts Fest erzählt.

Er hatte am Büffet gestanden, Sektglas in der einen Hand, Lachscanapé in der anderen. Sie hatte ihn angesprochen, ohne ihren Mädchennamen zu erwähnen, und Clasen hatte bei dem Namen Caspary interessiert und geschmeichelt ausgesehen. Wie gesprächig er gewesen war, wie eitel und unaufmerksam. Er hatte mit ihr geplaudert, nach aufsehenerregenden Fällen ihres Mannes gefragt, von denen er in der Zeitung gelesen hatte, und nicht ein einziges Mal hatte sie ein prüfender Blick gestreift, nicht einmal hatte er sie taxiert, wie um zu ergründen, ob sie einander schon einmal begegnet waren.

Pauline hingegen hatte gespürt, wie ihre Hände feucht wurden, ihr Herz schneller schlug. Sie hatte leichte Konversation gemacht, während ihr der Schweiß zwischen den Schulterblättern hinuntergelaufen war.

Denn in dem Moment, in dem sie ihn dort gesehen hatte, war alles zurückgekommen. Was vorher nur eine dunkle Ahnung gewesen war, eine instinktive Abneigung gegen ihre Mutter, ein Schleier über ihren Jugendtagen, war plötzlich taghell und klar gewesen. Pauline wusste nicht mehr, wie sie den Schock verborgen hatte, doch irgendwie war es ihr gelungen, die elegante Maske zu wahren, während sich ihr Inneres aufzulösen schien.

Der Name Caspary hatte Clasen offenbar derart beeindruckt, dass er nur die Frau des erfolgreichen Anwalts vor sich sah und nicht das verängstigte Mädchen, das ihm vor vielen Jahren in einem Behandlungszimmer auf einer Untersuchungsliege gegenübergesessen hatte. Sie erinnerte sich, wie Stimmen durch die Tür gedrungen waren, ihre Mutter und ihr Onkel. Sie hatte geschrien, weil sie naiverweise gehofft hatte, die beiden würden ihr helfen, wenn sie sich nur bemerkbar machte. Aber niemand war gekommen. Man hatte sie diesem Arzt überlassen, und er hatte ihr etwas angetan, über das sie bis heute mit keinem Menschen gesprochen hatte.

Und dann, während sie auf dem Fest dagestanden und mit Clasen geplaudert hatte, war etwas in ihr geschehen. Ein Samenkorn war aufgeplatzt, in zwei Hälften gebrochen und hatte einen winzigen Schössling freigesetzt, der in rasendem Tempo wuchs und sich wie ein ganzer Baum in ihr ausbreitete.

Eine neue Pauline Caspary war aus diesem Samenkorn hervorgegangen, die sich angeregt mit Clasen unterhalten und ihn gefragt hatte, wo er wohne. In Tempelhof, ein wenig abgelegen, aber er schätze die Ruhe. Sein gesellschaftliches Leben finde hier im Westen statt, er wohne jedoch lieber im Süden Berlins.

Er hatte selbstzufrieden von seiner Arbeit berichtet, den vielen Frauen, denen er mit seinen neuartigen Behandlungen geholfen habe. Von den Mitteln, die er einsetzte und die dazu beitrugen, dass seine Patientinnen ein glücklicheres Leben führen konnten. Sie hatte immer weiter nachgefragt, was Clasen ungemein zu schmeicheln schien, und ihm so zahlreiche Einzelheiten über sein Leben entlockt: dass er in einer stattlichen Villa am Friedensplatz wohnte, welche Gewohnheiten er pflegte, wann seine Haushälterin und die Sprechstundenhilfe zugegen waren. Es war so einfach gewesen, alles aus ihm herauszukitzeln, und dafür hatte sie ihn noch mehr verachtet.

Als ein Bus hinter ihr hupte, kehrte sie mit einem Ruck in die Gegenwart zurück. Reiß dich zusammen, sagte sie sich, du hast etwas zu erledigen. Pauline berührte die Handtasche, als könnte sie Kraft aus ihr ziehen, und bog ab in Richtung Reinickendorf.

Neufeld war zu einem Telefonhäuschen gegangen und hatte im Präsidium angerufen, um die Adresse von Otti Helmich zu erfragen. Das erschien ihm einfacher, als erst den Schlüssel für das von Werdensche Haus zu holen und dort danach zu suchen. Hasselmann wartete rauchend vor der Tür, während Neufeld mit Fräulein Meinelt sprach, die sich im Adressbuch auf die Suche machte. Er trommelte leise mit den Fingern an die Scheibe, als die Minuten vergingen. Schließlich kam sie wieder an den Apparat und berichtete, sie habe ein Fräulein Ottilie Helmich in Reinickendorf gefunden, wohnhaft Letteallee 33. Er notierte sich die Adresse, hängte ein und und verließ das Telefonhäuschen. »Wir müssen nach Reinickendorf.«

Zum Glück hatten sie den Wagen genommen, mit öffentlichen Verkehrsmitteln wäre der Weg lang und umständlich geworden. So aber kamen sie rasch voran und bogen bald in die Letteallee ein, die eigentlich erst noch eine Allee werden wollte. Die Platanen, die man an beiden Seiten gepflanzt hatte, waren Schösslinge, kaum mannshoch. Es handelte sich um eine Siedlung mit hübschen kleinen Häusern, die aus dem vorigen Jahrhundert zu stammen schienen. Die Gegend wirkte beinahe ländlich, und es war schwer vorstellbar, dass sie gar nicht weit von den Mietskasernen des Berliner Nordostens entfernt war.

Hasselmann hielt vor der Nummer 33 und sagte: »Oh, schauen Sie mal, der Wagen da vorn. Ganz schön elegant für die Gegend. Das ist ein Bugatti Typ 40, was ganz Besonderes.«

Neufeld, der kein großes Interesse an Automobilen hatte, stieg achselzuckend aus. »Vielleicht hat jemand geerbt oder reiche Verwandte zu Besuch.«

Der Vorgarten war mit einem schmiedeeisernen Gitter eingezäunt, und die zartgrünen Spitzen, die in den Beeten aus der Erde drangen, ließen einen bunten Frühling erahnen. An der Tür standen zwei Namen, der untere war Helmich. Sie klingelten. Nichts rührte sich.

Hasselmann brummte ärgerlich.

Neufeld sah sich um, wobei sein Blick an dem eleganten Auto hängen blieb. Dann hörte er von drinnen ein Geräusch, das er nicht einordnen konnte, das aber eindeutig aus dem Erdgeschoss kam. »Haben Sie das gerade auch gehört?«

»Ja, da war was.« Hasselmann ging zum Fenster und klopfte, horchte. Nichts.

Neufeld klingelte an der oberen Wohnung. Kurz darauf ertönten Schritte auf der Treppe, und ein älterer Mann öffnete die Tür.

»Wir sind von der Polizei und möchten mit Fräulein Helmich sprechen. Sie macht nicht auf, aber es scheint jemand in der Wohnung zu sein.«

Der Mann wandte sich ab und klopfte an die Wohnungstür. »Otti? Hier sind zwei Herren für dich.«

Es war still, dann wurde die Tür geöffnet, und eine elegant gekleidete Frau stand auf der Schwelle. Sie sah bestürzt aus und streckte die Hand nach den Männern aus. »Kann jemand einen Arzt rufen?«

»Frau Caspary?«, fragte Neufeld, worauf Hasselmann ihn überrascht ansah.

»Sie kennen die Dame?«

»Aus den Zeitungen. Und im Haus ihrer Mutter standen mehrere Fotos«, sagte Neufeld rasch. »Darf ich fragen, was Sie hier machen? Und wer einen Arzt braucht?«

Noch während er sprach, schob er Pauline Caspary beiseite und betrat die Wohnung. Otti Helmich lag auf dem Sofa, ihr Gesicht war blass, die Lippen bläulich, sie hatte die Hand auf die Brust gedrückt.

»Gibt es hier ein Telefon?«, fragte er drängend. »Die Frau hat einen Herzanfall oder etwas Ähnliches!«

Der Nachbar spähte in die Wohnung. »Im Haus gibt's kein Telefon, aber Stuschkes nebenan, die haben einen Anschluss.«

»Dann gehen Sie sofort hin und rufen einen Krankenwagen«, sagte Hasselmann im Befehlston. Der Mann eilte davon.

Während sich Neufeld um die Frau kümmerte und ihren Puls fühlte, der stark beschleunigt war, hörte er, wie sein Kollege mit Frau Caspary sprach.

»Setzen Sie sich. Und dann sagen Sie mir, was hier passiert ist.«

»Ich wollte Otti besuchen, sie war mein Kindermädchen. Sie ist nicht gut zu Fuß und konnte nicht zur Beerdigung meiner Mutter kommen. Also bin ich hergefahren, um ihr ein paar Erinnerungsstücke zu bringen, die Mama ihr hinterlassen hat.« Sie deutete auf den Küchentisch, auf dem eine kleine Holzschatulle stand. »Es sind einige Schmuckstücke und Fotografien.« Sie klang bekümmert, aber gefasst. »Wir haben Kaffee getrunken, und plötzlich drückte sie die Hand auf die Brust und atmete keuchend. Ich habe ihr zum Sofa geholfen und mich um sie gekümmert. Gerade als ich beschlossen hatte, einen Arzt zu rufen, haben Sie an die Tür geklopft.«

»Wir haben auch geklingelt«, sagte Neufeld und drehte sich zu ihr um.

»Das habe ich gehört, aber ich war mit Otti beschäftigt«, sagte Frau Caspary. »Es tut mir leid, dass ich nicht gleich geöffnet habe.«

Das klang durchaus plausibel, aber er hatte nicht vergessen, weshalb sie eigentlich nach Reinickendorf hinausgefahren waren. »Es trifft sich gut, dass Sie hier sind, denn wir müssen dringend mit Ihnen sprechen. Über den Fall Clasen und auch über Ihre Mutter.«

Pauline Caspary sprang auf. »Fangen Sie jetzt auch noch damit an, so wie Ihr Kollege, der mich im Adlon überfallen hat? Meine Mutter ist gestorben, und jetzt liegt die arme Otti hier. Sie sind nicht nur unverschämt, sondern herzlos.«

Hasselmann blieb ungerührt, er verschränkte unbeeindruckt die Arme vor der Brust. »Wissen Sie was, Frau Caspary? Wir warten, bis der Arzt hier war, und dann fahren Sie mit uns ins Präsidium und beantworten unsere Fragen.«

»Und von denen haben wir einige«, fügte Neufeld hinzu.

Sie schluckte und nickte dann. Schweigend spielte sie mit dem Henkel ihrer Handtasche, die sie auf dem Schoß hatte. Sie fuhr sich flüchtig mit der Zunge über die Lippen, ihre Augen unter den Lidern zuckten hin und her. »Wenn ich kurz austreten dürfte?«

»Bitte.«

Als sie im Flur verschwunden war, sahen sich die Kriminalbeamten an. »Haben Sie auch so ein Gefühl?«, fragte Hasselmann.

Statt zu antworten, eilte Neufeld ihr nach. Auch er hatte die seltsame Atmosphäre in der Wohnung gespürt und bemerkt, wie nervös Frau Caspary wirkte. Vor der Badezimmertür blieb er stehen und drückte die Klinke. Abgeschlossen. Er überlegte blitzschnell und warf sich dann mit aller Gewalt gegen die Tür auf die Gefahr hin, eine Frau auf der Toilette zu stören.

Er sah noch, wie Pauline Caspary eine braune Flasche über dem Waschbecken ausleerte.

Seine Hand schoss vor und schloss sich um ihr Handgelenk, worauf die Flasche ins Becken kullerte und auf dem Abfluss liegen blieb.

Er las das Etikett.

Ephetonin.

Leo wartete ungeduldig im Flur, als Hasselmann und Neufeld Pauline Caspary durch die Glastür in die Inspektion A führten. Er deutete auf die Tür zum großen Büro. »Hier herein, bitte. Und Fräulein Meinelt, wir möchten nicht gestört werden.«

Neufeld hatte Leo telefonisch angekündigt, dass sie mit Frau Caspary ins Präsidium kommen würden. Hasselmann hatte den Sanitätern eingeschärft, das Krankenhaus solle sich umgehend melden, sobald es Neuigkeiten über den Zustand von Otti Helmich gab. Leo hoffte inständig, dass die Frau überlebte und bestätigen oder widerlegen konnte, was Pauline Caspary aussagte.

Er bot Pauline Caspary einen Platz an, worauf sie den Pelz von der Schulter gleiten ließ, den Sonnenschein auffing und über den Garderobenständer hängte. Sie wirkte souverän und ungerührt, als wäre dies ein freundschaftlicher Besuch. Sie saß sehr gerade da, den Kopf mit dem schwarzen Pagenschnitt ein wenig zur Seite geneigt, bereit, aufmerksam zuzuhören, statt selbst etwas zu sagen.

Neufeld holte die braune Glasflasche heraus und stellte sie auf den Tisch.

»Warum hatten Sie Ephetonin bei sich? Und warum haben Sie es weggeschüttet?«

Pauline Caspary schwieg.

»Meine Kollegen haben die Kaffeetasse mitgenommen, aus der Fräulein Helmich getrunken hat. Wir lassen die Reste darin chemisch analysieren. Falls sie Ephetonin enthalten, haben Sie uns einiges zu erklären.«

»Ich habe nichts zu sagen.« Ihre Stimme klang tief und rau und sehr gelassen.

Das wird nicht einfach, dachte Leo, war aber nun, da die Lösung so nahe schien, ruhig und konzentriert. Er war überzeugt, dass sie die Täterin gefunden hatten, dass Pauline Caspary, geborene von Werden, einen Menschen erschlagen, einen zweiten zumindest durch unterlassene Hilfeleistung hatte sterben lassen und einen dritten vermutlich vergiftet hatte. Aber sie mussten ihre Rüstung durchbrechen.

Leo hatte lange darüber nachgedacht, wie sie die Befragung durchführen sollten, wenn sie zum kritischen Punkt der Verstümmelung gelangten. Es erschien ihm undenkbar, dass vier Männer eine Frau zu derart intimen Dingen verhörten, und er hatte vorsichtshalber bei der Kollegin Wieking angefragt und sie gebeten, bei dem Gespräch zugegen zu sein. Sie war überrascht gewesen, hatte aber sofort zugestimmt, nachdem Leo ihr den Hintergrund erklärt hatte.

Doch so weit waren sie noch nicht.

»Frau Caspary, wo waren Sie am 23. Februar 1929? Und zwar ab sechs Uhr abends?«

Diese Frage hatte sie offenbar nicht erwartet. Sie runzelte die Stirn, als überlegte sie. »Oh, da müsste ich in meinen Kalender sehen. Was für ein Wochentag war das?«

»Ein Samstag.«

»Hm, ich glaube, um sechs war ich noch zu Hause.«

»Kann das jemand bezeugen?«

»Leider nicht. Und später – lassen Sie mich überlegen – ja, da war ich auf einem Empfang bei einem Bekannten, Herrn Ernst Haldensleben.«

»Ab wann waren Sie dort?«

Sie dachte kurz nach. »Das weiß ich leider nicht mehr genau. Vielleicht kann es Ihnen Herr Haldensleben sagen.«

Leo ging nicht weiter darauf ein, sondern gab Neufeld ein Zeichen. Oft war es ratsam, dass die Fragen von mehreren Beamten kamen, dann mussten sich die Befragten auf eine neue Person einstellen und gerieten im günstigsten Fall aus dem Konzept.

»Und wie war das an dem Abend, an dem Ihre Mutter gestorben ist? Sie haben ausgesagt, Sie seien bis sieben Uhr bei ihr gewesen. Was haben Sie danach gemacht?«

Sie schaute auf ihre gepflegten Fingernägel. »Ich bin nach Hause gefahren.«

»Kann das jemand bezeugen?«

»Ja, meine Haushälterin kam mir an der Tür entgegen. Um kurz nach acht, glaube ich.«

»Es ist nicht weit vom Haus Ihrer Mutter nach Schwanenwerder. Darf ich fragen, warum Sie für die Strecke eine Stunde gebraucht haben?«

»Ich bin noch ein bisschen herumgefahren. Das mache ich gelegentlich. Autofahren beruhigt mich.«

»Hatten Sie denn Grund, beunruhigt zu sein, als Sie Ihre Mutter verließen?«, warf Sonnenschein ein.

Pauline Caspary schaute in die Runde. »Ich nehme an, das hier ist ein Verhör. Jetzt weiß ich wenigstens, wie sich so etwas anfühlt. Ich kannte das bisher nur aus Büchern.«

Leo sah sie ernst an. »Frau Caspary, Sie kannten vermutlich Dr. Ferdinand Clasen, waren bei Ihrer Mutter, kurz bevor sie starb, und haben soeben versucht, Ihr ehemaliges Kindermädchen mit Ephetonin zu vergiften. Ich würde sagen, da ist eine gründliche Befragung durchaus angebracht.«

Sie wurde noch blasser, als sie ohnehin war, blieb aber äußerlich ruhig. »Das müssen Sie mir erst beweisen.«

Eine ungewöhnliche Reaktion, sie machte gar nicht erst den Versuch, es abzustreiten. »Dessen bin ich mir bewusst«, sagte Leo. »Also beginnen wir mit dem letzten Vorfall. Erklären Sie mir bitte, weshalb Sie Ephetonin bei sich hatten und warum Sie es weggeschüttet haben, nachdem meine Kollegen die Wohnung betreten hatten.«

Sie schwieg.

Leo war kurz davor, die Kollegin Wieking ins Büro zu bestellen, als jemand an die Verbindungstür klopfte.

»Ja, bitte?«, fragte er unwillig, worauf Fräulein Meinelt den Kopf hereinsteckte. »Ich weiß, ich soll nicht stören, aber das Krankenhaus ist am Telefon.«

Er stand auf und ging nach nebenan. »Wechsler.«

Die Nachricht war schlecht. Alle Rettungsversuche waren vergeblich gewesen, Otti Helmich war soeben verstorben.

Leo stand da, den Hörer in der Hand, und überlegte. Sie hatten bisher nichts wirklich Greifbares. Fehlende Alibis, gewiss. Aber sie konnten nicht beweisen, dass Pauline Caspary an jenem Samstagabend in Tempelhof gewesen war. Eine Gegenüberstellung mit Erika Sperber oder Hans Gruber war möglich, aber beide hatten nicht einmal das Geschlecht der Person zweifelsfrei erkannt. Auch gab es keinen echten Beweis dafür, dass Frau Caspary in irgendeiner Weise den Tod ihrer Mutter verschuldet oder herbeigeführt hatte.

Sollte Ephetonin in Otti Helmichs Kaffeetasse gewesen sein, wäre das natürlich belastend, aber selbst dafür könnte ein geschickter Anwalt eine Erklärung finden. Dass die Frau Herzprobleme gehabt hatte, war nicht ausgeschlossen, und man konnte anführen, dass Frau Caspary hatte helfen wollen und ihr dabei versehentlich eine zu hohe Dosis verabreicht hatte. Er hatte oft genug erlebt, wie sich Menschen, an deren Schuld er keinerlei Zweifel hegte, mithilfe ihrer Anwälte herausgewunden hatten.

Er schaute zur Verbindungstür, kämpfte mit sich, ob er den Schritt wagen konnte. Es war riskant, aber sie brauchten ein Geständnis. Mit dem, was sie bisher in der Hand hatten, würden sie keine Verurteilung erreichen, womöglich nicht einmal einen Haftbefehl bekommen.

Schließlich öffnete er die Verbindungstür und setzte sich wieder auf seinen Stuhl. Vier Augenpaare schauten ihm erwartungsvoll entgegen.

»Das war das Krankenhaus. Fräulein Helmich hat sich erholt und ist bereit, uns zu erzählen, was während Ihres Besuchs passiert ist.«

Er schaute seine Kollegen nicht an, weil er fürchtete, sich irgendwie zu verraten. Stattdessen hielt er den Blick unverwandt auf Pauline Caspary gerichtet und las zum ersten Mal Angst in ihren Augen.

27

Pauline Caspary saß in Leos Büro und war von Fräulein Meinelt mit Kaffee versorgt worden. Die Tür zum Flur war vorsichtshalber abgeschlossen. Im Nebenraum sprachen Leo und seine Kollegen in gedämpftem Ton miteinander, damit nichts zu ihrer Verdächtigen durchdrang. Neufeld wunderte sich, wie rasch sich Fräulein Helmich erholt hatte, und erfuhr zu seinem Erstaunen, dass sie tot war. Sonnenschein schien besorgt, ob dieses Vorgehen überhaupt erlaubt war, worauf Leo mit den Schultern zuckte.

»Sagen wir, ich bewege mich auf dünnem Eis. Aber solange ich sie nicht zu einem Geständnis nötige, weder verbal noch körperlich einschüchtere oder erpresse, komme ich hoffentlich damit durch.«

»Es scheint, Sie haben ihr den Schneid damit abgekauft«, sagte Hasselmann mit leiser Bewunderung.

Leo räusperte sich. »Meine Herren, ich werde die Befragung jetzt allein fortsetzen. Ich halte es in diesem besonderen Fall für geboten, dass Frau Caspary nicht von vier Männern über solch intime Dinge befragt wird. Daher habe ich die Kollegin Wieking gebeten, als Protokollantin und Zeugin dabei zu sein.«

Sie nickten. Womöglich war das Erstaunen der Kollegen über seine Lüge größer als die Verwunderung darüber, dass er die Befragung allein durchführen wollte. Und vielleicht stand in ihren Mienen auch so etwas wie Erleichterung, dass sie nicht dabei sein mussten.

»Sie hören von mir, sobald wir ein Ergebnis haben.«

Leo hatte bereits im vergangenen Jahr mit Friedrike Wieking zusammengearbeitet. Er schätzte ihre ruhige, sachliche Art; sie schien genau die Richtige zu sein, um die heikle Befragung zu begleiten und der Verdächtigen Vertrauen einzuflößen. Sie kam herein, begrüßte zuerst ihn und stellte sich dann Frau Caspary vor.

»Hier arbeiten auch Frauen?« In ihrer Stimme schwang leichte Überraschung mit.

»Wir haben unsere eigene Inspektion«, sagte Fräulein Wieking. »Aber wir unterstützen auch die Kollegen in den anderen Abteilungen.« Sie setzte sich auf einen Stuhl in die Ecke, holte ihr Notizbuch heraus und schaute Leo abwartend an.

Er setzte sich an den Schreibtisch und zog ein Blatt Papier aus einer Mappe. »Frau Caspary, ich habe Fräulein Wieking aus einem bestimmten Grund dazugeholt. Aus demselben Grund sind auch meine Kollegen bei diesem Gespräch nicht zugegen.«

Ihr Gesicht blieb unbewegt, doch er sah an ihrem Hals, wie sie schluckte. »Worum geht es?«

Leo schaute auf das Papier und las dann vor: »Heute fand die Behandlung statt. Siegfried ist zuversichtlich, dass man Pauline damit helfen wird, und so bin ich es auch. Ich vertraue auf die ärztliche Kunst und den kenntnisreichen Rat, den man uns erteilt hat. Auch Rudolf hat sich überzeugen lassen, wenngleich er nichts Näheres darüber wissen wollte und seinem Bruder die ganze Verantwortung für das Kind übergab.«

Pauline Caspary wurde totenblass, sagte aber nichts. Leo sah, wie sie die Kiefermuskeln anspannte und die Hände krampfhaft umeinander schloss.

»Und noch etwas: ›Pauline erholt sich langsamer als erhofft. Sie weint viel, will nicht das Bett verlassen. Man hielt eine weitere Anwendung für empfehlenswert, der ich nach einigem Überlegen zugestimmt habe.‹ Sagen Sie mir bitte, von welchen Anwendungen hier die Rede ist, Frau Caspary.«

Sie schwieg. Fräulein Wieking hob den Kopf und sah ihn aufmerksam an.

Leo atmete tief durch. Er hatte gehofft, dass es ihm erspart bliebe, die Behandlungen selbst zu schildern, doch er musste Frau Caspary zum Reden bringen. Notfalls auch, indem er beschrieb, was sie als Mädchen durchlitten hatte.

»Hat Dr. Clasen damals ein Brenneisen oder ätzende Mittel verwendet?«

Fräulein Wieking konnte ihr Entsetzen nicht ganz unterdrücken, fasste sich aber rasch und stenografierte mit.

»Es war doch Dr. Clasen, der Sie in der Klinik Ihres Onkels behandelt hat? Sein Doktorvater in Heidelberg hat im vergangenen Jahrhundert einen Aufsatz verfasst, indem er die Kauterisation der weiblichen Geschlechtsorgane als mögliche Behandlungsmethode gegen Hysterie propagierte.«

»Die was …?«, warf Fräulein Wieking ein, den Stift halb erhoben.

»Kauterisation«, wiederholte Leo. »Damit bezeichnet man die Zerstörung von Gewebe durch Brenneisen oder ätzende Mittel. Es handelt sich um einen äußerst schmerzhaften Eingriff. Man hat im vergangenen Jahrhundert, aber auch bis in unsere Zeit, solche und andere Eingriffe an Mädchen und Frauen durchgeführt, deren Verhalten als in irgendeiner Weise krankhaft betrachtet wurde. In manchen Fällen geschah das sogar auf Wunsch oder mit Zustimmung der Eltern. Wie im Fall Pauline von Werden.«

Fräulein Wiekings Augen weiteten sich. Pauline Caspary saß wie erstarrt da, den Blick gesenkt.

»Sie waren elf Jahre alt, als Ihre Mutter diese Tagebucheinträge verfasst hat. Der Arzt, der den Eingriff vermutlich vorgenommen hat, wurde vor dreizehn Tagen, am 23. Februar, ermordet. Kurz darauf starb Ihre Mutter. Und heute haben Sie versucht, Ihrem ehemaligen Kindermädchen eine potenziell tödliche Dosis Ephetonin zu verabreichen. Meine These lautet, dass Dr. Ferdinand Clasen im Jahre 1906 einen derartigen Eingriff an Ihnen durchgeführt hat, mit Zustimmung Ihrer Mutter. Und dass Otti Helmich, Ihr damaliges Kindermädchen, davon wusste. Was man Ihnen angetan hat, war grausam und unnötig, und Sie haben darunter gelitten, leiden womöglich bis heute darunter. Frau Caspary, es ist Zeit, die Wahrheit zu sagen.«

Er schaute auf seine Hände, horchte auf jede noch so kleine Regung. Er wollte die Lüge über Otti Helmich nicht wiederholen und hoffte, dass er auch ohne sie eine Aussage bekommen würde. Es war so still im Büro, das man das Scharren von Stühlen und leise Stimmen nebenan hören konnte, von draußen den gedämpften Baustellenlärm vom Alexanderplatz. Das leise Rascheln, als Fräulein Wieking eine Seite ihres Notizbuchs umblätterte. Und noch immer sagte Pauline Caspary nichts.

»Ich kann mir nicht im Entferntesten vorstellen, was das für ein Kind bedeuten muss«, sagte Leo sanft. »Der Schmerz, das Unverständnis über das, was mit einem geschieht. Vor allem aber das verlorene Vertrauen, das Gefühl, von den Eltern ausgeliefert zu werden. Dass ein Onkel, den Sie regelmäßig besucht haben, den Sie gernhatten, dies zugelassen und sogar angeordnet hat. Ich könnte mir vorstellen, dass Sie das alles vergessen oder verdrängt haben, um weiterleben zu können. Ich zitiere Ihren Geliebten, Ernst Haldensleben: ›Sie spricht nie über ihre Kindheit und Jugend. Sie ist ohnehin ein Mensch, der immer vorwärtsstrebt, geradezu atemlos ist, stetig auf der Suche nach etwas, das ich nicht benennen kann. Sie womöglich auch nicht.‹ Herr Haldensleben empfindet Sie als eine Getriebene, als jemanden, der sucht, ohne zu finden. Wäre es denkbar, dass Sie nach einer Erfüllung gesucht haben, die Ihnen versagt blieb, weil man Sie als Kind – verstümmelt hat?«

Ihr Aufschrei kam so abrupt, dass Leo und Fräulein Wieking zusammenfuhren. Pauline Caspary saß auf ihrem Stuhl, umklammerte mit beiden Händen die Sitzfläche und hatte den Mund weit aufgerissen. Die Sehnen an ihrem Hals traten wie Schnüre hervor. »Hören Sie auf! Ich will das nicht hören!«

»Es ist schwer, sich dem zu stellen, das verstehe ich. Aber es sind mehrere Menschen gestorben, und ich muss herausfinden, warum. Frau Caspary, Sie haben kein Alibi für die Zeit, als Dr. Clasen starb, und genauso ist es bei Ihrer Mutter, und wir haben Sie in Otti Helmichs Wohnung ertappt, wie Sie das Ephetonin weggeschüttet haben. Wenn Sie mir nicht sagen, was geschehen ist, muss ich weiter spekulieren.«

Sie schwieg.

Gut, dann ging es wohl nicht anders. »Ich stelle mir vor, dass Sie Ihr Leben lang nach etwas gesucht haben, das Sie vermissten und nicht finden konnten. Auch nicht bei Ihrem Mann.«

Ihr Kopf schoss hoch. »Was soll das heißen? Was hat Emil über mich erzählt?«

Oh, da hatte er wohl unabsichtlich an einen wunden Punkt gerührt. Jetzt musste er behutsam vorgehen. »Was hätte Ihr Mann mir denn erzählen können?«

Sie schloss kurz die Augen. »Dass er mir wenige Wochen nach der Hochzeit vorgeworfen hat, ich sei beschädigt, ich würde nicht richtig funktionieren?« Die Bitterkeit in ihrer Stimme war unüberhörbar.

»Und um das zu widerlegen, haben Sie sich anderen Männern zugewandt? Wollten dort finden, was Ihnen fehlte?«

Sie saß schwer atmend vor ihm. Leo konnte sehen, wie sehr sie mit sich kämpfte. Fräulein Wieking wollte etwas sagen, doch er hob abwehrend die Hand. Nicht jetzt, wo sie so kurz davor waren.

Pauline Caspary rieb sich mit den Fingerspitzen die Stirn und holte tief Luft. »Ich dachte, ich wäre endlich frei, wenn ich es tue. Wenn ich alle finde und …«

»Sie meinen alle Menschen, die von der ›Behandlung‹ wussten?«

»Ich meine alle, die dabei mitgemacht haben: Clasen, meine Mutter, Otti.«

»Sie gestehen also, dass Sie drei Menschen getötet haben?«

Sie sah Leo überrascht an. »Wieso drei?«

Er beschloss, reinen Tisch zu machen. »Otti Helmich ist im Krankenhaus an Herzversagen gestorben.«

Pauline Caspary schien in sich zusammenzufallen. »Aber Sie haben vorhin gesagt – sie kann also gar nicht –«

Er nickte. »Sie haben recht, sie kann nicht gegen Sie aussagen. Aber die Indizien sind belastend genug. Zwei Polizeibeamte können bezeugen, dass Sie Ephetonin bei sich hatten und es vernichten wollten. Es ist an der Zeit, alles zu gestehen.«

Leo fürchtete schon, sie würde wieder in Schweigen verfallen, doch sie vergrub das Gesicht in den Händen und sagte undeutlich: »Ich muss es endlich erzählen. Aber mit meinen Worten.«

Sie erinnerte sich nicht an alles. Manche Dinge waren weg. Wo sie gewesen waren, klaffte nur ein schwarzes Loch. Aber sie wusste noch, dass sie eines Nachts aufgeschreckt war und sich hingesetzt hatte. Da war sie elf gewesen. Sie hatte einen brennenden Schmerz gespürt, wie sie ihn noch nie empfunden hatte. Als kleines Mädchen war sie einmal vom Pony gefallen und hatte sich den Arm gebrochen. Das hatte schrecklich wehgetan, aber es war nichts gewesen verglichen mit diesem Gefühl.

Und dann? Sie hatte sich vorsichtig wieder hingelegt und überlegt, wovon sie wach geworden war. Da war ihr der Traum eingefallen. Er hatte mit einem Raum zu tun, der ganz weiß war und komisch roch. Und mit einem Mann, der näher gekommen war und mit ihr gesprochen hatte. Seine Worte hatten freundlich geklungen, doch sie hatte im Traum gewusst, dass er böse war. Damals war ihr nicht bewusst gewesen, wer er war.

Sie hatte zum Fenster geschaut. Der Wind bewegte die Gardinen. Sie wogten und blähten sich, als wären sie lebendig. Von draußen, durch das leicht geöffnete Fenster, war kein Laut gedrungen, alles war vollkommen still gewesen. Sie hatte dagelegen und auf die Gardinen geschaut, als könnte sie etwas Schönes aus ihnen heraufbeschwören. Und sie hatte überlegt, ob es wirklich nur ein Traum gewesen war, weil es sich so echt angefühlt hatte. Sie hatte versucht, nur auf den tanzenden weißen Stoff zu sehen und alles andere zu vergessen. Den Traum und die Schmerzen.

Sie schluckte, als sich die Erinnerung an die Schmerzen

wieder Bahn brach. Und an das Niesen, das sie hatte unterdrücken wollen und das unerbittlich nach draußen drängte.

Ihre Nase hatte gekitzelt, und ihr ganzer Körper war zusammengezuckt, und der Schmerz hatte gebrannt und gezerrt und gerissen und gebohrt. Und er war dort unten gewesen. Sie wusste noch, wie sie vorsichtig ihre Hand zwischen die Beine geführt und dort die Wurzel des Schmerzes gespürt hatte.

Das Schlimmste war jedoch gewesen, dass sie nicht gewusst hatte, womit sie den Schmerz verdiente. Wenn sie krank war, musste sie bisweilen Medizin einnehmen, die bitter schmeckte oder von der ihr schlecht wurde. Aber diesmal war sie gar nicht krank gewesen.

Sie war als Kind überhaupt selten krank. Sie war für ihr Leben gern auf Bäume geklettert und wild umhergerannt, hatte mit den Nachbarjungen gespielt. Sie war immer lieber mit Jungen zusammen gewesen als mit Mädchen. Wenn sie Onkel Albert, Mamas Bruder, auf seinem Gut bei Schwerin besuchten, war sie ohne Sattel geritten. Mama wäre fast in Ohnmacht gefallen, aber das war ihr egal. Sie wollte damals alles ausprobieren, sich bewegen, mit offenen Haaren umherlaufen und laut in den Wind schreien.

Dann aber war alles anders geworden. Wegen Otti. Eines Morgens war sie zum Frühstück gekommen, und Mama hatte sie so komisch angesehen und gefragt, ob es ihr gut gehe. Sie hatte gesagt: »Ja, Mama, es geht mir sehr gut.« Dann wollte Mama wissen, ob sie gut geschlafen hätte. Sie hatte wieder mit Ja geantwortet.

Ein paar Wochen später fing Mama aufs Neue damit an. »Ich war gestern Abend bei dir im Zimmer, und da hatte ich das Gefühl, dass es dir nicht gut geht. Du hast so seltsam geatmet und gestöhnt, als hättest du Schmerzen. Otti ist das schon öfter aufgefallen, und sie hat sich besorgt an mich gewandt.«

Mama hatte ausgesehen, als erwartete sie eine ganz bestimmte Antwort von Pauline. Und die konnte sie ihr nicht geben, weil sie das alles nicht verstand. Ihr ging es gut, sie hatte ganz entspannt im Bett gelegen und sich so angenehm warm gefühlt, das geschah öfter, und sie ließ es zu, weil es so schön war … »Bald bist du eine junge Frau. Eine junge Frau kann sich nicht benehmen wie ein wildes Mädchen, das Herumtoben draußen hört jetzt auf. Und sie muss anständig sein, das ist besonders wichtig. Sie muss immer und überall anständig sein, auch wenn sie allein ist.«

Sie hatte damals nicht gewusst, was Mama meinte und dass es einen Namen dafür gab. Sie wusste nur, dass sie nicht verstanden hatte, was Mama redete. Sie hatte aufgegessen und gefragt, ob sie nach draußen gehen dürfe. Mama hatte Ja gesagt, aber sie hatte ihr nachgesehen, das hatte sie genau gespürt. Und ein paar Tage später war sie mit ihr zu Onkel Siegfried in die Klinik gegangen.

»In seine Klinik in der Goethestraße in Zehlendorf?«, fragte Leo, und Pauline Caspary schien wie aus einer Trance zu erwachen, als er sie nun zum ersten Mal bei ihrer Schilderung unterbrach.

»Ja.«

Er hätte nie gedacht, dass in dem einen kurzen Wort so viel Abscheu liegen könnte. »Ihr Mann sagt, Sie hätten Ihren Onkel nicht leiden können.«

»Das stimmt. Früher einmal hatte ich ihn wohl sehr gern, aber das weiß ich nur aus Mutters Erzählungen.« Sie schaute ihm in die Augen, fest und ohne eine Spur von Tränen. »Ich weiß noch, dass ich Bonbons bekam und draußen warten musste, während Mama mit Onkel Siegfried sprach. Sie war lange drinnen. Und dann kamen sie heraus, und wir haben zusammen Kaffee getrunken. Es gab Buttercremetorte.« Sie hielt inne. »Ein paar Tage danach sind wir wieder in die Klinik gegangen. Diesmal gab es keinen Kuchen und keine Bonbons. Und nicht Onkel Siegfried war dort, sondern ein anderer Arzt. Danach war nichts mehr wie früher. Das war unmittelbar vor dem Traum.«

Leo sah auf die Uhr. Halb sieben. Es war ein langer Tag gewesen, und er spielte flüchtig mit dem Gedanken, den Rest der Befragung auf morgen zu verschieben, entschied sich aber dagegen. Wer wusste schon, was über Nacht alles passieren konnte. Eine kleine Pause war jedoch angezeigt.

Er ging ins Vorzimmer. »Fräulein Meinelt, ich möchte schnell telefonieren.«

Sie stand auf und fragte leise: »Läuft es gut?«

»Sie gesteht gerade. Ich will das heute zu Ende bringen.«

Leo benutzte ihren Telefonapparat, um den Ermittlungsrichter anzurufen und einen Haftbefehl für Pauline Caspary zu beantragen. Dann schickte er Fräulein Meinelt nach Hause und bat sie, die Tür des Vorzimmers offen zu lassen, damit der Gerichtsbote ihn fand.

Er kehrte an seinen Schreibtisch zurück und setzte sich.

»Nun, Frau Caspary, fahren wir fort. Sie sagten, nach dem Besuch in der Klinik sei nichts wie früher gewesen.«

Sie setzte gerade zum Sprechen an, als es an die Verbindungstür klopfte und Neufeld hereinsah. »Herr Oberkommissar, es ist dringend.«

Leo stand auf, gab Fräulein Wieking ein Zeichen und ging nach nebenan.

»Dr. Caspary hat gerade angerufen«, sagte Neufeld leise. »Ob wir wüssten, wo seine Frau ist. Er schien besorgt, weil sie den ganzen Tag nicht zu Hause war. Ich habe es ihm gesagt, worauf er ankündigte, er würde sofort herkommen.«

»Danke.« Leo sah auf die Uhr. »Bis er hier ist, haben wir hoffentlich das ganze Geständnis. Und den Haftbefehl.«

Er kehrte in sein Büro zurück und entschuldigte sich für die Unterbrechung. »Fahren Sie bitte fort, Frau Caspary. Warum war nach dem Besuch in der Klinik nichts wie früher?«

Sie zerknüllte ihr Taschentuch. Ihre Finger bewegten sich unablässig, während der übrige Körper ganz still blieb. »Wie ich schon sagte, ich kann mich nicht erinnern, was damals dort geschehen ist. Ich weiß auch nicht, ob ich einmal oder mehrmals dort war. Es müssen wohl mehrere Male gewesen sein, wenn es so in Mutters Tagebuch steht. Aber ich erinnere mich an die Schmerzen und dass ich nachts wiederholt schlimm geträumt habe. Ich wusste, dass man mir etwas angetan hatte, aber nicht, was es war.« Ihr brach zum ersten Mal die Stimme, doch sie fing sich wieder.

Leo merkte, wie fest er seinen Stift umklammert hielt. Die Spannung im Raum war beinahe greifbar.

»Meine Mutter hat nie mit mir darüber gesprochen. Vermutlich war sie froh, dass ich es nicht von mir aus erwähnt habe. Aber von da an habe ich mich geweigert, meinen Onkel zu besuchen, ich habe die Klinik oder seine Wohnung nie wieder betreten. Sie hat auch nicht versucht, mich dazu zu überreden. Irgendwann wurde die Klinik geschlossen, und ich war sehr froh, dass man mich nie mehr zwingen konnte, dorthin zu gehen.«

»Wie war das mit Ihrer Ehe?«, fragte Leo. »Sie sagten vorhin, Ihr Mann habe behauptet, Sie würden nicht funktionieren.«

Es klang brutal, doch er musste sich in Erinnerung rufen, dass die Frau, die ihm gegenübersaß, zwei oder gar drei Menschen getötet hatte.

»Mein Mann hat sehr schnell gemerkt, dass ich bei gewissen Handlungen nichts empfand. Das hat ihn geärgert.« Sie lächelte. »Männer sind ja so empfindlich, was ihre Leistung angeht. Sie empfinden es als beleidigend, wenn eine Frau keine Lust verspürt.«

»Ich verstehe, dass es Sie gekränkt haben muss. Aber wäre es nicht leichter gewesen, ganz darauf zu verzichten?«, erkundigte sich Leo mit aufrichtigem Interesse.

Pauline Caspary lachte laut auf, es klang bitter und herablassend zugleich. »Sie stellen sich das sehr einfach vor, Herr Oberkommissar. Aber eine Frau ist keine Maschine, die sich an- und ausschaltet. Lassen Sie es mich so sagen – mein Körper erinnerte sich an Dinge, die er wieder empfinden wollte, die ich nicht verloren geben konnte. Also habe ich danach gesucht, immer und immer wieder. Aber ich habe sie nie gefunden. Ernst Haldensleben stört das nicht weiter, solange er sein Vergnügen hat. Und ich –« Sie hob die Schultern und ließ sie wieder sinken. »Und ich suche weiter. Vielleicht bin ich wirklich getrieben.«

Leo sah auf die Uhr. Er konnte jetzt keinen Rechtsanwalt und Ehemann gebrauchen, der hereinplatzte und sich in die Befragung einmischte. »Und dann, Jahre später, sind Sie Dr. Clasen wieder begegnet.«

»Ja, im letzten Dezember, bei Ernst Haldensleben. Ich weiß noch, wie ich den Raum betrat und ihn dort mit seinem Sektglas stehen sah. Ich habe ihn sofort erkannt, was durchaus erstaunlich war, da ich mich über zwanzig Jahre nicht an ihn erinnert hatte. Aber ich habe ihn gesehen und in diesem Augenblick gewusst, dass er es war, der mich damals – misshandelt hat. Es war, als stünde der Teufel vor mir.« Zum ersten Mal kämpfte sie mit den Tränen.

»Was geschah dann?«

Sie schloss einen Moment die Augen, um sich zu fassen. »Nun, ich habe mich als Frau Caspary vorgestellt, und er hat in mir nicht das elfjährige Mädchen erkannt, dem er so wehgetan hatte.« Eine Träne rann über ihre Wange. Sie wischte sie nicht weg. »Ich habe mit ihm geplaudert und alles aus ihm herausgekitzelt, was ich wissen musste. Es war leicht, er war eitel und redete gern von sich selbst, von seinen erfolgreichen Behandlungen und seiner Villa in Tempelhof, von seinen regelmäßigen Abendspaziergängen.«

Er erinnerte sich an die Aussage von Hans Gruber. »Und dann haben Sie ihn beobachtet?«

»Ich wollte seine Gewohnheiten besser kennenlernen. Schon beim ersten Mal war ich kurz davor, es zu tun, an diesem Höllengewässer, aber dann bellte irgendwo ein Hund, und er wurde aufmerksam, schaute sich um. Ich folgte ihm mit einigem Abstand bis vor die Haustür, um zu sehen, welchen Weg er nahm. Eine Woche später habe ich ihn an dem Teich abgepasst und erschlagen. Mit einer Eisenstange, die ich zu Hause in der Garage gefunden hatte. Ich habe sie danach auf irgendeiner Brücke aus dem Wagenfenster geworfen. Er hatte keine Chance. Hörte wohl nicht mehr so gut, wie er gern glauben wollte. Ich musste mich nur von hinten nähern und zuschlagen. Zwei- oder dreimal, das weiß ich nicht mehr so genau.« Sie lachte auf. »Erst aus der Zeitung habe ich erfahren, wie dieser Tümpel heißt und welche Legenden sich um ihn ranken. Irgendwie passend, dass ich ihn an der Blanken Hölle in die Unterwelt geschickt habe, nicht wahr?«

Ein halbwüchsiger Junge mit Schirmmütze kam ins Vorzimmer und überreichte Leo einen Umschlag. »Vom Gericht.«

Er gab ihm einen Groschen und wandte sich wieder Pauline Caspary zu.

»Kommen wir zu Ihrer Mutter.«

Sie sprach ungerührt weiter, als wäre sie froh, endlich alles preiszugeben. »Als ich Clasen wiedertraf, kamen einige Erinnerungen zurück. Keine Details, das sagte ich bereits, aber ich wusste wieder, dass meine Mutter mich damals zu ihm gebracht hatte. Dass sie mich offenbar nachts beobachtet hatte, nachdem Otti ihr Dinge über mich erzählt hatte. Dass sie mir eingeredet hatte, ich sei kein anständiges Mädchen, niemand würde mich heiraten, wenn ich so verdorben war und etwas so Schlimmes tat. Von da an fühlte ich mich ihr nie mehr richtig nah, wusste aber nicht, was der Grund war, es lag so tief in mir begraben. Nachdem ich Clasen getötet hatte, war mir ein wenig leichter. Aber es reichte nicht, da war immer noch dieser Druck, dieses Getriebensein in mir.« Sie hielt inne, um Luft zu holen, und sah ihn eindringlich an. »Eigentlich hatte ich nicht die Absicht, meine Mutter zu töten. Ich war zum Tee bei ihr, danach gingen wir nach oben, um einige Sachen durchzusehen. Auf der obersten Treppenstufe wurde ihr plötzlich schwindlig, sie wollte nach dem Geländer greifen, schaffte es aber nicht. Ich hatte schon die Hand ausgestreckt, um sie zu stützen, und dann bin ich einfach einen Schritt zurückgetreten. Ich sah zu, wie sie hinunterfiel. Und als sie da unten lag, habe ich sie lange angeblickt. Sie konnte nicht sprechen, aber ihre Augen flehten mich an, Hilfe zu holen. Ich habe mich auf die unterste Treppenstufe gesetzt und gewartet. Ich habe gewartet, bis sie nicht mehr geatmet hat. Dann bin ich gegangen.«

Fräulein Wieking sah entsetzt von Leo zu Pauline Caspary.

»Kommen wir nun zum letzten Teil – Otti Helmich.«

Hass durchflutete sie.

Mit Otti hatte alles begonnen, sie hatte Pauline beobachtet, hatte nachts an ihrer Zimmertür gelauscht. Und dann war sie zu Mama gegangen und hatte ihr alles erzählt. Würde er das begreifen?, fragte sie sich hasserfüllt. Konnte er das überhaupt? Ohne Ottis Verrat hätte man ihr das niemals angetan! Dabei hatte Pauline ihr vertraut, war ihr als Kind sehr nah gewesen. Näher als ihrer eigenen Mutter. Plötzlich tauchte noch eine andere Erinnerung auf, woher, wusste sie selbst nicht. Otti, wie sie Watte um ein Holzstäbchen gewickelt und in Jod getaucht und sie damit berührt hatte …

Sie spürte, wie ihr Atem heftiger wurde. »Also dachte ich mir, ich muss einfach alle beseitigen, die mir das angetan haben. Die so etwas zugelassen und angeordnet haben. Ich habe gehofft, dann wäre ich endlich frei.«

Der Oberkommissar nickte. »Damit hätten wir das Motiv. Aber wie sieht es mit der Durchführung der Tat aus? Woher kam die Idee, Ephetonin zu verwenden?«

Er zuckte sichtlich zusammen, als sie lachend den Kopf zurückwarf, was ihr eine seltsame Genugtuung verschaffte. »Das war höhere Gerechtigkeit! Auf dem Fest hatte Clasen mit seinen Behandlungserfolgen geprahlt und dabei dieses Mittel erwähnt. Ich habe mich umgehört und herausgefunden, dass es den Herzschlag beschleunigt und in einer zu hohen Dosis Herzrasen verursacht. Von Mama, die immer Kontakt zu Otti gehalten hatte, wusste ich, dass diese an Herzproblemen litt. Also habe ich mir das Mittel in einer Apotheke besorgt und bin zu ihr gefahren. Kurz vorher habe ich ihr eine Postkarte geschickt, auf der unser Haus zu sehen war. Es sollte eine dramatische Vorwarnung sein, was mir im Nachhinein kindisch vorkommt. Sie hat bestimmt nicht verstanden, was auf sie zukam, ganz im Gegenteil. Sie hat sich über meinen Besuch gefreut, Kaffee gekocht und Kuchen serviert, und dabei habe ich sie dann abgelenkt und ihr das Ephetonin in die Tasse geschüttet.« Sie verstummte, erschöpft von dem, was sie gerade erzählt hatte.

Im Flur hörte sie Schritte, dann kam Emil durchs Vorzimmer ins Büro gestürzt. Sein schockierter Blick erschien ihr so komisch, dass sie fast wieder laut aufgelacht hätte.

Der Oberkommissar öffnete den Umschlag, der vor ihm auf dem Tisch lag, holte ein Dokument heraus und hielt es ihrem Mann hin. Dann wandte er sich ihr zu und sagte ernst: »Pauline Caspary, hiermit verhaftete ich Sie wegen des Mordes an Dr. Ferdinand Clasen und Fräulein Ottilie Helmich sowie der unterlassenen Hilfeleistung beim Tod von Frau Dora von Werden. Sie werden umgehend ins Untersuchungsgefängnis überführt.«

Spät in der Nacht stand Oskar Neufeld vor der Tür des Delphi-Palastes, die Hände tief in den Manteltaschen vergraben. Er hatte seinen Freund seit Tagen nicht gesehen, genau genommen, seit Lenny angekündigt hatte, er wolle so schnell wie möglich nach Amerika zurückkehren. Der Fall Caspary hatte Neufeld ein wenig abgelenkt, die letzten Tage waren arbeitsreich gewesen. Doch nun, da sie die Täterin verhaftet hatten, kehrte die Leere zurück. Er schaute an der erleuchteten Fassade empor. Es war sehr spät, halb drei, und er hoffte, dass die meisten Gäste gegangen waren. Natürlich hätte er auch vor Lennys Wohnung warten können. Ihm einen Brief einwerfen. Eine Nachricht im Delphi hinterlassen. Aber es kam ihm richtig vor, hier auf ihn zu warten, an dem Ort, der sie zusammengebracht hatte.

Er ging hinein, der Türsteher, der ihn mittlerweile kannte,

nickte flüchtig. »Es ist schon spät, Sie können umsonst rein.«

Neufeld knöpfte den Mantel auf und betrat den Saal. Er hörte sofort, dass Lenny bei seiner Improvisation angelangt war. Der Zeit des Abends, die nur ihm gehörte. Er bestellte sich einen Cocktail und setzte sich an einen Tisch in der Nähe des Klaviers.

Lenny hatte die Augen geschlossen, die Lichter tanzten über seine Haut.

Er schämte sich beinahe, ihn so zu betrachten, und schloss ebenfalls die Augen, als könnte er sich so mit ihm verbinden, eine stumme Botschaft übermitteln.

Dann brach die Musik abrupt ab. Ein Stuhl scharrte über den Boden.

Neufeld öffnete die Augen. Lenny war vor den Tisch getreten und sah ihn abwartend an.

Er hatte sich die Worte zurechtgelegt, doch nun platzte er einfach mit dem heraus, was ihm gerade in den Sinn kam. »Ich kann dich verstehen. Vermutlich würde ich es genauso machen, wenn ich an deiner Stelle wäre. Aber – dein Vertrag läuft noch ein halbes Jahr. Bitte bleib solange in Berlin. Ich kann dir nicht versprechen, dass so etwas nie wieder geschieht. Aber nicht, wenn ich bei dir bin, das lasse ich nicht zu. Das immerhin kann ich dir versprechen.«

Er sackte in sich zusammen, als hätten die Worte alle Kraft aus ihm herausgesogen.

Eine Hand legte sich auf seine. Ein Stuhl wurde herangerückt. Dann lehnte sich Lenny an seine Schulter, und sein Nicken war so leicht, dass Neufeld es kaum spürte.

EPILOG

Clara Wechsler stand mit in die Seite gestemmten Armen in der Küchentür und schaute zu Leo, der im Flur an der Wand lehnte und telefonierte. Das machte er bereits seit einer Stunde. Es war Samstag, er und seine Kollegen hatten erst gestern Abend den großen Fall aufgeklärt und die Täterin verhaftet, doch er fand auch an diesem Morgen keine Ruhe. Clara wusste, was ihn umtrieb, war aber dennoch besorgt. Er sah müde aus, trug noch seinen Pyjama, die Haare hingen ihm ins Gesicht.

Sie ging seufzend in die Küche und schloss die Tür hinter sich. Irgendwann würde er kommen und über das Frühstück herfallen, das hoffte sie jedenfalls. Er hatte ihr gestern Abend von Pauline Caspary erzählt und war danach wie ein Stein ins Bett gefallen, hatte nach dem Aufstehen aber sofort mit dem Telefonieren begonnen.

»Ich hab's versprochen«, lautete die lapidare Erklärung.

Clara rückte die Frühstückssachen zurecht, die eigentlich schon ordentlich auf dem Tisch standen. Marie und Georg waren bereits in der Schule, es war nur noch für zwei gedeckt. Sie wollte warten, bis Leo kam, doch ihr knurrte der Magen. Durch die Tür drang undeutlich Leos Stimme. Vorhin war er einmal ziemlich laut geworden. Vermutlich war es mühsam, gegen die Macht der Behörden anzukämpfen.

Dann endlich ging die Tür auf, und Leo ließ sich auf einen Stuhl fallen. Clara setzte sich zu ihm und goss ihm Kaffee ein. »Und?«

Er trank einen Schluck und fuhr sich durch die Haare. »Ich hab's geschafft, aber es war ein Stück harte Arbeit. Erika darf morgen ihre Mutter sehen. Ich besorge mir einen Wagen und bringe sie zu Frau Sperber.«

Sie legte ihre Hand auf seine und drückte sie sanft. »Das hast du gut gemacht.«

Er stützte den Kopf auf und schaute in seine Tasse. »Erika weiß es noch nicht. Ich muss es ihr vorher sagen, also dass ihre Mutter krank ist, damit sie nicht zu sehr erschrickt. Den Rest muss Frau Sperber selbst besorgen.«

Clara sah ihn nachdenklich an. »Es ist nie gut, auch wenn der Fall vorbei ist, nicht wahr?«

Leo schaute hoch. »Nein, es ist nicht gut. Weil drei Menschen tot sind und man vor langer Zeit einem Mädchen etwas Furchtbares angetan hat. Dazu die ganzen verlorenen Jahre für Erika und ihre Mutter. Vielleicht kann ich wenigstens ein bisschen Gutes für sie tun.«

Leo parkte den Dienstwagen in der Wriezener Straße. Erika saß neben ihm, sie war sehr blass und hatte die Hände in den Rock gekrallt. Ihre Augen waren verweint. Sie war ihm glücklich entgegengerannt, als er den Eingangsbereich des Klosters betreten hatte, und es war herzzerreißend gewesen, wie ihre Vorfreude zerronnen war, als er sie auf die Begegnung mit ihrer Mutter vorbereitet hatte. Dabei hatte er nur angedeutet, dass sie krank war und Erika nicht erschrecken sollte, weil sie sich verändert hatte. Doch das Mädchen schien etwas zu ahnen.

Erika wollte die Tür öffnen. Kinder drängten sich schon

um den Wagen, ein solches Gefährt bekamen sie in dieser Gegend selten zu sehen. Doch dann drehte sie sich noch einmal zu ihm um.

»Warten Sie hier?«

Leo seufzte. »Du darfst drei Stunden bei deiner Mutter bleiben, so lange kann ich nicht warten. Aber ich hole dich um fünf Uhr wieder ab, einverstanden?«

Sie zögerte noch immer. »Ich habe die Mutti so lange nicht gesehen. Können Sie mit reinkommen? Nur ganz kurz?«

Leo zog den Schlüssel ab und stieg aus. Dann öffnete er Erika die Tür und ging mit ihr unter den neugierigen Blicken der Kinder in den Hinterhof. Er musste sich gestehen, dass er lieber draußen geblieben wäre, doch das wäre feige gewesen. Als Babette Sperber die Tür öffnete, erstarrte sie, zog den Morgenmantel enger um den Hals. Sie trat einen Schritt vor, fragte ungläubig: »Erika? Bist du das wirklich?« Leo hatte den Besuch natürlich angekündigt, aber sie hatte ihre Tochter so lange nicht gesehen, dass Erika ihr sehr fremd vorkommen musste.

Dann warf sich das Mädchen in ihre Arme, klammerte sich an den gesteppten Stoff und vergrub das Gesicht an der Schulter ihrer Mutter.

Babette Sperber schaute Leo über Erikas Kopf hinweg an, und er las eine Dankbarkeit in ihren Augen, die keine Worte brauchte. Er nickte, machte kehrt und ging zurück zum Wagen.

Ilse und Richard kamen zum Kaffee. Clara, keine große Bäckerin vor dem Herrn, hatte mit Maries Hilfe einen Apfelkuchen zustandegebracht, während Georg sich dazu herabgelassen hatte, den Kaffee zu mahlen. Er gab sich knurrig, er habe Besseres zu tun, als sonntagnachmittags mit Eltern,

Tante und Onkel zu Hause zu sitzen, doch Clara wusste, dass er es eigentlich ganz gern machte. Ilse brachte eine Schachtel Pralinen mit, Richard eine Flasche Wein, »für später«, wie er augenzwinkernd sagte.

Als Leo sich erhob und im Flur den Mantel überzog, schaute seine Schwester ihn missbilligend an. »Du arbeitest schon wieder? Hast du nicht gerade erst einen Fall abgeschlossen?«

Er sah Ilse ein wenig ungehalten an. »Du klingst fast wie früher.« Dann lächelte er versöhnlich. »Es hat nichts mit der Arbeit zu tun. Clara kann dir erzählen, worum es geht. Ich beeile mich.«

Als die Tür ins Schloss gefallen war, sah Ilse ihre Schwägerin fragend an. »Worum geht es denn?«

Clara goss allen Kaffee ein und setzte sich an den Tisch. »Um dieses Mädchen, Erika. Du erinnerst dich?«

»Die aus dem Kloster, mit der kranken Mutter?«

»Ja. Leo hat ihr versprochen, sich dafür einzusetzen, dass sie ihre Mutter wiedersehen darf. Und das ist ihm gelungen. Er hat sie vorhin im Kloster abgeholt und in den Wedding gebracht. Und jetzt bringt er sie zurück. Drei Stunden, mehr hat man den beiden nicht zugestanden.«

Ilse rührte nachdenklich in ihrer Tasse. »Ich musste in den letzten Tagen manchmal an sie denken. Eine traurige Geschichte. Wie gut, dass Leo ihr helfen konnte.«

»Hoffentlich ist es für das Mädchen nicht allzu schwer, wieder ins Kloster zurückzukehren«, sagte Richard. »Drei Stunden nach all den Jahren sind sehr wenig.«

Danach sprachen sie über andere Dinge, es wurde gelacht und gegessen, aber Clara bemerkte, dass Ilse ein wenig abwesend wirkte.

Eine halbe Stunde später ging die Wohnungstür auf.

Clara hörte, wie Leo leise mit jemandem sprach. Überrascht ging sie in den Flur und sah sich einem jungen Mädchen gegenüber. Glatte rotblonde Haare, die von einer Spange gehalten wurden, Sommersprossen, Trägerkleid und klobige Schuhe. Ihre Augen waren geschwollen, sie putzte sich gerade die Nase. Leo hängte ihren Mantel an die Garderobe und schaute Clara mit einem hilflosen Achselzucken an. »Nimmst du Erika bitte mit rein? Ich muss kurz telefonieren.«

Clara legte ihr behutsam die Hand auf den Arm und führte sie ins Wohnzimmer. »Das ist Erika. Frau Dohm, meine Schwägerin, und Herr Dohm. Und das sind Georg und Marie.«

»Guten Tag«, sagte Erika leise, ohne jemanden anzuschauen, und schob verlegen das feuchte Taschentuch in ihren Ärmel.

Clara hörte, wie Leo telefonierte, vermutlich sagte er im Kloster Bescheid, dass das Mädchen später zurückkommen würde. Er brauchte ihr nicht zu erklären, weshalb er Erika mitgebracht hatte, das hatte sie schon in ihrem Gesicht gelesen.

Sie zog einen Stuhl heran. »Setz dich doch. Möchtest du ein Stück Kuchen?«

Erika nickte.

»Ich hole dir einen Teller und etwas zu trinken.«

Sie ging in die Küche, suchte Teller, Tasse und Kuchengabel zusammen und wollte gerade ins Wohnzimmer zurückkehren, als sie Ilses Stimme hörte. »Probier doch eine Praline. Die sind wirklich sehr fein.«

Überrascht blieb sie auf der Schwelle stehen. Ilse hatte dem Mädchen den Arm um die Schulter gelegt und hielt ihr die Schachtel mit den Pralinen hin.

In diesem Moment hängte Leo ein und trat neben sie. Clara hielt den Finger an die Lippen und nickte zu Ilse hinüber.

Sie schauten einander erstaunt an. Richard bemerkte ihren Blick und trat lächelnd zu Ilse und Erika.

Nachwort

Wie immer in meiner Leo-Wechsler-Serie konzentriere ich mich auch in diesem Roman nicht nur auf die eigentliche Krimihandlung, sondern beleuchte historische Hintergründe, vor denen die Geschichte spielt. Dazu gehören diesmal der eher sorglose Umgang mit potenziell gefährlichen Medikamenten und die Fürsorgeerziehung der damaligen Zeit. Außerdem tritt Muskel-Adolf als Vertreter der berühmt-berüchtigten Berliner Ringvereine auf.

Vor allem aber liegt mir ein schwieriges Thema am Herzen, zu dem ich hier einige zusätzliche Informationen liefern möchte.

Ich weiß gar nicht mehr, wie ich erfahren habe, dass es diverse Formen der weiblichen Genitalverstümmelung (FGM = female genital mutilation) auch in den sogenannten westlichen Ländern gegeben hat, wohl aber, dass ich schockiert, aber nicht wirklich überrascht war. Der Gedanke, dies in einem Kriminalroman zu thematisieren, ließ mich nicht los, und so fing ich an, darüber zu recherchieren. Das wiederum gestaltete sich schwieriger als erwartet.

Tatsächlich gibt es nur wenige Werke, die sich explizit damit beschäftigen und deren Autor*innen, die in der Bibliographie genannt sind, ich umso dankbarer bin. Besonders betroffen machte mich jedoch der persönliche Bericht Peter

Feiblemans, den ich in einer Ausgabe des US-Magazins *Double Take* aus dem Jahre 1997 entdeckt habe. Darin schildert Feibleman das Leben seiner Mutter, die 1916 als fünfjähriges Kind einer Klitoridektomie (ganze oder teilweise Entfernung oder Zerstörung der Klitoris) unterzogen wurde und sich nach langen Jahren psychischen und körperlichen Leidens das Leben nahm.

Anders als in außereuropäischen Kulturen, in denen die FGM gewöhnlich von Frauen an Frauen und Mädchen vorgenommen wurde und wird, existierte in Europa und den USA ein geschlechtsbedingtes Machtgefälle: Hier nahmen in einer Zeit, in der es fast keine Ärztinnen gab, Männer die Eingriffe vor. Sie stellten die Diagnose, bei der sie nicht nur offenkundige psychische Erkrankungen, sondern vorzugsweise jegliches Verhalten, das als unpassend oder unweiblich erachtet wurde, auf die weibliche Sexualität zurückführten. Und dann unterzogen sie die Patientinnen schmerzhaften, entwürdigenden und traumatisierenden Behandlungen. Allerdings kam es – wie im Roman geschildert – nicht selten zu einer Komplizenschaft der Eltern, die ihr Kind den gesellschaftlichen Normen anpassen wollten und darum die Eingriffe befürworteten und unterstützten. Und während der »Höhepunkt« der FGM in Europa im 19. Jahrhundert liegt, empfiehlt noch 1923 eine Bonner Doktorandin die Vorzüge einer Klitoridektomie. Wer mehr wissen möchte, findet ausführliche Informationen in den aufgeführten Büchern und Texten.

Es war nicht einfach, für Leo und seine Kollegen einen angemessenen Umgang mit dem heiklen Thema zu finden, das auch heute noch mehr als sensibel ist. Ich hoffe, es ist gelungen.

Auch diesmal tauchen wieder einige historische Personen im Roman auf:

Ludwig Fahrenkrog

Nicolaus Friedreich, Professor für Pathologie und Innere Medizin, verfasste kurz vor seinem Tod 1882 den im Roman erwähnten Aufsatz ›Zur Behandlung der Hysterie‹.

Ernst Gennat

Kurt Korff

Adolf Leib, genannt Muskel-Adolf, Vorsitzender des Geselligkeits-Clubs (d. h. Ringvereins) Immertreu 1919

Professor Friedrich Umber

Ludwig Werneburg

Friedrike Wieking

Es lohnt sich übrigens, einen Blick auf die Gemälde Sascha Wiederholds zu werfen, der als Maler zu Unrecht in Vergessenheit geraten und erst kürzlich wiederentdeckt worden ist. Kein Wunder, dass Ernst Haldensleben unbedingt ein Werk von ihm in seinem Haus haben möchte.

Noch ein Hinweis: Die »Spukvilla« in Tempelhof, in der heute die AWO untergebracht ist, existiert tatsächlich, ebenso die Legenden um die Geister, die in ihr umgehen sollen. Einen Bewohner wie Dr. Clasen hat es jedoch nie gegeben.

Bibliographie

Bei der schwierigen Recherche zum Thema FGM in Europa und den USA haben mir die folgenden Werke und Texte sehr geholfen:

Peter Feibleman, »Natural Causes«, in: *Double Take*, Winter 1997, S. 41–47

Norbert Finzsch, *Der Widerspenstigen Verstümmelung*. Eine Geschichte der Kliteridektomie im »Westen«. 1500–2000, transcript, Bielefeld 2021

Marion Hulverscheidt, *Weibliche Genitalverstümmelung*. Diskussion und Praxis in der Medizin während des 19. Jahrhunderts im deutschsprachigen Raum, Mabuse-Verlag, Frankfurt a. M. 2002

Hanny Lightfoot-Klein, *Der Beschneidungsskandal*, aus dem amerikanischen Englisch von Sabine Müller, Orlanda, Berlin 2003

Danksagung

Auch dieser Roman ist wie alle davor nicht allein mein Werk. Viele Menschen haben mit ihrem Wissen und Feedback dazu beitragen, und ihnen möchte ich ganz herzlich danken:

Leon, Liz, Xenia, Lauri, Marie, Jenny, Sabine und Felix für ihr Feedback zur Ananas-Szene
Felix, der den Bugatti Typ 40 für mich gefunden hat
Lena für angeregte Diskussionen über FGM und anderes
Axel für ausgedehnte Recherche-Bustrips durch die Vororte von Berlin
Prof. Dr. Wim Wätjen, Martin-Luther-Universität Halle-Wittenberg, für Informationen über Ephetonin
Laura Pütz für den Zugang zu wissenschaftlichen Aufsätzen über Ephedrin
Godwin T. Petermann für spannende Informationen über das Kloster Vom Guten Hirten und seine Umgebung
Hartmut Moldenhauer, Polizei Berlin
Jens Sethmann, freier Journalist/MieterMagazin
Meinem Agenten Bastian Schlück
Meiner großartigen Lektorin Tina Arnold
Und der wunderbaren *Cabaret*-Inszenierung des Düsseldorfer Schauspielhauses unter der Regie von André Kaczmarczyk für so manche Inspiration (ein besonderer Dank geht an Belendjwa Peter)